TAXI

CARLOS ZANÓN

TAXI

salamandra

Ilustración de la cubierta: Moment Open / Getty Images

Copyright © Carlos Zanón, 2017
Publicado por acuerdo con Casanovas & Lynch Literary Agency, S.L.
Copyright de esta edición © Ediciones Salamandra, 2017

Publicaciones y Ediciones Salamandra, S.A.
Almogàvers, 56, 7º 2ª - 08018 Barcelona - Tel. 93 215 11 99
www.salamandra.info

ISBN: 978-84-9838-819-0
Depósito legal: B-18.595-2017

1ª edición, octubre de 2017
Printed in Spain

Impresión: Romanyà-Valls, Pl. Verdaguer, 1
Capellades, Barcelona

Pues busco equivocarme cada vez que deseo,
si logro así saber lo que quiero tener.

JOHN DONNE

MARTES

¿Cómo podemos vivir sin lo desconocido delante de nosotros?

RENÉ CHAR

In space...

Le llaman Sandino, pero ése no es su nombre. Es un mote. Fue una broma y hoy es quizá una capa de mago. Sandino es el recuerdo de una lealtad. De una banda, de un disco triple, de tener diecisiete años. Sandino es una torpeza porque él ya sabía que el tiempo no iba a demostrar que ese disco era mejor que su predecesor.

A medida que uno envejece necesita más su verdadero nombre, el que le dicen después de amarle o maldecirle, el que uno heredó porque sus padres lo eligieron para él y sólo para él.

A veces has de recordar que te llamas Jose y no Sandino.

Jose y no José.

Jose. Jose. Jose.

Sandino.

A Sandino no le gusta conducir, pero es taxista.

El taxista triste, el taxista mujeriego, el taxista bueno.

Desde la terraza elevada de la Casa Usher, la vieja torre de sus padres, quince metros encaramados sobre el pasaje Arco Iris, en lo alto del Guinardó, Barcelona es una ciudad perfectamente posible sin Gaudí ni Plan Cerdà. Enfrente quedan las tres chimeneas de Sant Adrià, a un lado Santa Coloma, el Heron City, un edificio con una pintada pidiendo PAU para todas las guerras, y al otro lado Barcelona acaba en la torre Agbar, tapado el resto de la ciudad por la montaña sobre la que queda la iglesia de los Monjes Camilos, quienes tanto te inyectaban una vacuna como te programaban a doble sesión Bruce Lee y *Hermano sol, hermana luna*. Y enfrente, el mar como horizonte. Sandino, más que recordarla, tiene esa línea tatuada por dentro de los párpados. Violeta, añil, azul, negro, rojo, pero siempre tenso el horizonte como un sudario que alguien estirara de uno y otro extremo sin nunca conseguir desgarrarlo.

El taxista melancólico, el niño triste, el taxista solitario.

Mirando desde esa terraza, de crío, la ciudad contenía todo lo que le iba a pasar en la vida. Allí, en esos edificios, vivían y dormían la mujer que le amaría, amigos y enemigos. En esas calles pasaría todo lo que aún no había sucedido. Su vida encerrada en una cápsula con todos los tiempos sucediéndose al unísono. Sandino veía sin poder tocar. Debería bajar a por ello. A por los regalos, los besos, a beberse el veneno y el licor.

1

The magnificent seven

Los motivos que llevaron a Sandino a acabar realizando el mismo trabajo que habían hecho su padre y su hermano podrían resumirse en que nunca tuvo mucho talento para lo que le interesaba y nunca le interesó lo más mínimo aquello para lo que quizá tuviera talento. El mundo de Sandino estuvo siempre hecho de canciones, libros, películas y personas a las que, inconscientemente, integraba en un universo de ficción con papeles importantes o de reparto, argumentos pueriles, divertidos o extremos, pero que siempre acababan bien y sin cicatriz y que, es de suponer, eran su vida real.

La crisis lo arrojó a la intemperie en su anterior trabajo y su hermano le cedió de manera ilegal la licencia, para montar él una empresa de no se sabe muy bien qué en no se sabe muy bien dónde. El hermano de Sandino se llama Víctor y todo el mundo le llama Víctor. No hay mote para Víctor. En el instituto le llamaban maricón y Sandino le defendía a su manera: inventando para el agresor un mote denigrante y que se hacía popular de inmediato, aislándolo, o si era preciso, con los puños, en una de esas peleas con sabor a saliva, arena y pullover.

Pero maricón no es un mote. Sandino, sí. Pecas, ése también es un mote: Jose, Sandino, Pecas.

A Sandino no le gustan especialmente los automóviles, pero no puede dejar de sentir placer cuando, como ahora, circula de madrugada, apretando un poco demasiado el embrague, giran-

15

do, frenando, acelerando como quien desliza un dedo por un imposible tobogán de miel caliente, consumiendo semáforos en verde, ámbar, rojo, qué más da a esas horas. La máquina híbrida de su Toyota, como un latido en el interior de una garganta eléctrica, es inmune a cualquier catarro y a cualquier avería.

Ese coche es un animal que hará cualquier cosa que le mandes, Sandino.

Ese automóvil moriría por ti, Sandino, si fuera preciso.

Condujo casi en blanco hasta la playa. No pensó en nada ni en nadie. Sólo escenas como puertas a habitaciones con otras puertas y en ninguna hubo nada digno de anclar su atención, pintar el blanco de otro color.

Cierra el taxista los ojos. Ha llegado pero, de momento, no sale del coche.

Lou enciende un cigarrillo, tose, presenta la canción. Con él está Cale al piano. Enero del 72. Luego aparecerá, como un fantasma, Nico. Todos son fantasmas en esa grabación. Es París. *París está lleno de fantasmas.* Europa, Berlín, Sarajevo, Verónica.

La ciudad es un lienzo en blanco y Alex Chilton está muerto.

Lou Reed cantaba como si se pudieran esculpir las palabras en el aire. Como chasquidos de látigo, miradas al suelo, a la punta de los pies y en medio, allí, preciso, el escupitajo. Lou Reed está muerto.

Nico, vestida de blanco, sobre un caballo, destilerías Dyc, también está muerta.

Esa canción y la otra y la otra, pero Sandino siente que ya no hay canciones esa madrugada porque Lola, su mujer, le va a dejar. Esta vez, sí, definitivamente, y debería estar triste o sentirse liberado y no con ese pánico a encontrarse solo en medio de la inmensidad de una vida que es un espectáculo supuestamente agradable que no consigue hacerle sentir nada en absoluto.

Aunque quizá está exagerando.

¿Es que no ha aprendido nada en todos estos años de atravesar como un espectro los cuerpos, las habitaciones, las vidas de tanta gente?

Nadie conoce el juego de nadie. Ni uno mismo puede adivinar su próxima apuesta, el próximo envite. De repente, llega la carta y descubres juego o pasas. No hay más. Y él, él, él es rápido, es tramposo, es ventajista desde ese lugar donde todo le da igual y por eso siempre puede amañar el juego, cambiar las normas, arreglar cualquier cosa.

«Duérmete», se decía hace unos minutos en su casa, tan lejos —kilómetros— de esta playa: «húndete a través del insomnio, ve a vuestra cama y hazle el amor», le decía el hombre de polvo de alfombra pegado a él, a eso de las tres de la madrugada, cuando andaba amodorrado en el sofá, cambiando canales de tiradoras de cartas, porno miserable, películas malas que no puedes dejar de mirar hasta casi el final.

«Ni se te ocurra llorar ahora —se decía—, has malbaratado el llanto, muchacho. Lola no soporta que lo hagas. Finge que lo admite o valora, pero ambos sabemos que le gustan los hombres que no lloran, los hombres que deciden, los hombres que no miran atrás, los hombres como era su padre, el uruguayo, no los niños lloricas, no los hombres débiles, para nada aquellos que harán cualquier cosa por evitar que los abandonen. Y probablemente, aunque nunca lo admita, no le gustan los hombres a los que su hermano maricón les cede la licencia para poder trabajar de taxista aunque no quieran ser taxistas.»

Por lo tanto, los taxistas no lloran.

Las mujeres no mienten.

Los lunes son odiados y los viernes, flores carnívoras.

Los niños negros ríen felices con la cara llena de moscas.

Los árabes son terroristas.

Los meses de verano son asfixiantes.

El invierno ya no existe en Barcelona.

Lux Interior ha muerto.

John Updike, Adán y Eva, Kavafis, todos muertos.

Todo el mundo se muere menos Kirk Douglas.

¿Y si Lola supiera realmente quién es o, mejor aún, y si ya lo sabe y por eso le deja, harta, cansada de saber quién es?

¿Y si de una vez probara a saberlo él, por qué se siente como se siente, como si estuviera bajo la superficie del mar, sepultado por toneladas de agua azul y todo desvaneciéndose a cada vez más y más negro?

Sale del coche y se interna en la arena en dirección al mar, orientado por los gritos roncos, los penachos blancos de espuma.

¿Quién eres? ¿Quién es Lola?

¿Qué os ataba el uno al otro que ya no os ata?

Cuéntate una historia, Sandino, hazte mito para distraerte. Coge el traje, estira, rasga la tela, la destrucción de los otros y luego la tuya.

Salida en falso: empecemos otra vez.

Túmbate. Cierra los ojos. No, no los abras: mantenlos cerrados. Dime qué ves.

Un SAAB ardiendo desde los neumáticos frente al río Llobregat. El sol reventando flores y pústulas de mendigos mientras en Nueva York hay noche de champaña y disco, anuncios de Calvin Klein. Todo el coraje de los Kennedy necesitaría ahora Sandino para volar en medio de esta tempestad. Todo el coraje: hasta la última gota, *pero soy cobarde y siempre ando cansado.*

Ni un solo Kennedy por las inmediaciones de tu vida. Todos los Kennedy muertos, sí, ahora sí. Siempre aparece algún Kennedy vivo, pero esta vez parece que, definitivamente, ya no nos quedan Kennedys.

Nico, entre el viento, por los altavoces.

Nico siempre le expulsa de todas las canciones que canta.

Sigue la visión del SAAB, quién sabe si se trata de un recuerdo o un presagio.

Un coche en llamas mola.

Ahora piensa en leones y tigres a su alrededor. Desde niño sueña con fieras feroces. A veces las amansa, a veces le devoran. El crujido de las mandíbulas en su fémur le despierta.

Deberías rezar para que el insomnio convierta tu vida en algo que sea verosímil.

Hacer que suceda algo en ella.

Elige a una mujer y quédate a su lado.

Elige a Lola.

Elige a cualquier otra sin importar quién, porque tú eres Nadie.

Rewind. Stop. Play.

Llamar a ese teléfono. Pulsar ese timbre. Levantarse.

No dejes que ella te abandone.

No es por ella, sólo es porque no soportas ser el niño al que se
olvidaron de ir a buscar a la guardería ni que se te coma el misterio,
tomar la decisión equivocada. ¿Es eso lo que te atenaza?

Eres un buen tipo, joder, y no hay ningún SAAB *en llamas y sí un*
Prius pintado de negro y amarillo en un garaje tres pisos por debajo
de la plaza Guinardó, que has sacado en medio de esta madrugada
en la que no puedes dormir para acercarte, como haces a menudo,
hasta la playa de El Prat y tumbarte en la arena bajo los aviones, lu-
ces de aviones que parten o llegan de cualquier lugar del mundo.

Eres un buen tipo y tu vida seguro que es un buen espectáculo,
aunque no sientas nada. Sólo eso. Y ese buen tipo resulta que es
triste, melancólico, mujeriego, y al final y por todo eso tiene un buen
puñado de camas desperdigadas por la ciudad y no sabe escapar de
la noria del hámster.

El tigre que imagina o sueña en duermevela no muerde a
Sandino. Le acerca el morro húmedo, sin clavarle las fauces. El
tigre soñado lo quiere con vida y nunca sabe por qué.

La muerte dijo «ábrete, Sésamo», y Sésamo se abrió y se tragó
a Lou y a Nico, al concierto de reunión de la Velvet en el 72, uno
de los discos malos favoritos de Sandino. Todos muertos, todos
esos fantasmas sonando en sus oídos desde su coche en la playa
de El Prat, sobre la arena húmeda bajo una noche cerrada, sin
apenas estrellas ni aviones.

También ha muerto Sancho Gracia.

Y todos los Ramones.

Uno a uno.

Hasta las cejas de Tranxilium, diazepam, benzodiacepinas,
todos sentados a la misma comida familiar de Sandino y su insomnio. *Dormirás cuando a tu cuerpo le dé la gana que duermas.*

John Cale sigue vivo: ésa debe de ser una señal, ¿no?

Volviendo a Barcelona. Circular así, en la metrópoli desierta
de las seis de la mañana, es como patinar con cuchillas. Su abuela
Lucía le decía que de noche Dios nos da la espalda. Mira a otros,
ilumina a otros cuando no pensamos en Él. De noche nos ha olvidado, quién sabe si para siempre. Así que sólo nos queda rezar
mucho y muy seguido, implorarle en susurros, gritándole para
que, a pesar de ser de noche, Él nos oiga y vuelva su cara hacia

nosotros antes del amanecer. Eso decía la abuela loca a la que dentro de unas horas incineran.

A Lola no le gusta que duerma en el sofá.

A Lola no le gusta su insomnio.

A Lola no le gusta que desaparezca en la ciudad de madrugada.

Lola, más joven que Sandino, ronda la cuarentena. Menuda, con formas, cara angulosa, masculina, y pelo negro, para algunos guapa, para otros invisible. Sandino es atractivo, idéntico color de pelo que ella, alto, en un tris de estar fondón, ojos negros pero a ratos sin vida en una cara que cambia como si perteneciera a distintas personas según esté distraído o atento, de buen o mal humor. Pero lo más característico de Sandino, por herencia materna, son sus pecas negras y diminutas, esparcidas por su pecho, brazos y cara como si alguien hubiera soplado un bote de pimienta sobre él cuando nació.

Jose, Sandino, Pecas.

Apenas un par de horas más tarde, Sandino deja la taza de café en el fregadero y se apresura a salir de casa para evitar lo inminente. Lola sigue sentada a la mesa de la cocina, esperando que su té se enfríe.

—Jose: tenemos que hablar.

—Esta noche. —El taxista coge las llaves, la cartera—. Esta noche cuando vuelva, hablamos.

Dispararon a Jackie y dieron a Jack.

2

Hitsville UK

—Ahmed, para ya, joder. Hoy no estoy para historias.

—Espera. Escucha. Mírame, Sandino. Alá no descansó el sexto día. Tampoco el séptimo. Alá no estaba cansado: ¿cómo iba a cansarse Alá? Él creó la tierra en dos días. Alá dispuso montañas y las bendijo con abundantes cultivos y ríos. Eso es lo que hizo Alá. Los siguientes cuatro días, Alá dio de comer a todo animal viviente.

—Héctor, cóbrame.

—Alá se estableció en el cielo y dijo al Cielo y a la Tierra: «¿Vais a venir o qué cojones vais a hacer?», y ellos, Cielo y Tierra, vinieron de buen grado. Yahvé es Alá, y Alá, Yahvé, pero no del todo porque las lenguas y los pueblos los explican a su manera y los convierten en dioses distintos y entonces los hombres se matan entre ellos. Da igual eso. Uno de los días de la Creación, Yahvé más que Alá se levantó caprichoso, porque Alá nunca es caprichoso, y Yahvé, sí. Entonces, amigo Sandino, se puso a crear animales y planetas a su antojo. A unos les dio nombres, en otros casos esperó a que las propias fieras se los inventaran. Bestias dando nombre a bestias como «cocodrilo» o «ratón». Fue así. Luego colgó la luna allá arriba. Y en la tierra creó a simios y más tarde a Lilith, y cuando ésta se fue del Edén creó a una compañera sumisa del hombre y la llamó Eva. Habría más mujeres para ese hombre, para Adán, por allí, no digo yo que no. Seguro que sí: mujeres por todas partes, acechando, de otros, de nadie, aquí y allá, el Paraíso, la Ciudad. «¿Por qué he de acostarme debajo de ti —preguntó Lilith— si soy tu igual?» ¡Ella se marchó del Paraíso, nadie la expulsó! Antes libre que sumisa en el Edén. Pero al hacerlo, enloqueció y se entregó a la lujuria. Quizá ésa fuera su forma de vengarse. Los pobres se vengan de los ricos así, follando mal y pariendo muchos hijos, y los ricos ni prestan atención a eso, pero deberían. Esa gente vota. Los palestinos votan o deberían votar, ¿no te parece?

—¿Sabes qué me parece? Me parece que lo mejor de ti es que no te drogas. Que sólo eres café, café y más café. Eso me parece.

—No me interrumpas, por favor. Yahvé, dejemos a Alá tranquilo, envió a sus ángeles, pero ni ellos pudieron hacerle cambiar de opinión.

—¿A quién?

—A Lilith, coño. El cielo le mataba los hijos y ella asesinaba a niños sin bautizar, cada noche se dejaba embarazar enloquecida con las lociones nocturnas de los varones.

—Poluciones, poluciones nocturnas. Se llaman así.

—Ah, mi taxista culto.

—No me toques los cojones, Ahmed, en serio. Déjalo ya. Hoy no es el día. Héctor, por favor, cóbrame también lo de éste. ¿Cómo puedes estar así de enchufado a las siete de la mañana?

—Okey, okey, me callo. En Mercabarna las siete de la mañana ya es muy tarde. Sólo quería hacerte reír, bromear contigo, un poco de risas.

—Hoy no hay risas.

—¿Por qué? ¿Qué te pasa para que estés así...?

—¿Cómo así...?

—Así, triste.

—Yo no estoy triste: soy triste.

—El taxista triste.

—Ése soy yo.

Sandino pone dinero suficiente sobre la barra y no espera el cambio. Por un acuerdo tácito entre ambos, paga quien consume más. Para el taxista, Ahmed —listo, simpático, más buen encajador que tolerante— es lo más próximo a un amigo que se puede conseguir en un bar en el que llevas más de dos años desayunando de lunes a viernes. Un bar, el Olimpo, que regenta Héctor. Un bar en el que Sandino cayó un día casi por casualidad y en el que estaba Verónica, la compañera de Héctor. Ahora ya no está Verónica y acuden taxistas y ex policías. Demasiada morralla y *farloperos*, a juicio de Sandino. Él sigue acudiendo, incapaz de romper esa costumbre, quizá imbricada en el recuerdo del adulterio con Verónica o en el hecho de que éste es su único vínculo con ella o quizá la manera de, algún día, obtener una información que teme tanto como espera. En el bar Olimpo queda con Ahmed y, en raras ocasiones, con Sofía, también taxista como él, pero que no suele detenerse mucho ni en bares ni en paradas. Sofía también podría ser lo más próximo a una amiga que ha podido tener nunca en el gremio. Podría decirse que sí.

Héctor es ex *mosso*. Uno de esos tipos que cuando ríe te hace sospechar que te has manchado de tomate la corbata, según acertó a decir un día un cliente. Héctor lo oyó y se rió. El resto se miró la corbata que no llevaba.

Héctor y Sandino, Sandino, Héctor y el fantasma de Verónica.

Héctor juega a que lo sabe y no le importa.

Sandino juega a que Héctor dude de lo que cree saber.

Todo eso anda por el bar, lo que más quiere Héctor en el mundo, que regentó su padre, el dignísimo señor Abarca, y su madre y sus abuelos. Verónica y el bar, lo único que otorgó la sentimentalidad suficiente a Héctor para parecer humano. El ex *mosso* trafica. No lo hace porque lo necesite, sino porque le gusta el dinero. Ni siquiera es un despilfarrador. Le gusta conseguirlo fácil. Tenerlo en el bolsillo. «Un vicio como cualquier otro, eso del dinero», asegura.

Tanto Sandino como Ahmed tienen estudios universitarios. Los del marroquí en Rabat, acabados; los de Sandino en Barcelona, abandonados en segundo o tercero, ni él mismo puede recordarlo. Eso les unió al principio, de un modo quizá ridículo e infantil. Ninguno de los dos tiene muchos amigos. Entre los taxistas que le conocen, frecuenten o no el Olimpo, hay quien dice que Sandino es un estirado, un engreído porque apenas se relaciona con ellos, anda siempre leyendo y escuchando música rara. El marroquí cae bien a todo el mundo, pero aun cayéndole bien a todo el mundo, podrían ser capaces de quemarlo en una pira si ese todo el mundo se pusiera de acuerdo en hacerlo.

—¿Qué te ha pasado?

—No seas pesado, hostia.

Lola y Sandino casi nunca discuten. Por eso cuando sucede algo —un roto, una sospecha, cualquier descuido que conlleve la sensación de haber saltado sin red— se le llena la barriga de piedras al taxista y pone cara de ogro envenenado y todos le preguntan, sin posibilidad de camuflaje: «¿Qué pasa, Sandino, qué tienes, explícanos, qué es lo que tienes?» Y Sandino nunca contesta la verdad.

—Vi a tu hermano el otro día.

—No dejes que se os pudra. Ni unas horas. ¿No ves que no vale la pena?

—Estoy seguro de que me vio y no me saludó.

Dos conversaciones, orejas y boca cruzadas, cosidas al través, una encima de otra hasta que cada uno elige la que más le interesa o la que menos le importa.

—No la dejes pensar.

¿No puedes plantearte ni por un momento que soy yo el ofendido? ¿Yo el que ha de ser buscado, el que merece recibir disculpas?

Emad, el hermano pequeño de Ahmed, es ahora huraño y esquivo, no tiene nada que ver con el chaval que Sandino conoció cuando era poco más que un adolescente. De hecho, ambos hermanos, uno resignado y el otro furioso, quizá han llegado a la misma conclusión por diferentes vías —piensa Sandino— de que nunca hubo la más mínima posibilidad de ser invisibles en esta sociedad. Tal vez ése sea un buen motivo para no saludar a quien antes saludabas. Pasar de la espera al odio, una rabia que apenas consigues disimular.

—Si no te saludó es que no te vio. Emad sabe que eres amigo mío.

—Quizá ya no mira igual.

El semblante de Ahmed se oscurece apenas un instante. Un cambio como un parpadeo que le delata, y Sandino lamenta haber hecho ese comentario, haber demostrado que no sabe guardar una confidencia, una preocupación que Ahmed le confesó hará un par de meses. Ahmed sutura en falso pero con rapidez la herida: dientes, sonrisa, pasos ligeros; todo es una broma entre ellos, ¿no? Aunque sea torpe. Aunque no haga la más mínima gracia la puta broma.

Sandino saca a colación lo primero que encuentra:

—¿Sigue con lo del grupo de rap?

Ahmed sabe que es innecesario.

Lo sabe, pero quiere herirle.

Demostrar que también puede, que no teme ni a Sandino ni a los suyos.

Sandino está ya despidiéndose de Héctor y bajándose de uno de los taburetes de la barra. Apoya la mano en el hombro del marroquí, señal de afecto, de seguimos igual, de lo siento, pero tengo mal día y no quiero hablar. Quien recibe la mano en su hombro sigue pensando que no puede irse así el taxista. Que ha de escocerle haberle hecho daño, haber sido indiscreto.

—Hazme caso, vete a casa. A la que quieras, pero elige una y vete solo a esa casa.

Sandino, por unos instantes, cree que ha oído mal, pero no es así. Sus secretos, algunos de ellos, también pueden quedar a la intemperie y ser motivo de escarnio. Eso es lo que le está diciendo Ahmed.

—Hablas demasiado —le dice Sandino casi al oído, en un gesto forzadamente teatral—. Pero te pido disculpas. Mi comentario no iba por donde tú crees. He sido un bocazas.

—Lo siento yo también —contesta Ahmed, quién sabe si sinceramente.

Al taxista, ya en la calle, el mal humor se le mezcla con la congoja que le va entumeciendo casi físicamente, como si se tratara de un veneno. Conoce el antídoto y sabe quién lo guarda. Bastaría un mensaje, unas palabras cariñosas de su mujer, una pista de que la conversación postergada para esta noche no será trascendental, preámbulo de ningún final. Bastaría que le encargara que trajera algo para la cena, o cualquier comentario trivial respecto de lo que harán el fin de semana. Sería genial encontrársela en el cementerio para incinerar a la abuela Lola como una señal de que desea seguir formando parte de su familia, esa *troupe* delirante en claro estado de demencia y extinción. Todo lo que pudo haber de divertido en su familia ya pasó. Ahora sólo queda curar a los viejos, visitarlos en el hospital, ayudarlos a vender la Casa Usher, conseguirles la ecuatoriana de rigor, gestionar documentos y demencias, pelearse por la miserable herencia con Víctor, olvidarlos a todos, poco a poco o de golpe, hasta rematar esa carnicería en la que acaban todas las familias.

Pero no van a llegar señales de Lola. La conoce. Y también sabe que, a medida que transcurra el día, la ansiedad irá decreciendo en el ánimo de Sandino, la acumulación irá confundiéndole hasta quitar trascendencia a la conversación pendiente, y volverá a casa y todo seguirá igual: desmoronándose, resistiendo el derrumbe, el buitre y las tripas regenerándose en la herida abierta.

En la calle, el cielo es hoy plomizo, pero tiene pinta de que dentro de unas horas se hará sitio el sol. Humedad en el ambiente, pero ganas de callejear con la fresca si uno fuera otro, no alguien que vive atado al motor de un auto que se le va incrustando en el cuerpo. Pero hoy no es uno de los días en que más odia ese trabajo en el que va de aquí allá sin que el rumbo lo decida sino el azar, un cierto caos en las reglas del juego. Ha de reconocer que también le gusta que nadie le dicte el horario y escuchar y reelaborar algunas de las historias que le cuentan los clientes recordándole cuando escribía las suyas propias, cuando quería ser escritor. Los pasajeros, la mayoría al menos, no dejan de explicar cosas. Impunemente. Sin motivo. Entre ellos, a través de los móviles o hablando con su nuca. Sin motivo, porque sí.

Ayer le contaron que en Buenos Aires hay un local decorado con un corazón inmenso, rojo y agujereado, en el techo. La Catedral del Tango. Que treinta y tres golpes como los años de Cristo son necesarios para ablandar un pulpo y que el lesbianismo se cura. Que en Estambul, en el puerto, sirven mejillones con arroz. Que venden a Messi el próximo verano. Que todo se arreglará. Que nada tiene arreglo. Que es necesario confiar en la gente. Hágame caso: no se fíe usted de nadie.

Por casa debe estar una libreta donde anotaba cosas así que le iban explicando. Unas cuantas frases cortas que al releerlas le traían a la mente toda la anécdota o le permitían recordarla a medias. También apuntaba idioteces. Guías de vida, propósitos de enmienda. Ya no apunta nada. Dejó de tener sentido. Hace cinco, diez años que no siente la necesidad de escribir nada. Le basta con leer. Devora libros en casa y en el coche. Cuando se detiene en alguna parada, a la hora de comer, en semáforos y embotellamientos.

Leer por leer.

Leer por no pensar.

Leer por no recordar que ya no lee para escribirlo luego, de otra manera.

En nada llega a BCN-Johannesburgo, esos motes que el Robespierre de tómbola que guarda en su corazoncito le sugiere, cambiando los que aparecen en GPS, mapas y carteles. Capità Arenas. Maravillosos ejemplares equinos por aceras y pasos cebra. Doctor Ferrán. Parada, media parada, paso atrás, *passage* y *piaffé*, ese trote tan recogido que no se gana terreno con él. Manel Girona. Domingos de *tortell*, misa de hora y nietos rubios. Extraña fruta pudriéndose al sol, abuela Holiday. Manila. Rosa Leveroni. Carrer dels Lamote de Grignon, ciudadano Danton.

Valeria tiene ocho años y Regina, seis. Unos segundos después de que Sandino salude con la mano a Julián, el portero de la finca, bajarán peinadas y vestidas, con sus trajes verdes del Cardenal Spínola, ese inmenso colegio por encima de Ronda de Dalt que fue del Opus Dei hasta hace muy poco. Es un misterio para el taxista por qué una familia que vive en BCN-Johannesburgo, rodeada de tantos colegios adecuados a su clase social, ese indeterminado gueto de nobleza sin dios ni patria, puñado de familias desperdigadas por el norte del Eixample y la Bonanova, decide llevar a su camada al otro extremo de la ciudad, en la falda de la calle que hace ya muchos años albergara las chabolas del Padre Alegre, apenas a diez minutos de donde vive Sandino.

Robespierre se pregunta, urde, conspira alrededor del 18 Brumario.

Natalia Viladrau —«Llámame Nat»— es la madre de ese par de niñas que sí, le tienen robado el corazón, porque las crías aún no saben que el servicio y los dependientes de la frutería y el portero y el taxista no son gente amable, sino miembros de una exótica —chillona, de andares porcinos— casta agradable si sabe estar en su sitio, a distancia, quieta.

Sandino siervo aprieta los dientes, baja la cabeza.

Como sus padres y antes de ellos sus abuelos.

Gary Cooper en blanco y negro: India misteriosa, actores untados de betún, elefantes porteadores de pálidas damas victorianas.

No deja de sentirse Sandino sirviente de esas dos niñas guapas y educadas, pero imagina que pronto panteras implacables y eficaces.

Su madre —Llámame Nat— es el objeto del deseo de un Sandino encaprichado de ella desde el primer día en que la vio. Aún no recuerda quién le pasó ese servicio regular, quizá el *senyor* Adrià, tan buen tipo como aseado, perezoso, un vago rematado. Sandino, el sirviente, mira a Llámame Nat, su ama tan cercana, tan natural, tan Ciudadana Charlotte Corday, amigo Marat. Hermosa, alta, delgada, siempre bien vestida, oliendo a algo lejano, inaccesible. Debe de ser tan caro despertarse con esa cabeza de bello animal sobre la almohada y no saber cómo la obtuviste ni cuándo vendrán a por ella sus legítimos dueños. Dejarse degollar en la bañera con un cuchillo comprado cinco minutos antes.

¿Cómo tener a alguien así sin ser uno de ellos?

El asesinato de un virrey, la oportunidad atrapada, Gatsby, talento adinerado, un apaño entre iguales, un pintor excéntrico y su hermosa modelo vomitando flores en un estanque, Kate Moss y Pete Doherty.

Le gusta casi todo de Llámame Nat. Su boca, un tajo duro que ella trata de tapar a las primeras de cambio con la mano. Una boca que muestra una leve inclinación a un lado, como una mueca que hiciera burla y que se le disparase sin que su dueña pudiera controlarla, como accionada por la niña que esconde. Una niña cruel que Sandino quisiera besar. No puede decirse que su cara sea bonita, sino expectante, como si la hubieran diseñado para recibir tantas buenas noticias como decepciones, unas y otras inesperadas, nunca nada relacionado con la cotidianidad, lejos de lo doméstico.

Le gusta. Mucho. Quizá demasiado. Quizá porque nunca la podrá tener. Idealizada como una maquinaria perfecta, como si la hubieran diseñado para él con la forma de una obsesión.

—Llámame Nat. Mi marido se llama Carlos. Igual algún día recoge él a las niñas. Ya te lo avisaríamos con tiempo.

—Yo soy Sandino. Es un mote.

—Suena como italiano.

—¿Conoces a los Clash?

—*Should I stay...*

—*...or should I go.*

Julián, el bonachón del portero, está dando los buenos días a las criaturas. La alegría de éstas es imparable, el entusiasmo de la vida a borbotones. Valeria es reservada, pero Regina no, o al menos no todavía. Quizá nunca llegue a serlo. Sandino está convencido de que le quieren de veras y de que les pone de buen humor que sea él quien las vaya a buscar cada mañana y las lleve al colegio. Siempre tiene un tebeo para cada una. Valeria lo acepta con educación mientras que Regina siempre responde con mucho entusiasmo. Sandino espera que desaparezca la madre para dárselos. Les hace prometer que los leerán al volver de la escuela. Que guardarán el secreto como si fuera algo que debieran esconder.

—Vamos justas hoy, ¿no?

—Llegamos.

—Es que ayer nos quedamos hasta las tantas. Vino mi hermana, que vive en Boston con la pequeñaja, y te puedes imaginar.

No, no puedo imaginarme nada de eso. No puedo imaginarme Boston. No puedo imaginarme a tu hermana. No puedo imaginarte loca por alguien como yo y eso es una pena. No poder imaginar Boston también.

Las niñas son convenientemente besadas —«besos para mami, trastos»— y despedidas. Valeria pone el cinturón de seguridad a su hermana y después hace lo propio con el suyo. Sandino arranca el auto. El latido del intermitente. Ya en ruta, regresa sobre sus pasos. Por el retrovisor, Nat, con los brazos alrededor de su cuerpo a modo de salvavidas por desplegar, charla con Julián. Después por el espejo interior mira a las crías. Regina anda sumergida en el tebeo mientras que Valeria sonríe al taxista y mira por la ventana, presta a ensimismarse con la vida allá fuera. Dentro de poco, la más pequeña dirá lo que dice siempre:

—Aún huele a nuevo, Sandino.

El taxista, en ocasiones, se enrabia al verse aceptar lo armónico de la buena educación y las expectativas asumidas sin desgarro dentro de algunas genealogías. La belleza y el éxito como normas y no como excepciones al feísmo de, por ejemplo, su barrio y su gente. Piensa en Ahmed y en su hermano pequeño y los entiende, y eso, en cierto modo, le duele, lo enfurece y le hacer urdir pueriles venganzas como la que comete al subir el volumen de la canción que ya canturrea Regina sin levantar la mirada del tebeo.

«Casas tan altas como ataúdes, ríos podridos por la ambición.»

—Son Los Burros ¿verdad? —pregunta la niña.

—Casi.

—«...sin dinero no saben qué hacer: eso es tan duro, querer y no poder...»

La cría se acuerda de la letra.

Plas, plas, plas: qué gran victoria, cenetista.

El taxista se emplaza a olvidarse de Llámame Nat y de la lucha de clases. Ha de llegar a tiempo al Cardenal Spínola, así que todas las decisiones en la conducción han de ser correctas para llegar después puntual a la incineración de la abuela. Evita las Rondas. Sigue el passeig de la Bonanova desde plaza Kennedy y el nombre le recuerda ese retazo de historia narrada dentro de su sueño o susurrada al oído mientras, tumbado en la arena de la playa de El Prat —su secreta escapada de aquella madrugada—, miraba los aviones rugir dentro del cielo negro, apenas unos segundos antes de ver sus luces intermitentes. Las cosas se amontonan, se van empujando unas a otras, se acumulan detrás de los ojos, en la cabeza, hasta que la hacen estallar, la vacían para que pueda rellenarse otra vez. Cada día es un nuevo inicio y queda menos para la hora de cenar. Nada muy entusiasmante, ¿no, Sandino?

—¿Por qué no has tenido niños, Sandino?

Valeria regaña a su hermana pequeña por la impertinencia. Sandino sonríe y trata de acertar con la respuesta, una respuesta cuya versión definitiva aún no conoce. Simplemente, no sucedió. Lola nunca quiso. Él sí, a su manera: una manera intuitiva apenas, casi caprichosa, sin argumentos. Insistió. Quizá no lo suficiente, pero ¿uno ha de convencer a una mujer con el historial de Lola de que le dé un hijo, que se encadene a algo que no la obsesiona? Lola intentó suicidarse dos veces antes de los veinte años. Sandino intentó ser David Bowie o Lord Byron mil veces antes de los veinte años. Ambos fracasaron.

—A veces, los niños no vienen y nadie sabe por qué.

—Pero ¿te gustaría?

—Depende.

—¿De qué?

—Si me salen como vosotras, sí. Si no, los devolvería.

—Los niños no se pueden devolver —se ríe la pequeña.

—Claro que se pueden devolver. Si te salen niños feos o malos, se pueden devolver. Hay como un periodo de garantía.

—Eso no es verdad —responde Valeria, algo más seria que su hermana.

—¡Anda que no! ¿No os habéis fijado que por donde vivís —*stop, stop, Sandino, por favor*— no hay nadie feo, gordo o maleducado? En donde yo vivo todos lo son. Vosotros los devolvéis y nosotros nos los quedamos. Nos dan penita y acabamos por aceptarlos.

—El Ferrán es gordo y vive aquí.

—Te está tomando el pelo, tonta.

—Eh, que no hablo en serio. En todos los sitios hay de todo. Ya sabéis que soy un poco payaso yo.

Payaso, taxista, sirviente, marido, hijo, asesor, cliente, amante, prestatario, melancólico, feo, guapo, hermano, gordo, flaco.

Con un par de minutos de antelación llegan a la puerta de la escuela. Sandino aparca cerca de la gasolinera, en la cuesta, con las luces de emergencia, y cruza con una niña de cada mano la avenida Virgen de Montserrat. Podría andar un poco y utilizar el semáforo pero le entusiasma el reparo de Valeria y la emoción de

Regina por pisotear el césped en aquel preciso sitio donde, bajo ningún concepto, se puede pisar el césped. Su idea de justicia pasa por que la nostalgia de arrabal las lleve, ya de mayores, a volverse locas por feos, gordos, pobres o simplemente meros cruzadores de calles que no atiendan al color correcto de los semáforos.

3

Junco partner

1973

Una cinta BASF de sesenta minutos, negra y naranja como una abeja reina. Hermosa caligrafía llena de bucles y tirabuzones: Nochebuena de 1973. Una casete con chistes, villancicos, voces fantasmagóricas, la mayor parte pertenecientes ya a muertos.

1981

Hasta esa fecha, una escabechina. Su tío, sus dos abuelos, el bueno y el postizo, su abuela Carmen. Muchos de sus amigos. Los dioses no se saciaron de la sangre de los suyos hasta la década de los ochenta. Sandino sostiene que, por una extraña razón, el tecno-pop los calmó. La broma le pareció tan buena que la repitió años y años. Nadie se rió nunca mucho de ella. Es probable que fuera una mierda de broma.

Le ha dado tiempo de recoger a sus padres y a Víctor, y van hacia el cementerio de Horta, que queda encima de las Rondas. Nadie se ha creído las excusas de Lola, pero no han dicho nada. Sólo se han permitido una mirada entre hermano y madre que Sandino ha hecho por no ver. Confía en que no haya nada más, pero sabe que se equivoca.

—Me sabe mal.

—¿El qué?

—Lo de Lola.

—No me rayéis con el tema. No viene y ya está.

Silencio.

Un minuto, dos, tres, cinco: ya pasó.

¿Has tenido una buena vida cuando toda la gente que va a tu entierro cabe en un taxi?

Tramposa pregunta.

La muerta tiene casi cien años. A esa edad no queda nadie vivo, excepto algún vecino y los pocos o muchos descendientes que hayas tenido.

Y Kirk Douglas, claro está.

Lucía, La Abuela Loca, La Abuela Colérica.

Noventa y nueve años, tres meses y diez días: una vida longeva, a punto de rebasar la línea de meta de la inmortalidad. ¿Cuántos años tendrían hoy esos nombres de los que hablaba ella, Anastasia Romanov, Lluís Companys, Rodolfo Valentino, Millán-Astray, el ratoncito Mickey, Carlos Gardel?

Lucía, la abuela demente que perseguía a Sandino y a su hermana por los pasillos de casa con su dentadura postiza en la mano, en una suerte de ventriloquia diabólica. La que encadenaba enfermedades, dolencias tan postizas como esos dientes. La que les quería más que a nada. La que no sabía querer a nadie. La que pegaba calcomanías de rosas rojas en los cabezales de todas las camas donde durmiera. La que los lunes freía huevos para toda la semana. Ésa, casi cien años.

En el taxi, detrás de Sandino y Josep, su padre, está Víctor, en plena etapa de vinculación emocional con su entorno paterno ahora que vuelve a estar en marcha la venta de la Casa Usher. De la promiscuidad gay a las drogas, de las drogas al alcohol, del alcohol al caldo del comedor de los papas combinado con caldo de sauna. Cuando le dejó el taxi a Sandino, revivió su viejo sueño de ser actor de teatro y doblaje o quizá lo entendió mal, porque ahora tiene otro negocio farandulero que Sandino nunca acaba de recordar. A veces, el hermano menor del taxista engola la voz. La proyecta. Lola y él bromean siempre sobre el actor que pugna por declamar dentro de Víctor, que puede ser divertido y buen tipo cuando el litio le deja ser promiscuo, en definitiva, ser quien es: un ser de extremos, cariñoso, lunático, familiar y conservador a su manera.

Al lado de Víctor, Fina, la madre, el centro del mundo de todos ellos.

—Un poco más y el Papa la hubiera felicitado.

Nadie contesta a ese mantra que Fina ha ido repitiendo los últimos días de la agonía de la abuela, pero ella —guapa, de ojos vivos, edad indeterminada entre sesenta y setenta años, rubia teñida desde hace cuatro décadas, manchas en las manos y delgadez redondeada por años de menopausia— sigue sin percatarse —o quizá sí y no lo remedia— del hartazgo que propicia:

—El Papa felicita a quien cumple cien años. Le envía una carta por llegar a esa edad.

Silencio.

Uno, dos...

—Como es argentino, supongo que lo hará en castellano.

El cerebro de la vieja es una máquina de millón con mil bolas extras. Cuando se cuela una, de inmediato se le dispara otra. Ahora se le ha iluminado como un letrero de neón preguntar por el trabajo a Sandino, ensalzar al Papa, temer las nuevas elecciones, lamentar el cáncer de una compañera del coro parroquial y denunciar la injusta situación de Piqué con la selección. Todo al mismo nivel, en el mismo tono y todo sin solución. En la radio, a alguien se le ha colado «Only when you leave», una de las favoritas de la adolescencia *new wave* de Víctor, lápiz de ojos y, por mucho que le moleste, más Tino Casal que Marc Bolan. Sandino recuerda cómo odiaba, de joven, todo lo que no fuera lo que debía ser en cuestión de gustos musicales y cómo la madurez lo ha ido amansando: hace treinta años hubiera devuelto el coche al concesionario para que sacaran a los Spandau Ballet de la radio, pero hoy casi agradece la escucha inesperada.

Josep, el hijo de la abuela Lucía, mira a través de la ventana la hilera de árboles, sedientos y enfermos de dióxido, que en apenas nada dejarán el sitio a cipreses municipales más voluntariosos que disciplinados. Padre huérfano. Casi cuesta unir ambas palabras. A Sandino le parece que Josep se ha echado encima diez años en unos días.

Lóbregos pensamientos de cementerio parecen cruzar por la cabeza del viejo, pálido y empequeñecido, disfrazado más que vestido con una chaqueta y un pantalón, negros y enormes, una corbata también negra sobre impoluta camisa blanca. Sigue insistiendo en llevar bigote y en olvidarse las gafas en casa. Movimientos lentos, gravedad lunar.

Todo va mal y tiende a empeorar.

Juegos de manos, juegos de villanos.

Si te quedas quieto, igual no te ven y pasan de largo.

Cabeza de ratón a cola de león.

Quédate en casa, cierra las persianas, apaga las luces.

Mañana lo verás distinto.

Desde que se casaron, Fina y Josep viven en la torre de Lucía, la madre de Josep. Hubo amagos de fuga tanto antes como después de tener los hijos, pero las alarmas saltaron a tiempo y la luz del campo de concentración barrió el patio para que, como siempre, todo quedara como estaba en los dominios de la demente normalidad de la Bruja Lucía, antaño Casa Encantada, ahora Casa Usher.

El viejo regresa de donde quiera que estuviese. Gira la cabeza como un perro. Mira hacia adelante, parece recuperar el contacto con el aquí y el ahora. Carraspea. Va a hablar, a expresar algo que debe de haber visto allá donde ha estado, un recuerdo, una impresión, un color intuido.

Una frase para la posteridad, papa, una pista sobre quién eres, cómo sientes, el dolor por esa madre brutal y desesperada.

—Qué bien va este motor. Se conecta y desconecta sin ni un ruido.

Gracias, papa, gracias.

—Hasta los cincuenta kilómetros por hora vas con el eléctrico. Luego pasa a funcionar con gasoil —apunta Víctor, para remarcar que fue él quien compró el coche que va pagando Sandino.

—Y así al arrancar y frenar el coche no sufre.

¿Cuántos millones de veces esta misma conversación?

Su madre lleva unas flores en el regazo. Canturrea por lo bajo una melodía. Fina canta en una coral. Ensaya los lunes. Los domingos y sábados, autocar arriba, autocar abajo por toda Catalunya. En el repertorio está *Yesterday*. Su madre siempre remarca lo de *Yesterday*.

John, Paul, John y Ringo.

Fina nunca consiguió retener el nombre de George así que para ella los Beatles tenían, al igual que los apóstoles dos Santiagos, dos Johns.

Fina y su mundo.

Fin de trayecto. Aparcamientos desiertos, edificios bajos, familiares que esperan a los vivos de los muertos. Excepto a ellos. Nada ni nadie ha venido aquí por la abuela. Ella no tendrá velatorio ni misa. Sólo un agujero donde quemarán el cuerpo y la caja. *No hay dinero para los chicos*. Ganas, tampoco. Ni motivos para rezarle, para decir cosas buenas, para creer en el cielo, en alguien que la espere, que la juzgue o la absuelva. En la familia de Sandino nadie ha creído nunca en nada. La única tierra prometida que han conocido es la que tienen los árboles enfermos alrededor del agujero en el asfalto. Son la parte baja de la clase media. Hospital y cemento, inyección y pared, reunión de vecinos, bolsa de plástico, caucho en el asfalto. Además del padre y el hermano, sus dos abuelos fueron taxistas y, antes de serlo, uno de ellos trabajó de mozo de cuerda para que aparcaran los camiones, y el otro era el que llevaba aquellos camiones a aparcar, quizá los mismos. Ser taxista —ese destino del que Sandino quiso escapar— es casi un estigma en su familia, que nunca ha tomado parte en revoluciones y contrarrevoluciones. Jamás iniciaron o evitaron guerras, pero han ido a todas y han perdido la mayoría y se han pasado de bando a la primera ocasión para comer caliente en casi todas. Ni épica ni galones.

En la rampa que lleva hasta la entrada hay un camión de Fanta estacionado con el conductor dormido dentro. El centro de incineración abre dentro de cinco minutos. Víctor propone ir a hacer un café. Josep dice que para qué. Su padre no entiende ese consumir por matar el tiempo. El viejo decide quedarse solo haciendo guardia al lado del camión pintado de amarillo y naranja, como si se tratara del fantasma del guardavía. El chófer del camión abre la portezuela y, de un salto, baja a tierra. Se despereza como un gato grande e intercambia unas palabras con el viejo. Es probable que éste le esté pidiendo disculpas si su llegada lo ha despertado. Josep es capaz de eso. Cuando ellos eran críos, su padre dejaba propina en los peajes.

«En el fondo —piensa Sandino—, quizá Josep tenga razón.»

¿Para qué bajar las escaleras de la cafetería, localizar al camarero, pedir los cafés y abrasarse las gargantas con agua hervida en los diez minutos escasos que faltan para que abran el centro?

Quizá les haga bien llevar un rito en este entierro sin ritual.

Nadie dice nada. Nadie llora.

Su abuela era más un personaje de novela que real. De hecho, no saben nada cierto de ella. Todo fueron mentiras que ella creyó ciertas o no, de tal modo que nunca tuvo necesidad de sincerarse de nada. La fueron reconstruyendo luego, pero el sendero no tenía fiabilidad alguna. Es obvio que su familia no sabe qué hacer ante la muerte de la abuela Lucía. Porque al ser hijos de la gleba, prácticos, esenciales, medulares, les falta poesía y entonces es sólo que la vieja ha muerto y piensan más en lo que se ahorran y no en lo que pierden, si es que se pierde algo al enterrar a esa mujer de casi cien años.

De camino a la cafetería —todos menos Josep—, Víctor se saca de la chistera un ejercicio práctico del último gurú sacacuartos al que debe de haber acudido. Su plan es que cada uno hable de los recuerdos de la abuela, convocarla, formalizar el rito a precio de un café por barba.

Víctor proyecta, ahora sí, esta vez seguro, un poco la voz.

Si estuviera Lola, buscaría la mirada de su marido y sonreiría. *Veamos qué tiene él por aquí.*

La abuela poniendo su belén en la puerta de casa. Una campana verdosa en cuyo interior cabían burro, vaca, padres, niño y tres pastores arrodillados. La abuela acunando día y noche a un pájaro enfermo lleno de parásitos. La abuela entregándole una pelota de tenis que le había dado Manuel Santana. Sandino tardó años en reconocer la trola. Bendita inocencia. Santana y su abuela vivían en universos paralelos, por el amor de Dios.

—¿Sabéis yo de qué me acuerdo? —dice Fina—. Cuando era la noche de Reyes y vosotros pequeños, la abuela subía de su piso, veía los regalos que yo había colocado en los sillones, elegía una o dos cajas y se las bajaba. Y siempre eran los mejores regalos, las cajas más grandes.

Lo cierto es que los críos siempre se preguntaron a qué se debía que los Reyes fueran más generosos en casa de la abuela que en la suya. Su madre, brillante mentirosa a tiempo completo, en su día les hizo un apaño: los Magos llegaban tan cansados que en el primer piso dejaban los regalos más pesados.

—¿Por qué se lo permitías? —pregunta Víctor.

—¿Crees que no traté de impedirlo? Pero buena era la señora.

Un momento: ése no era el plan de Víctor.

—Centrémonos en las cosas positivas: en lo que nos dio.

Todos hacen ascos a cafés y cortados que, como todo parecía augurar, están horribles. Sandino empieza a divertirse ante el ninguneo a su hermano. Le gustaba más el *gremlin* que fue hace años que la conversa puritana de los últimos meses. Supone que se quieren aunque, si no fueran hermanos, ni se habrían tratado. Siéndolo, se buscan, se ven, se detestan, se vuelven a buscar: hermanos a fin de cuentas.

—Mama, dinos la verdad, lo que pasaba es que tenías miedo de que te pasara como al abuelo.

—¿A qué te refieres?

—A que te matara. Seguro que nunca le dabas del todo la espalda.

Los hermanos ríen.

—No digas tonterías, nene.

—No jodas, mama. Tú misma me lo has dicho...

—No...

—Si lo primero que dijo cuando el médico salió a daros la noticia fue si le harían la autopsia.

—Bueno, sí, eso fue raro.

—¿No confesó un San Esteban?

—Sí, lo hizo, mama —se apunta Víctor.

—Pero estaba piripi.

—¿Piripi? Estaba como una cuba. Dijo que lo había matado. Bien claro además.

—No dijo eso, sino que había acabado con él.

Sandino lo recuerda. Entre lágrimas de cocodrilo. «Lo he matado, perdonadme, lo he matado pero no era buena persona: le pedía dinero para comprarme unos zapatos, para los *escamarlans*, y siempre me decía no, no y no. Además quería dejar la casa para su primera familia. No soltaba el mando a distancia, siempre tan alta la dichosa tele, día y noche. Le hablaba y no me escuchaba.»

En su familia nadie discutía los motivos por los que cada uno hacía lo que hacía. Los hechos se asumían, se disfrazaban, se escondían y luego, llegado el caso, se negaban incluso bajo tortura pero los motivos jamás eran juzgados por el resto.

Cuando la abuela Lucía, la que hoy va a ser incinerada, envenenó con matarratas a su pareja, no quería quedarse sola. Los padres de Sandino determinaron que él, como hermano mayor, durmiera con su abuela, en aquella habitación de dos camas, viejas y rústicas, estancia con cuadros de cacerías de jabalíes, vírgenes aterradas más que anunciadas y una foto descolorida, enmarcada y colgada frente al espejo de la ciudad de Toledo. También el Cristo de Velázquez colgado entre las dos camas acababa por alegrar aquel nicho. Sandino recuerda que aquellas sábanas aún parecían oler al muerto. Las fundas viejas de la almohada, lavadas, zurcidas, zurcidas y lavadas.

Sandino aceptó sin protestar, como casi siempre, que le entregaran como rehén. Dormiría en el piso de abajo, con la vieja loca, mientras por el techo escucharía cómo andaban, reían y chillaban sus progenitores y su hermano. Tuvo la sensación, a veces, de estar muerto y enterrado, en otra dimensión, bajo el mundo de los vivos. La abuela Lola roncaba, hablaba en sueños, liberaba metano y meaba a presión en un orinal a pocos metros de él. Era todo tan horrendo que Sandino ha de recordar que sólo era un crío, que eran casi finales de los setenta, que aquello era Europa, que España era una democracia, su madre tomaba anticonceptivos y su padre había bailado con las canciones de Elvis. No eran unos psicópatas: la gente antes hacía cosas así. Parecía la mejor opción dado que la relación de Josep con su madre era volcánica, probablemente agresiva por parte de ella, y Sandino apaciguaba hasta a las bestias, según Fina.

Una de esas noches, la vieja, ojos desorbitados, sudada y visiblemente aterrada, despertó a Sandino. Había visto en sueños al abuelo, sí, y éste le había dicho que no podía perdonarla. Le decía: asesina, mala y cosas peores. Ella lo había matado sin que pudiera despedirse de nosotros y sus amigos del dominó y, por eso, no la dejaría en paz tan fácilmente. Sandino trató de tranquilizarla. La abuela se durmió, pero el chaval cogió almohada y sábanas y se fue hasta la escalera, a medio camino entre el mundo de los vivos y el de los muertos, donde durmió aquella noche lejos de la vieja. Su abuelo le quería. A él no le haría ningún daño. Aunque estaba seguro de ello, lo cierto es que rezó para que no viniera.

El abuelo no se presentó. Ni ésa ni las siguientes noches. Sin pedir permiso ni dar explicaciones, Sandino volvió a dormir en el piso de arriba y la abuela hizo las paces con el fantasma del asesinado.

—¿Sabéis que un poco más y el Papa la habría felicitado?

—Joder, mama, estás empezando a chochear. Deberías mirártelo, igual es principio de alzhéimer.

Víctor *el Delicado.*

—¿Tú crees que el abuelo vendrá, Joselito?

—No, abuela, no vendrá.

—Me defenderás si viene, ¿verdad, Joselito? Dime que lo harás. Júramelo.

Te lo juro: te defenderé.

Nunca he sentido nada igual a esto.

Te quiero.

Te amo.

Estoy perdidamente enamorada de ti.

Sí, sí, sí, yo también: ¿hasta qué hora puedes quedarte?

Nunca te dejaré: me dejarás tú antes.

Me esperan en casa.

4

Ivan meets G.I. Joe

Después de la incineración y de dejar a sus padres en el mercado de la plaza Virrei Amat para que aprovechen el día y hagan ya la compra, Sandino circula a lo largo del passeig Maragall hasta que a la altura de Sant Antoni Maria Claret encocha a una pareja de traje chaqueta y abrigo de El Corte Inglés. Los deja en passeig de Sant Joan y allí recoge a una familia de Estocolmo que se ha liado con la numeración de los autobuses y no sabe cómo llegar a la Sagrada Familia. El resto de pasajes dejan de diferenciarse. Son trayectos donde la cháchara de los pasajeros no le llega o, si lo hace, es amortiguada en una suerte de *muzak* sin sentido en el que sólo un determinado golpe de voz le indica que se están dirigiendo a él.

En cada parada de semáforo, si no lleva pasaje, Sandino aprovecha para seguir leyendo una vez más *Una soledad demasiado ruidosa*. Se lo ha vuelto a comprar porque el anterior ejemplar lo regaló. Es, la suya, una manera de leer nerviosa, neurótica, bulímica. Como si buscara con desespero algo que sólo sabe qué es cuando lo encuentra. En un cambio de semáforo a verde que le pilla por sorpresa, Sandino lanza el ejemplar sobre el asiento del copiloto, donde rebota como en una cama elástica, entre estuches de cedés, vales de lavado, el android y un manojo con todas sus llaves.

Ese asiento es una tirada de dados, cristales de un caleidoscopio, un sonajero mudo. Seguro que alguien podría leer su destino mirando los objetos dispuestos caprichosamente en él. Verdades ocultas por descifrar y qué bien si sonaran los Cranberries y esa canción que le regalaron hace años. Verdades, mentiras, de eso trata la decisión de parar un taxi y subirse a él. Barcelona no es tan grande y para ir a un sitio determinado tienes tus piernas o los autobuses o el metro, pero allí no puedes mentir ni escuchar las mentiras del otro, como al oído, en la casi onírica confidencialidad de un taxi.

Es mentir como si robaras toallas de un hotel.

Mentiras sobre sexo, sobre dinero. Sobre quién eres. Sobre qué haces. Sobre qué sabes tú que no sabe nadie más.

Una bañera llena de mentiras.

Pasajeras que se te insinúan, matrimonios que te proponen un trío, *blade runners* buscando taxistas replicantes: mentiras.

Verdades, medias verdades y más y más mentiras.

Pasajeros que viven de rentas, que especulan con terrenos y construcciones, alquileres y subarriendos en Bulgaria o Marruecos, que van y vienen alrededor del mundo a causa de sus fabulosos empleos que no saben explicar, altos directivos, trajes estrechos, despachos acristalados, rascacielos de oficinas, supervillanos Marvel: medias mentiras, mentiras y media, exageradas, puro dopaje de la realidad.

Verdades, paranoia, tesoros descubiertos siglos después del naufragio.

Individuos que conocen los pactos secretos entre los partidos del orden y el desorden, lo que hará Puigdemont en los próximos meses, que Cristiano Ronaldo ya tiene casa en Londres, que acabará ganando Trump porque WikiLeaks trabaja para Putin, que Jordi Pujol aún no lo ha dicho todo.

Verdades, todo verdades, claro, por supuesto, verdades y mentiras.

Salarios, licencias, acciones, hijos que se marchan mañana a estudiar al extranjero, proyectos, ideas, planos, trenes y *pendrives*. Niñas, mujeres, hombres, amantes, monitores, secretarias, amigos, psiquiatras, lanzadoras de cartas y de tiro al arco, finales felices, administradores de web, despedidas en estaciones, Vivaldi y Alejandro Sanz, incentivos, excedencias, minusvalías, defraudaciones, contraseñas bloqueadas, sanciones, hijos que vuelven mañana de trabajar en el extranjero, madres, hijastros, abogados, aviones, penetraciones anales, iglesias, manos limpias, escuchas, habitaciones por horas y la seguridad social que no entra en el cómputo de los salarios.

Confesión, penitencia, evacuación de zona no militarizada. El espejo no importa: sólo el reflejo.

La impunidad de mentir a un extraño. Es sólo el arte del engaño por el engaño. El taxista no te cree a ti y tú no crees al taxista y la ciudad pasa alrededor, en el batiscafo, a través de los cristales, como salvapantallas de tu portátil que ya conoces, que no son parte ya de tu realidad, siempre en medio de otro lugar.

Sandino quiere creer que la mayor parte de las cosas que le dicen u oye son mentiras. Quiere creerlo. Porque si son verdades es aterrador.

Un pasaje, de madrugada, le dijo que acababa de follarse a una tía que tenía la cara desfigurada. Parecía ser la secuela de un ictus. Tenía buenas tetas. Vivía sola. Luego resultó que no. Había alguien en la otra habitación: dos niños que, por fortuna, no se despertaron. Mientras lo hacían, la tipa, desde su boca en forma de signo de tabulación de su cara *qwerty*, le pedía que la insultara, que le dijera que era un monstruo. Eso parecía verdad. El pasajero dijo que no le había hecho caso. Eso parecía mentira. Eso parecía un pedazo de un cuento de Denis Johnson que leyó la otra noche. Entonces no era mentira, era verdad, era ficción, la jodida verdad de lo inventado.

En otra ocasión, una mujer lloraba volviendo del ginecólogo. Estaba embarazada de alguien que no era su marido. Había sido una estupidez, un tipo que había conocido en el trabajo. Ella amaba a su marido. No sabía qué hacer. Llevaba tiempo queriendo ese hijo. ¿Qué haría usted? ¿Puede uno guardar toda la vida un secreto así? Eso también parecía verdad. No puedo hacerle eso a mi marido, sentenció. Eso parecía mentira.

Gente buena, mala gente.

Buenos dados, malas partidas y también al revés.

—Si le explicara lo que me acaba de pasar, no se lo creería.

Un tipo asegurando haberse follado a Amy Winehouse cuando aún no era famosa. Otro que había matado a un tipo. Un hombre que afirmaba tener la vacuna contra el cáncer, pero por cederla gratis le habían retirado la licencia y ahora le perseguían. Otro que decía ser capaz de tener relaciones sexuales durante veinticuatro horas seguidas.

—¿Sabe usted que Serrat me hace vudú con sus canciones? Todo empezó con «Tu nombre me sabe a yerba».

Un hombre asediado por el fantasma de su madre, que había permanecido muerta en su cama quince días. Los vecinos avisaron a los servicios sociales. Los servicios sociales a él. ¿Qué haría usted? ¿Qué explicaría usted? ¿Qué excusa puedo tener? Eso también podía ser verdad y esa verdad iba desesperadamente en busca de una mentira que la salvara.

—En «Cada loco con su tema» o «Penélope».

Pobre loca.

La puta vida dando tumbos, un Dios borracho buscando la manta con la que taparse al mismo tiempo cabeza y pies.

—Un crío se ha debido de dejar esto aquí.

El cliente, un procurador de los tribunales al que Sandino está llevando a la Ciutat de la Justícia, se refiere al tebeo de tapa dura que Valeria se ha dejado olvidado o no ha tenido a bien llevarse.

—Gracias. Es de mi hija.

También uno miente por armonía, como ahora miente Sandino. Por nostalgia de algo hermoso.

—Es de los antiguos.

—Sí, era mío, de cuando chaval.

Sandino deja con mimo sobre el asiento del copiloto el viejo cuento de historias de los hermanos Grimm. Compró, hace ya varios domingos en el mercat de Sant Antoni, un buen número de tebeos y cuentos para las crías. Pero éste es de los que cogió de casa de sus padres. Se conoce de memoria todas las ilustraciones. La textura un pelín áspera de las hojas, la portada nacarada con las puntas romas de cien golpes, y aquellos dibujos a color con personajes de grandes cabezas, pies suaves y diminutos, espadas, brujas y madrastras, patas de pollo, manzanas apenas mordidas y agujeros excavados en la roca.

Cuando deja al pasajero, abre el libro de cuentos al azar. Dos hermanas. La buena y la mala. La hacendosa y la perezosa. La tacaña y la que no guarda nada para ella. La del baño de oro y la del baño de pez.

Qué tranquilidad vivir en un mundo con esos cimientos. Una línea clara e inamovible entre virtud y pecado. El mar abierto que, tras el último de los esclavos, se cerrará sobre el faraón.

—¿Sabe una cosa?

—¿Qué?

—Nos ha encantado que no trabaje con GPS.

—Si no sé dónde está Consell de Cent...

—Le aseguro que nos hemos encontrado con más de uno y de diez que no sabían ni de qué estábamos hablando.

—Ya.

—También nos ha encantado —esta vez es la otra abogada, caballuna y desgarbada, al contrario que la que le abona la carrera, menuda y algo más joven, de la misma edad del taxista— que no sea paquistaní o de por ahí.

Ríe una, ríe la otra. Sandino se limita a sonreír. Devuelve el cambio. Lo sabe todo de ellas. Ha escuchado mil veces las mismas cosas a mil personas distintas.

Bordea la Facultad de Teología bajando Balmes. Gira a la derecha por Diputación hacia plaza España. Nadie. Sube, baja y acaba desplazándose más allá de rambla Catalunya y passeig de Gràcia hasta que opta por detenerse en la parada del hotel Renaissance. Seguro que estará la fauna de rigor, pero quiere tener tiempo para decidir si llama a Lola, si le pregunta lo que sea o se conforma con que descuelgue, con interpretar las inflexiones, el tono de su voz.

Cuando se detiene en una parada no suele bajarse del taxi a menos que esté solo o el resto de taxistas sean desconocidos. En esta ocasión, el Renaissance es territorio de gente a la que detesta. De hecho, se arrepiente enseguida de haber parado allí. Sandino suele llevarse bien con algún taxista de la vieja guardia, casi de cuando había que llevar camisa azul para ser conductor. También con alguno de los jóvenes, estos que como él se han encontrado sin trabajo y tratan de hacerlo lo mejor posible. Pero están todos los demás y algunos de ellos paran en el Renaissance.

Veinteañeros, treintañeros, cuarentones, vampiros, zombis metropolitanos. Al pasar la cincuentena se convierten en algo más oscuro, tremendamente resentido pero ya amansado. Ya no se rapan las calvicies. Ésa es la señal. Ésos viven en un escenario sin horario creyéndose una especie de Batman vicioso, arrogante y lerdo, embriagado en sus propias frustraciones, el ambientador de canela y el hedor del esfínter en el que haya guardado su coca el *dealer*. Tipos feos que parecen salidos de una mala noche de peor *speed* cortado con tiza, vestidos con ropa comprada por sus nenas en La Roca y con un vocabulario de trescientas palabras que, en ocasiones, no son ni capaces de combinar. Gafas de sol incrustadas en medio del occipital, tatuajes, barrigones y, muchos de ellos, españoleando en demasía con tal de tener algún motivo con el que acabar cualquier discusión. Sus vehículos derrapan, pero no se calan ni se gripan. Un poco como ellos, que aún creen que hay mujeres que se sienten impresionadas por un chófer.

Sandino, para aliviar la espera, recoge a Bohumil Hrabal de la última mala caída. Al poco, alguien, con los nudillos en el cristal a medio bajar, reclama su atención. Es Sebas. Las ya consabidas gafas de sol con bordes dorados, flequillo de nutria mojada, perilla selección Primera Eurocopa Gol de Torres, colonia Hugo Boss robada y ademanes de manual de matón en fotocopia barata. Chaqueta de cuero larga, olor a República de Weimar. Sebas siempre es el enviado, el de los recados, el pídeme un café, anda.

—Perdona que te moleste.

—Tú nunca molestas —contesta Sandino sin alzar la vista del libro.

—Andan buscado a la Sofía pero nadie de por aquí tiene el teléfono y como sois de la aristocracia y no tenéis Radio...

—Si la veo, le digo que la buscas.

—Yo no la busco. La busca el *senyor* Adrià. Está allá con los otros y pregunta por ella y por ti.

—Puedes decirle que estoy aquí. Que se venga. *Cap problema.*

El *senyor* Adrià es un taxista viudo que no se acaba de jubilar nunca. En las paradas, los días que está melancólico, saca del maletero una vieja guitarrica española que nunca estuvo afinada, al igual que su voz, e intenta una canción que yendo hacia una ranchera acaba siendo un bolero llorón en el que en algún momento se le cruza la imagen de su mujer, se le hace un nudo en la garganta y aparece *el amor que no se marchita,* o simplemente no puede continuar. El *senyor* Adrià es buena gente, pero miedoso sin filtro. Todos son sus amigos. Aunque le humillen o simplemente le tomen el pelo. Él finge no darse cuenta o quizá no le importe lo suficiente como para enfrentarse a ello.

Sebas sigue allí.

Y allí seguirá mientras no haya un cambio en la escena, y Sandino lo sabe.

Bohumil Hrabal se le desvanece entre las manos, leyendo una y otra vez el mismo par de frases.

Puede poner en marcha el Toyota y largarse. Puede hacerlo, pero en vez de eso desiste de la lectura, abre la portezuela con un ceremonioso paso atrás de Sebas y ambos echan a andar hacia el corro de gente. Sebas anda haciendo muecas porque los otros babuinos —el Bólido, Rafa y Pelopo— se ríen al tiempo que siguen fumando, sorbiéndose la moca o mirando con pulso de francotirador el culo andarín de alguna chica que pasa a un par de kilómetros de ellos. Dentro de uno de los taxis hay un paquistaní. Ya es raro que se detengan en una parada. Pedirles que salgan del vehículo es demasiado, piensa Sandino, adicto también a ese racismo indolente, el mismo del que hacía gala la abuela Lucía. «¿Qué pasa, abuela?» «Nada, el negro así con gafas. Que me hace gracia.»

Sin sorpresa comprueba que el *senyor* Adrià no está con ellos.

—Oh, qué astutos: caí en vuestra trampa.

—Astutos... Siempre aprenderás alguna palabra nueva si Sandinismo está por aquí —indica el más peligroso de los tres, Pelopo, simiesco, rapado, dos pendientes en una oreja y tatuajes en los dedos que Sandino ni se ha molestado nunca en leer.

—¿Lo otro también era invención, Sebas? Eso sería ya muy sofisticado. *So-fis-ti...*

—Cómo me cansa este tío. Es que los cojones se me caen al suelo y se me quedan allí hasta que lo vuelvo a perder de vista.

—Buscamos a la Sofía. No directamente —interviene el Bólido, achinado, bajo y borracho, que heredó el apodo de su padre, también del gremio, que a veces, aunque ya está jubilado, se pone al volante, yonqui del gasoil y del dinero en efectivo—. El otro día un cliente se dejó algo en el taxi de tu amiga bollera. Memorizó el número de licencia y dio parte.

—¿Y qué se dejó? ¿Un paraguas?

—Un montón de paraguas —sentencia Pelopo mientras simula un número de baile con pies y contoneo de cabeza, en el enésimo coletazo de la euforia de la noche anterior.

«Sólo te falta *Baloo*», piensa Sandino.

—¿Y quién la busca?

—La virgen puta... ¿te lo escribo? La persona que se dejó la bolsa. Se ve que son documentos importantes y tu amiga se los ha quedado por la cara. La empresa de esa persona ha contactado con la emisora y al no ser abonado, pues eso, antes de que se líe más y sabiendo que os conocíamos, nos dijeron que lo más fácil es teléfono, llamar y *sefiní*.

—No tengo su teléfono. En serio. Nos vemos al parar, en el aeropuerto. A ella le gusta mucho ese viaje.

—Desde que pasó eso, a la parra no ha ido.

—Tampoco lo sabemos al cien por cien, Rafa —dice Sebas, de modo pueril.

—Es sólo que la gente con la que hemos hablado que suele ir a la parra dice que desde hace días no se la ve por el aeropuerto. ¿Mejor así?

«Demasiado interés —piensa Sandino, que se reafirma en su actitud con ellos respecto a Sofía—. Ni lo del aeropuerto debería haberles dicho, aunque ya lo sabían.» El silencio se instala entre ellos. El Bólido resopla y hace ademán de darse la vuelta y largarse. Sandino cuenta los segundos necesarios para que no parezca que les tiene algún tipo de respeto o de temor, antes de proceder a encerrarse en su auto y largarse aunque sea de vacío.

—¿Sabes qué me jode de ti, Sandinismo? Te lo voy a decir. —Es Pelopo quien dispara—. Ese rollo de superioridad con respecto a los demás. ¿Quién coño te crees? Porque te gusten músicas raras o hayas leído unos cuantos libros, ¿eso te hace mejor a los demás?

Libros y música: ¿eso les pone nerviosos?

—A ver —finge que contemporiza Sebas—, él no es mejor que nadie, ¿verdad, Sandino? Lo que pasa es que es así como distinto, especial, ¿a que sí? ¿A que es eso? Eres especial.

Sebas antes vestía con un cierto rollo rocker. Probablemente por eso conoce la canción de Los Rebeldes que canturrea en esos momentos mientras regala un impagable ejercicio de *air guitar*.

—Tanta mierda de que fuiste a la universidad, que ya veríamos si es verdad, y *¿pa'qué?* Para acabar haciendo lo mismo que yo y ganando mucha menos pasta —sentencia el Bólido.

—Pero ¿de qué coño va esto? —contesta Sandino, aunque nota que la voz le tiembla como en las peleas en el colegio, aquellos círculos, aquella arena, aquel sudor agrio—. ¿Por qué no dejáis de bajaros series de malotes, pedazo de subnormales?

Sandino les da la espalda y se encamina hacia su automóvil.

—Subnormal, tu puta madre, idiota.

—Pasa de él...

—El día menos pensado irás a subirte al coche y te darás cuenta que subes en silla de ruedas, gilipollas...

Sandino se vuelve de inmediato y va hacia el Bólido y se le coloca a escasos centímetros de la cara. Ni él sabe de lo que es capaz su cólera porque siempre la ha controlado. No sabe perder el control. No sabe qué hay después del control.

—El día menos pensado ¿qué? ¡Di! ¿Qué? Hijo de puta.

Alguien —supone que Sebas: también ése es su papel— dice algo como que no vale la pena. Sandino reanuda entonces el camino hacia el vehículo. *Mala idea parar. Mala idea hacerlo aquí. Hoy es el Día de las Hostias, Sandino. Hoy vendrán todas. Más vale que estés preparado. Te has calentado demasiado pronto. Van a venir los tres por ti. Ahora mismo lo están haciendo. No los oyes pero están corriendo, se abalanzan, están ya en el aire, así que te medio giras para ver que no es cierto. A la gente del Renaissance no les gustaría una pelea en su acera, y ellos lo saben.* En otra parada probablemente hubiera sido distinto. Se sorprende lamentándolo. Lleva dentro una extraña sensación de querer abandonarse a la violencia: de pegar y recibir hasta el coma clínico y luego dormir un millar de años y que el mundo gire sin él.

Llega al Toyota. Está a punto de entrar cuando una pareja yanqui de mediana edad se le acerca con el objetivo de coger un taxi. Está tentado de encocharlos él, pero sabe que Sebas y los otros estarán pendientes y no quiere una escenita folklórica delante de esos guiris. Sandino les indica que se dirijan al grupo de conductores.

Dentro del auto, nota cómo tiembla de arriba abajo. La furia y, especialmente, la contención de la misma le enardecen aún más. Como le pasaba de crío. Cuando no sabía contestar a tiempo a los insultos, a las bromas pesadas. Cuando fingía no haber escuchado una humillación, o rehuía una situación que podía llevar a una pelea. Ese volver a casa con la conversación que debería haber sido dentro de la cabeza, la proyección privada de los diálogos, los puñetazos, el principio y el final de la reyerta. Siempre tarde, chaval. Y sabiendo que la próxima será igual. Nunca encontró la manera de reaccionar en el momento. Era como si su honor sólo pudiera ser reparado con la destrucción absoluta del mundo. Como Sansón. Como Carrie. Todo postergado para el Armagedón.

Se dirige a la parra. Da igual que lo haga sin pasajeros. Qué importa eso. Irá en busca de los aviones. Los verá ir y volver, sus barrigas llenas de maletas y señores y señoras. Tratará de hablar con Lola. Acudirá a su trabajo si es necesario. Pedirá perdón por todos los delitos del mundo.

Llámala. Ahora. Coge el móvil y hazlo.

Ve que tiene una llamada perdida de Ahmed. Que él recuerde, hasta hoy nunca le había llamado. Igual ha marcado por error.

Llama a Lola.

Venga.

Pero teclea un número que no es el de Lola. No sabría muy bien decir por qué si se lo preguntaran.

—¿Tienes trabajo?

—Tengo, pero ya estoy harta. Odio los lunes.

—Hoy no es lunes.

—¿No? Entonces tengo una semana de lunes.

—¿Me puedo pasar?

—No sé si es una buena idea.

5

The leader

—Anochecía en Nueva York. Washington Square. Washington Square es una plaza. ¿Ha estado usted en Nueva York? Tiene que ir. Se lo recomiendo. Todo el mundo lo dice, pero a veces hay cosas que todo el mundo dice porque son lisa y llanamente verdad. Recuerdo esa tarde. Todo muy turístico. Sé que eran los ojos de un turista, pero para mí fue lo más parecido a una revelación. Me di cuenta de que mi vida había sido, no sé, ¿puede decirse en vano? Fallida. Una broma. Que había sido una cárcel, un farsante para mí mismo. Me di cuenta, le parecerá a usted una perogrullada, de que no todas las personas somos iguales, ni nos motivan las mismas cosas, ni nos conformamos con lo mismo. Y también fui consciente de que no tenía modo alguno de cambiar mi vida. Ése que miraba era yo y siempre sería yo y llevaría la vida que había elegido. Que lo hubiera hecho por miedo o por decisiones meditadas, por responsabilidad o por estupidez, era indiferente. Yo era un cuadrado y nunca sería un círculo ni un triángulo. Algo así. En Washington Square hay gente que monta su espectáculo. Músicos, actores, saltimbanquis, toda esa patulea. Los turistas, los curiosos, se agolpan ante una actuación u otra, sonríen, aplauden, dejan sus dólares. Es agradable. Te hace sentir niño. Te relaja. Quizá sea el hecho de que es gratuito, que no estás obligado a comprar nada, a pagar por estar ahí. Es como el aire. Lo respiras. Agradeces que te lo permitan respirar y si quieres bendices a Dios y si no, no. No quiero decir que toda la cultura sea gratis. Las librerías en Nueva York o en Londres... ¿Le gusta leer a usted? Pues allí alucinaría. Tienen horario nocturno. Te dan ganas de quedarte a vivir allí, encerrado de por vida... Le sigo explicando. Nosotros, mi mujer y mi hijo y yo, nos quedamos mirando una actuación de unos chicos, negros la mayoría y algún que otro sudamericano. Parecía ser uno de esos espectáculos en los que ponen rap y bailan y hacen acrobacias. De hecho, no recuerdo si había música o no. Supongo que sí. Eran varios, pero había un joven que sobresalía de entre todos ellos. Era negro, unos ventipocos años, un cuerpo musculado pero casi sin querer, sin haber pisado jamás un gimnasio o haber hecho una dieta en toda su vida. Llevaba el torso desnudo. Hablaba un inglés atropellado y metía palabras en italiano, español, francés, lo que fuera. Pero lo más impresionante del chaval era su simpatía. Era tremendamente simpático y muy divertido. Tenía una sonrisa que te hacía sentir mezquino si no la correspondías con la tuya. Generaba alegría. Se le notaba que vivía en la calle. No mal, ni mucho menos. Sino aquí y allá, en un universo de amigos y amantes deseosos de que él les diese algo de esa gracia que ostentaba y derrochaba. No se guardaba nada para él. Y no lo hacía porque lo suyo era carisma, alma, lo que tuviera era inagotable. Sería así siempre. Entiéndame, no soy el típico imbécil que vuelve de África con el discurso de que no tener nada es lo mejor y que aquellos niños pasan hambre, pero sonríen y son vitales. No. Ese tío tendría sus problemas. Debía de ser un desastre para su familia o para quien quisiera atarle a su lado. No sé, todo eso son conjeturas. Quizá no. Pero además de su simpatía y su dominio absoluto de la situación, no del espectáculo, que también, sino de sus gestos, de su hablar, del espacio que iba abriendo a su paso, era alguien que sabía hacerse ver, escuchar, sentir. Nunca había sido indiferente a nadie. Pero lo que me fascinó fue su compromiso con la vida. Pero con la vida viva, no sé si me entiende. Con la vida como algo que se mueve, un bicho que se escapa cuando tratas de cogerlo, como el rabo de una lagartija, como un pez, no sé, la vida como algo impredecible, por hacer. Lo mirabas y veías todo eso. Era alguien libre y seguro de su libertad. Alguien que sería amado y abandonaría y, al mismo tiempo, que jamás sería abandonado o dejado de amar. Podía vivir en Nueva York o venirse aquí y ahogarse en un río. Daba igual. Todo era posible y todo estaría bien. Si su vida duraba un siglo o sólo un minuto más, habría valido la pena. Fue algo extraño. El espectáculo de acrobacia tenía un poco de todo eso. Colocaban una fila de turistas y los diferentes chicos del grupo (creo que había un par de chicas, sí, seguro) cogían carrerilla y saltaban sobre uno, apoyándose en los hombros. Luego sobre otro. Luego sobre tres. No sólo era él, había alguno de sus compadres que saltaban más y mejor, pero él era el imán. Al final puso seis o siete turistas, algunos muy altos, y él iba intercalando a unos y a otros. Bromeaba con ellos. Fingía que le tocaban el culo, que les iba a robar la cartera. A una chica, que la iba a besar. Al final, la carrera siempre paraba a un palmo del primer turista. El salto se interrumpía porque alguien se había movido, porque los espectadores no habíamos mantenido el silencio, cualquier cosa. La resolución del número no era el salto. De hecho, era imposible, a todas luces improbable, pero si existía alguna posibilidad, era evidente que él la tenía. Todo acababa con una broma, un gag que no recuerdo. Todo aquello duraba mucho. Veinte minutos quizá. Uno de los chicos pasaba el sombrero y se iban a relajarse hasta el siguiente ensayo. La mirada de él se oscurecía un poco. Ya era algo más taimada, de hombre de negocios, su simpatía no era tan impetuosa, no sé cómo explicarlo. Daba igual. El hecho es que le envidié. Aún le envidio. Quise ser él. No sólo por lo más obvio: tener su edad, sus posibilidades, su seguridad, la chica con la que se acostaría aquella noche, los ojos nuevos con los que veía el mundo, y éste se mostraba como si cada día lo hubieran puesto allí para él. Le envidié sabiendo que con todo lo que él tenía yo no sería así. Me sentí gordo. Me sentí estúpido. Me sentí un farsante, con mi familia convencional, con mi viaje pagado a golpe de Visa, con mi mirada sobre aquella ciudad, sobre aquel espectáculo, con las luces del ocaso, en aquella plaza de Washington Square. Me sentía mal, podrido, de un modo físico, pero especialmente espiritual. Fofo, cansado, reventado por dentro. Nunca corrí como él. Nunca el cuerpo me respondió como a él. Su cuerpo fue siempre un amigo, una expresión máxima, y el mío, el de la mayoría, una prisión, un inconveniente, un lastre. Nunca mi cuerpo fui yo. Ni tampoco ese concepto de la vida. Probablemente ese chaval era un egoísta, un inconsciente, un irresponsable, pero ¿qué era yo? Otro tipo de egoísta que ha querido comprar la vida y no irla a buscar. Un tipo que nunca se ha arriesgado en nada, que no ha perdido mucho de nada, ni de dinero ni de afectos ni de seguridad, que se ha responsabilizado de todo y de todos, sin poder librarse de eso que también es egoísta. Porque lo mejor de él era que lo mandó todo a la mierda, que un día cogió la puerta y se largó de casa o dejó a su novia preñada o su último trabajo o a su mejor amigo en la estacada y nunca tuvo un remordimiento, un arrepentirse, en su carencia absoluta de empatía. No tenía mérito porque no era costoso para él. Qué suerte, ¿no? Pero no todos podemos ser así. Yo lo intenté y nada, sólo más deudas y volví a lo que soy. No hay más. Pero cuando pienso en la felicidad, pienso en él y pienso en mí mirándole, en cierto modo también fui feliz yo, en ese momento. Por aquí ya me va bien.

Se baja esa voz y ese pasajero, y Sandino se queda mirando nada, pensando nada, con el crepitar del intermitente, superado por todos los vehículos. *Pon en marcha el coche o apárcalo o quédate ahí, en segunda fila de Entença arriba, casi tocando Josep Tarradellas, pasada la prisión Modelo.*

¿Qué imagen tiene él de la felicidad, de un momento parecido al que le ha referido ese hombre?

Juguemos.

La felicidad como una piscina llena de globos. Globos flotando sobre agua y cloro. Noches de globos en piscinas. Cloro, césped, agujas de pinos que crepitaban bajo tus pies como si pisaras cucarachas. Dinero de papá y diecisiete años y un vaso de plástico con algún brebaje enloquecedor y un amigo junto a ti y alguna chica de la que estás lejanamente enamorado que se mueve como un espíritu en el otro extremo de la piscina, bordeando el seto verde, un alambre invisible entre tú y ella que sólo notáis vosotros dos. A lo lejos, entre las distintas casas de la urbanización, ese momento del día y la noche en que parece imposible no creer en Dios. Hay música.

¿Cuál, Sandino, cuál? «Don't you (forget about me).»
Menuda mierda, Jim.

«*Miss you.*»

¿En qué coño estabas pensando, puto Keith Richards?

Una piscina llena de globos. Una fiesta en la casa de una niña bien. Las chicas ricas siempre sabían bien. Chicas Llámame Nat. Olían distinto a las del barrio y al irte después de una dosis de pastel de dedo, siempre esa sensación de que nunca las habías tenido del todo. Daba igual su entrega, su lengua, su estela dorada, su entrepierna abriéndose húmeda. Daban igual sus palabras, toda su aplastante sinceridad. Todos —él, ellas y también sus padres— sabían que acabarían con los hijos de sus vecinos, y no con él, mozo de cuadras, trozo de lumpen proletario sólo equiparado con ellas por la bondad becada del Estado del bienestar. Sabían bien, prometían verano, piscinas, dedos húmedos y salados de patatas Matutano, aparatos de alta fidelidad, besos, motos y jerséis de marca. El deslumbramiento de aquel particular Hiroshima era total: Sandino y sus amigos sabían que no debían mirar hacia allí, pero miraban y al hacerlo se abrasaban los ojos, les reventaba la cabeza, desaparecía de inmediato quienes eran. De eso eran conscientes cuando, de vuelta al barrio, todo era ya distinto. Bochorno, duchas gota a gota por falta de potencia, patatas fritas caseras cegadas en la cocina por la abuela con un cuchillo diestro y efectivo, sin mango, aparatos monovolumen Cosmos cuya tapa era altavoz y, claro, también tapa, besos de chicas, hermanas, rasgos de miseria: narices, bocas, orejas, madres enanas, motos robadas y jerséis heredados del primo menos pobre.

—*Està lliure?*
—*Cap a on va?*

Noches casi por estrenar en aquel verano de piscinas llenas de globos. De jardines con sillas de plástico reblandecido por la tortura de horas de sol, mesas de mármol, bebidas de colores, Bono rezando a su dios, flores y árboles a ambos lados de un camino de trozos de pizarra que uno esperaría que se iluminaran al pisarlos. Risas y miradas de reojo entre machos. Los unos, la violencia inmediata, física, desesperada, justiciera, no volver derrotados al barrio. Los otros, la del dominio, muchachos con apodos, que sólo utilizaban dos tipos de violencia, la educada y contenida de su superioridad social, o la colérica de tarados de generaciones follando entre hermanos, todos ellos enfundados en polos Lacoste y remeras azules y náuticas sin calcetines, casi como estar descalzo sobre el césped húmedo mientras les llegaba a ráfagas el olor a comida o a napalm desde las montañas. Entonces sonaba «Brand New Cadillac» o «The American» o «Bodies» y tú eras quien sabía el secreto y su mundo, todo él, era una pantomima. La rabia cambiaba de lado y verlos tratar de seguir la música, el ritmo, los hacía ridículos, aunque siempre llegaba Huey Lewis, Queen o alguna *llufa* en forma de helicóptero para rescatarlos. Ellas jugaban a ser distintas, pero no eran sino sirenas que al besarte se transformaban en monstruos marinos. Ambos bandos eran mitos heredados de las historias de los mayores. Ejércitos absurdos luchando en distintas lomas, pero que se estremecían al escuchar los gritos de unos y otros en idiomas, en esencia, muy parecidos.

—*Al carrer Trafalgar.*

—*Pugi.*

El nuevo pasajero le saca del ensimismamiento. Un semáforo verde que pasa y uno rojo en el que se detiene. Mismas calles, mismos coches. Podría conducir con los ojos tapados. Lo ve todo sin ser consciente, como dormido en un sueño sin detalles, como un lienzo enorme, total, en que su mente está concentrada íntegramente en no colisionar, en tramar tiempos y maniobras, clasificar toda esa información y prever ese peatón que echará a correr, esas bicicletas, ese vehículo que girará sin intermitente. Turistas, turistas y más turistas con libros, chanclas, insolaciones y mapas. Gente rebuscando los últimos fideos chinos en sus boles de cartón, móviles, carros de la compra, la vida confusa y derramada por la casualidad. En una ocasión, Sandino subió a una de las azoteas cercanas adonde ahora se dirige y se sorprendió de todo lo que no veía de aquellas calles que creía conocer tan bien. Gárgolas, palomas, ropa tendida y ahorcada por pinzas de madera como pentagramas de una música indescifrable, nubes, cables, guano, gente tomando el sol, bailando a la muerte, a la soledad, *paletas* arreglando tejados, perros ladrando: cualquier cosa como monstruos quemados por el ácido radioactivo que conspiran día tras día contra Gotham.

—*Puc pagar amb Visa?*

La mujer —joven o no tan joven: Sandino ha hecho el viaje sólo con una voz— deja al irse un agradable olor a perfume y, supone Sandino, a cloro de piscina, a globos sobre el agua de una piscina. No tarda en aparcar. Hope no queda muy lejos de allí. Un par de vueltas y se topa con una de esas paradas de taxis en las que no hay ningún vehículo. Aparca en los últimos metros de la hilera. Dirige sus pasos hacia el piso de la mujer. No recuerda si es un tercero o un segundo. Tampoco la puerta. Revisa en su móvil, en los últimos WhatsApp, y lo encuentra. Ante la puerta mira a un lado y a otro, pulsa el timbre y Hope abre sin preguntar. Se adentra en la portería. Edificio antiguo. Buzones de tejado negro, metálico, paredes a dos colores separados por una franja negra y, al fondo, una escalera de escalones gastados que ya casi nadie usa desde que hace apenas un año instalaron el ascensor. Sin motivo aparente, Sandino decide subir por la escalera en esta ocasión. Quiere llegar cansado, que le cueste un esfuerzo, que los tres pisos más un principal le alteren el pulso. Sube los primeros escalones y suena el móvil. Es Lola. Duda entre cogerlo o no. Finalmente, acepta la llamada.

—Hola, ¿qué tal?

—Me has llamado.

—Sí.

—¿Qué querías?

—Nada. Escucharte. No sé.

—¿Dónde estás? Se te oye cómo en una cueva. ¿Pasa algo?

—Un cliente me ha hecho una pregunta que me ha dejado un poco tocado. Te la hago yo a ti. Tienes que contestarme lo primero que se te ocurra. ¿De acuerdo?

Silencio.

—¿Lola?

—Sí, estoy aquí, Jose, pero no estoy para juegos.

—Tu momento de felicidad.

—...

—¿Qué ves? ¿Cuál es? ¿Qué te ha venido a la cabeza cuando te lo he dicho?

—Nada. No veo nada.

6

Something about England

La puerta del piso de Hope abierta. La música, lejana, al fondo del pasillo. Una pandereta golpea en tu cabeza, envuelta en una nube de guitarras acústicas, la voz morosa de una mujer que es casi como la puerta de un club de madrugada cuando amortigua el sonido de lo que está pasando dentro. Pisadas en diagonal desde el pasillo al comedor. De una puerta a otra como un duende. Hope aparecerá saliendo del lavabo. O entrará en la cocina. Hope siempre parece que anda jugando a un juego cuyas reglas sólo conoce ella. A Sandino siempre le falta alguna pista, pero no importa. Casi es mejor así.

Ya se han visto. Ya sonríen.

¿Qué quieres ahora? ¿Qué esperas que suceda?

Eres el tío de la buena suerte.

Hay novedades en la mesa de la cocina desde su última visita: un ratoncito que, si le das cuerda, gira sobre sí mismo y un libro de postres caseros. Sandino abre la nevera y espera que haya cervezas, pero no hay. Nunca hay. Leche, un bol con macarrones, salsas, una bolsa de pan de molde y «El Ártico se derrite» en una pegatina en la puerta.

Desaparecer en ti.

Quizá pudiera ser feliz aquí.

Un buen sitio en el que evitar la intemperie hasta que llegue el próximo amor verdadero.

No puedo hacerte eso, Hope, ya lo sé.

—Pasa. Estoy aquí. Tendrás que ayudarme con la cortina del lavabo.

Esta vez no sucederá nada. Se lo prometieron la última vez que sí sucedió. Cumplirá su palabra a pesar de que ver, estar, rondar a Hope le estimula el deseo de caer, de tenerla, de desearla como un indolente momento robado al resto de la vida. Hope tiene cuerpo de niña pero es una mujer, una maraña de rizos, una sonrisa automática, hermosa, que huele a nada, a ningún perfume, a ella, a querer demasiado, a tener mala leche, a gritos y risas, a velas y no salir de casa, a subir hasta el cementerio y gritar como en la canción de los Love of Lesbian, cenar una pizza, no ver la televisión, una bicicleta en el pasillo, cojines al lado de los ventanales, libros y libros, habitaciones que Sandino nunca ha abierto en ese piso de alquiler. Hope sabe que Sandino está casado. Nunca hablan de ello. Sandino nunca le pregunta nada de su vida privada a Hope. No se ven mucho pero cuando lo hacen siempre andan dando saltos uno alrededor del otro, llamándose mutuamente la atención, enamorados, livianamente enamorados el uno del otro todos los segundos de cada minuto que suman, cada cierto tiempo, un cuarto de hora. Pero esta vez no pasará nada. Se lo prometieron la última vez, no porque fuera mal, sino porque, a pesar de que siempre acuerdan saltar en cuanto el tren se ponga en marcha, el pie se les queda en el estribo y los arrolla. Son días de no llamarse y si se llaman ella le dice que son días de No Bien, y él que si algún día, bueno, si algún día hiciera lo que debe hacer, la iría a buscar, y ella dice cállate, porque yo no quiero nada contigo, y es verdad que no lo quiere, que no puede ni sabe, pero también es cierto que con Sandino recuerda la alegría de algunas cosas, o quizá mejor no pensar, sentir, ponerse contenta, no sufrir mucho luego. Ella quiso y no quiso, porque no soportaría compartir con él el resto del día, amputado ese trozo de una hora en el que Sandino juega al escondite con alguien que no es ella.

—¿Te apetece un té? Tienes mala cara.

—Es sueño: otra vez me cuesta dormir.

Hope se cruza con Sandino. Éste no la deja pasar y la abraza con fuerza. Ella ríe. Sigue hacia la cocina. Hope tiene un hijo pequeño. Sandino nunca lo ha visto. Hay dibujos suyos por toda la casa. Todo lo que venga de Hope le gusta. El niño le gusta. Una noche de hace ya algunos veranos, cuando Hope aún fumaba maría, estuvieron hablando de su matrimonio, de por qué no tenía hijos, de quién era él, de por qué le costaba tanto hablar de sí mismo. No lo sabía, o mejor sería decir que se le hacía difícil de explicar. Todo tenía sentido dentro de su cabeza. Todo encajaba. Todo lo que hacía o sentía era hermoso, limpio, tenía su derecho a ser hecho o sentido. Pero cuando quería expresarlo con palabras, las ideas le nacían muertas, sucias, pequeñas, ridículas y censurables.

—No me lo vas a explicar, ¿verdad?

—Igual luego.

Sandino la hizo hablar. De su trabajo. Del crío. Temas que le dejaran a salvo de ella, como cuando uno coloca las cosas frágiles en los estantes más altos para que nadie, en un descuido, en un giro brusco, pueda estrellarlas contra el suelo y romperlas. Se sentaron en aquellos mismos cojines del estío al lado de los ventanales, la música suave, las tazas calientes de té. Hope se ha rescatado a sí misma un montón de veces, vital y abisal al mismo tiempo, en un mismo latido. Tan capaz de electrificar una habitación, una canción, un mundo, como de enterrarse en un capullo bajo la arena y adaptar lánguidamente su respirar, horas y horas, al ritmo de la tierra.

Aunque le tiente hacerlo, sabe que no le va a decir lo de Lola. Ni él sabe el motivo por el que está ahí. Quizá sea ése, Lola, o quizá cualquier otro o ninguno: *¿por qué todas las acciones han de tener su motivo?* No, no, *I don't want to talk about it.* Sabe que si Lola lo abandona, acudirá a Hope. Se lo dice a sí mismo y se avergüenza de haber concebido tamaño plan, lleno de mezquindad y cobardía. No está seguro de que Hope lo aceptara. Puede ilusionarse con él, pero no quiere atar su vida a un hombre como él. Hope quiere, necesita mucho, y Sandino, ni rebuscándose en los bolsillos, cree tener tanto. Es posible que Sandino sólo posea ráfagas de entusiasmo, de enamoramiento, como esas tormentas de estío que apenas se dibujan en los cielos.

—¿Te quedarás a comer? Hay macarrones, eso sí.

—Me acabo el té y me marcho. Estaba jodido y quería verte. Sólo eso.

—Tú siempre andas jodido.

—Sí, qué pesado, ¿no?

—También tienes cosas que molan. Creo —bromea.

—Sé a qué te refieres. Venga, la cortina del baño.

Hope va en busca de la cortina. Sandino le pide que lo deje solo mientras lo intenta. El lavabo es estrecho. A rebosar de botes de champú, cremas, pastas de dientes, tres cepillos donde antes había dos, algo que Sandino no preguntará. No es fácil colocar la dichosa cortina. Tras una media docena de intentos, lo consigue. Sale del baño y se besan en la boca. Largo. Se despegan. Suena La Bien Querida. Va en busca de la taza para dejarla en el fregadero de la cocina. Vuelven a abrazarse y besarse. Él le muerde la boca. Ella ríe y le empuja hacia la puerta. Un tercer cepillo. No importa, Sandino sabe que no importa, que nunca ha importado. Las reglas de la libertad son querer o no querer, desear o no desear, nunca imponer ni hacer al otro transparente.

—Nos llamamos.

—Sí.

Espera el ascensor. Cuando llega, Hope cierra la puerta de su casa. Sandino entra en la cabina y pulsa el botón que le lleva abajo. Querría haber hecho el amor con Hope. Para eso ha venido hasta aquí. Ahora lo sabe. Pero acepta las reglas. De los dos. Se siente mejor cuando las cosas son así. De otro modo, la sensación de que entra en su vida y la desordena a cambio de no poder ni tan siquiera quedarse, jugar sin la mínima posibilidad de perder algo, le parece tan injusta como egoísta. Se mira en el espejo del ascensor y, en verdad, no tiene muy buena pinta. Tararea «Fade into you» a pesar de que no ha sonado en ningún momento hoy allí dentro, pero para Sandino Hope nunca será Sonia sino Hope, suene Hope Sandoval o no suene. Cierra los ojos y el ascensor llega al fondo del limbo y da un golpecito. Sandino abre una de las portezuelas, pero no sale.

¿Qué tal pulsar el timbre y subir?

Pulsa, sube. En el rellano, llama al piso. Abrirá y la casa tendrá luces azules de acuario: Hope bajo el mar. Ella sabía que volverías.

No quería o no quería querer que lo hicieras. Quién sabe. Qué más da, ¿no?

Enamorarse es que te hieran en medio de la batalla, caerte del caballo y saber que estás perdido. Desear es cuando un dios tiende la palma de la mano hacia abajo y te golpea y te quiebra como un tallo el cuello, y te tira del pelo, te turba la mirada, fuera el morrión de la cabeza, desata la coraza, estás desnudo, te golpea la espalda y los hombros: entrar en ella, bajar sus escaleras, duermes bajo la lluvia caliente en su porche. Ya no te queda más que morir para poder, tiempo después, resucitar y escapar, ileso.

La abrazas. La tienes contra la pared. Te coge de la mano y te lleva a su cama. Se desnuda. Te desnudas. Muerdes sus pezones, lames su piel, besas su boca. Ella se abre a ti, te mete dentro, te tiene y la tienes, y la luz sigue siendo azul y un dios benévolo te apaga los ojos, pero hasta ciego conseguirías llegar hasta esa mujer siguiendo ese olor y ese sabor. No lo haces, no pulsas el botón, sino que sales del ascensor, das unas zancadas hacia la calle y durante unos instantes te desorientas sin saber si has de subir o bajar para llegar hasta tu taxi. Sandino a veces olvida lo tremendamente brutal que suele ser la violencia del deseo para gente que ya no sabe ni amar ni esperar que se le pase la urgencia, la vigencia del enamoramiento siempre confundiendo, cambiando los muebles de lugar.

Ha sido su lealtad la que ha hecho que ni pulse ni suba. Debería estar orgulloso.

A los pocos pasos, Hope le envía un WhatsApp.

«Lo siento, cariño. Aún no puedo engañarle.»

7

Rebel waltz

Cuatro horas después de la incineración, los familiares pueden recoger las cenizas. Sandino recibe un SMS en esos términos. Encocha aquí y allá con la pretensión de que lo acerquen a la zona de Horta, pero no es así, por lo que, en un momento determinado, apaga la luz verde y se encamina hacia el cementerio. El empleado de la funeraria le entrega la urna con la placa identificativa para que los deudos tengan la certeza de quién hay ahí, encerrado el genio en su lámpara. Regresa al automóvil, en la fila de taxis, con la abuela Lucía. Mira al vacío con los ojos inundados de imágenes, conclusiones, certezas, sonidos. Le viene a la mente su padre besando al cadáver, el tono en la voz de Lola hace un rato, la posibilidad de que todo tenga un sentido si ella está con otro, la llamada que ha hecho a Sofía y que ella ha despachado diciendo que estaba con un cliente.

—Aquí estamos, abuela: tú y yo, y bien jodidos —bromea dirigiéndose a la urna morada, sobre sus muslos.

Si Sandino algún día quiso a su abuela, fue en la infancia y de eso hace demasiados años. El declive sólo comportó la costumbre de ser familia. Ya no queda absolutamente nada de la vieja que le pellizque lo suficiente para emocionarle. La veía los últimos días, lela, mitad niña, mitad monstruo, y en su rostro veía casi al mismo tiempo a su padre y se veía a él.

Eso sí, la abuela consiguió lo que siempre había querido: se murió en casa, rodeada de los suyos, molestando a todos y con seis de las diez cuotas del seguro de deceso impagadas. Muy abuela Lucía, se dice su nieto. Muy pelota de Santana.

Suena el móvil. Contesta. A bocajarro.

—Me han dicho que has robado algo y no lo devuelves.

—¿Qué dices?

—¿Qué has hecho esta vez?

—Nada.

—Pues los macacos andan preocupados.

—¿Qué macacos? Ah, ésos. Menuda historia. Ya te contaré. Diles que no tengo nada.

—Yo no tengo por qué decirles nada, Sofía. Díselo tú cuando los veas. ¿Qué es lo que se dejaron?

—Ya hablaremos. ¿Nos vemos hoy en el cementerio?

En ese momento, una mujer abre la puerta del taxi y pregunta si está libre. Sofía lo oye y se despide. Sandino duda porque delante de él hay otro vehículo, pero al parecer está sin chófer. La mujer que entra en el Toyota tiene unos setenta años, viste camisa, falda negra y un jersey beis. Conserva una belleza del sur, de rasgos delicados pero bastos, sin cuidar. Le da la dirección. Plaza Orfila. Al rato, Sandino oye los gimoteos. El taxista le alcanza uno de los kleenex que suele comprar a la gitana que transita como una sonámbula por el tablón de barco pirata que conforma Río de Janeiro cuando está a punto de desembocar en avenida Meridiana. La señora lo acepta. De hecho, se permite coger otro más.

—¿Se encuentra bien?

—Sí, sí, no es nada. Es sólo que... ¡oh, dios, dios...!

—Tranquilícese, mujer...

—Si yo le explicara...

Explique.

Fue un encuentro casual en una parada de autobús. Ocurrió ayer por la mañana. La buena mujer —«me llamo Carmen»— creyó reconocer a aquel chico, Jesús, y éste, una vez notó la mirada clavada en él, no tuvo dificultad en hacer lo propio. Ella volvía del mercado, donde había comprado un poco de todo, nada que pesara mucho. Desde la muerte de su único hijo, ella y su marido debían hacer un esfuerzo titánico para comer, vestirse, salir a la calle, no dejarse llevar por una inercia tenebrosa a la que sólo se podía combatir con los lazos invisibles que aún los unían a lo funcional y cotidiano.

Carmen seguía acudiendo a la iglesia aunque ya no obtuviera tanto consuelo como antes. Su confesor le decía que ese estado de ánimo era normal. Había perdido a un hijo y esa pena era la más grande de todas las penas. Como muestra de ello, Dios envió al suyo para que lo torturasen y clavaran en una cruz. Carmen entendía el sacrificio divino. Tendría Dios sus motivos, no decía ella que no, pero la situación no era la misma. No, no era un buen ejemplo, dicho con todos los respetos. Dios podía crear otro Hijo en cuanto quisiera, pero ella ya no, y ninguno como el que había perdido.

—Se llamaba Juan José, mi niño. ¿Usted tiene hijos? Aún es joven, no se preocupe, ya llegarán.

Sandino mantiene en la cabeza la multiplicación de hijos de Yahvé como en una secuencia de *Matrix*. Recuerda a Ahmed. Recuerda la cantidad de veces que estúpidamente ha defendido que ya están liberados de la idea de dios, de Freud y la secuencia enfermiza de padres e hijos. Recuerda a Lola y también a Verónica por el mismo motivo, miradas desde lados opuestos de una misma calle. *¿Por qué todo está unido a todo?*

—¿Le parece bien que coja el túnel de la Rovira, giremos hasta Ramón Albó y bajemos por Valldaura?

—Lo que usted decida me parecerá bien.

A ella, aunque luego le doliera, le encantaba hablar con gente que hubiera conocido a su hijo. Por eso se quedó escuchando a aquel chico. Mientras se le nombrara, seguiría estando entre nosotros. Pero no se trataba sólo de recordarle, sino de completar el puzle. Saber cosas de Juan José cuando no estaba con ella, las que uno hace cuando no está en casa. Todo eso a su marido lo enervaba. Él había optado por encerrarse a cal y canto en casa. Se pasaba los días —él, que había sido siempre tan entusiasta y emprendedor, con tantos amigos y tantas cosas de las que hablar— viendo la televisión y escuchando, a oscuras, viejas casetes de Roberto Carlos y Los Panchos.

Jesús y Carmen charlaban y charlaban y dejaron pasar dos, tres, cuatro autobuses. Ella le puso al día de la enfermedad, agonía y muerte de su hijo. Jesús, aunque a veces parecía que se le perdía la mirada en algún sitio alejado de aquel lugar y aquel momento, perfectamente podía estar escuchándola con atención. Después, Jesús le explicó cosas que recordaba de Juan José. De cuando se levantaba casi media hora antes para cruzar el barrio —a pesar de que tenía el colegio a dos calles de su casa— para irlos a buscar a su hermano y a él...

—¿Cómo se llamaba tu hermano?

—Gabi.

—Sí, Jesús y Gabi. Ya me acuerdo. Vivíais al final de Torres i Bages, ¿no? Vuestra madre era gallega, cosía, hacía arreglos ¿verdad?

Jesús recordaba que su hijo tenía una especie de piano electrónico —«sintetizador, eléctrico», se dice el taxista— aunque sólo sabía encenderlo, apagarlo y tocar el principio de algunas canciones, le dijo. Eso la ofendió un poco, la verdad, pero enseguida el tal Jesús dijo que la gente con talento suele parecer perezosa o torpe no siéndolo y eso la recompuso. Ella siempre quiso que Juan José fuera a la Escuela Massana porque de crío dibujaba muy bien, pero su marido la disuadió y lo inscribieron en Formación Profesional y se sacó la carrera de delineante. La pobre mujer, en su intento de reconstruir el rompecabezas, de buscar causas y efectos, culpables y razones a la injustica, enlazaba el cáncer pancreático con esos estudios porque seguro que allí, en la Escuela Industrial, habría metales, fermentos, gases cancerígenos, mientras que la mina de los lápices, el óleo y los pinceles de la Massana sólo le hubieran manchado los dedos y la ropa.

—Mis padres en Horta y mi único hijo en Les Corts. Atravieso la ciudad para estar con mis muertos. ¿No cree usted que el Ayuntamiento podría hacer algo? No sé: algo. ¿Por dónde iba yo? Ah, sí. A ratos me daba que no regía, pero me pareció más despistado que loco. Tenía un no sé qué bueno. No sé cómo explicarlo. Además iba muy pulido. Aseado, cuidado. Los locos siempre van descuidados, despeinados, ya sabe, como si vivieran en la calle o en su casa no hubiera espejos...

Carmen, después de muchos meses, se sintió acompañada. Pero se había hecho tarde y debía marcharse. ¿Qué llevaba allí?

¿Una hora? Su marido estaría preocupado. Y no le podría explicar el motivo del retraso para que no se enfadara aún más. Entonces, Carmen se rompió. Las lágrimas le salían a borbotones a pesar de que no quería llorar ahora que se iba a subir al autobús. Jesús la abrazó conformando una Pietà inversa, un pequeño milagro de la ternura surgido de inmediato. Carmen se percató de que olía bien, de que su ropa era de calidad además de estar planchada, muy bien planchada. Él notó que la mujer se percataba de eso y le explicó que venía de una revisión médica y por eso se había duchado y afeitado, puesto una camisa discreta y una chaqueta marrón. No dijo más. Ella no preguntó de qué estaba enfermo. Quizá debería haberlo hecho.

—He de marcharme. Me alegro de haberte encontrado después de tantos años, Jesús. Te agradezco que hayas tenido tiempo para esta vieja.

—¿Quieres que vayamos a ver juntos a tu hijo?

—¿Al cementerio?

—Sí, vamos a verle, venga.

—¿Cuándo?

—Ahora.

—Imposible: mi marido me está esperando para comer.

—Pues cuando tú quieras. ¿Qué te parece mañana a las diez? Quedamos en la puerta del cementerio, ¿de acuerdo? Les Corts, ¿no? ¿La del Camp Nou, verdad?

Sin saber muy bien por qué, esa idea, esa sola idea, a Carmen la puso de buen humor. No dijo nada a su marido durante el transcurso del almuerzo. De haberlo hecho, él le hubiera prohibido quedar con aquel extraño, así que se lo ocultó. Pero a medida que pasaban las horas, la idea se fue ensombreciendo más y más hasta convertirse en algo opresivo, sin sentido alguno, más allá de la certeza de un peligro inminente, algo doloroso a buen seguro, de un modo que no podía saber de antemano. Con todo, habían quedado a las diez de la mañana. Aquello estaría lleno de gente... ¿qué le podía pasar en esas circunstancias? ¿Por qué siempre había que pensar mal de las personas? Aunque trató de convencerse de la inocencia de la propuesta de Jesús, Carmen se fue a la cama con la decisión tomada de no acudir al cementerio donde reposaba su hijo, comido el desgraciado por los gusanos y el olvido de casi todos a medida que pasaban los días, los meses, los años. Al despertar, sin embargo, la visión de aquel chico, aquel amigo de adolescencia, esperándola y ella sin acudir la torturaba. No sabía qué hacer, pero los minutos cayeron y no se presentó a la cita. Se arrepintió cuando ya no podía hacer nada.

—¿Sabe usted cuando haces algo porque sabes que te dolerá no hacerlo? ¿Sólo por eso?

No duró mucho esa sensación, porque el tal Jesús la llamó. ¿Cómo había conseguido su teléfono? Él le dijo que lo recordaba desde chaval. Tenía muy buena memoria. La llamaba desde la puerta del cementerio una hora y pico después de la hora convenida. Aún seguía allí, esperándola. Le dijo que se había tomado un café caliente y un donut para hacer tiempo. Le preguntó por qué no había acudido. Ella le mintió. Quedaron para el miércoles.

—¿Le puedo pedir un favor? Me podría acompañar mañana? Quedamos en plaza Orfila a eso de las nueve y media. Me lleva al cementerio. Le pago la carrera. Usted le ve y me dice si me puedo fiar. Sólo eso.

—Pero señora...

—Carmen, por favor.

—Carmen, ¿qué sentido tiene? Me puedo equivocar con el tipo. Además, está pasando de confiar en un extraño a otro.

—Sé que me hará bien acudir a ver a mi hijo con él. A Juan José le hubiera gustado. Y con respecto a usted, sé que puedo confiar. Me parece que usted es buena gente, alguien de quien puede una fiarse.

...No one...

A medio camino de todos sitios, el bar Olimpo está rodeado de zonas azules y verdes, chaflanes de carga y descarga. Dado que su dueño fue policía, la guardia urbana hace la vista gorda y avisa antes de disparar. A Héctor lo echaron del Cuerpo discretamente y con el finiquito montó este bar. Si uno tenía curiosidad y tomaba nota de cómo se trapicheaba allí desde el principio, no costaba demasiado saber por qué lo habían largado. Mensajeros —cerca de allí un DHL— y polis era el lema nunca escrito del local. Luego, como por unas misteriosas razones de la trashumancia, decayeron los polis y llegaron los taxistas. Pero desde la desaparición de Verónica, a Héctor se le disolvió el gen del disimulo de aquí sólo hay desayunos y comidas y a las ocho todo el mundo a su casa a ver qué dan por la tele. La leyenda local difundió que Verónica se había largado a Madrid y que ahora trabaja en una cafetería de calle Pez que, a buen seguro, será muy parecida a esa en la que Sandino acaba de pedir lo mismo de siempre: donut y cortadito. Cuando Verónica se fue, Héctor cerró unos días el local con el cartel de «CERRADO POR DEFUNCIÓN». Cuando volvió a abrir, empezó a dar explicaciones a los que habían leído el cartel. Explicaciones cada vez más confusas y contradictorias, hasta que un día decidió contar que la había matado y ahora Vero estaba enterrada en algún lugar cerca del hotel Vela, en un extremo del puerto de Barcelona. Alguno le creyó entonces y muchos le siguen creyendo ahora. Pero el tiempo pasó y la gente empezó a sopesar la idea de que Verónica, simplemente, hubiera dejado a Héctor. Lo de Madrid bien pudiera ser cierto, ya que ella era de Cuatro Caminos. «De cuatro caminos elegí el peor», solía bromear con Sandino. Ni Héctor ni el taxista la buscaron. Uno por orgullo y el otro sin mucho más motivo que un alivio cobarde. Algo de lo que Sandino se arrepiente. Pero, como le suele pasar cuando algo le hace sentir feo y detestable, trata de apartarlo a manotazos, aunque con Vero nunca lo consigue del todo.

8

Look here

Sofía, tras bajar de su Seat Toledo, se acerca renqueando al encuentro de su amigo. Sandino hubiera preferido quedar más tarde, después de cenar, para dejar abierta la posibilidad de tomar algo después de la cena, pero lo que van a hacer ahora es un mal menor: beber sentados sobre el capó de los coches en una de las explanadas cerca del cementerio de Montjuïc, con unas vistas maravillosas de la ciudad a la altura de la parte industrial del puerto, y luego despedirse antes de las diez. Ya que el insomnio sigue agarrado a su cabeza con tenazas y que no piensa volver por casa —una decisión que ya tomó al salir esta mañana y que sólo habría cambiado si Lola hubiese demostrado que lo que quería decirle era cualquier cosa menos que lo suyo había terminado—, le hubiera ido mejor alargar las horas de la noche como una goma caliente. Sofía siempre tiene sus propios planes, excepto cuando te involucra en ellos, y entonces tú no tienes más planes que los suyos.

Le dura mucho, piensa Sandino, esa cojera debida a un espolón que sólo mejoraría con infiltraciones. Pero cada intervención queda postergada una y otra vez porque, al parecer, resultan muy dolorosas. Sofía tiene treinta y dos años, complexión media, cabello moreno en media melena, ojos pequeños como pequeñas son las facciones, es despreocupadamente bonita. Sus movimientos son perezosos pero seguros. Nunca se le resbalará una taza de las manos, nunca sus gestos dirán algo que no quieran decir.

Bebedora de cualquier cerveza y whisky caro, trabajadora, tacaña e independiente. Pelopo, Sebas y la mayor parte de la gente opinan que es lesbiana, pero Sandino —que la conoce y se lo ha preguntado abiertamente, con seguridad demasiadas veces— sabe que no es así. A Sofía simplemente no le interesa el sexo. Lo ha probado con unos y con otras. Y le resulta un incordio follar. Follar, el antes y después de follar y ser follada.

Sandino parece alardear de su cigarrillo recién prendido, esgrimido como si fuera una espada láser. Desde la perspectiva de la mujer, parece que haya aparcado casi en el borde de la ladera de la montaña. El taxista, que ha llegado temprano a la cita, ha estado hasta hace apenas nada mirando el paisaje, dejándose llevar por esa vida inmóvil, envidiándola. Esas aguas quietas con sus yates de lujo, los barcos mercantes, las canoas de los regatistas que aprovechan las últimas luces de media tarde de ese mes de octubre. En tierra, *containers* como edificios de apartamentos guardan toneladas de ropa, material explosivo, juguetes, drogas, muebles y comida. En el cielo, por encima de la línea del horizonte, las nubes blancas se tornan malvas mientras un ruido de fondo, casi imperceptible al principio, un sonido espeso, aplasta —en cuanto eres consciente de él— el silencio de los muertos de allí al lado, en el cementerio, el roer de los gusanos, los detritus, el propio maquinar de los pensamientos de Sandino.

Sofía llega a su altura y se sienta al lado, en el capó del Toyota. Piensa en bromear pero no lo hace. Se autocensura el tono erróneo que supondría su broma nacida muerta. Sofía se limita a contemplar el espectáculo y suspira.

—Creo que había un programa de radio en el que el locutor decía algo así como: «¡Qué bonita eres, Catalunya!» Mi padre siempre lo repetía cuando íbamos los domingos por ahí.

—...

—Creo que el locutor se lió con la Isabel Gemio cuando era una cría.

—A mí me ponía de chaval, la Gemio.

—Tú ya estabas enfermo.

Sandino no responde. Da una profunda calada a su Lucky y espera. Al principio de conocerse y frecuentarse, una noche estuvo a punto de liarse con ella. No recuerda qué pasó, pero no lo hicieron. Tampoco por qué han seguido viéndose. A veces repara en que quizá no sean ni amigos. Igual hubo un baile y en el baile hubo un malentendido y se toparon y acabaron bailando pegados y, en estos años, ni Sofía ni Sandino han encontrado el momento de aclarar ese malentendido, decirse abiertamente que no tienen que salir juntos cada noche que hay baile. Recuerda cómo se conocieron, el porqué de su simpatía al modo de los chavales en el instituto. Fue en la cola del aeropuerto. Ella era rara y no se hacía con nadie. Le gustaba Morrissey y algunos grupos españoles que molaban de los ochenta. Y no coqueteó con él.

—Tengo maría. Y liada ya. ¿Fumamos?

Ésa es la única droga que quedó fuera de la promesa que, en su día, Sandino hizo a Lola. Fue una promesa cruzada. El historial de Lola también quedaría cerrado. No más autolesiones. No más encauzar la angustia hacia un dolor físico. Pero de eso ya hace mucho, mucho tiempo. Ahora ella ya sabe quererse sola, por eso puede decidir dejarle. Desde dentro de esa súbita amargura en la que acaba de tropezarse sin querer, Sandino enseña su cigarrillo. Esperarán. No mucho, ya que el taxista apura el pitillo para percutirlo lanzándolo montaña abajo, una vez liquidado el capullo contra el capó de su automóvil.

Sofía, cuando se la saca de su rutina, puede mostrarse incapaz de descifrar la realidad conforme a los mínimos parámetros de cualquier sentido común. Su voluntarismo, su querer que las cosas sean como ella quiere que sean, exaspera a Sandino, más dado a pensar y repensar las cosas que se pueden gestionar, y obviar el resto. Hoy la taxista está de un buen humor sobreactuado. No tarda en hacer su número de magia, en el que, de la nada, aparece un canuto. El hombre le da lumbre, con la que se le ilumina el rostro a la mujer: pálido, dientes salidos, labios y nariz carnosos. «Un buen muerdo, un buen beso», piensa Sandino. Le tienta sincerarse, pero sabe que Sofía no es el mejor interlocutor posible para según qué temas sobre los que no hablan, pues hacerlo le genera, enseguida, una sensación de agotamiento que lleva el olor pestilente de lo que se pudre apenas lo enuncias.

—¿Sabes que los Beatles tenían contratados a dos tipos cuya única función consistía en liarles porros?

—Lola me deja.

—Es buena la hija de puta, ¿eh?

Sandino inhala la marihuana mientras asiente con la cabeza. Sin saberlo, lo necesitaba, pero está a punto de toser como un niñato.

—¿Por qué te deja? ¿Tiene un lío ella? ¿Se ha enterado de algo?

—No lo sé. En realidad, hace tiempo que lo que teníamos ya no está, pero a mí me da igual. Me basta con estar. Con que ella esté.

—Igual a ella sí que le importa. Igual se ha cansado de que tú estés, pero no estés. Tú estás hecho de piel de cebra, chaval. ¿Sabes por qué tienen esos dibujos las cebras?

—Sí: todos vemos los mismos documentales.

Sandino devuelve el canuto. Una brisa agradable se levanta. Esa sensación, sumada a la marihuana, hace que cierre los ojos y quiera estar al mismo tiempo ahí y en otro lugar, en cualquier momento en el que no le suceda nada a su vida. Recuerda cuando de chaval subía con sus colegas a este mismo cementerio. Cuando se dejaban caer a la cola del grupo María José y él para besarse entre las tumbas, magrearse, las manos bajo aquellos jerséis a veces hechos por abuelas o comprados en Marga en un tres por dos. Ese aroma a acné, cigarrillos, sexo y colonia de bebé, llevado y traído por una brisa como aquélla, salada, espesa, de un estío que nunca era como uno imaginaba, dentro de una ciudad que no parecía haberlos tenido jamás muy en cuenta ni a ellos ni a sus padres.

—¿Qué? ¿Me dices qué se dejaron en el taxi?

—Biblias.

—Vete a tomar por saco.

—Se dejaron una bolsa de deporte.

Sofía deja en los huesos el porro y se lo entrega a Sandino para el tiro de gracia. Éste se empieza a aburrir de querer saber, de estar allí, de estar pendiente de Lola, de no caerse de sueño en ese suelo de tierra si fuera necesario. Lleva demasiados días sin haber dormido más que unas cabezadas a deshoras y no hay señal de que su cerebro quiera, por el momento, apagarse.

—Había pastillas, muchacho. Un montón de pirulas. De todos los colores del arco iris, Sandino. Eso había. Y una bolsa de supermercado, del Mercadona creo, con dinero. Billetes de cincuenta. No sé cuántos.

—Joder.

—Sí, joder. Te explico lo que me pasó, pero no me vas a creer. En serio, casi no me lo creo ni yo. Y lo peor es que, por una vez, me digo: Sofi, no seas idiota, haz lo que debes hacer.

—¿Dónde está ahora esa mierda?

—¿Me quieres escuchar? Hice lo que debía. Fui con la bolsita de las narices a la comisaría de los *mossos*, les expliqué lo que había pasado, me pidieron los datos y adiós muy buenas, señora ciudadana del año, ya la llamaremos para la entrega de la llave de la ciudad.

—Y los otros no te creen.

—No, pero lo que no entiendo es qué tienen que ver ellos con todo esto. Fue un pasaje de calle. ¿Cómo se han enterado? ¿Qué les va en esta historia? Eso me mosquea.

—Igual los propietarios de las biblias acudieron a las emisoras para localizar el taxi.

—Estamos en lo mismo. ¿Qué más les da a ellos?

—Pero ¿quién se dejó la bolsa?

Sofía se levanta del capó del Toyota y se dirige hacía su Toledo. Por un momento, cuando ve cómo abre el maletero, Sandino cree que va a traer la bolsa, la droga, la puñetera caja de Pandora. Pero no. Son las cervezas —Alhambra: seguro que de ocasión— que se conservan moderadamente frías en la nevera portátil que suele llevar Sofía a esos encuentros en el cementerio. Una para ella y otra para Sandino.

Chas.

El maravilloso primer trago.

—Todo fue raro desde el principio. En realidad, al meterse esos mierdas he llegado a la conclusión de que yo me adelanté, vamos, que no era el taxi que esperaban. Había tres tíos, uno gordo y dos flacos, espigados, en Ciutat Olímpica. Yo creía que salían del casino. Estaban cerca. No en la puerta, cerca, por allí. Tampoco en la parada, si no, no los hubiera recogido, en el lado de La Luna. Uno de los tíos no parecía de aquí. Se sube el gordo con una bolsa de deporte, la jodida bolsa de marras. Los otros se despiden. El tío me dice de malas maneras: «¿Quién eres? ¿Y los morenos? ¿Ya no quedaban o qué?» O algo así. Yo creía que me vacilaba. Le seguí el rollo. Dije que si no había negros, cogían a mujeres con mala hostia. Eso le hizo gracia. Pero en nada volvió al tono de antes. Me dice: «¿Quieres arrancar de una vez o qué?» Era turno de noche, Sandino. Estaba cansada. No quería problemas, así que hago como que no he escuchado nada. Arranco. Le digo que adónde vamos. El tío me insulta, yo me reboto. No mola nada aquello. Lo sé. Al final, me da una dirección. En Terrassa, donde estaban las casas okupas, la Synusia, ya sabes. No mola, pero es lo que hay. Al rato, nada, un par de minutos, empiezo a notar movimientos por atrás. Echo un ojo por el retrovisor y no veo al hijo de puta. Me giro y está allí a medio caerse y no parece que esté en plan de echarse una siesta. Detengo el taxi. Me bajo. El tío está francamente mal. Tiene espasmos, trato de bajarlo del coche. Él no quiere. Y de pronto, la gran cagada: empieza a vomitar sangre. Como si se le hubiera reventado algo dentro. Tuve un cuñado que murió de algo así en medio de una reunión familiar. Tenía jodido el hígado y eran varices en el esófago. Se te revientan y apenas tienes tiempo de nada. Desisto de sacarlo. Me subo al taxi. A toda leche. A tomar por culo: semáforos en rojo y coches, en plan peli americana. Llegué en nada al Hospital del Mar. El tío aún boqueaba, pero tenía muy mala pinta. No llevaba documentación. Nadie sabía quién era. Eso sí, tenía una pistola en el bolsillo de la chaqueta. Vino la poli. Yo dije lo que sabía. Lo poco que recordaba. Ok. Muy buenas. Agur.

—¿Y la bolsa?

—La bolsa se me había quedado en el coche. Con todo el lío se quedó tirada en el suelo del taxi. Estaba tan atacada que me fui a hacer una cerveza donde el Manel y luego para casa. Cuando dejo el coche en el garaje, decido limpiar la sangre y la veo. La abro y el tesoro. Y aunque nadie se lo crea, tuve los santos ovarios de volver a sacar el taxi a la calle con sangre y todo, y me dirigí a Aiguablava y les entregué la bolsa de marras. Expliqué lo del hospital, claro.

—¿No te tentó? Hace unos años, la bolsa hubiera llegado por la mitad.

—¿Qué hago yo con toda esa mierda? Paso. La gente está muy loca y para qué me voy a buscar la ruina. Ya tengo casi todo lo que quiero.

Sandino empieza a aplaudir. La maría es buena. Los botellines han caído. Las sombras se han apoderado de casi todo el escenario. Los muertos deben de estar a punto de salir de sus tumbas y ahora esa sublime interpretación de Sofía, la taxista más tacaña, devolviendo dinero en efectivo. Seguro que fue así.

—Muy bien, chica, muy convincente. Ahora saca la bolsa y pásate unas *pills*, venga.

—Hostia puta, que la devolví, tío. ¿Por qué nadie te cree cuando dices la verdad y todo el mundo se cree cualquier mentira, por absurda que sea?

—Cuesta pensar que no pillaras al menos algo de la pasta. Yo lo hubiera hecho. No todo, pero algo sí.

Sofía no contesta. Su amigo cree que está sopesando confesar o no hacerlo. Aunque quizá le haya dicho la verdad y ahora se arrepiente de haberse asustado y haberlo devuelto. Hay que reconocer que quitarse de encima pronto y bien esa bolsa era la opción más inteligente. En los atestados se relaciona todo. Y los billetes, uno a uno. Los propietarios de ese dinero podrían saber con facilidad qué había llegado a manos de la policía y qué no.

—Hablaré con esos gilipollas, les enseñaré el papelote de la denuncia y se lo explicaré para que se lo cuenten a quien sea menester.

—Eso, menester... ¿Sácate otra birra, no?

—Ve tú. —Sandino obedece y se aleja de Sofía—. Bueno, ¿y tú qué?

—Yo, nada.

Sandino espera a regresar con las cervezas para, después de entregar la suya a la taxista, contestar algo, cualquier cosa.

Chas otra vez.

—Nunca he entendido por qué te acojona tanto que te deje.

—No lo sé. Nunca he sabido estar sin ella. He podido estar sin otras tías, pero no sin ella.

—De una manera retorcida, suena bien. En realidad, aunque tú y yo somos distintos nos parecemos en algo. Lo jodido que nos ha venido el sexo. A mí las relaciones, al menos las que me funcionan, lo hacen hasta que el sexo saca la cabeza y lo monopoliza todo. Tú, sin sexo, eres un animalillo romántico, una peli de Julia Roberts de domingo por la tarde.

—En realidad, no creas que disfruto mucho con el sexo.

—¿Entonces...?

—Disfruto con el poder de dar placer y con esos segundos de no ser yo.

—Eres demasiado complicado para mí.

—¿Puedes cenar?

—Lo siento. Quizá mañana. Acepté una cena con mi hermana y mi cuñado. Coñazo, pero así veo a mis sobrinillos y eso.

En nada será noche cerrada. Deberían irse. Empiezan a llegar coches con parejas para hacérselo con vistas al mar. Si se quedan, parecerán polis.

—Esto se está convirtiendo en un sitio peligroso, ¿lo sabías? ¿Te has enterado del tarado ese que mataba prostitutas y las enterraba aquí, en Montjuïc, en la ladera de las vías?

—Algo leí o vi, no sé.

Apuran las cervezas. Sandino eructa. Sofía le da un codazo. Los mismos ritos de siempre. Quizá a base de rituales se construye una amistad.

—Has hecho bien en devolverlo. Aún haré algo bueno de ti.

—Yo ya soy algo bueno sin ti, Al Pacino.

—De Niro, lista. Si la broma (como siempre) va sobre *Taxi driver*, es Robert De Niro.

—La broma era por otra peli.

—¿Qué peli?

La taxista mira por detrás de su amigo, fingiendo estar distraída o aburrida de hablar.

—Igual no la has visto.

—La he visto. Las he visto todas de todos.

—*El corazón del ángel.*

—Ahí sí que está bien Al Pacino. Está de cojones haciendo de huevo duro.

9

The crooked beat

Ha ido anocheciendo, pero los viejos se resisten a encender las luces. Fina, en la penumbra del comedor, está sentada en la mecedora, inmóvil, recortada su silueta junto a la ventana, dibujada por los reflejos de las farolas del exterior. Sandino, al abrir la puerta, un giro de la muñeca hacia el lado opuesto al habitual para abrir las puertas del resto del mundo, sortea la rinconera que hace de recodo, se introduce en un pasillo conocido y ve esa silueta, esa mujer, su madre. Ésta advierte su presencia sin necesidad de mirar. No dice nada. En el código familiar, ese mutismo es sinónimo de que está enfadada, quizá sólo molesta y puede que hasta triste. De hecho, en Fina todo acaba siendo lo mismo. Anda estirando calcetines, bragas, calzoncillos. Los coge de una palangana verdosa que Sandino recuerda desde siempre. Luego, una vez doblados y distribuidos sobre el hule de la mesa en una suerte de reparto de juego, el universo se asemeja a un lugar algo más ordenado y sensato. Más adelante, de la palangana pasarán a los cajones de las mesitas de noche que correspondan.

Josep está en el sofá, a oscuras, sin el reflejo de la iluminación municipal. Sólo repara uno en él si se toma el esfuerzo de escuchar su Ventolín. Sandino ya sabe cómo son los viejos, sus manías, sus seguridades enquistadas. Una posguerra primero y una misérrima pensión después de haber pagado autónomos dan para lo que dan. Así que hay que ahorrar energía. Sus padres están acostumbrados y disfrutan, con un punto de vanidad, ante la visita de un extraño, moviéndose con la destreza de los ciegos en la oscuridad. El viejo enciende el televisor. Ésa es otra de las maneras familiares de decirle a Sandino que no está para mucho hablar. Fina lo censura porque prevé la hora de los deportes, así que reza un conjuro, suspira pero permite. Resignación. A Josep le molesta tanto el rezo como el suspiro. También ese permiso de carcelero, así que opta por apagar el televisor, invertir resignación y culpabilidad, y volver a fundirse en negro mientras inhala el Ventolín teatralmente como si fuera opio y él Noodles.

Empieza a llover.

La uralita de la terraza lo anuncia como un eco lejano, llegado desde la memoria de los tres que comparten allí oscuridad y estancia que trae de regreso al Sandino adolescente y prisionero, el que abría la ventana de su habitación y escuchaba ese llover dentro de una boca de lobo mientras pensaba en chicas, canciones y ciudad.

Una de las gatas entra desde la terraza. Fina escupe un chasquido a modo de latigazo contra el serrín del circo. La gata se cuela bajo el sofá del huérfano. Sandino aprieta el hombro de Josep mientras se acerca a su madre, junto a la ventana. El plan de Sandino era dormir allí. Un plan difuso por improvisado. Las cervezas con Sofía y el Orfidal le han enviado señales de sueño, pero no quiere hacerse demasiadas ilusiones de poder dormir unas horas. Tampoco se le ocurre cómo hacerlo sin que sus padres monten un drama.

Tictac, tictac.

El reloj de cuco, comprado por la abuela Lucía en uno de aquellos viajes por Europa con la parroquia, marca los minutos, esculpiéndolos en el espacio del comedor de la Casa Usher.

Los viajes de la abuela.

Ella y el cantaor de jotas al que asesinó viajaron por el continente desde una España cateta en la que aún vivía el dictador. Lo que obtuvieron de más de una decena de países, culturas y lenguas se podía resumir en dos o tres aforismos y una balcánica idea nihilista contra la Santa Sede que después se repitieron en aquella casa cientos de veces. A saber: como en España no se come en ningún sitio. Los comunistas siempre están tristes y un expediente algo más complejo sobre las riquezas de los curas en el Vaticano y la idea altamente subversiva de la abuela Lucía, según la cual, si se vendía todo aquello, se acabaría el hambre en el mundo. La vieja, a pesar de haberse criado en una familia beata y combatiente por la fe verdadera —o quizá por eso—, siempre apestó a quema de conventos, preparada, si fuera preciso, para volver a asesinar a Sissí.

Fina se sube las gafas y emplaza sin un objetivo concreto a su hijo con una mirada directa. Luego la baja. Tiene los ojos enrojecidos a causa de todo un poco: coquetería, tacañería y, quién sabe, quizá lágrimas. Una vez enfocado, dispara:

—¿Qué? ¿No me explicas nada?

En eso llega un WhatsApp. Es de Lola. Le pregunta si irá a cenar. Él le contesta que no. Su mujer no responde y deja de estar en línea.

—¿Lola bien?

—Lola bien.

—Bien mal, me parece a mí.

—Entonces ¿para qué preguntas?

—Deberías llevar las cenizas a las monjitas.

—Me voy.

—¿Ya?

—Fina, esas cenizas son de mi madre y quiero que estén conmigo.

—Pero que al menos las vean. Igual les ponen agua bendita o algo así. Tú llévatelas, y las traes. No las dejes. O igual se puede dejar una bolsita de cenizas con ellas y el resto, con la urna —subraya lo de la urna para tranquilizar a su marido—, aquí. Eran sus hermanas, al fin y al cabo.

—Qué manía con que eran sus hermanas. No lo eran. Su única familia era yo.

—Tú te las llevas, Jose —dice, bajando la voz—, y si las monjitas quieren un poco de la abuela, se lo das.

—¿No me has oído, Fina?

Le enerva el enjambre de discusiones y cuitas nunca resueltas del todo de sus progenitores. En venganza, y sin previo aviso, Sandino enciende las luces y sus padres parecen roedores deslumbrados. La madre da órdenes inmediatas a su marido para que ambos, prestos y casi militarizados, bajen las persianas para evitar los mundialmente famosos francotiradores apostados en las ventanas del Guinardó.

—A ti que te gustan las cosas históricas, te encantará lo que te explicarán de la abuela.

—Mama, a quien le gustan esas cosas es a Víctor.

—A ti de niño también, que sacabas sobresaliente en historia.

No es verdad, pero qué más da. Sandino cree que sólo queda viva una de las monjas, pero en su casa siguen hablando de ellas en plural. Supone que, si se presenta con las cenizas, esa monja le explicará algunos detalles más de la historia de su abuela con aquella familia rica de matrimonio y cien hijos, la mayoría misioneros, monjas, sacerdotes y algún postulante del Opus Dei. Nunca entendió qué pintaba en todo eso la abuela Lucía. Tampoco prestó mucho interés una vez decidió que la vieja se inventaba todo sin tener memoria ni esforzarse en tenerla. Fina se levanta y se dirige hacia el mueble que domina y gobierna todo aquel comedor. Un coloso de madera de nogal que guarda documentos, papeles, fotos, estampas, servilletas, recibos, contratos, dibujos de niños, testamentos y pentagramas, todo ello en el interior de aquellos misteriosos cajones profundos y aromáticos. En sus vitrinas, abigarradas de porcelanas y copas de cristal llenas de polvo, de llaves de cerraduras ya desaparecidas, figuritas de pastores con ovejas esponjosas, pordioseros con espinas en las plantas de los pies, libros del Círculo de Lectores sobre grandes hombres cuando eran niños —Napoleón, Edison, Charlot...— y de Ana María Lajusticia sobre la bondad del ajo, jarroncitos, un gallo ibicenco de terracota, recuerdos de Aranjuez, Mallorca, Viena, Granada y la Ciudad Eterna, vídeos VHS con clips y conciertos grabados por Víctor y por Sandino de programas musicales de los ochenta, así como uno Beta de *Los cañones de Navarone*, al que el padre se resistió a otorgar rango de especie extinguida.

De uno de los cajones, la madre saca un paquete envuelto en papel pinocho y se lo deja a Sandino entre las manos, no sin antes avisarle de que puede llevárselo pero, bajo ningún concepto, perderlo. No pregunta Sandino, sino que se limita a quitar el papel y descubrir de qué se trata. Es una especie de cuaderno negro en el que en la portada está grabado «1971». En sus primeras páginas, una foto antigua de una cría vestida de colegio, con raya esculpida a un lado y ojos grandes y tristes. La encuadernación es de 1971, pero el libro tiene otra fecha, 1933, tres años después de la muerte de la cría, fallecida con sólo quince años. Se llamaba María del Pilar Granadell i Vigil, otra de las hijas de la familia adoptiva de la abuela Lucía. Es un libro funerario que explica la corta vida de la niña para evitar que se la engullera el olvido.

—Es una historia preciosa, la de esta niña.

—Mama, joder. ¿Me estoy llevando de tu casa unas cenizas y un libro de una niña muerta? ¿Te das cuenta?

El Orfidal. Otro ahora mismo, aunque quizá ya sea demasiado tarde.

—Hay fotos de la abuela. Ya verás cómo la llaman hermana y todo.

Sandino se va, pero no del todo. Su madre le dice que espere un momento. Se pierde en una de las habitaciones y reaparece con sábanas nuevas. ¿Cómo lo ha sabido la muy bruja? Parece empeñada en bajar al dormitorio de la fallecida y hacer la cama, pero Sandino se lo impide. Baja él las escaleras, abre la puerta para hacer creer a su padre que se marcha. Despacio, abre la puerta de la casa de la abuela levantándola un poco, como aprendió a hacer de adolescente, ya que se hinchaba por la humedad y al arrastrar se quejaba lo suficiente para oírse en el piso de arriba. Lleva encima las cenizas de Lucía y piensa que ésa no es sino una manera de despedirse de ella.

Abre las ventanas del comedor y se sienta en uno de los sofás en los que tanto su abuela como su abuelo pasaron media vida mirando, horas y horas, lo que el televisor les quisiera dar. El olor de la lluvia sobre la tierra de las macetas en la terraza se mezcla con el aroma agrio a cerrado y vejez. Vejez en los muebles, en las ropas, en los cuerpos que habitaron todo aquello. Además del comedor, dos habitaciones húmedas e impersonales que desembocan en un baño habilitado hacía poco para la escasa movilidad de su última inquilina. Allí vivía alguien que no se esmeró apenas nada en hacer de aquello no ya un hogar, sino un simple lugar agradable o sentimental. Las paredes se pintaron sólo para tapar manchas y en modo alguno para procurar algo de calidez, o tratar de conseguir algún tipo de belleza, aunque fuera fracasando. La abuela Lucía fue un animal y aquello no era sino una fresquera en verano y, gracias a las ruedas de la Butater, una cueva acogedora a tramos, durante el invierno. Ella ocupaba el primer piso de la Casa Usher. Era, como el resto de la vivienda, una construcción hecha por los mismos que iban a vivir en ella. Todas las torres de la calle, las antiguas, las auténticas, otorgaban ese rango de pequeño pueblo, más que de barrio, a aquella calle. Casas sin apenas cimientos que se aguantaban unas contra otras, distintas, personales a base de ser lo único que sus constructores sabían hacer. Y éstos eran gente extraña, enloquecida, evadida de algo o de alguien y, por eso, con ganas de vivir y de hacerlo sin leyes ni policía. Habían venido de todas partes y todo, lo bueno y lo malo, las inquinas y las lealtades, se sustentaba en un código que nadie había escrito, ni siquiera hablado. Nada de eso existe ya. De todos esos vecinos sólo quedan sus padres, atados a la maldición de una casa inmensa, vieja, destartalada, imposible de limpiar, amaestrar, adecuar, caldear o enfriar de una manera civilizada. Una torre de tres plantas con jardín y huertos construida para permanecer por los siglos de los siglos protegida y maldecida por el mismo sortilegio que impide que alguien pueda salir vivo de ella. Probablemente ni Sandino. La han tasado. Dicen de venderla. Es un leviatán demasiado grande, demasiado exigente para la pareja. Le duele, pero lo entiende. Sandino se mantiene al margen. Víctor es el cerebro y el brazo ejecutor. Al menos, en esta ocasión goza de tiempo y entusiasmo en esta nueva fase de su vida entre novio y novio.

Parecía que amainaba, pero de repente el cielo retumba, se encabrita y llueve con más furia todavía. Sandino, en el comedor, sentado en el sofá, cerca de la ventana con mosquitera y reja andaluza pintada de blanco sobre minio. El baturro que se iba consumiendo se sentaba allí mismo. La abuela Lucía, con una toquilla sobre las rodillas, apresada por imperdibles, a su lado. Y después, su mujer, su asesina, no tuvo reparos en seguir sentándose en ese mismo sofá. Algo más allá, una mesa redonda, sillas baratas de La Garriga, un armario de algo que es imposible que sea madera y un radiocasete traído desde Alemania en los setenta, con una cinta de Mocedades introducida en 1981 y nunca más extraída. En la pared del comedor, como en el resto de la casa, fotos de Víctor haciendo la comunión, de Sandino y su hermano, modositos y endomingados, postales chinas recortadas de calendarios, enmarcadas con lustres dorados, una foto de cachorros de perros, alguna virgen y cuadros, una docena de cuadros grandes, medianos y pequeños. Una reproducción de Murillo, una jauría devorando un jabalí de ojos demenciales, una batalla naval, un viejo cazador en una posada con varios conejos muertos en la mesa junto a una jarra de barro. Y también una foto de época. La abuela, ojos grandes, cara de luna bonita y espléndida, vestida de niña bien, rodeada de otras niñas bien, su familia adoptiva que nunca pudo adoptarla sin que nadie supiera muy bien por qué.

Todo eso lo podría estar explicando sin necesidad de volver a verlo como lo ve ahora. Y es que todo eso siempre ha estado ahí, siempre ha sido de esa manera. Pasan los minutos y Sandino permanece sentado en el sillón, con el comedor en penumbra, escuchando cómo fuera sigue lloviendo. Furia sobre la mesa de mármol y las sillas metálicas, la tierra húmeda.

¿Quién soy?

En el piso de arriba, los viejos van de un lado para otro, preparándose para cenar. Piensa Sandino en la abuela muerta, en la pobre niñita también muerta en 1933, con ese librillo que tiene en el regazo, en las pocas oportunidades que tuvieron ambas, las dos con diferentes cartas, todas malas. Piensa luego en los amigos muertos, en los profesores, en los vecinos, en sus héroes que empapelaban las paredes de su habitación, todos muertos. Piensa en lo que era él, en lo que fueron todos, en el mundo que se ha ido extinguiendo día a día, en el que fue un Edén deshabitado y absurdo lleno de plantas carnívoras y máquinas de millón y juegos feroces y seres incapaces de ubicarse y adaptarse a nada ni por nada. Los vecinos de sus padres son ahora gente cabal. Gente decente con trabajos normales, descendientes de familias estructuradas y homologables. Han contratado a arquitectos y han solicitado permisos municipales. Han hecho jardines botánicos, han aislado puertas y ventanas. No tienen ningún primo en la Legión Extranjera, no hay embarazos antes de los dieciséis, no hay romances con *paletas* que vienen a arreglarte unas goteras y te arreglan la mujer, no hay gatos envenenados ni hogueras de tres metros en las calles ni viejos que bajo una manta a cuadros van y vienen cocidos de bar, llueva o nieve. Ahora en la calle han instalado contenedores de reciclaje, todo el mundo paga impuestos y compra y vende y sale a correr al punto de la mañana y desayuna tostadas con mermelada y café, cereales americanos y zumos de pomelo y limón en terrazas protegidas con toldos.

Todo es mejor, todo es una mierda.

¿A qué lugar pertenezco? ¿A éste? ¿Esto soy yo?

La congoja querría despertarse en un llanto. Pero es como si se hubiera olvidado de llorar. Sandino es sólo un despojo de ruidos y muecas. Nada más. ¿Quería a la vieja loca? ¿Y al baturro? ¿Y a su hermano y a sus padres? Pero sólo los quiere un poco más que a una cafetería a la que sueles ir y te hace sentir a gusto. A un perro que tuviste de muy niño. A un jugador de tu equipo. Nada de eso le parece a Sandino especialmente generoso ni valioso. Pero al menos es sincero. Añora a sus muertos como añora a Toni Soprano o a los Smiths.

¿Es así como acabó queriendo a Lola? ¿Como le quiere ella a él?

¿No deberían amarse como en las pelis francesas, como Amy Winehouse cantando "You know I'm no good", como los putos Macbeth?

¿Todo eso no son sino fantasías pop, de adolescente, de crío, libros...?

Stop.

Stop.

Stop.

Tiene que intentar descansar unas horas en ese sofá. Engarzar algún tipo de sueño. Sabe lo que el insomnio le merma día a día primero, hora a hora después. Pero duda que pueda hacerlo. Acabará por levantarse dentro de media hora, una, dos, pondrá la tele, se subirá al coche, dará vueltas, quizá vuelva a la playa a pesar de la lluvia.

Recuerda la voz del hipnotizador, esas viejas cintas de casete, «aprenda alemán mientras duerme», que guardaba la abuela Lucía. El Gran Riccardi, maestro de la autosugestión. Descanse usted. Cierre los ojos. Piense en su cuerpo como un templo, una estancia vacía, una iglesia.

Una habitación pegada a la otra y a la siguiente como espantapájaros con la cabeza de paja que se aguantan unos a otros ensordeciendo ahora el sonido de la lluvia.

Va hasta la vieja cocina, con la misma nevera de siempre atada con un pulpo de baca de coche. La misma fresquera donde la abuela Lucía dejaba los platos calientes. De uno de los armarios coge un vaso. Lo pone debajo del grifo y, después de unas toses, sale la suficiente agua como para quitarle el polvo al vaso y dispararse un Tranxilium contra el paladar para ir al rescate de las últimas prestaciones del Orfidal, sin noticias suyas desde el frente. El taxista se apoya en la pica y consigue ver algo, como un reflejo de su cara.

¿Éste que veo soy yo?

Vuelve al comedor. Le llega un WhatsApp. Un segundo. El primero es de la madre de las niñas preguntando si podrá llevar, a eso de las seis de la madrugada, a su marido al aeropuerto. Ok, Llámame Nat. El otro mensaje es de Sofía: «No te he contado toda la verdad. ¿Podemos hablar mañana?»

Hijas de puta. Las dos.

MIÉRCOLES

Ni siquiera estoy interesado en saber si existió alguien antes de mí.

TRISTAN TZARA

10

Somebody got murdered

Ha entrado en su propia casa como un ladrón. Lola está dormida en el sofá, delante del televisor encendido. Imágenes fantasmagóricas, bustos parlantes, testigos de crímenes crueles y terribles, representación teatralizada, el impacto del hacha, la trayectoria del proyectil, el cuchillo en la cocina. Mientras alguien emita en esa frecuencia y las voces se mantengan en ese tono, Lola no se despertará.

Debería ducharse, pero sería una imprudencia. Cree que aún sigue pagando el gimnasio al que nunca va porque ve absurda la gimnasia, los gimnasios y la gente que acude a ellos, como ve absurdo casi todo y casi todo lo ve absurdo a él a medida que se le acumulan los años. Se duchará allí en cuanto pueda. Se cambia. Coge algo de ropa —camisas, calzoncillos, calcetines—, mucha música casi sin mirar qué —a excepción de Albert Pla y Loquillo para las niñas—, libros —uno de Manchette y *Submundo* y cuentos de Cheever, todos a medio leer, Anagramas color crema, y otro recién empezado del imbécil del marido de Llámame Nat—. Cepillo, pasta de dientes, peine, desodorante. Mientras va colocando con cuidado todo eso en una bolsa de deporte levanta la vista y comprueba que tiene una pinta terrible. Un quiquiriquí de abuela traspuesta que trata de domar con agua y lo consigue a medias. Ojeras, mirada triste, piel cetrina. Pinta de refugiado, de Machado en Colliure, piensa. Oh, qué lástima ser tan brillante y que el mundo no te lo reconozca, taxista. Qué pena que todo sirva para una

97

mierda, porque ya ni haces crucigramas ni Lola te pregunta quién dirigió tal o cual película o por qué César cruzó el río aquel, sentados los dos delante de ese mismo televisor que ahora muestra a una cría y su madre, aterradas bajo su cama, mientras los pies del homicida van de aquí a allá sobre la alfombra.

Sabes demasiado. Has oído demasiado. Has visto demasiado. Has vivido demasiado por la superficie de las cosas, como ese bicho feo y orejudo —ahora, en televisión: ¿qué ha pasado con el asesino, la madre y la hija?— que vive en no sé qué latitud y corre sobre las aguas, como Jesús, como el tipo ese que espera dentro de unas horas a aquella pobre mujer en el cementerio de Les Corts. El mundo es un absoluto disparate y ahora le viene a la memoria, sin saber por qué, Leonard Cohen sin saber si Cohen está vivo o muerto.

Vuelve Sandino a su agujero, donde se acumulan todos aquellos compactos, casetes y vinilos de música, todos aquellos libros leídos y por leer, mausoleo de sus ganas de trascender, de ser otro, de saltar y caer de pie. Rebusca y encuentra —estúpida manía de tratar de hacer épica de la pequeñez—, el *Sandinista!* y un recopilatorio de singles de la banda. Pasa por el comedor de camino al recibidor. En la entrada se vuelve a mirar en otro espejo y ve, detrás de él, el cuerpo confiado, por inerte, de su mujer y le pasa por el pensamiento la posibilidad de matarla ahora, allí mismo. Agarrar un cenicero, por ejemplo, y reventarle la cabeza e incinerarla y llevarla con la abuela en el maletero del coche, y así podría ducharse y dormir lo poco que le queda antes de acudir a buscar al padre de las niñas para llevarlo al aeropuerto.

Asesinarla.

¿Qué coño estás pensando, tarado?

¿Tienes tan bloqueados los sentimientos que crees que te sería más sencillo matarla que decirle la verdad y afrontar la vida con la mirada de Lola odiándote, despreciándote, ignorándote...?

¿Es eso, Sandino? ¿De verdad piensas eso?

Eres un hijo de puta, Sandino, un cobarde. En eso consiste el miedo, en ser un cobarde. Así de sencillo.

Quizá hoy bastara con la heroicidad de ducharte y que ella no se despertara o, al contrario, despertarla, hacer un café, escuchar lo que te quiera decir. Decidir. Poder empezar de nuevo. Hoy mismo. Renunciar al perdón.

Llevas demasiado sin dormir, te crees el responsable de todo, niño miedoso. Estás tratando de enterrar los pies en la arena para que no se te lleve la corriente y no lo consigues. Por eso seguirás siendo el hámster más rápido en la rueda.

No mataré a mi mujer.

No soy el tarado de la montaña de Montjuïc, soy un buen hombre. Basta de asesinatos. Busco el mando a distancia y cambio a otro canal. «Las 100 mejores Canciones de Amor de los años 70.» Mejor compañía catódica para quien, probablemente, fue el amor de su vida. El primero, el último. Un amor que ahora sólo es una bolsa de plástico en la que soplar tus crisis de ansiedad. Y decide sentarse a su lado unos minutos. Luego, ducharse. Quedarse hasta que despierte. Hacer una cafetera. Hablar. Jugar desde el fondo de la cancha, sin subir a la red, sin levantar el partido, esperando tirar fuera la bola.

Está en casa. Ésta es su casa. Él es él en casa. Ella es casa.

Pero de repente, ante él, en la mesita de delante del televisor, ve los sobres destripados de las cuentas de su móvil y el sobre nominativo de su banco con los gastos y entonces cierra los ojos unos instantes para luego levantarse y dirigirse hacia la puerta. George Michael lo despide desde el televisor y Lola se mueve en el sofá para seguir dormida o seguir fingiendo que está dormida, que para el caso es lo mismo.

—¿Con qué compañía vuela?

—Ryanair, creo, espera. —El hombre, pelo mojado, recién salido de la ducha y rasurado, abre unas hojas que lleva a modo de punto de libro en una gruesa novela de la que Sandino lleva rato intentando leer el título en la portada—. Espera: Vueling.

Sandino deja esas últimas palabras colgadas entre ellos dos. Debería haber dicho a Llámame Nat que no le iba bien esa carrera porque no va a poder encochar en el aeropuerto, sino que deberá volver de vacío para recoger a las hijas de ese tipo que ahora mira por la ventana a una ciudad aún dormida. Ya andan a la altura de Bellvitge. En nada habrán llegado. El padre de las crías, el marido de Llámame Nat, es un hombre grande, por encima de su peso, de piel fina y brillante, nariz y ojos grandes, señalados con sendas cejas en arco que le dan un aspecto de niño asustado. Pelo castaño, retirado en los lados. Ni guapo ni feo, ni alto ni bajo. Ahora que ha cerrado los ojos, Sandino ve que, debido a la textura de su piel, se distingue una vena enrojecida en un párpado, una zeta caprichosa que, seguro, mientras duerme a su lado, su mujer le resigue con uno de sus largos dedos de uñas pintadas de azul cobalto.

Un listo, un memo listo, un memo, listo y engreído a juicio de Sandino por motivos totalmente arbitrarios y señalizados en el mapa del odio de su cabeza. Al taxista le gusta dejarse llevar a veces por los pasos perdidos del odio sin argumentos. Celos deportivos, casi un matarratos. El rey David deseando enviar a la batalla a Urías para que lo maten, para que no vuelva a la cama de Betsabé. Una manera como cualquier otra de no pensar en otras cosas ni preguntarse qué debió decir o hacer o sonar esa noche en la piscina con globos para que Llámame Nat eligiera a ese hombre y no a él.

—¡Por fin nos conocemos, Sandino! —ha dicho nada más entrar en el coche hace unos minutos—. Mis hijas están entusiasmadas contigo.

—Son encantadoras.

—Sí que lo son.

Sandino no le dice que está leyendo una novela suya. Es más, cree que la va a dejar sin saber aún si le está gustando porque no puede, en ningún momento, olvidar con quién duerme quien la escribió.

—¿Viajas por cosas de los libros?

—Sí.

—Suena bien eso de viajar y hablar delante de gente sobre lo que has escrito.

—Bueno, no sé. Hay días que piensas que sí y otros que no.

—Hacer doce horas diarias en el taxi te aseguro que convierte los días en no.

—¿Ves? A eso me refiero. *Días que sí y días que no...* Acabo hablando como uno de esos gilipollas a los que detestaba. ¡Da la vuelta, ¡me meto en la cama! Nat me dijo que escribías. ¿Aún lo haces?

—¿Yo? No, ya no. Embarcas por ahí.

—Gracias. ¿Qué te debo?

El taxista se lo dice y el novelista paga con tarjeta. Mientras es aceptada, consensúan otro silencio incómodo. Aquél quiere dejar propina, pero Sandino se lo impide. El hombre se apea del taxi. Se detiene para sacar unos auriculares de futbolista en concentración, colocárselos así, como la bolsa en bandolera, y desaparecer por las puertas giratorias. En eso, Sandino repara en que el padre de Regina y Valeria se ha dejado olvidadas las hojas que llevaba con los datos del vuelo. Pone las luces de emergencia, baja del coche y va hacia la zona de embarque. Unos metros más allá está el escritor. Le llama, pero no se gira. Ha de echar una carrera hasta darle alcance. El escritor se da la vuelta, ve a Sandino y los papeles y lo entiende todo. Se quita los auriculares. Suena una vieja canción de los hermanos Gibb.

Menudo capullo.

11

One more time

—¿Hoy has llevado a papá al aeropuerto?

Por eso están llegando tarde. Pero el taxista, sin motivo aparente, no anda muy locuaz con las crías. Valeria tampoco ha abierto la boca. Está absorta en la pantalla de su móvil. El taxista ha pensado en más de una ocasión que quizá sea demasiado pequeña ya para andar con esos artilugios, pero ¿qué sabe él de cosas sobre las que no puede saber nada? Eso es algo que debe a Lola: decirse, corregirse, volverse a decir, afilar el lápiz para que la línea escrita sea clara. Corrige su pensamiento sobre la cría y sigue callado. Su mente trata de recuperar fechas y concretar qué factura de qué hotel podría aparecer en el extracto del último mes o qué números más frecuentes pueden salir en el listado de teléfonos, todo disparado y chocando entre sí en su cabeza a modo de particular *pinball*. A ratos cree que nada especialmente comprometedor y a ratos, todo lo contrario.

Lola no tenía ningún derecho a abrir su correspondencia privada. Él no tenía ningún derecho a engañarla. Aunque ¿qué es engañarte, Lola? ¿Irme y volver, volver para volver, siempre volver porque pude irme y no lo hice, lo pensé pero volví? *No busques un escondrijo, taxista: engañar es no decir la verdad, te la pregunten o no. Eso es engañar.*

—Se iba a Milán.

—Lo sé. Me ha dicho que estudiéis mucho. Que hagáis caso a vuestra madre.

—Mamá no se quiso despedir de él anoche.

—¿Por qué no te callas, Regi?

Valeria al rescate.

Valeria discreta y Regina bocazas: podría llegar a adorarlas incluso como pareja cómica.

—Yo tampoco me he despedido esta madrugada de mi mujer y no pasa nada. Hoy es el día de las parejas que no se despiden. ¿No lo sabíais?

—Mentira. —Regina empieza a pillarle el tono de burla seria a Sandino—. ¿Cómo se llama tu mujer?

—Lola.

—Lola. Es raro.

—¿Por qué es raro?

—No sé.

Como llegan tarde, Sandino pone las luces de emergencia para parar en la entrada del Cardenal Spínola. Un guardia urbano a unos metros le da al silbato y gesticula como un títere. «Que te follen, payaso.» Regina se ríe. Eso aparecerá en el parte de guerra a la hora de la cena. Seguro. Deja a las niñas, baja por Cartagena y a la primera que puede va en busca del Instituto Jovellanos, antiguos Cuarteles de Gerona. De crío, allí dentro se paseaban militares montados a caballo. Esta zona de la ciudad, impersonal por lo fluido del tráfico, sin tiempo para quedarse parado y mirar las fachadas de las casas, las gentes que se sientan a dos palmos de la vía a tomarse su café con leche o su cerveza, aspirando monóxido de carbono y restos de una vida entre el Gerplex y la villa de Gràcia. Por calles paralelas —todas iguales, todas las mismas: bancos, bares regentados por chinos, bazares, viejas bodegas, tiendas de informática o de muebles para ancianos que no tienen quien les lleve a IKEA— llega hasta passeig de Sant Joan. No encocha porque quiere desayunar y, aunque se dice que no, sabe que acabará por estar en plaza Orfila, en el barrio de Sant Andreu, en algo más de una hora.

Nada más entrar en el Olimpo, Héctor le dispara lo habitual («¿Has venido por fin a contármelo todo?») para luego seguir con la urgencia de Ahmed.

—Ha estado aquí esperándote hasta hace nada.

—Ya le veré mañana.

—Parecía urgente.

—Pues que llame. Ponme un café y una pasta. La que tengas.

—La rusa te atiende.

—¿Sabes? Tienes mal puesto el nombre. Héctor no es para ti. Héctor era un tipo tranquilo y amable. El mejor de los suyos. De los troyanos.

—¿Y qué le pasó?

—Lo mató Aquiles.

—¿Ves lo que pasa por ser tranquilo y amable?

—A tus padres les faltó más griego: tú eres más Aquiles que Héctor.

—Piensa que tuve suerte. Héctor fue cosa de mi madre. Mi padre quería ponerme el nombre de mi abuelo.

—¿Cuál era?

—Los cojones te lo voy a decir.

Tatiana está entre las mesas, da la vuelta a la barra y le pregunta qué quiere. Sandino vuelve a pedir y el café se convierte en cortado acompañado por un croissant. El taxista acepta el cambio. Se toma el cortado con celeridad y quiebra la pata del croissant que, hace varios días, estuvo tierno. Héctor, desde el otro extremo de la barra, tiene el día Magic Johnson: mirada clavada en televisor y Sandino como pase lateral. Pero éste no está para un intercambio de golpes. Mira el móvil. Hay llamadas, mensajes, *whats,* pero ninguno de Lola o del marroquí. Sandino sabe que durante unas horas las probabilidades de que telefonee su mujer son nulas, y en realidad lo prefiere. Ella ya debe de saber que él ha estado allí y que no se ha quedado a dormir ni ha esperado a que despertara para hablar. Ella ya sabe que él ha decidido escapar. Por eso no llamará. Lola nunca llama en esas circunstancias. Sabe jugar con él. Sabe negociar con su ansiedad y quizá ya no le importe mucho si vuelve o no.

—¿Pudiste hablar con ella?

El Bólido se le ha puesto al lado, en la barra. Huele a noche larga. Sandino no recuerda haberlo tenido tan cerca jamás. Tanto que repara en que va muy bien afeitado y en un lado de la cara tiene un lunar en el que no se había fijado antes. Sandino espera olvidar todos esos detalles de inmediato.

—¿Te gustan los croissants duros? Toma. —Le acerca el plato con la pasta.

—Sandino, joder, que parece que te mola buscarte líos.

—Te aseguro que no.

—El otro día nos pusimos tontos. Todos. Yo, el primero.

—¿Entiendes que ése no es asunto mío?

—Si has hablado con la bollera sabrás que es importante.

—He hablado con ella. Y sí, la cagada fue importante. Pero ella me ha dicho que lo entregó en los *mossos* de Aiguablava.

—Ya.

—Vi el papel —miente Sandino y comprueba la decepción en el rostro de su compañero de profesión—. O sea, eso es lo que hay. Tatiana, cóbrame. —Es Héctor quien acude, recogiendo como con un garfio las monedas—. Para cobrar sí que vienes tú en persona, ¿eh?

—¿Pasa algo, Bólido? —pregunta el dueño del Olimpo.

—Nada pasa. Conversaciones privadas —contesta Sandino.

Sin esperar réplica de ninguno de los dos, Sandino sale a la calle. Le esperan. Unos minutos después Carmen se sorprende al ver bajar a Sandino del taxi y hacerle una señal. Le sonríe. Mira a un lado y otro de la plaza por si alguien la viera. No fueran a pensar vete a saber qué. Camina deprisa hacia él. Resopla al entrar. Lleva un ramo de flores. Ha pensado, con buen criterio, que aquí serían más baratas que en el cementerio.

—Creía que no iba a venir. Que se le pasaría.

—Habíamos quedado, ¿no?

—Sí, bueno, gracias.

—No hay de qué.

Apenas hablan durante el trayecto por las Rondas, que tienen el tráfico justo para estar atento sin tener que reducir la velocidad. Sandino piensa en poner algo de la música que ha robado de su propia casa, aunque no le apetece elegir nada en especial. Al final acaba sintonizando una de las emisoras programadas. Música clásica. Papilla de oboes y chelos, de todos esos tipos de nariz roja y pelucas polvorientas, sonatas y gigas y coros infantiles sólo interrumpidos por la voz grave de locutores probablemente encerrados desde hace años en algún sótano de la ciudad de Praga.

Beethoven sólo escribió una ópera. Schubert tenía la sífilis mientras que Schumann no sabía orquestar sus sinfonías. Chopin y George Sand igual ni follaron.

Esas cosas que a Sandino se le quedaron en la cabeza, fascículo a fascículo, de una colección que la abuela Lucía le compraba en el quiosco de la calle: cada semana, un disco y un fascículo. La cabellera blanca e indómita de Karajan, flores sobre el teclado de un piano o las verdes aguas de una cascada en un lago en las portadas de esos discos que al final quedaron abandonados en una mudanza apresurada de un piso del Eixample en los noventa.

—Qué música tan bonita. Relaja. ¿Qué es?

—Bach.

—Ah.

—Pues a mí Bach me tiene harto: le gusta a todo el mundo.

—Las cosas bonitas gustan a todo el mundo, ¿no? ¿Qué hay de malo en ello?

Sandino no contesta. La mujer aprovecha para repetir, más o menos, la misma versión que le explicó ayer del encuentro con el tal Jesús. Llegan relativamente rápido al cementerio. La mujer paga la carrera a Sandino y se empeña en que coja veinte euros más por acompañarla hasta donde la espera aquel tipo. El taxista se resiste, pero ella insiste hasta que se los acepta. Si no lo hace él —se justifica éste—, acabará quedándoselos, a buen seguro, el tarado aquel. El taxista lo distingue sin problemas entre la gente que está aprovechando estos cálidos días del mes de octubre para ver a sus muertos antes del Día de los Difuntos. Es alto y delgado, pelo lacio, largo, con canas, abierto en dos por una raya en medio que alberga grasa y caspa. Viste la misma ropa que hace dos días, de eso Carmen se da cuenta, pero lleva distinto calzado. Anteayer llevaba zapatos viejos, de rejilla, a lo gitano, y hoy lleva unas sandalias de tiras de cuero cruzadas. «Como Moisés», piensa la mujer, y le viene a la mente Charlton Heston, con sus ojos encendidos y su vara hecha serpiente y el agua convertida en sangre y los pobres primogénitos muertos por su cabezonería. A ver, ¿qué le costaba haber cedido un poquito con Ramsés? Hay cosas en la

Biblia, sigue enredándose Carmen, que son así como de gente cabezota, dicho con todos los respetos, Dios mío. Aquel que le dicen que mate a su hijo y casi lo mata. La intransigencia de Moisés. Lo del diluvio. San Pablo, que pide que le crucifiquen boca abajo para no morir como Nuestro Señor Jesucristo. En cierta manera le recuerdan un poco a la gente esta de la CUP: intransigente, sectaria, muy a sangre o fuego. Y es que ella sigue siendo mucho de Artur Mas y aún espera que todo vuelva a ser lo que fue cuando fue lo que era.

—Es ése.

—Agarre bien el bolso.

La mujer no capta del todo si es broma o advertencia, pero obedece.

—Hola, Carmen. Hoy sí, ¿eh? Y acompañada.

—Sí, es... es...

—Su sobrino.

Jesús alarga la mano:

—Encantado, sobrino. Yo soy Jesús.

—Tú puedes llamarme Jose.

—José.

—No, Jose.

—Jose, el sobrino.

—El Sobrino del Diablo.

El trato era acompañarla hasta la entrada del cementerio, pero Sandino decide hacerlo hasta la tumba, ver cómo se comporta ese tal Jesús. Carmen parece una buena mujer y al aceptar los cincuenta euros se ha comprometido, en cierto modo, un poco más con ella.

Carmen y Jesús van tres o cuatro pasos por delante de él. Franquean la puerta abierta en la pared de piedra, coronada por una cruz y una farola, unidas al muro por un brazo de metal que quiere semejar una antorcha con la que guiar a visitantes y almas en pena entre las tumbas. Viudas como cuervos negros, parejas, grupos de tres o cuatro personas dedicándose a limpiar nichos y lápidas, cambiar flores marchitas por frescas, hablar con sus muertos, muchos gatos cruzando aquí y allá. Se topan con un par de gitanas que andan ya un buen rato buscando sin fortuna la tumba de uno de los suyos. *Pobre gitanico perdido.* La más joven asegura que ya avisó en su momento que si lo enterraban «en un ladito no se iba a ver y lo acabarían perdiendo».

Familia Riera. Molins. Masdéu. *Bon repòs.* Familia Sánchez. En paz descanse. Iglesias, Fernández, Gil, Mosqueda. Juana López Domínguez, que nació en 1887 y murió en 1969. *L'amor sempre és present en la vida i en la mort.* Eusebio González Gálvez, de 1919 a 1981. Nunca podremos olvidarte.

Carmen mira de tanto en cuando hacia atrás por si les sigue el taxista. El Pau Riba aquel «¿qué podrá hacerle? Igual sólo es un pirado al que le gusta sentirse útil con los ancianos, tener algo que hacer», piensa Sandino. Escaleras de piernas abiertas como bichos de pesadilla, tijeras de dos metros con mujeres allá, en lo alto, encaramadas con bolsas de Bonpreu, gamuzas, limpiacristales.

—Unos muertos contentos. Limpios, visitados, relucientes. Otros sucios, olvidados, entre telarañas y restos de flores de plástico...

—No hables así, Jesús.

«Puto tarado, ¿por qué haces esto con esta pobre mujer?», piensa el taxista. Jesús se detiene, se quita en un plis-plas las sandalias y reanuda su andar con ellas colgando de los dedos. Los dedos de los pies de Jesús se abren y se contraen en contacto con el asfalto y los trozos de arena que se encuentra. Sandino fantasea: cristales, clavos infectados, perros con la rabia, tétanos, todos aquellos temores de la infancia convocados al Aquelarre.

¿Por qué siempre acabas liado en cosas así, taxista?

Una alfombra de rosas rojas para un recién llegado, como una lengua exhausta, arrancada por un carnicero despiadado. El muerto por descomponer, rodeado de sus semejantes, las voces que no callan, ensordecidas por los pasos de los vivos, los de la limpieza, los de las máquinas y sus rugidos y sus bocinas. Angelotes con los brazos arriba bendiciendo la entrada en los cielos.

A Carmen aún se le encoge el corazón al recordar el caudal de dolor y lágrimas de cuando enterraron a su Juan José. Ver a sus nietos, entre asustados y tristes, agobiados de tanto beso con olor a viejo, a ropa negra, al salitre de las lágrimas al correr por caras y narices, labios, y por dentro de las gargantas anegando el pecho. Vino mucha gente. Los jóvenes tienen muchos amigos a la hora de las despedidas. Juan José tuvo muchos amigos y amigas desconsolados, sí, pero hace nada que murió y ahora Carmen los ve en la calle, en las terrazas de los bares, riendo, felices, sin ningún apuro al mostrar impúdicos esa vida como renovada, sus incontenibles ganas de seguir respirando. No ha hecho mella en ellos la pérdida del amigo, del ex novio, del colega. Y eso, la hipocresía —aquella del cementerio y ahora la del día a día— es otra de los cientos de cosas que Carmen ni entiende ni quiere esforzarse por entender. Para ella el dolor por la muerte de su hijo debería impedir que saliera el sol cada mañana.

—Los recuerdos son el perfume del alma.

—Muy bonito.

—Lo he leído allá.

—Mejor, porque me parece una tontería. Los recuerdos son dolorosos. ¿De qué valen tantos recuerdos? —estalla Carmen, que ahora parece perdida entre las calles. Es Jesús quien la orienta, con una mano en la espalda.

—Rece, póngale flores y váyase —le aconseja Sandino.

—Tengo que subirme a una escalera.

Se cruzan con unas mujeres. Una de ellas dice a las otras que «cien gramos de judías cocidas y cien gramos de garbanzos cocidos no son alimentación para una mujer con cáncer». Carmen, sin mirar a Sandino, dice:

—Mira que una escucha sin querer conversaciones raras en un cementerio.

El taxista le sonríe. La mujer, por miedo a tropezar, se coge a su brazo. Suena el móvil de Sandino. Es Ahmed.

—Te he esperado donde Héctor un buen rato.

—Creo que he llegado cuando acababas de irte. ¿Qué pasa?

—Necesito saber si estarías libre para un viaje largo.

Sandino piensa que nada le satisfaría tanto ahora como tener un buen motivo para desaparecer de su propia vida.

—¿Adónde?

—¿Podrías o no podrías?

—Sí, ajustando lo de las niñas, podría. ¿Cuándo sería?

—¿Cuándo podríamos vernos? ¿Mañana en el bar?

—No sé si me apetece volver allí. —El taxista ve que Jesús tuerce bruscamente su ruta. Carmen le dice que se equivoca, pero el otro no escucha—. Te llamo luego y te digo dónde podemos vernos. Tengo que dejarte ahora.

Sandino localiza una escalera y la transporta sobre sus ruedas mal engrasadas. Un mosquito le pica en el brazo. Su mano llega a tiempo de matar al bicho. Sangre, su sangre libada por aquel bicho, estampada contra su brazo.

—Te saldrá una buena roncha. Aquí los mosquitos se alimentan de los muertos y cuando pican, pican...

Sandino se queda mirando a Jesús, pero no acierta qué contestarle. De cerca ve que lo tiene todo grande: boca, narizota, ojazos. Su fisonomía es vulgar pero agradable. Huele bien. Tiene un perfume extraño, sofisticado, dulzón. En ese momento se da cuenta de que Jesús está temblando. A Sandino, la mujer, aquel tipo tembloroso, él mismo, le parecen de repente piezas a medio colocar en un tablero de un juego sin jugadores. «Es un ex adicto —piensa—. El ex yonqui que mejor huele de toda Barcelona, eso sí.» Sandino finge que no se ha percatado de sus temblores.

—Subo yo. Tengo que subir yo.

Carmen trata de alcanzarle las flores y los utensilios de limpieza, pero Jesús ya se ha encaramado dos escalones arriba. Sandino ve como esos pies descalzos se agarran al metal y suben decididos. Sandino sostiene con firmeza la escalera. Desde arriba, Jesús oye parlotear a Carmen, pero poco más. Sigue temblando. Trata de imponer su voz a las voces que cree oír, o que se avecinan como salidas del fondo de un túnel, allá dentro en su cabeza. La mujer se sorprende de que también sepa cuál es la lápida porque es sólo cemento, un número y una letra —1052 A— y el nombre de su hijo —Juan José Valero Geli (1965-2016)— escrito con pintura sobre la cal por su nuera, pero no le menciona su sorpresa a Sandino. Le da algo de vergüenza que no tenga una buena lápida, limpia y reluciente, pero es que no había dinero para eso. No lo hubo ni lo hay ni lo habrá.

—Las flores, te has olvidado las flores —le ruega Carmen.

—¿Para qué las quiero?

—Anda, baja y deja a la mujer que ponga las flores a su hijo —tercia Sandino.

—Ya le darás las flores luego.

—Baja.

—¿Cómo que se las daré luego?

—Mujer, voy a resucitar a tu hijo.

Carmen sabe ya desde ese mismo momento que se halla ante un loco y mira a Sandino, quien no sabe qué hacer ni con uno ni con la otra. Finalmente, decide subir y tratar de bajarlo a rastras. Imagina lo que debe de estar sintiendo la madre que tiene a su hijo allí enterrado. Asegura la escalera y hace el gesto de subir cuando la mujer lo detiene.

—Espera. Déjalo, a ver qué hace.

—¿Qué quiere que haga?

¿En serio que esa vieja por un momento ha pensado que ese loco podría hablar con su hijo y resucitarlo? ¿Un nuevo Lázaro? Ni ella lo sabe. Pero ha probado casi todo: rezar, hablar con curas, llamar al gordo ese de la televisión que le aseguró que su hijo estaba vivo en otro país, escuchar las charlas en el centro cívico que aseguran que somos luz y nos transformamos en luz y, bueno, el resto ya no lo entiende mucho. Así que ¿por qué no esto? No puede perjudicarle, ¿verdad?

—Mire, yo me voy. No tengo tiempo para chorradas, la verdad.

Ella no le contesta. Anda hacia atrás para ver en condiciones qué está pasando en el tercer piso, en la lápida 1052 A de aquella construcción llena de lápidas, muertos y flores. Hay un banco de piedra en medio del sendero. Se sienta en él. Deja las flores húmedas en su regazo y mira y espera y quién sabe.

Sandino se queda de pie a unos metros tanto de la escalera como de la mujer. Mira hacia arriba. Decide aguantar la escalera.

A Jesús la idea se le apareció brillando en la mente el otro día al ver tan desconsolada a la madre del amigo de instituto. Fue la convicción, la fe, el querer ayudar a esa mujer, recuperar a aquel viejo camarada de la adolescencia. Padece de vértigo Jesús, ahora lo recuerda. Por eso cierra los ojos, pero es imprescindible que los abra cuando llegue a la altura de la 1052. Sigue temblando, pero ya no sabe por qué: por las voces, por la altura o porque va a resucitar a un muerto. Mira hacia arriba, al cielo límpido, a los pájaros y sus autopistas entre nubes, aviones y Dios Padre. De pronto repara en algo:

—¿Has traído ropa limpia?

Sandino resopla mientras mira a los lados, se caga en su estampa, aunque, hasta un cierto punto, ha de reconocer que se está divirtiendo.

—¿La has traído o no? Te dije que trajeras ropa limpia.

—No, no me dijiste nada.

—Te lo dije.

—No me lo dijiste: de algo así me acordaría.

—Espero que la ropa no esté en muy mal estado.

Había que reconocerle valor. Cuando lo explicara, nadie le iba a creer.

El tipo aquel encaramado a la escalera coloca las palmas de sus manos sobre la fría superficie del nicho. Resigue con el índice las letras pintadas que componen el nombre del amigo que se fue. Lo recita. También el número, en busca de la cábala adecuada. En algún momento le llegará una fórmula, una adivinanza, alguna canción dictada por Él a modo de mantra que le permita resucitar a ese muerto. Una fórmula como aquellas que ha conjurado otras veces, pero sin atreverse nunca a devolver a nadie a la vida. Ronronea por hacer algo. Por no defraudar a la vieja.

Se le ocurrió que.

La estupidez parecía tan brillante.

Y ahora.

Las manos, mientras, siguen oprimiendo el cemento. Al lado, el cuerpo descompuesto de su amigo Juan José, garfios arañando el cemento. Apenas recuerda cómo era su amigo. Apenas. Y de pronto, se le desenreda el ovillo que tiene en la cabeza:

—*Shirueto ya kage ga kakumei o miteiru. Mo tengoku no giu no kaidan wa nai. Shut up! Shut up!*

El tiempo parece detenerse para la madre cuyo hijo está allí enterrado tras una fina capa de cemento. Carmen escucha esa voz, esa salmodia de palabras ininteligibles, y piensa que quién sabe, por qué no, si ya pasó con otro Jesús y al pobre Lázaro lo

112

vinieron a matar luego a la puerta de su casa, pero a Juan José, si vuelve, no le pasará eso porque piensa encerrarlo en casa para que nadie le haga daño y lo cuidará y el páncreas ya estará bien curado y...

—*Shut up! Shut up!*

El taxista no sabe qué hacer. Mira a Carmen y está llorando, sin saber si dejar salir ya la loca esperanza bajo aquella costra de pus de lo aceptado como irremediable, dejar desbocado el corazón. Mientras, en lo alto, Jesús ha desconectado de cualquier toma de tierra, farfullando una y otra vez esas palabras que, por alguna razón, están almacenadas en su cabeza. Las palmas de las manos, que al principio se habían contagiado del helor del cemento, parecen haber hecho el camino a la inversa. Su calor es el que está derritiendo aquella placa de tierra o acaso sus uñas que arañan, rompen y se rompen, vuelven a arañar hasta la sangre.

Hay algo más.

Hay alguien que desde el otro lado le está ayudando a reventar aquel muro. Vuelven las voces. Quizá sean del resto de difuntos, que se quejan de no haber sido ellos los elegidos. Que exigen su derecho a ser devueltos a la vida, donde tantas cosas les faltaban por hacer. Pero también está esa otra voz. Esa clamorosa voz de alegría de Juan José Valero desde el otro lado de la pantalla de cemento rebozada de cal que les separa. Sí, es él, no cabe la menor duda. No sabe qué le dice, pero sabe que se alegra de que por una vez haya sido Jesús quien vaya a buscarlo a casa y no al revés. Igual ya no tiene ojos ni oídos, pero bueno, supone que ya le saldrán después. Casi puede notar los dedos de los pies de Juan José rasgando la lápida tal como él ha empezado a hacer con los de la mano. Menuda sorpresa. El siguiente mensaje va más claramente dirigido hacia su viejo compañero del Korg, aquel con el que pactaron en una bolera en los ochenta montar una banda que revolucionara el mundo:

—*...super creeps...*

Hay jolgorio en aquel nicho. Hay envidia en el resto de muertos y hay algo extraño, temible, en las voces que en hebreo, desde el pequeño cementerio judío a apenas cincuenta metros de allí, le reclaman, le exigen que deje de hacer lo que está haciendo, que eso no puede hacerlo él sino sólo Yahvé, o el Mesías que ha de venir. Pero él insiste en acabar lo que ha empezado. La ropa, la ropa, piensa. Si acaso, le dejará la suya. Al menos, camisa y calzoncillos. Todo empieza a moverse, trozos de cal y cemento, otra uña que se le rompe, pero él continúa.

Va a aparecer el muerto en vida.

Va a devolver un hijo muerto a su madre.

Y tiene que hacerlo deprisa porque las otras voces están ya muy crispadas y, además, tiene ganas Jesús de meterse un *gin-tonic*, la medicación y una buena siesta, previa fumada quizá —«Juan José, ¿me escuchas? ¿Quién eres? ¿Eres tú?»—, y, de pronto, todo se convulsiona, se siente zarandeado a izquierda y derecha y ha de agarrarse a la escalera al menos con una mano para no caer. Pero en el próximo envite de Carmen, Jesús no tiene tanta suerte y trata de bajar por la escalera, hacerle entender a la mujer que está a punto —¡a punto otra vez!—, un poco de paciencia, por favor, sólo un poquito más, cinco minutos y, de repente, pierde pie, su brazo queda entre dos escalones, colgando como un ahorcado.

Sandino trata de arrancar las garras de la mujer de aquella escalera, pero no lo consigue. Luego, ya es demasiado tarde para evitar que el pirado ese caiga desde una distancia de tres, cuatro metros en una posición nada benévola.

Carmen va hacia él, le golpea con las flores, con el bolso, con todo su inmenso dolor.

—Hijo de mala madre, cabrón, maldito seas...

Shut up! Shut up!

12

One more dub

Sandino se estira como un gato. Cierra los ojos. Si pudiera, se desvanecería en el aire. Ésta no es su cama ni la de ella. La cama es de una amiga de Cristina que sólo usa una parte del mes este piso del Carmelo, Ramón Rocafull, en el que hay algunas fotos de ella. Sandino le ha preguntado varias veces a qué se dedica su amiga y Cristina se lo ha dicho y él lo ha olvidado todas las veces que se lo ha dicho. Algo relacionado con la fotografía, con llevar la agenda a un pintor andaluz, acompañarlo por todo el mundo, de todo un poco. Cristina se ha empeñado en hacer café. Sandino se ha tumbado en la cama que hay en la misma estancia, separada por un mueble de madera que contiene velas rojas y moradas, fotos de su novia danesa y un botellero para vinos. Detrás de ese mueble, un televisor, el sofá, una mesa baja para comer y al fondo, fuera de la cocina, la nevera, en cuyo interior hay cervezas, estuches de pasta fresca y algo de verdura. En la puerta, una fotocopia de una dieta de 1.500 calorías pegada con un imán de Praga, una visita al médico para abril, una receta de Sumial.

Abre los ojos Sandino, pero enseguida los vuelve a cerrar. El aroma del café al hervir se expande como un perfume irresistible. Se descalza ayudándose sólo con los pies. Quizá nunca vuelva a dormir —*¿Cuándo fue la última vez? ¿Hace cuatro, cinco días?*—. Cuando no consigues acercar el sueño, tienes que agotarlo tú. Llevártelo al límite de su resistencia. Abandonar los somníferos y calmantes e ir por los estimulantes. Ganarle por arriba ya que no has podido por abajo. Si quieres algo, aléjate. Algo tan simple, tan cierto.

¿Quién hay mejor que tú? Nadie.

Eso le decía su abuela. Eso le decía que le había dicho a ella el abuelo italiano que sólo ella conoció. Vete tú a saber. A la abuela le gustaban mucho las naranjas. Las pelaba seccionando la piel de arriba abajo y utilizando los dedos para abrirlas en vez de mondarlas con un cuchillo. Para un niño era mucho más fácil esa manera. También le enseñó a atarse los zapatos. La vieja también le pegaba. A veces casi sin sentido, cuando se ponía nerviosa, por ejemplo. A su padre le daba tremendas palizas. Él dice que se las merecía. La abuela Lucía opinaba cosas absurdas, despiadadas, ridículas. Hablaba mal de su padre, de su madre, de su abuelastro, de sus otros abuelos, de los vecinos, se cagaba en Dios y en Franco y en Suárez y en Pujol y en cualquier cosa que no fuera ella. Luego se asustaba y lloriqueaba, diciendo que la iban a dejar morirse sola. Que los padres de Sandino se cansarían de ella y la dejarían. Le aterraba quedarse sola. Vivir sola, morirse como un perro, decía. Sandino se recuerda consolándola. Ahora la entiende. Allí aprendió a consolar, a temer, a fingir creerse las mentiras, decir las suyas, tiernas pero falsas. Y probablemente aprendió a no saber llorar: sólo muecas y pucheros. Aquélla era una mujer carencial, colérica, cruel, que sólo fue buena en su capacidad de destruir una y otra vez todos los puentes que los demás construían para romper su aislamiento. Era una mala ama de casa, tanto como una mala esposa y una mala madre, cuya demencia de abuela conectó con su nieto. Fría y autodestructiva, con un dolor dentro que cegaba lo que pensaba, decía y hacía porque nada —ni tan siquiera, o especialmente, las pequeñas cosas— se correspondía con lo que había previsto idealmente horas, minutos, años antes. Ahora Sandino caía en la cuenta de que también ella conectaba en ese pánico a la soledad, a no verse en los ojos de nadie, a ser sólo una inmensa mentira que se han creído todos los demás.

—Mi abuelo, bueno, el hombre que me hizo de abuelo, porque no era el padre de mi padre, tenía un tatuaje en el brazo con la cara de una mujer que no era mi abuela. Y en el antebrazo, esa misma mujer desnuda de cuerpo entero. Era un tatuaje mal hecho, de tinta azul, de presidiario. Yo le preguntaba si era la abuela y me decía que sí, pero era mentira.

—¿Y quién decía que era? —contesta Cristina, rasgos raciales, nervuda, alta, cuerpo de niña, flexible, duro.

—Era su primera mujer. Se divorció con la República. Era tan evidente que no podía engañar ni a un niño. Ni tan siquiera a mí. Pero lo que le encantaría a él —ambos siempre se referían así al marido de Cris, psiquiatra— era que había intentado quemar la cara de aquella mujer para, supongo, evitar las broncas de mi abuela. Era un cuerpo desnudo con la cara desfigurada.

—Así estás tú. Si quieres te doy su teléfono para que te dé cita.

Desde que la llamó, Sandino ha notado que Cristina lleva al día la lista de agravios, las viejas y nuevas entradas, tales como las últimas veces que él ha desconvocado el encuentro, los últimos polvos aprisa y corriendo entre una actividad y otra, su falta de empatía respecto a sus problemas en el trabajo, con su marido, con su hijo adicto, con su hija embarazada, con su preocupación por el estancamiento del proceso de independencia, con la inminente llegada de la Navidad y, con ella, sus cincuenta años.

Nunca se tomó en serio esta relación Sandino, así que nunca se detuvo a pensar en cómo se agriaba el carácter de Cristina al menor contacto con la desafección y el despiste inherente a él. Cree saber que de haber querido forzar él —hace ya ¿cuánto?, ¿dos, tres años?— una ruptura de Cristina con el psiquiatra lo hubiera conseguido, aunque también es consciente de que a ella le hubiera gustado hacer de Sandino algo mejor, algo distinto, algo más exhibible que un taxista que lee libros y al que le gustan músicos que casi nadie —al menos ella y su entorno— conoce. Cristina, funcionaria del Ajuntament de Barcelona, Departament de Cultura, luce ese progresismo con clase que pasó sin apenas mella de la manifestación y el grupo de parroquia comunista a la bicicleta y a la misa campesina del 15M, como solía burlarse su marido.

«Has renunciado a tus sueños —dijo en una ocasión la mujer a Sandino—. Conmigo, los hubieras conseguido.»

¿De qué sueños hablas, Cristina? Yo sólo quiero no tener jefe pero sí dinero para comprar lo que quiero comprar.

Y no aburrirme.

Estar siempre enamorado.

Que no me hagan daño, que no me dejen, que no dependan de mí.

No hacer daño.

Ésos son mis sueños. Y casi cada día los cumplo.

Sólo eso.

¿Te parece poco ser inmortal día a día?

Uno y otro recuerdan más o menos aquella conversación de hace unos meses como si fuera el texto que algún dramaturgo les hubiera hecho memorizar como un convenio entre ambos, para saber a qué atenerse en caso de duda o conflicto.

La cafetera silba a Cristina, que hace mutis por un extremo del escenario.

¿Quiere estar ahí?

¿Quiere estar en ningún sitio?

Ha decidido buscar hoy a Cristina por su brebaje tranquilizador, por el poso que le deja el sexo con ella. Llamando a Cristina, quedando en el piso de sus encuentros, en el piso de aquella amiga, accediendo ella a lo que él quiere, cuándo y de la manera que él quiere, bloquea su miedo, lo tranquiliza en cierta manera. No quiere pensar. Necesita estar ocupado. Discutir, follar con Cristina, putearse.

Ésta llega con dos tazas humeantes de café recién hecho. Se sienta en la cama doblando las piernas como hacía Sandino de crío cuando quería fingir que era Jerónimo, gran jefe indio. Entrega una de las tazas a Sandino. Pertenece a una colección con caras de escritores. A Sandino le toca Joyce. A Cristina, Beckett.

—¿De qué me dijiste que trabajaba tu amiga?

—Nunca me escuchas, ¿verdad?

Sandino se pone de lado con la cara apoyada en la palma de una mano, un brazo bajo la cabeza. El sexo con Cristina es bueno. Ella querría que le hiciera daño, pero Sandino no sabe, no quiere, no lo desea al menos con ella. Lo ve como algo impostado. Choca con su particular código de la autenticidad. A veces piensa que es

118

una lástima no poder ser frívolo. Cambiar de una forma caprichosa de ropa, de peinado, de gustos, de ideas. Sandino empezó a fumar muy tarde precisamente por eso. Veía a sus amigos con trece, catorce años, hacerse los mayores, de repente encender un cigarrillo. Para Sandino uno debía nacer fumando para poder ser fumador, como tenían que gustarle los Pistols desde 1976. La violencia privada en el sexo fue un descubrimiento que aceptaba si la otra, la que había abierto aquella puerta, ejercía una naturalidad inmaculada, no algo comprado de rebajas hacía dos temporadas. Sin razón alguna, el taxista había asignado a este último grupo a su amante.

Probablemente era injusto con ella.

Su búsqueda de placer y dolor era honesta.

Era él el inconveniente.

Pero no cambiaría: dulce prevaricación entre sábanas.

—Te he llamado porque la otra noche soñé contigo.

—¿Sí?

—Sí. Soñé que estabas tomando una taza de café en una cama y de pronto dejabas la taza, te ponías de pie en la cama y te desnudabas. Luego me bajabas el pantalón, el calzoncillo y te la metías en la boca.

—El otro día soñé que me decías eso para que me callara.

—También puede ser. Los sueños son muy hijos de puta.

—¿Sabes? —prosigue Cristina—. Hubo un tiempo en que mi máxima ilusión era, bueno, que te enamoraras de mí de tal manera que no pudieras ni respirar. Que te cayeras muerto de amor en el suelo, en la calle, en el baño. En todas partes. Que te hicieran un escáner y encontraran tu cerebro lleno de amor, inundado de amor por mí. Que no pudieras dejar de pensar en mí, en nosotros.

—Fue así.

—No, nunca fue así. Una vez lo consigues, una vez lo controlas, ya está: te destensas.

—No es verdad.

Cristina da un sorbo a Beckett y lo deja en la mesita de noche. Desabrocha el pantalón del taxista, se lo quita. También el calzoncillo. Toma la polla y los testículos de Sandino con una mano. Luego se pone de pie encima de la cama. Sin despojarse del vestido, se desabrocha el sujetador y se lo quita por una de las mangas. Luego se baja las bragas y se sienta encima de Sandino. Se introduce la polla. Cuesta un poco, pero eso les gusta a ambos. Él le pone la mano por detrás, la agarra de la nuca y le acerca la cara para besarla en la boca. Ella se resiste. Al final cede y más que besarse se golpean las caras.

Sandino folla para que Cristina se corra, correrse luego él, despedirse y se dejen atrás como cuando él lleva a alguien al sitio donde le han dicho y se aleja con el coche y mira por el espejo retrovisor y esa persona ya no está o ha seguido a lo suyo como si no hubiera existido ese viaje en taxi. Aplastar esos momentos con más momentos hasta olvidarlos como se va olvidando el desayuno, la pesadilla con la que te despiertas, las primeras noticias que escuchas en televisión.

Cristina folla para correrse, para compensar con placer la frustración de sólo ser para ella lo que él ha querido que sea. También folla para que Sandino se muera de placer, pero como una especie de dominio, de señal marcada en su cuerpo, para dejarle atrás y poder recomponer el horario, regresar a tiempo al trabajo, llamar a su marido y comprobar que todo sigue inmovilizado en su otro planeta, dejar aquel piso en condiciones, cambiar las sábanas, reorganizar todo ese juego de espías con agentes dobles, confidentes y nombres en clave.

Sandino mira hacia abajo. Le excita ver cómo entra y sale su miembro de Cristina. Le coge con una mano primero una muñeca y luego la otra por detrás, y con la libre se acerca un pecho a la boca. Le muerde el pezón hasta que sabe que le hace daño. Le encantaría anhelar el deseo de hacerle daño. Se conocen lo suficiente como para saber que encaran la recta final de su relación. Le gusta mirarle la cara, desencajada, imposible incluso para ella controlar los gestos, el pelo alborotado, la mirada ansiosa, sudada, la necesidad de morirse, de dejar de pensar, de saber qué hacer de manera inmediata después de ese preciso instante. Ella empieza a gemir. Al correrse, estirará hacia abajo como hace siempre. Sandino se deja ir. Sabe lo que está a punto de pasar. Sabe que ha estado detrás de él, escondida en sus pensamientos, al acecho. Ahora que está a punto de correrse, la deja venir. Necesita que sea ella. Necesita oírse decir su nombre como antes fue el de Hope o cualquier otra. Necesita correrse como está haciéndolo ahora, soltar un grito sordo que acompañe el de Cristina, sin dejar en ningún momento de tenerle cogidas las manos por detrás de su cuerpo, los dos brazos de la mujer, como si corriera atada, prisionera.

Ya está en el centro de su cabeza. Gritando Sandino su nombre. Es la primera vez, pero sabe que no será la última. Se corre con las tres letras de su nombre, con la cara, el cuerpo de aquella mujer a la que desea y desprecia por inaccesible, por lo que tiene de continente no alcanzado, de venganza, de noche de antorchas y asalto a los pabellones de invierno.

Nat.

Como un chiste sin gracia, como el punto amargo con el que no contabas al beber o besar. Esa melancolía. Nat. Ese fulgor que afea ese cuerpo, esos dos cuerpos, esa habitación prestada, ese llegar a horas distintas, Nat, ese disfraz de cotidianidad: el café, la conversación, ponerse cómodos, Beckett y Joyce. La fealdad de la mentira, de la traición, de la cobardía, del miedo a ser lo que se es —Nat— y a no dejar de serlo, a ser lo que no se es, a no saber qué se es.

Nat.

—Ríndete.

—Cállate.

La voz de Sandino ha sonado reverberada en un desprecio que Cristina sólo puede aceptar si lo imagina impostado. Ella también juega con él. Ya no piensa en retenerlo más allá de su gen competitivo, sus ganas de no perder nunca. Ha fantaseado mucho con dejarle, con buscar algo que la haga menos vulnerable. Hasta que llegue eso, quiere conservar esta historia porque la hace sentir menos solitaria. No podría regresar al pasado, acostumbrarse a no tener eso. Sandino puede transformarla en mezquina, pero los días en que se ven, una sensación de algo colocado en su sitio, positivo en cierto modo, la pone de buen humor.

Sin embargo, sus miradas se cruzan y él lo ve.

Y recupera el eco de sus palabras mandándola callar.

«Se ha vuelto a enamorar otra vez», se dice la mujer.

Eso la confunde, la enfurece, hace que saque la polla de su coño, pero se queda pegada al cuerpo del hombre. Lo mira a los ojos y le tranquiliza convencerse de que aquello ha desaparecido —«la nueva es una más»— y ve lo que siempre ve. Esa mirada de buen chico que le ayudará a ahuecar la almohada, cambiar las sábanas y abrir la cafetera para sacar los posos, que le propondrá una cerveza en el bar de la calle de abajo que regentan unos ecuatorianos. Pero no. Aún no quiere eso. Tampoco lo otro. Quiere recuperar el control e incomodarlo. Aprieta su cuerpo contra el del taxista y busca dentro de sí lo vergonzante, lo transgresor hasta encontrarlo y poder mearlo. Se está portando mal. Sandino debería castigarla. Espera que lo haga. Va a dejar la cama empapada, pero no le importa. Que se jodan todos menos ella.

13

Lightning strikes (not once but twice)

Es imposible que suene Sinatra pero él oye a Sinatra. El Sinatra de los primeros sesenta, el que vendía muchísimos discos, el del sombrero para disimular la alopecia, el del nudo bajo de la corbata, el que ya no importaba: cada vez más ancho, cada vez más calvo, cada vez más viejo.

Es Sinatra. Es imposible. Las monjas no escuchan a Sinatra. Sinatra no era aún Sinatra, pero sin embargo es Sinatra, taxista triste, taxista recién follado, taxista niño.

Son días de diciembre, desapacibles, muy próximas las fechas a las venturosas veladas de la Navidad. Cada año se repite todo aquello, una lo sabe y espera, pero no por ello es menos hermoso. Un manto de buena voluntad, de paz, de misericordia, cubre la faz de la Tierra. La gente va enfundada en sus abrigos, encadenada al vaho que le sale de las bocas, sempiternos cigarros humeantes, el niño de madera de Collodi que avisa a alguien desde dentro. Hay escarcha por la mañana en las calles de Barcelona y la gente engalana sus casas para que todo el mundo sepa que ya ha llegado la hora, que el Niño va a ser alumbrado, que por fin es otra vez Navidad.

En la catedral han puesto los nacimientos e iremos con papá, mamá y el aya a verlos una tarde de éstas, probablemente mañana, recién acabadas las clases en las escuelas católicas. Hoy es el último día, día de función, día en que cantamos todos con la ex alumna seglar, Angustias Romero, que dicen que quiere ser científica y que, como cada año, vendrá a tocar al piano piezas de los maestros alemanes. En las calles hay calesas y taxis de caballos y cafés y chocolaterías, así como grupos de niños que cantan villancicos y piden por las puertas el aguinaldo. Hoy papá, solemne y bueno, ha pagado el suyo al sereno, al cochero, a las criadas y a gente de la que no sé apenas nada pero que trabajan para él. Tampoco sé en qué trabaja papá, pero sí sé que debe de ser el jefe de todo porque en casa somos muchos y vivimos bien y felices y no nos falta de nada. No derrochamos porque mamá siempre dice que debemos pensar en los demás, en los que nada tienen y en las enseñanzas del buen Jesús. Damos mucha caridad. Antes, la familia vivía en las Islas Filipinas cuando aún eran españolas. Mi padre cobra la pensión que le correspondía a mi abuelo por ser gobernador de no sé qué ciudad o isla. Nunca consigo recordar el nombre.

Joló, la isla se llamaba Joló.

Perfectamente puede ser «Almost like being in love».

Pero es imposible que sea «Almost like being in love».

Joló es un nombre extraño pero no imposible.

Pienso en todo ello mientras estoy aquí, nerviosa como un flan, a la espera de que me llegue turno para salir a escena. Me sé el papel, claro que me lo sé, lo he memorizado en clase de teatro y en casa con la abuelita y el aya, pero soy tan insegura que temo subir al escenario y quedarme en blanco. Voy disfrazada de demonio con alas que simulan ser de murciélago, obra de la imaginación de una modista amiga de una de las chicas de casa. Mi función es asustar y tentar a los pastorcillos. Hubiera querido que me eligieran como Virgen María, perdone Dios la vanidad, pero un año más han elegido a Pilar Pardo. Ella siempre saca buenas notas en religión, historia, ciencias y... aritmética. Además es alta y guapa, con ese pelo largo y negro como boca de lobo. Por mucho que me fastidie, la elección es acertada, pero podían cambiar de vez en cuando, vamos, digo yo. La hermana Sarito pasa por mi lado y bromea sobre mi atuendo. Dice que por donde paso huele a azufre. Yo me río y me pongo más colorada que el disfraz, si cabe. También estoy nerviosa por lo de después. Por decírselo a los papás. Nadie sospecha nada, pero lo tengo decidido. Mi camino está en Él. El otro día le dije a mi hermana Julita que estaba enamorada de Jesús y ella se puso a reír a carcajadas, con la mano tapándose la boca y con unas ganas locas de ir a contárselo a los demás. Pero no estaba bromeando ni exageraba. No creo que pueda querer a nadie más que no sea a Él. Creo que le quiero más que a papá y a mamá, que son lo que más quiero en el mundo. Si no fuera una blasfemia, creo que es amor de mujer. ¡Qué vergüenza! Me gustaría poder dedicarle toda mi vida a Él y a Sus Obras. Mi deseo es seguir los pasos de mis hermanas mayores y hacerme Hija de la Caridad. Sé que a mi padre le agradará, pero no lo tengo tan claro con mamá. Somos muchas ya las que, en cierto modo, la vamos abandonando para ir detrás de Él.

Con todo, aún le quedan críos que le hagan reír y la preocupen con sus travesuras y sus resfriados, paperas y sarampiones. Están Damián y Javier, Úrsula, Juana, Francisco José y Lucía. Todos ellos son mis hermanos. De hecho, Lucía no lo es, pero eso es algo que nadie debería saber y que ella, por supuesto, desconoce. Un secreto de las mayores y de los papás, claro, del que yo me enteré porque intervine activamente en todo aquello. A mí me encantan los secretos. Sobre todo cuando, en el fondo, son secretos piadosos como el de Lucía.

Siempre, por estas fechas, mamá y algunas de nosotras vamos a visitar el Cotolengo y hospitales de beneficencia. Ayudamos un poco a las hermanas enfermeras y visitamos a gente malita, algunos agonizando, entregados a la decisión de Dios. Una vez estuve presente en la extremaunción que un Padre de la Iglesia de Belén dio a un moribundo y aquello sacudió algo dentro de mí. Aquella cara, contraída por el dolor, pero al mismo tiempo beatificada por lo que recibía, por saberse limpia para ir al encuentro del Creador, que le sanaría y acogería por toda la eternidad... No entiendo cómo hay gente que nos critica, que no cree en el milagro que se produce diariamente en nuestras iglesias, en hospitales, en los corazones de los creyentes. Me queda poco para salir a escena, así que me apresuraré con lo que quería contar. Hará unos años, cinco o seis, hubo una epidemia de tifus en la ciudad. Un barco chino, dijeron. Bueno, no sé. Visitábamos uno de aquellos hospitales y vimos aquellos ojos iluminando como dos soles. De hecho, aquello no era una niña, sino dos ojos inmensos, limpios, implorantes de ayuda. Era Lucía, que estaba a los pies de la camita de su mamá, agonizante de tifus. La niña, de apenas dos añitos, estaba con ella por aquello de la cuarentena. Pasamos por su lado, pero tuvimos que volver. Era imposible olvidar aquellos ojos que nos seguían hablando minutos y minutos después de haberlos visto. Mamá conversó con la hermana, quien le confirmó que era tifus y que a la madre de Lucía le quedaban días para el infeliz deceso. La niña no parecía estar contaminada. Seguimos la visita, pero yo insistí hasta hacerme pesada para que nos lleváramos a aquella niña de ojos como brasas para que viviera unas navidades bonitas como las que celebrábamos en casa. A mí se unió Julita, y mamá, aunque negaba y negaba, tampoco lo hacía con mucha convicción, todo sea dicho.

Tanto insistimos que aquella misma noche mamá habló con papá y éste, tan piadoso siempre, dijo que quizá aquellas navidades serían las únicas buenas y decentes que pasaría aquella niña en su vida. O sea, que accedió. El pacto era que estuviera con nosotros sólo esas fiestas. Los papás fueron a los dos días a buscar a Lucía. Su madre seguía agonizando y nadie sabía nada del padre. Recuerdo que sonó el timbre y bajé al galope para recibirlos. Allí estaban aquellos ojos de princesa de cuento. Era tímida, llevaba ropa de pobre pero limpia, y olía a medicina. Ya sabía que dormiría conmigo. Me la subí al cuarto y jugamos con mis muñecas. Apenas hablaba. Me dijo, eso sí, su nombre y que en su casa también tenía una muñeca de trapo a la que llamaba Gloria y que se la habían traído los Reyes Magos el año anterior. Su Mago favorito era Melchor, y el mío también. Yo le conté lo que me había dicho mi padre la noche anterior. Que él conocía a los Reyes de España y podía hacer llegar el encargo a los Magos de Oriente para que ese año dejaran los regalos de ella en nuestro comedor, a los pies del árbol de Navidad, grande y engalanado. Ella me sonrió y creo que la quise desde ese momento. Eso nos pasó un poco a todos. De tal manera que al término de las navidades no quisimos que volviera al hospital. Pero su madre, milagrosamente, sobrevivió. Eso hizo que papá y mamá no la pudieran adoptar legalmente porque nunca fue huérfana. Sin embargo, la madre de Lucía, y que Dios me perdone, no era ni de lejos una buena madre. No tuvo ningún reparo en desprenderse de ella. La dejó bajo nuestra tutela, corriendo nuestra familia con los gastos y la educación, ya que —eso era cierto— estaría mejor con nosotros que con ella y su futuro sería el de una señorita decente y llena de expectativas, porque mis padres otorgaban idéntica educación a sus hijos, tanto si eran varones como hembras. Si yo tuviera hijos no los daría a otra familia por muy miserable que fuera mi vida. El acuerdo era que Lucía nunca supiera que los que creía sus padres y hermanos no éramos tales y que aquella mujer que de tanto en tanto la venía a visitar no era sino una de las ayas que le dio el pecho al nacer por la falta de leche de mamá. Aquello nos ilusionaba más que si todo se hubiera resuelto de modo legal, he de reconocerlo. Era como estar dentro de una hermosa historia de Carlos Dickens, una prueba, un espejo en el que Dios se reflejaba, nos miraba y sonreía.

Todo ello permaneció más o menos así hasta que Lucía cumplió dieciocho años. Los tiempos habían ido derivando hacia el caos y el odio, la guerra y la ignominia. El olor a iglesia en llamas, a impiedad, a sanguinaria revuelta de hombres ennegrecidos por ideas y actitudes, ésas sí, apestando al azufre de Belcebú, parecía inundar las calles, el barrio y hasta las habitaciones de casa, por mucho que los papás quisieron proteger y aislar a su familia. Pero he de acabar aquí porque esto último que os he explicado lo he hecho de oídas, ya que un mal feo en el intestino me postró a los diez años en cama y acabó por darme muerte entre fiebres y dolores en el mes de octubre, seis años antes de que Lucía cumpliera dieciocho y estallara la revuelta que puso orden en España, al precio de una masacre entre hermanos. Pero ésos son todos malos recuerdos que yo no pude ni vivir. Desearía —¿puedo?— dejar mi relato un poco antes. Cuando Lucía venía a mi lecho, corría el tul que colgaba de las barandillas y se quedaba en silencio mirándome, agarrada a Gloria, aquella vieja muñeca suya de trapo. A veces me hacía una caricia, a veces abandonaba su cabecita en la colcha cerca de mi mano para que fuera yo quien se la acariciara como se hace con un cachorrillo. En otras ocasiones yo la miraba, casi espiándola. La veía en el suelo de la habitación, jugando con mis cosas, vestida ya con mis ropas. Como si Dios hubiera querido aliviar la pena de mi muerte entregando a mamá y papá una sustituta. Ese pensamiento a veces me reconciliaba con Nuestro Señor porque me sentía dentro de un Plan, el suyo, Divino, Maravilloso, aunque también Ininteligible para mí, en el que mi sufrimiento era una escalera para llegar a la Gloria Eterna. Pero a veces, debo ser sincera, la propia enfermedad hacía que el demonio se aprovechara de mi debilidad y me lamiera las heridas con su envidia y sus celos. Entonces no acertaba a entender aquella injusticia, aquella última prueba. Pero tampoco quiero recordar eso ahora. Lucía, mientras yo viví, fue mi hermana más querida. Una más de nosotros. ¿Qué más puedo decir de ella? Que no le gustaba mucho estudiar. Era muy melindrosa y algo mentirosilla y... Lo siento, he de dejaros con Julita porque tengo que salir a escena a atemorizar y tentar a mis pastorcillos y además estoy muerta y los muertos no suelen hablar tanto como he hablado yo.

No sé cómo fue, pero a los dieciocho años se enteró de que no era hija natural. Que nuestros apellidos eran postizos. Que aquella señora era algo más que la que le daba de mamar en las primeras lactancias. Lucía siempre tuvo un carácter fuerte, pero aquello la hizo llegar más lejos, si cabe. Tomó una decisión, un montón de decisiones, unas detrás de otras, todas equivocadas, absurdas y algunas hasta perversas, entiendo yo, porque lo cierto es que todos la considerábamos una más entre nosotros y nada debía cambiar a partir del momento en que la verdad salió a la luz.

Todo aquello estalló como una bomba. Resultó un enorme disgusto para todos, en especial para los papás. Entiendo que ella se sintiera engañada, estafada. De repente, se le apareció ante los ojos una vida que se le antojaba una burla, una comedia, pero no era así, nunca lo había sido. El carácter se le amargó. Perdió la cabeza. Un día quería seguir nuestros pasos y ser religiosa, cuando nunca había tenido inclinación alguna en ese sentido. Otro día buscaba las cosquillas a mamá hasta sacarla de sí y que ella, en su interior, incluso se arrepintiera de haberla traído a casa, de tal magnitud eran los sapos y culebras que salían de su boca. Lo que más sorprendía era que, repito, nada tenía por qué cambiar. Era nuestra hermana en el corazón. Había crecido con nosotros. ¿Qué más daba el secreto, la no verdad de todos esos años...? Con el tiempo creo que lo que le pasó en la cabeza no fue consecuencia de sentir que papá y mamá le habían mentido. El mal estaba ya dentro de ella. Su madre fue una mujer egoísta y sin sentimientos. Que entregó sin dolor a su hija a cambio de quitarse un problema de encima. Y ese mal, quieras o no, se lleva dentro. No se extirpa así como así. Años, muchos años más tarde, en una pequeña aldea de la India, conocí a una niña que estaba a los pies de la cama de su madre ya muerta. El cólera había asolado a aquellas gentes. La mirada de esa niña me recordó la de Lucía. No era dulzura o inocencia del alma, como podía parecer en una primera impresión. Era algo más. Nacía del limpio y gélido filo de la venganza ansiada. El demonio deja a veces la simiente en los envoltorios más dulces y hermosos. Cuesta de creer, pero es así.

Pero el mal carácter, la búsqueda de conflictos sin razón y a todas horas, la saña con la que Lucía buscaba el punto débil de todos y cada uno de nosotros no pareció bastarle. Me temo que aquella podredumbre moral y familiar no hizo sino dejar más maltrecho el corazón de nuestro padre, ese que tanto había sufrido en la guerra, años de persecución de anarquistas y rojos, y acabó por rematarle. Pero aún habría algo más. Algo más sucio y maligno. En la cabeza de Lucía se gestó una idea que nunca he querido valorar seriamente que fuera premeditada y consciente. Quiero pensar que fue más bien un sentimiento malinterpretado, algo a priori bueno que abre la puerta equivocada, presa de la confusión. Ella nos quería. Mucho, según decía, aunque no siempre se traducía en acciones. Soy de las que cree que te quiere quien no te hace daño. Quien no te complica la vida. Nos había querido como hermanos y hermanas, pero ahora, de un modo absurdo e infantil, decidió que no podía querernos así. Que ya no era nuestra hermana porque tenía padres distintos. ¿De qué manera podía, debía, querernos ahora? No le bastaba con ser nuestra familia en el corazón y en el día a día. Ella quería un mismo rango, una similitud que ostentar, orgullosa, de cara al resto del mundo.

Mi hermano Francisco José no mostró interés en ofrendar su vida a Nuestro Señor Jesucristo. Siempre fue piadoso, cumplidor con ritos y obligaciones de Nuestra Santa Madre Iglesia, pero no tuvo vocación. Construyó, eso sí, una familia de mujeres y hombres buenos, decentes y temerosos de Dios. Era apuesto, buen mozo, brillante estudiante de la carrera de Leyes. Quería a Lucía como a una hermana y ella le quería como a un hermano hasta que decidió que, ya que no lo era, podía quererle como a un hombre. Si no podía ser nuestra hermana, sería su mujer, la nuera de nuestra madre, nuestra cuñada. Aquello era incestuoso, malvado, de un retorcimiento diabólico. Es por ello que no hago del todo responsable a Lucía, que ya tuvo bastante castigo luego.

Una vez que Lucía decidió acceder a su nueva consideración, persiguió a nuestro pobre Francisco José de todas las maneras posibles. Primero de una forma equívoca y hasta disculpable. Después, ya de un modo evidente y pecaminoso, con encendidas cartas de amor de bordes dibujados a tinta china con flores y caras de lánguidas heroínas de cabellos alborotados. Cartas subidas de tono, citas indecentes a medianoche en su habitación —que ahora ya no compartía con la pobre Teresa, ya en el seno del Altísimo— a las que mi hermano nunca acudió, falsas amenazas de suicidio sacadas de noveluchas francesas y encontronazos más propios de una arrabalera que de una señorita a la que mis padres habían entregado dinero, estudios, cariño y esfuerzos sin fondo.

Todo ello llevó a que mi hermano planteara a mi madre una drástica solución: o se iba Lucía o se iba él. La decisión fue que ella se fuera a una institución para señoritas en el barrio de la Bonanova. No era una condena, no era una prisión. E incluso pareció que la decisión había sido acertada y que las cosas volvían a su cauce. Todos queríamos que Lucía entrara en razón, que fuera otra vez la que había sido todos aquellos años. Venía los fines de semana, por fiestas, y todo parecía estar en orden. Pero estalló la guerra y mi padre, amenazado por los malhechores de la FAI, tuvo que huir y pasar a la zona nacional. La familia cerró la puerta de su casona y decidió acompañarlo a donde fuera, claro está. Pero en ese traslado no nos iba a acompañar Lucía. Lamentablemente, tampoco siguió operativa la institución en la que estaba ingresada. Con apenas dieciocho años, mi madre no iba a dejar a Lucía en la calle. Así que la devolvió, con gran dolor de su corazón, a casa de su madre biológica mientras nosotros huíamos a Burgos, donde mi padre tenía contactos y las Hermanas de la Caridad, centros educativos y de formación religiosa.

En el fondo, no es el dinero lo que diferencia a las personas sino la educación, el aceptar nuestro lugar y las penas y alegrías que Dios Nuestro Señor nos envía, el que cada uno se reconozca en su Plan y lo acepte, resignado, sabedor de que Dios Padre nos reserva lo que nos merecemos.

Sandino no ha querido dejar ni un puñado de cenizas de la abuela Lucía con aquellas monjas. Que se joda su madre, que se jodan todos. Un cigarrillo, necesita fumarse un cigarrillo, uno, medio aunque sea. Salir, pedir un cigarrillo. Pedir fuego. Pedir algo de piedad para la vieja, enloquecida de amor, potro de rabia y miel que cantaba aquél.

Soy la simiente del demonio. Soy la mujer estafada, la apestada, la no querida. No tengo nada de lo que creía mío, pero soy una mujer y vosotros no. Sólo sois olor a cera e incienso, sólo sois pasos en el suelo de una iglesia desierta y oscura, hipócrita bondad de puertas afuera y mentiras y maldad y disimulo para dentro, no sois más que angelotes castrados, monjas, curas y beatos de tormento, misa diaria. Yo soy una mujer y los hombres en la calle me miran los pechos, se mueren por adentrarse entre mis piernas y darme placer e hijos y la venganza y la salvación de mi dolor y mis delirios. Y a vosotros se os mira no con respeto, sino con pena, con piedad como a un jardín escarchado, un huerto yermo, unos monstruos que nadie considera humanos y por eso cualquier noche un adoquín romperá vuestros cristales, os encenderán los techos con antorchas y odio almacenado durante años, siglos.

No me llevé nada que no fuera mío. Sólo traje a Gloria, mi muñeca de trapo, y sólo me llevé esa misma muñeca de trapo. Y ahora que estoy muerta como vosotros, os lo digo: os maldigo, os odio, os quiero, os quiero con toda mi alma. Y yo que tuve clases de piano y francés, una habitación enorme y baños con jabones de París y muñecas de porcelana y un hogar, de pronto he de bajar al Barrio Chino con una maleta de madera rellena de ropa planchada y un misal. He de buscar una puerta en una calle oscura donde jamás da el sol. Y he de hacer sonar la aldaba cuatro veces, una por cada piso, y esperar que esa hija de perra que me abandonó, que no supo ni morirse, que no me fue a buscar, que no me quiso, que se hizo pasar por aya, con leche amarga de madre que nunca fue tal cosa. Esa mujerzuela fea e ignorante me abriría la puerta permitiéndose hasta reprocharme que no hubiese aprovechado yo la oportunidad que me brindó la vida. Y aquel piso, todo aquel piso de una sola habitación, cabía en el ropero de la mansión de donde venía. Pero no me importó. Tampoco no encontrar cariño o piedad en aquella mujer. Era todo lo demás: el rencor, el desamor, el estar sola, lejos de la luz, de vuestros rezos y canciones. No sé ni cuántos días permanecí llorando y sin querer salir a la calle. Ayudaba en casa pero no me gustaba estar con aquella mujer que me pedía que la llamara madre. ¿Por qué tenía que quererla y respetarla cuando ella hizo aquello que ni a la madre de una gata callejera se le ocurre hacer...? ¿Por qué? Y no salí hasta que salí y entonces durante semanas no volví. Me escapé en pos de mi venganza. Y cuando tenía dentro de mí a aquel desconocido sabía que estaba pecando, que estaba ensuciando la cara de Dios, todas las limpias líneas, rezos y caligrafías, pentagramas y oraciones. Os veía a todas y todos, con vuestras caritas inmaculadas y vuestros himnos a la Virgen María, madre de Todos Vosotros, a vuestros santos martirizados y vuestras santas violadas, sin ojos, pechos cercenados y quemadas en hogueras como brujas y putas: ¿qué diferencia hay entre unas y otras en las llamas...? ¿Sabéis verlo vosotros? Y el placer de la carne no fue tanto como el de saber que os estaba haciendo daño. Y también a ti, hermano que no eras tal, tus ojos cambiaron al mirarme, pero estoy segura de que no tu deseo, aunque me mentiste, me despreciaste, me negaste tres veces tres y el gallo nunca cantó para mí. Y cuando de aquella vez supe que llevaba dentro un hijo, gocé y gocé al saber que os enteraríais y os sentiríais responsables. Yo no era culpable de nada. Habíais sido vosotros y vosotras, papá y mamá, reyes de las Filipinas y todas las putas iglesias de este mundo. Había pecado, llevaba un niño que no tendría padre y aunque volví a la habitación que era mi casa y mi madre se dio el lujo de pegarme e insultarme, quise tenerlo para que supierais hasta dónde llegaba vuestra maldad. Si no hubierais hecho lo que hicisteis. Si no me hubierais mentido. Si no me hubierais dicho la verdad. Si no me hubierais rescatado. Si no me hubierais condenado.

Todo fue culpa vuestra. Yo no pude hacer nada. Quiero que eso os quede claro. Todo, vuestra culpa. Porque después me junté con un hombre a quien no amaba, pero que me sacó de las calles y que traía de su pueblo comida que en la ciudad ya ni recordábamos cómo era. Un hombre divorciado, analfabeto y ruin. También disfruté con todo aquello porque cuando me veíais con él seguíais teniendo presente vuestras clases de señoritas, las capitales del mundo y los reyes canturreados, las teclas del piano y las semejanzas de los santos y las santas y que yo me había condenado por culpa vuestra. Nunca me casé. Nunca fui feliz. Nunca os dejé de odiar. Nunca quise a un dios que lo da todo a unos pocos y quita todo a casi todos. Que acumula riquezas y dice ser el dios de los pobres. Un dios que gana una guerra con armas y bombas. Un dios que se pone al lado de dictadores y fascistas. Un dios que tampoco os quiso a vosotros porque no quiere a nadie. Un dios que tuvisteis que ir a buscar a la India porque aquí ya estaba muerto y enterrado. Un dios que permitió que yo volviera a casa de mi madre, aquel piso sin luz ni calefacción, con una sola habitación que apestaba a col hervida y pozo ciego.

Me echasteis de mi infancia, del único lugar en el que fui feliz.

Sandino echa a andar hacia el coche aparcado en Enrique Granados, casi tocando a Provença. Lleva consigo las cenizas. Le han echado algo de agua bendita, eso sí. También lleva el diario de una niña muerta, escrito por su director espiritual, un mensaje en el móvil de Ahmed emplazándole a verse mañana en el Olimpo —al final, allí—, pero algo más tarde de lo habitual y, a todo esto, Sinatra sigue dentro de la cabeza del taxista.

Debería llamar a su madre y decirle que Julita murió hace más de un mes y que una monja le ha explicado todo: lo que quería saber y lo que no. Debería, de hecho, hacer tantas cosas.

Hoy ha podido entender —sin que haya una clave o razón que lo explique— la rabia ciega de la abuela, su mansedumbre de pobre ante la derrota diaria y total, sin prórroga ni tiro de gracia. Que la vieja hizo todo lo posible por seguir siendo querida, porque no la expulsaran del Paraíso por unos pecados que no eran suyos: ser nada, ser hija de otros, que estallara una guerra.

Suena Sinatra y Sandino ve a Charlot evitando por todos los medios que lo echen de la cabaña, del camarote, del restaurante que no puede pagar. Le sacan por una puerta y entra por la ventana, por la otra puerta. Charlot era su abuela. Charlot también es él. Claro que es él. Nunca se quieren ir del sitio donde hay calor.

14

Up in heaven (not only here)

Aparece de la nada, se contonea, parece que se vaya a caer. En lo alto de unos zancos, el payaso exagera teatralmente su falta de equilibrio. Desde uno de los extremos del semáforo en Muntaner, abajo, casi tocando a Diagonal, su acompañante, una chica jovencísima de pelo rapado y piercings en cejas y orejas, nariz y nuca, le va pasando una serie de tres, cuatro bolas que resultan ser naranjas. El gigante las lanza al aire de una en una, las recoge y las vuelve a soltar. Ya no finge estar en un tris de perder el equilibrio. Es bueno y rápido para aprovechar los escasos segundos antes de que cambie el semáforo. La chica empieza a pasar el sombrero entre peatones y conductores que, detrás de los cristales de sus automóviles, fingen no verla, como en una mala película de ciencia ficción. Un panel de hermosa melancolía con los restos del día va disolviéndose entre neones y todos los discos de semáforos en verde de la bajada de la calle, a los sones del acento uruguayo que Sandino reconoce como el de Lola.

El malabarista, en lo alto de sus zancos, sonríe y da un mordisco a la pulpa de una de las naranjas. Sandino duda que todos los números acaben así. Quizá es el final de la fiesta de hoy. El taxista anda añorando una cama, probablemente la suya, descalzarse, alzar la espalda, continuar con el libro que tuviera en la mesita de noche o los poemas de aquella antología de Cadenas que Vero le dejó con la promesa de devolvérsela dos días antes de que ella desapareciese.

—Con lo señora que ha sido Barcelona y mírala ahora: Nueva Delhi.

—Lo hacen bien.

—Ése no es el tema, muchacho. Esto es una calle, no un circo. Además, es la calle Muntaner. Tampoco es cualquier calle. *Però és clar, la senyora Colau no en sap res, d'això. Però vostè segur que la va votar?* ¿La votó?

Sandino no contesta.

—*Bé, ja sé que sí*, pero el problema es otro. Es el respeto. ¿Sabe lo que le quiero decir?

Lo sabe. Es sólo que, de tanto en tanto, se harta de los ataques de nostalgia lanzados desde el asiento trasero contra la ciudad, en una suerte de furioso oleaje contra lo real. El de hoy lo escenifica un señor distinguido dentro de un terno caro. Exhibe unos ojos azules que, a buen seguro, han eclipsado toda su vida las otras partes de su cuerpo, muecas o gestos. Ojos como un imán, dos agujeros que debieron ir tragándoselo todo a su paso. Delgado, un rostro de hombre guapo con todas las arrugas, pliegues y delitos pertrechados. A su lado, una mujer también hermosa, algo más joven que él, menuda, angulosa, elegante, vestida de traje y abrigo azul marino y una blusa blanca. Si el señor aparenta algo más de setenta, la mujer, sesenta. Los ha recogido en Madrazo, a apenas unos metros de donde se hallan ahora. Los ha de llevar a la ladera de la montaña de Montjuïc. Cenan en el Martínez. Por eso, aprovechando la cercanía del lugar donde suele quedar con Sofía, la ha convocado allí dentro de media hora. Quiere y no quiere saber sobre qué parte no le ha dicho toda la verdad. Sofía contesta: le va justo. Está en la otra punta de la ciudad. Pero si no puede, avisará.

—*Deixa en pau al noi* —interviene la mujer—. *La seva feina és portar-nos, no aguantar-te.*

—¿Le molesto?

—No, no, en absoluto. Entiendo lo que quiere decir, pero cada generación tiene su ciudad. Los chicos de ahora, cuando tengan su edad, añorarán cuando en los semáforos había payasos que comían naranjas encima de unos zancos.

—En el fondo, uno lo que añora es ser joven. ¿Quiere usted decir eso? —le pregunta el hombre.

136

—Eso precisamente es lo que dice el señor. Y yo estoy de acuerdo —remata la que parece ser su esposa.

—Yo también, pero sólo en parte. Me parece usted un tipo inteligente. Pero no crea que el progreso es siempre mejora. No, ésa es una idea que ya hace muchos años está en entredicho. Hay cosas que empeoran y en mi opinión...

—Andreu...

—*Deixa'm, dona...* Yo pienso que hay valores como la decencia, el respeto a las personas, a las leyes, a los lugares, que si se relajan, si no se tienen en cuenta, al principio parece que no sea nada importante, que dé igual, pero no da. Decía un escritor importante, Chesterton...

—*Déu meu, ara Chesterton...*

—... decía Chesterton que lo malo de dejar de creer en Dios es que acabas creyendo en cualquier cosa... *I és una gran veritat.* Decir que el cristianismo es una mentira, dejar la Iglesia para acabar pagando a alguien para que te eche las cartas es absolutamente peor. Empeora, en serio, el mundo empeora. Aunque soy creyente, puedo entender a un ateo, pero no a un esotérico de ésos... ¿Usted cree en Dios?

—*Si us plau, Andreu.* No le conteste.

Sandino sonríe.

—*No pateixi, senyora. No, no crec en Déu, però sé qui era Chesterton. Vaig llegir fa anys les aventures del Pare Brown. I puc estar d'acord amb el que diu.*

—*Vaja... Molt bé!* El problema —vuelve al castellano, quizá por una vieja reminiscencia de hablar al servicio, de cuando las cosas eran mejores y más ordenadas— no es el payaso ni la chica que lo acompaña, que seguro que sus padres no saben ni dónde está. El problema es que son duros con nosotros pero débiles con los otros. Ya vio lo que pasó con los dibujantes aquellos de París.

—Lo sé. Pero creo que mezclar una cosa y otra es hacerlo todo demasiado sencillo, ¿no? El mundo es ahora muy complejo.

—Sé que es listo usted y sé que entiende lo que quiero decir.

—El taxi ya ha salido del embotellamiento de Diagonal y Francesc Macià. Sandino toma una de las vías hacia el Paral·lel—. Aquí todo el mundo puede insultar a mi Dios y mis creencias, pero esos mismos piden respeto hacia aquel otro dios y hacia las suyas. ¿Y todo sabe por qué? Porque ellos matan y nosotros, no. Son cobardes. Los unos y los otros.

—Le veo pesimista...

—*Tot el dia així, fill meu...*

—Por cierto, ¿el Martínez estará abierto? Como ya estamos en octubre...

—Es una fiesta privada. Un aniversario de bodas muy especial. No el nuestro, el de mi hermano Jorge. Terceras o cuartas nupcias, no sé yo ya.

La pareja pasa a hablar entre sí. Sandino, después de tantos años, ya sabe que no volverán a conectar con él. El trayecto por el Paral·lel quizá suma al viejo en un nuevo embudo nostálgico de cuando aquella vía se quiso convertir en Montmartre, de cuando se llamaba Marqués del Duero, de cuando, además del Arnau y el Molino, había bastantes más teatros dando cobijo a cupletistas, flamencos, cómicos y vedetes de piernas largas, plumas y estrellas que cubrían pezones. En una de las arterias también está la sala porno Bagdad, abierta al morir el dictador, y a la que aún acuden la turistada y las despedidas de soltero. Era famoso un negro con una polla que levantaba una campana de treinta kilos. Sandino está tentado de preguntar a su pasajero si también hay nostalgia de eso, si de ese tipo —que, cree recordar Sandino, llevaba turbante— vino Bin Laden.

Ya están en el lateral de Ronda Litoral. El puerto, el mar frente a ellos. Encara la rampa de la montaña por la que subía con sus padres de niño hasta el edificio de Miramar, donde retransmitía la televisión pública cuando desconectaba de Madrid. Más allá estaba el parque de atracciones, la competencia moderna del de toda la vida, el que estaba en la otra montaña, la del Tibidabo. Su familia era más de Montjuïc porque las atracciones eran más divertidas y estaba construido por un venezolano en plan Disneylandia en lugar del diseño demodé del Tibidabo con sus espejos, sus autómatas y su ridículo avión. El Tibidabo aún permanece, mientras que las atracciones de Montjuïc no llegaron al cambio de siglo. Sandino piensa que ese parque de atracciones era más hortera, más de familias en desarrollo, emigración y actuaciones de Camilo Sesto. El del Tibidabo era como ir a ver el domingo por la mañana a la tieta solterona en su casa del Eixample de techos altos, pasillos con terrazo modernista y olor a nicho, con balcón delante y detrás, todo Plan Cerdà y pastelería Mauri. En Montjuïc había una ballena que hacía de bar, la montaña rusa más grande de España, una escultura de Carmen Amaya y otra de una sardana para compensar lo miserable del barraquismo migratorio del barrio de Poble Sec.

—Perdone si le he importunado. Me pongo un poco pesado. Tuve una empresa más de cuarenta años. Tuve cuatro hijos. Y ahora —sonríe— ya no tengo nadie a quien dar la paliza. Y además, tendré que aguantar a mi hermano Jorge toda la noche.

—Ya verá como luego se lo pasa bien.

—Después no encontrará la hora de volver.

—Son diecisiete cincuenta.

Pagan y se apean. Sandino los ve alejarse. La mujer ayuda a su marido con el abrigo. Sus siluetas y el perfil del restaurante se recortan contra el horizonte: sombras moradas, azules y negras. El Prius da la vuelta sin demorarse mucho más. Para hacer tiempo, baja hasta el Paral·lel, reposta y vuelve a subir. En esa parte de la montaña, unos metros más abajo, en la ladera queda la recta industrial de la Zona Franca, donde su padre le enseñó a conducir domingo por la mañana tras domingo por la mañana; esa zona que comentó Sofía, cerca de las vías del tren, que llaman el Infierno por ser territorio de putas, yonquis muchas de ellas, de edad, producto nacional la mayor parte, que se quedaron atrás de cuando bastaba con chuparla o dejarse follar, cobrar, andar unos metros hasta Can Tunis y gastarse lo cobrado en droga para seguir soportando todo aquello, por vicio o por superar los tembleques. Ya hace años que el supermercado drogata se echó abajo, los camellos se largaron a otro lado, pero estas putas se quedaron atrás, como aquellos soldados japoneses en la jungla, ajenos al hecho de que la guerra había finalizado. A Sandino le gusta subir a la montaña por la otra ladera, aunque desde allí, con esas vistas y ese maravilloso y caro restaurante, hoy escenario de una fiesta privada para lectores de Chesterton, nada indica lo que sucede unos metros más abajo, algo que todos saben.

El Toyota llega a la explanada cerca del cementerio. Sofía no está. Tampoco ha vuelto a escribir. Sandino detiene el coche, pero no quita el contacto. Pone música y cierra las portezuelas.

Parece una escena para un asesinato, piensa, para un suicidio de poli, casi un cliché. Por lo que decide bajar la ventanilla y evitar la paranoia televisiva. Se enciende otro Lucky con la promesa de fumárselo tranquilamente. Después, y sólo después, llamará a Sofía, pero a las dos caladas ya está llamando. Mientras no lo coge la taxista, da sorbos al Monster helado que ha comprado en la gasolinera.

Marca el teléfono de Sofía.

Apagado.

Llama a Lola.

—Hola.

—¿Vas a pasar por casa?

—No lo sé.

—Jose, ¿a qué estamos jugando? ¿No te parece un poco infantil?

Sandino se acerca el cigarrillo a los labios. Una calada. Humo. Cáncer. Impotencia. Otra calada. Monster. Infarto. Ictus.

—Tengo trabajo. Es sólo eso. No hay nada más. Llevo días con lo del insomnio. Lo aprovecho para trabajar. No te engaño, que tampoco es que tengamos mucho que hacer últimamente los dos, ¿no? Igual nos va bien estos días sin vernos mucho.

—¿Qué días? Te dije que quería hablar contigo. Te lo dije el mes pasado. Te lo dije el fin de semana pasado. Anteayer. Ayer. Me dices que hablamos cuando vuelvas y no vuelves. ¿Te has ido de casa? ¿Es eso? Es por saberlo. Por hacer cajas y demás...

—No te pongas cínica.

—No me pongo cínica: sólo estoy cansada. No creo que pida mucho si te digo que quiero hablar.

—¿Hablar de qué? ¿De mi correspondencia privada?

Sandino ha dicho lo que temía decir. Ha estropeado, quién sabe si a sabiendas, la tentación de hacer como que no lo había visto, no lo sabía, no había pasado lo que pasó. El silencio le indica que Lola también desearía no haberlo escuchado.

—Lola, joder, yo te quiero.

140

—No me hagas esto, por favor.

—¿El qué?

Se te rompe un tanto la voz. Eso es todo. ¿Qué tal tratar de llorar cuando sólo estás preparado genéticamente para lloriquear?

¿Acaso la quieres?

La quieres, claro.

Por eso no quieres que lo que no tenéis se acabe.

Quizá puedas llorar.

Todo el mundo llora: ¿por qué tú no?

Los actores lloran. Y su llanto mientras dura es más verdad que la verdad. Sienten las lágrimas. Sienten el desconsuelo. *Eso bastaría ahora.*

Los niños lloran. Lo hacen cuando tienen miedo, cuando se sienten solos, cuando quieren conseguir algo.

Los cocodrilos se decía que lloraban. Abrían tanto las fauces que lloraban. Ahora ya no se dice: igual no era verdad.

Los políticos lloran. Cuando matan a gente, en sus funerales, en los discursos, cuando se quedan sin escaño.

Los futbolistas lo hacen cuando fichan por dinero por otro equipo.

Los dictadores lloran cuando hay niños que también lloran, les entregan flores o suena Schubert o les hacen una mamada.

Los asesinos lloran.

Los estafadores lloran.

Los creyentes lloran cuando se mueren sus madres, aun sabiendo que irán al cielo.

Los payasos con zancos lloran cuando por error muerden un limón creyendo que es una naranja.

Los taxistas enamorados y mujeriegos y enamorados una y otra vez deberían poder llorar.

¿Llorar porque la quieres?

Y si la quieres, ¿por qué no estás con ella?

Y cuando estás con ella, ¿por qué no te sacia? ¿Por qué no te basta con la armonía? ¿Con el cobijo, con los ojos cerrados? ¿Por qué no consigues ser feliz si no estás a punto de perderlo todo, de perder nada, porque no tienes nada cuyo valor no sea el mantenerlo?

Eres un adicto, pero aún no sabes a qué.

Es la lucidez de haber perdido la guerra de tratar de ser normal cuando no eres normal. El desespero de no haber sido descubierto.

Después de un tiro mortal hay elefantes que aguantan diez días de pie antes de caer. Eso le dijo un cliente. La mayor parte de esos diez días están muertos. Muertos, pero de pie. Todo está bien por fuera y muerto por dentro.

Eres un adicto de pie y te caes sin avisar como un árbol en la jungla, y hay una tentación de no dejar nada a salvo. Y caes y sigues vivo o estás de pie, muerto, qué cojones sabes, taxista.

—Por favor, no me hagas esto. Vuelve y hablemos como adultos.

—No quiero volver. No quiero hablar. No quiero que me dejes. No quiero seguir contigo. Quiero que nada de esto haya existido. Que no esté pasando. Que no duelas.

—Quieres que no exista.

—¿Qué dices...? Lola, no sé...

—Sí lo sabes.

Silencio.

—Dilo...

—Quiero que no existas. Quiero que no exista nada. Que se caiga de una vez el elefante.

...Can...

Sandino entra en un restaurante idéntico a otros mil que hay iguales en Barcelona, con la particularidad de que en éste la mitad del local sigue siendo una casa particular. No tiene especialmente hambre *pero de vez en cuando tienes que comer, Sandino.*

Están sentados dos tipos embutidos en monos de una empresa de calentadores, un hombre básicamente despeinado y divorciado en la barra y una pareja de jóvenes cerca de la puerta, bajo el televisor donde dan las noticias que todo el mundo ya sabe. La dueña del local recita el menú y tú pides, al menos, un plato del que ya no les queda. No hay problema. Lo que sea. Vino de corcho y mantel de papel. Los jueves hay carne de avestruz, *mira tú qué bien.* Saca Sandino el Manchette y lo coloca a la distancia justa para leer, comer y mancharse a la vez. Los del gas hablan de drogas y uno de ellos le pide al otro que le saque del grupo de WhatsApp. Manchette es rápido. Manchette es un músico de jazz y la *farlopa* de los chicos es buena. Sandino añora aquello pero ahora cuando se la ofrecen la rechaza sin problemas porque se sabe que uno recuerda lo bueno y piensa lo malo. La droga. La droga más buena es enamorarse, chaval. Enamorarse es la droga. La puta carnicería de enamorarse. *Prometiste a Lola no enamorarte más de nadie. Pero se hace de noche, bajas las escaleras y en el garito alguien ha dejado caer desde la altura de un rascacielos un vinilo con canciones imparables. Es la posibilidad. Es todo otra vez.* En la tele, la infanta aparece ojerosa. Pobre niña rica. *Por cierto, Nat, ¿qué demonios haces en mi cabeza? Sin darme cuenta: tres en raya. Quiero besarte. Quiero ganarte. Quiero enamorarte, enamorarme y sí, ojalá el famoso camión de dos toneladas nos aplaste y muramos.* Es mezquino sobrevivir a ese momento. Es terrible sobrevivir para que el tiempo nos dé la razón. Es ahora. Es la música. Es la muerte de lo que uno ha de distraerse. *Te quedarás con tu marido, lo sé, y yo no dejaré mi casa.* Las luces del estadio se encenderán y los amantes se mirarán con el maquillaje descorrido y será un pelín ridículo que sea tan tarde, haber desafinado tanto y además *Elvis has left the building.* Encima eso. *¿Qué me gusta tanto de ti? ¿Qué complejo de clase tengo contigo, pija idiota? No importa: no tienes ni idea de que tú y yo acabaremos juntos, ¿verdad? Pues sí, acabaremos juntos.*

15

Midnight to Stevens

Que le den a Sofía. Ahora le ha dicho que le es imposible acudir al cementerio, que queden más tarde en otra parte, en medio del vertedero del Port Olímpic, Zombieland. Sandino se sube al taxi y se larga de aquella montaña. Con la luz del día debilitándose, sólo luces de linternas y hogueras, unas pocas farolas operativas a modo de iluminación farisea para esa zona de la ciudad cuya existencia nadie quiere aceptar. Una parte de la ladera que cae desde el cementerio aún retiene bajo toldos o tiendas de campaña a aquellos refugiados, mendigos, delincuentes o sin techo que cuando apriete el frío pasarán a ocupar cajeros automáticos y portales.

Tiene que volver a llamar a Lola.

Tiene que decirle que no sabía qué se decía.

Tiene que recordar los días aquellos, los que pertenecieron a ambos. Quién era Lola. Quién era Sandino. Quiénes eran antes de ser quienes son ahora. Ha de encontrar un lugar firme desde el que saltar al vacío y volver a caer de pie.

Pero no recuerda nada. El insomnio lo vela todo. También las fotografías vividas hasta ese momento. Si cierra los ojos sólo ve espasmos de luz. Jirones de frases, escenas, momentos, representaciones, de par en par abierta la puerta del cuarto oscuro.

Quizá debería ir a urgencias. No sería mala idea. No, no lo sería en absoluto.

Que le dieran lo que fuera para dormir. Pero las dos o tres veces que ha ido lo quieren ingresar y eso ya no es para nada una buena idea.

Debería pasarse por el zoológico a que le dispararan somníferos de oso pardo. Algo así. Definitivo. Casi letal. Caer dentro de una piscina desde lo alto de un trampolín, bajar y bajar hasta el fondo de las profundidades abisales, todo oscuro, ponerse a dormir con Bob Esponja y el calamar ese gigantesco que dicen que existe aunque nadie lo haya visto.

Quizá luego acudirá al hospital, al zoológico, a la piscina.

Luego, más tarde, sí.

Hasta ese momento debería centrarse. Buscar el punto fijo. Encontrarlo y no perderlo de referencia bajo ningún concepto.

Taxista. Trabajo. Una nueva carrera. Hacer tiempo hasta Sofía. Conduciendo a la espera de que alguien le llame. Sabe dónde será. Sabe dónde ocurrirá. Lo sabe todo de esa ciudad y de sus habitantes. Los clientes suben, bajan. Piden ir aquí o allá. Podría hacerlo todo con los ojos cerrados. Guiarse por el sonido de los intermitentes —Lola, cuando le llamaba en horas de trabajo, siempre descubría cuándo los ponía y quitaba con su superoído mutante—. También los cláxones, el sonido de los pasajeros al sentarse —ese «¡bum!»—, el momento antes de dar la dirección del destino, el chirriar de los neumáticos en según qué calles, la inminencia de un accidente, de una moto o una bicicleta colocadas en su ángulo muerto. Reconoce el latir de los semáforos de Pau Claris, y dónde ha de acelerar para tomar el tercero desde Diagonal en ámbar y hacer casi pleno hasta Aragón, girar por ésta, bajar por Villarroel, o subir por Aribau hasta arriba sin un solo frenazo. Todo parece nuevo, peligroso, acechante, pero lo cierto es que cualquier cosa que suceda en un momento del día sucedió mañana y sucederá ayer.

Las luces se encienden siempre a su hora.

La gente aparece en las esquinas agitando la mano a la misma altura de la calle, en los mismos chaflanes, como parte de un juego de consola. Cada uno cree que es distinto, que agita su mano de una forma distinta, que esos minutos han sido desencadenados por el azar, pero no es así.

Un control de alcoholemia.

Los urbanos no te paran, de noche, si vas con la luz verde, si tus amigos se sientan detrás, aunque estés bebido y drogado como un ratoncito colorado. Siempre habrá un compañero que sacará a relucir la excepción a esa regla. No hay que hacerle caso. Hay gente que habla para escucharse y así descubrir que los demás aún oyen su voz y que es probable que siga vivo.

Los urbanos se aburren.

Son arbitrarios, son gente al servicio de una gente a la que detestan. Un cliente le dijo que, en Cuba, dada la enemistad entre ciudades, los policías de La Habana suelen ser santiagueros, y los de Santiago, habaneros. Sólo por hacer eso vale la pena una revolución.

Bahía de Cochinos. Misiles. El Che. Antonio Banderas. Madonna. Evita. La carne argentina de la que siempre hablaba la abuela Lucía. Allende y la Casa de la Moneda. Resiste Víctor Jara. Sandinista. Todo un triple elepé a precio doble, un doble a precio sencillo. Manifestaciones por toda Europa en apoyo a *Charlie Hebdo*.

Por mucho que corras, no pillarás a la casualidad por sorpresa.

Por negarte a coger ese cliente no evitarás coger al siguiente o al otro, que será el mismo cliente.

Qué tentación volver a casa. Meterte en tu cama. No salir nunca de ella. Dormir años, décadas, siglos. Que el mundo pase de largo. Morirte ya dentro del nicho. Estar tú dentro de ese coche en llamas que soñaste o leíste o creíste ver ayer o anteayer, ya ni lo sabes. Estás cansado. Quieres dormir pero no hay sueño que te asista.

Subes a dos ecuatorianos. Recuerdas la regla de Sofía: no cojas nunca a ningún ecuatoriano o mexicano a partir de la una de la madrugada. El alcohol los posee. Éstos parecen buena gente. Uno de ellos se ha mareado y su amigo lo acompaña a la mutua. Le piden comprobante para el patrón. Cuatro troncos ingleses incrustados sobre ocho columnas sonrosadas sin medias, incrustadas a su vez en ocho zapatos horteras de tacón. Despedidas de soltera en el Tercer Mundo. Son ruidosas y maleducadas. La que se sienta al lado de Sandino trata de acariciarle la nuca como si fuera un esclavo. Sandino está rápido. Atrapa por la muñeca el brazo de la chica y le clava una mirada oscura. La chica sonríe. Está borracha y es idiota. Sandino se apiada al pensar en Kirsty MacColl y en Tracey Ullman y reduce la presión en la muñeca de la chica. El resto del trayecto hasta un local de calle Aribau prosigue con canciones de las Spice y Adele y burlas que ellas creen que no entiende el taxista. Se les cae la propina.

Más calles de un solo sentido. Más calles donde los coches circulan en dos direcciones. Pasajes privados. Calles sin salida. Zona peatonal. Dejándose caer hacia los genitales de la ciudad como el extremo enloquecido de un yoyó. Via Laietana abajo. Encadenas semáforos, podrías girar hacia Trafalgar, donde Hope y su amante estarán lavándose los dientes cada uno con su cepillo. O en dirección contraria, hacia donde Cristina estará en el diván de su marido, esperando el regreso de sus hijos de sus cien actividades extraescolares. O Bea. O Lou. O Anna. O Rocío. Islas diseminadas por la ciudad como los lunares del bote de la pimienta que salpican tu cara y tu cuerpo.

No se encuentra bien y decide parar en un chaflán. El pecho se le rompe por el centro. Un cable eléctrico trata de convertirle en árbol de Navidad. Un cable que, enroscado a una de sus muelas, se le clava en medio de la espalda. *Respira hondo, taxista, ya sabes lo que es. Respira hondo. Busca una bolsa de plástico. Todo ese aire para ti. Luego, ve al hospital. Haz caso. O si no, ahí tienes Laie. Entra y compra libros. Una tonelada de libros.*

Unos minutos, unos minutos y se va. Siempre acaba yéndose.

Alguien golpea el cristal de su ventanilla. Sandino, que se encuentra con la cabeza contra el volante, la levanta, suspira y ve que se trata de una anciana pequeña, diminuta, bien vestida y casi recién peinada de peluquería.

—No estoy de servicio, señora. Coja otro.

—¿Puede usted ayudarme? Es que creo que me he perdido.

Sandino va a repetir la negativa, pero es evidente que la señora finge una normalidad con más voluntad que acierto. Además, reconoce esos ojos. Y esa búsqueda de alguien que te ayude a la que se acoge porque se lo decían de niña. Si te pierdes, acude a un policía o a un señor de uniforme, que llamen a tus padres.

Un taxi, en cierto modo, sigue siendo una especie de uniforme, un servicio público, como se vanagloriaba su padre: «en "profesión del padre" no pongas taxista, Joselito. Pon conductor de autotaxi». Un taxista sigue siendo un personaje bueno de Capra o Berlanga.

—Déjeme salir. Cuidado con la puerta, que no le haga daño.

Una vez apeado, le pide un momento a la señora. Se dobla. Aún le duele, pero menos.

—¿Se encuentra bien?

—Sí.

—¿Es la tripa?

Sandino sonríe.

—No, no es la tripa. A ver, ¿en qué la puedo ayudar?

—Es que he salido de casa y me he perdido. Ya llevo un buen rato y me he desorientado. ¿Puede usted llevarme a mi casa?

—Claro. Suba.

Sandino le abre la portezuela. La anciana se sienta y sonríe cuando el taxista le cierra con delicadeza la portezuela.

—¿Adónde la llevo?

—A mi casa.

—Pero ¿dónde está su casa, señora?

—No me acuerdo de la dirección, pero si pasamos por delante seguro que sé cuál es.

El taxista resopla. Mira a uno y otro lado por si tuviera la fortuna de ver algún urbano o alguien que pueda hacerse cargo de la mujer.

—Yo vivo por el centro. Al final de lo que era Conde del Asalto.

—Hace muchísimos años que no se llama así. ¿Usted vive por lo que era el Chino?

—Distrito V lo llamaban cuando era niña. Sí.

—Lo que ahora es el Raval.

—Sí, yo vivo allí. El Raval.

—¿Cerca de Colón? ¿Por la rambla del Raval?

—Sí, por ahí seguro que me sitúo. Son mis barrios.

—¿Seguro que vive por ahí?

—Toda la vida. ¿Por qué lo dice usted? Allí vivimos mucha gente honrada.

—Lo sé, lo sé. Busque en el bolso. Seguro que lleva el carnet de identidad y allí está su dirección.

La mujer abre el bolso y empieza a sacar cosas de él. Un pañuelo, un bote rosa de colonia que Sandino hacía décadas que no veía, billetes, muchos de cinco, veinte, cincuenta euros, una estampita de San Martín de Porres.

—Déjeme, por favor. Tranquila: no le quitaré nada.

No lleva identificación. Sólo un papel con teléfonos.

—Si vamos a Colón, el Raval, allí me oriento. Es que lo cambian todo y me he despistado. No sé qué ha podido pasarme.

—Mire, lo probamos. Yo bajaré por las Ramblas hasta abajo. Usted mira por la ventanilla y me va diciendo si le suena, ¿de acuerdo?

Sandino se dirige hacia el oeste de la ciudad por ronda de Sant Pere para recorrer las Ramblas. De vez en cuando echa un vistazo a la anciana que sigue allí, sentada, tranquila, consciente de estar en zona segura, sin mirar mucho por su ventanilla, como si hubiera olvidado que el conductor se dirige hacia una dirección desconocida. Llegan a Colón. A las preguntas de Sandino de si van bien, la mujer responde afirmativamente. Entran en la rambla del Raval. Sandino se acerca a una acera y para en una zona de carga y descarga.

—¿Qué? ¿Tenemos suerte? ¿Es por aquí?

—Algo sí, pero como ya es de noche...

—¿Vive sola? ¿Vive con su familia? ¿Tiene usted teléfono móvil? Le he visto un papel con números apuntados.

—Sí, sí que tengo teléfono. En casa. Pero acabo de acordarme. Vivo en la calle de la Luna. ¿Está lejos de aquí?

—No, qué va. Lo que pasa es que no podremos ir en coche hasta allá. Espere. Malaparco aquí y la acompaño a pie.

—No quisiera molestarle.

El paseo del Raval, en pleno cambio de guardia, está lleno. Los pisos pequeños albergan, en ocasiones, a demasiada gente que prefiere estar fuera hasta la hora de dormir. Chavales de familias magrebíes se persiguen, ríen y juegan en un catalán amable y fluido en sus gargantas. Sus madres, hermanas, tías, con el pelo suelto o con hiyab, vigilan, hablan, esperan. Los paquistaníes salen de los badulaques, así como lo hacen los camareros de sus restaurantes de cocinas libanesas, tradicionales, internacionales, cubriendo las terrazas mientras aprovechan para fumar un cigarrillo, dejar pasar el tiempo, mirar la vida. Están los bares de siempre con los hombres amarrados a la barra, de mirada acuosa y vencida. Estudiantes fumando, tocando la guitarra, turistas despistados, gente entusiasmada por la tristeza de los demás y viceversa.

Por allí, como atravesando una rúa de carnaval o un infierno, Sandino, de cuyo brazo se ha colgado la anciana, cada vez tiene más dudas de que ésta viva en la calle de la Luna. Ha decidido ir por una de las aceras del hotel Barceló Raval y la Filmoteca de Catalunya porque en el centro dos borrachos empiezan a ladrar sin morder. La anciana anda a pasos lentos, cada vez más, como si las fuerzas la estuvieran abandonando. A la altura de la calle Sant Rafael, se detienen porque Sandino teme que vaya a desvanecerse. Cambio de estrategia. Debería haberlo hecho desde un buen principio. Le pide el bolso y ella se lo entrega con prevención. Coge Sandino el papel con los teléfonos. En uno de ellos parece que ha escrito «Silvia, hija». Sandino echa mano al bolsillo para darse cuenta de que se ha dejado el móvil en el interior del taxi. La distancia de regreso no es mucha pero es imposible confiar en las fuerzas de la anciana. Una muchedumbre de hombres ataviados a la manera musulmana emerge de la mezquita Tariq Bin Ziyad. La señora se asusta. Es casi de noche y ahora aquí están Alí Khan y sus secuaces y ese pobre taxista que no da la talla como Guerrero del Antifaz. ¿Dónde estarán su padre o su madre ahora para protegerla? Sandino le indica que deben volver sobre sus pasos cuando ve pasar ante ellos a Emad, el hermano de Ahmed, hablando con dos compañeros. Sólo cuando le toca el brazo y Emad le mira, recuerda que la última vez pareció que fingía no verlo ni conocerlo.

—Emad, me vienes de coña. ¿Puedes hacerme un favor? ¿Puedes quedarte con esta señora, que está desorientada? Ha olvidado dónde vive y voy a por el móvil para llamar a algún familiar suyo.

El marroquí mira a la señora, que le sonríe, casi a punto de ponerse a llorar o gritar. Sabe que Sandino espera una respuesta. Las dos personas con las que hablaba dan un paso atrás.

—No hay problema. Me quedo con la señora. ¿Tienes el taxi muy lejos?

—Nada, a cincuenta pasos. Se queda con él, señora: es amigo mío. No se asuste, ¿vale?

La señora niega con la cabeza. No quiere soltarse del brazo del taxista. Ya no finge haber olvidado la dirección. De hecho, no se ve capaz de fingir nada. Es la certeza de que está perdida. De que no conoce a nadie y que sólo la cara de ese señor le es familiar.

A Sandino se le ocurre la posibilidad de pedirle el móvil al hermano de Ahmed, pero sin saber muy bien por qué, supone que se lo negaría, que generaría algún tipo de prevención. En ese momento se percata de que, a unos pasos, tiene el Barceló Raval.

—Es igual. Cambio de planes. Me acerco al hotel. Ya puedo solo con ella, Emad. Gracias.

—¿Seguro?

—Sí, sí, seguro. Pero hazme un último favor. Tengo el coche aparcado en esta acera, en la entrada. El móvil está a la vista de todos y no quiero que me lo roben. ¿Te doy las llaves y me traes el móvil?

—Claro.

Mientras Emad parte en dirección al taxi, a Sandino se le dispara la intranquilidad sin poder concretar en nada el motivo de su precaución. «Putos prejuicios: es el hermano de tu amigo, gilipollas», se oye decir a sí mismo mientras la señora, en un entorno más amable y con una de las recepcionistas haciéndola sentar en un sofá de la entrada, parece más tranquila. La otra recepcionista llama al número apuntado en el papel que la anciana llevaba encima. Cuando le contestan se presenta y le pasa el auricular a Sandino, que le explica a la que, efectivamente, es su hija lo que ha pasado con su madre, dónde se encuentran.

—Mi padre me ha llamado hace un rato. Mamá ha salido de casa sin decir nada. Él creía que había bajado a comprar. Últimamente tiene vacíos. Pero no tan severos. Le están haciendo pruebas. ¿Dónde la ha recogido?

—En Diputació. Casi en plaza Urquinaona.

—Al lado de casa. ¿Y qué hacen tan lejos?

—Ella decía que vivía por aquí. Por la rambla del Raval. En la calle de la Luna.

—Dios mío. Allí vivió de niña. Con mis abuelos. Hasta que se casó. Imagínese el tiempo que hará.

—¿Qué hacemos? ¿La esperamos aquí? ¿Se la llevo hasta su domicilio?

—Estoy trabajando. En Encarnació, en Gràcia. Es un estudio de arquitectura, pero ya voy yo. Llego en nada con la moto y... Antes llamo a mi padre o...

En ese momento, Emad está intentando entrar en el hotel. El portero anda poniéndole problemas para dejarle pasar.

—Escuche. Deme la dirección de sus padres. La llevo hasta allí. Usted, eso sí, esté esperándonos.

Sandino cuelga y sale de inmediato al exterior del hotel para aclarar la situación con Emad, quien, con dos o tres de sus acompañantes, están insultando al portero tan imponente como ridículo dentro de su uniforme y su fatua dignidad.

—Son amigos míos. Joder, nos están ayudando con la señora.

A Emad no parece importarle su intervención. Deja el móvil y las llaves del taxi en las manos de su propietario sin intercambiar con Sandino una palabra o esperar un gracias que de todos modos llegaría tarde.

16

Corner soul

Sofía tiene los ojos de ratón de costumbre, pero la novedad son los rasgos tanto de euforia como de preocupación, tan marcados en la cara que a Sandino le parece que alguien la ha dibujado sobre la pared del Polythene Pam. La odia, le exaspera, la quiere. También la envidia. Que en según qué cosas sea tan básica e irresponsable. Que esté ya tan bebida. Que se permita zarandearlo de aquí para allá, acabar involucrándolo siempre en sus problemas. Querría ese nivel de ebriedad ya mismo. Como cuando no tenía ni esposa ni amantes. Como cuando las tenía, esposa o amantes o ambas cosas a la vez. Como ahora, que igual ya no tenía esposa y suponía que, si levantaba alguna piedra, alguna amante le picaría la polla, pero igual ésta se sorprendería de que se quedara a dormir o de que llamara a la mañana siguiente, él que era tan de la cofradía de los que no llaman a la mañana siguiente. Qué suerte que se haya quedado la bolsa con las drogas o la pasta o todo o nada o vete a saber qué. Qué suerte tener una amiga como ella, capaz de hacerle acudir en medio de Zombieland sin preguntar siquiera.

Podía luego llamar a.

Igual aún le gustaría ir a tomar algo a.

Podía pagar un Ibis e irse a dormir, o al menos a descansar.

La historia de la anciana le ha quitado a la vez el sueño y la ansiedad por no tenerlo.

—Ni el laberinto ni el minotauro ni Ariadna. Vos sos la dichosa madeja.

Eso le dijo un día una bonita novia de Rosario que tuvo y dejó de tener hace un siglo. El amor imposible de ella era Leonard Cohen, le dijo en una ocasión. Inconscientemente, un Sandino joven soñó con ella en Hydra y luego ser un mujeriego carismático flanqueado por dos mujeres, como en el disco con Spector. Cuando ella se fue de su lado, dispuso en el plato el disco de portada crema, el del retrato del espejo en un hotel de Milán. Dejó caer la aguja sobre los surcos de «So long, Marianne» una y otra vez. Qué querencia por ser un héroe trágico, Sandino, aquellos años sin más Hydra que tu barrio, sin más mujeres que las que robaste a tus amigos.

Ni el laberinto. Siempre Dirección Horta. Risas enlatadas, taxista.

Ni el minotauro ni Ariadna. Un día llevó en el taxi a Ariadna Gil.

La madeja. Sí, eso es. *Ahora ya no tienes que lidiar con la madeja, Lola. Ahora la tengo para mí solo. En mi cabeza, en mi polla, dentro del hueco donde debería estar el corazón.*

Sofía saluda y pide otro de lo mismo para Sandino y repite con el suyo, liquidando de una vez el mejunje que tenía en su vaso de tubo. Sandino conoce el Polythene Pam porque es el único que pone rock'n'roll en toda esa calle peatonal de bares de salsa y reggaetón, comidas rápidas de mierda especiada y televisores inmensos emitiendo partidos de la liga inglesa, videoclips de idiotas en sacos enormes dejando que les limpien los coches un montón de culos apetitosos. Ha entrado en la calle peatonal por la parte más alejada del casino y la Torre Mapfre, la parte fallida de los locales de ocio del Port Olímpic, para no vérselas con los ingentes trozos de carne sanguinolenta de *hooligans* y regordetas cerditas descalzas en inminente adiós a su soltería. No tener que abrirse camino entre los turistas entregados por cruceros de lujo y de garrafa, borrachos y desenfrenados, y las pupilas sin párpados de la muchachada nacional, entre vómitos y polvos rápidos, caídas al suelo pringoso, su tratar de alcanzarse con los puños, sus ganas de seguir bebiendo, entregando euros a tipos apuntalados al otro lado de la barra. Sandino, más allá de la jeremiada que suena dentro de su cabeza, no ve necesario invocar al

Yahvé del desierto para una lluvia de azufre. Pero acudir aquí para cualquier cosa que no sea odiar Europa no tiene sentido. Y mucho menos si eres taxista y estás en acto de servicio. Aquí podría pasarte cualquier cosa. Turistada ebria que se te mete en el coche aunque lleves pasaje. Que se lanza contra el taxi en cuanto te detienes en un semáforo. Que te jode los retrovisores y escupe en los cristales como parte de la diversión pagada si consumes más de diez combinados. Tipos que se tiran al asfalto cuando vas a arrancar. Gente que si la tomas como pasaje puede potar, follar, hacerse las rayas pertinentes, cambiarse de bragas, volver a vomitar, gritarte, no pagarte, insultarte y pegarte.

Zombieland.

Todo eso es más que buen motivo para odiar a Sofía, pero no la odiará. Razones hay para llegar hasta ahí y mandarla a pastar, pero tampoco lo hará. Además, hoy no tiene adónde ir. No puede volver a casa. No quiere llamar a ninguna mujer y parecer desesperado. Nunca quiso estar con ninguna mientras tuviera dolor dentro. Con la madeja empapada de pena, no. Quizá sólo dormir. Sintiendo la respiración al lado de Llámame Nat. De Vero. Con la No Muerta de Verónica. En su tumba bajo el hotel Vela podría dejarse caer rendido. Sin hablar ni preguntar dónde estuviste o si llamarás mañana: amantes que no dudan de su amor.

—Sé que te cagas en mi estampa. Lo sé. Pensé en locales y me quedé en blanco. No sé dónde se escucha la música que a ti te gusta.

—En mi coche.

—Toma. —Le alcanza una copa que Sandino huele y no puede determinar qué es—. No preguntes. ¿Tienes prisa por volver a casa?

—No. Es más, igual te pido que me dejes pasar la noche en la tuya. Ducharme y descansar, al menos.

—Ningún problema. Brindemos por nuestra loca noche de cigarrillos y alcohol.

Sofía acerca su vaso a modo de brindis al de Sandino. Ambos beben. No está mal aquello: sabe dulce. La música es otra cosa. Suenan los Guns. Menuda noche. Sandino mira a su amiga. Es guapa, atractiva, pero sabe todos sus trucos, lo que imposibilita cualquier juego de seducción, aunque fuera por hacer algo, por no estar de noche tomando una copa sin más.

—A ver, dime lo que ya sé. Que es mentira que devolviste la bolsa y ahora no sabes qué hacer.

—Devolví la bolsa, no la pasta.

—Ni la droga.

—La droga sí. Casi toda. Me quedé algo.

—¿Para qué, gilipollas? ¿Para drogarte sola en casa los días que no ponen *Velvet*?

—Ya no la veo. A ver, me quedé algo. Pensé que era una cosa y luego resultó ser otra. Joder, devolver la pasta es de idiotas, Sandino. ¿Es que no lo ves? La poli se la queda. Fijo que sí.

—¿Es mucho dinero? —Sandino ve como Sofía aprovecha para dar un lingotazo a su bebida. Entiende el mensaje: no lo dirá—. Da igual, me pondría enfermo saberlo.

—Eso no es problema. Es una decisión mía. Estoy harta de meterle horas al taxi para nada. Además, tengo gente de mi familia que lo está pasando mal. Mi hermana y su marido están en el paro. Yo qué sé. Lo que me agobia es el tema de la droga. Son pastillas. Se me pasó por la cabeza tratar de colocarlas. No sé, aprovechar la oportunidad. Pillarme algo bonito. Darme un capricho. Le llevé una a un amigo para que me dijera qué era.

—Eres idiota.

Sofía inviste al tono de ese insulto —amistoso, tierno— del permiso para seguir.

—¿Has oído hablar de la escopolamina, o algo así? ¿La burundanga?

—Me cago en la puta, Sofía.

—Dijo que lo pagaban bien, pero que iban a ir a por ella a saco. Que quien quisiera colocarla debería darse prisa. Había pensado en dársela a Héctor para que la pasara.

—¿Héctor?

El silencio se instala entre ellos. «¿Qué coño hago con gente como ésa colgada del cuello?», se pregunta Sandino. Una idea recurrente en él se le ilumina por dentro. La idea de desaparecer. Largarse de todo y de todos y no volver. Sin dejar pistas. Vivir con otro nombre, en otro país, haciendo nuevos amigos, enamorándose de una mujer, no engañándola nunca. Una especie de redención epifánica en un pueblo irlandés, besos a pelirrojas y puertas desvencijadas por la tormenta. A una sola pelirroja y todas las tormentas que sean.

Casi sueño. Cerrar los ojos. Dormir.

El coche ardía esta mañana a orillas del río Llobregat.

Él no salvaría nada, ni a sí mismo, de ese incendio.

Cree que ahora podría dormir.

Debería acabar su copa, despedirse de Sofía y largarse de Zombieland a la cama del primer hotel que encontrara.

Pero cuando uno se ha criado en determinadas calles sabe que puede hacer cualquier cosa menos dejar a un colega en la estacada.

—¿Tú sabes para qué la utilizan?

—Colocarse, supongo. ¿Acaso ésa ha sido una preocupación? Yo de chavalilla me metía, y tú también. ¿Qué más dan el dónde y el cómo?

—Mira, esa mierda que te has guardado no tiene un fin fiestero. Anula la voluntad y la utilizan para violar a tías, para robar a ancianos la miserable pensión que tienen en el banco. ¿Realmente quieres participar en eso? ¿Quieres meterlo en el mercado? ¿Quieres ser responsable de eso?

—Joder, yo...

Drive-By Truckers sonando: había algo de esperanza.

—Entonces ¿qué hacemos?

—¿Hacemos?

—Bueno, hago. ¿Qué hago? ¿Me deshago de ella?

Sandino finge no prestar atención. Su amiga deja en el aire la pregunta que Sandino se resiste a responder. Sofía quizá esté sopesando cómo disculparse, flagelarse, maldecir, pero lo único que hace es gritar a Sandino un «no bebas de ese vaso» que provoca que éste reaccione apartando bruscamente la bebida de sus labios.

—¡Hija de puta!

Las carcajadas de su amiga le indican que es una broma. Una buena, reconoce Sandino. Sus carcajadas tienen siempre algo de cojín de la risa.

—Bueno ¿qué quieres que haga? Te has metido en un lío de cojones y por algo que no mola. Lo de la pasta lo entiendo. Sus propietarios pueden pensar que la tienes tú o que la poli ha hecho como que no ha llegado. Vale. Pero la droga... En el atestado indicarán qué cantidad tienen. No creo que los *mossos* se metan en líos por esa puta basura. Depende de lo que te hayas quedado, vendrán a por ti sí o sí. Somos colegas, pero dime: ¿qué quieres que haga yo?

—¿Y si la devolvemos?

—¿A la poli? Sería lo mejor, supongo. Pero también supongo que te harían muchas más preguntas esta segunda vez. Y a los dueños de la bolsa no sé si les va a importar mucho que ahora finjas un descuido.

—¿Entonces...?

—No sé: voy a pedirme otra cosa.

Sandino se acerca a la barra. Hay dos camareras sirviendo. Chicas aplicadas, guapas y de pocas palabras sin llegar a ser antipáticas. Les pide un *gin-tonic* de Tanqueray. Bebe Tanqueray desde que Springsteen le cantó que Johnny 99 andaba borracho de mezclar vino y esa ginebra. Ahora se pregunta si hay alguna canción, a modo de libro de autoayuda, sobre qué hacer cuando la imbécil de Sofía parece tener catorce años y lleva el bolsillo lleno de pastillas robadas. Teme que no. Le sirven. Paga. Él lo intenta. Lo de la educación. Ellas, no. Hunde uno de los hielos en la superficie del cóctel con un dedo, se lo chupa y piensa en qué decir a Sofía cuando regrese. Pierde algo de tiempo en eso y se gira hacia el tipo que está poniendo música y en el otro extremo de la barra le ve. Al principio duda, pero es imposible que sea otro:

—¿Qué? ¿Cómo va el brazo?

A Jesús se le ilumina la cara al verle. Se abre paso entre su concurrencia, dos chicas, una morena de pelo rizado y nariz grande, la otra rapada, de ojos bonitos y rasgos casi insinuados entre una pléyade de piercings. La primera debe de haber acabado de superar la treintena. La segunda es mucho más joven. Jesús se le abraza tratando de no estrujar el brazo que exhibe en cabestrillo. Luego se vuelve hacia al grupo.

—Os quiero presentar a mi salvador. ¿Cómo te llamas?

—Me llamo Nadie.

—El mejor nombre. Así pues —grita—, Nadie me salvo la vida. Nadie salvó a Jesús.

Ingenioso.

—Hola, Nadie.

En el grupo, volviendo del baño, también anda Santi, un viejo conocido del taxista de cuando frecuentaba salas de conciertos y amistades tóxicas, que es quien ha saludado. Está igual a como lo recordaba. Una bicoca para los retratos robot de la policía. Su cara alargada, su nariz de boxeador anticuada, sus dientes perfectos pero falsos. Su simpatía. Sus camisas por encima del pantalón y una sonrisa a medias entre Lucifer y el vendedor del colmado de esquina de toda la vida. Sandino se alegra de habérselo encontrado y se muere de ganas de que le explique cómo y cuándo ha conocido a Jesús.

—Estoy con una amiga.

Sandino hace gestos a Sofía para que se reúna con ellos. Ésta lleva el móvil pegado a la oreja y está saliendo fuera del Polythene Pam. Sandino espera que no esté haciendo ninguna gilipollez.

—Estábamos por cambiar de local. ¿Te vienes?

Al taxista le parece buena idea, con independencia de su consumición apenas estrenada o de lo que piense o decida Sofía, aunque ahora que parece haber entrado en razón desearía gestionar un poco el tema de dormir en su casa, ducharse y tratar de empezar el día de mañana mejor que el de hoy.

Un lingotazo largo para dejar la consumición sobre la barra. En ese momento repara en que hace minutos que no piensa en Lola. Que no piensa en qué va a hacer con ella. No piensa en la madre idiota de las niñas. Ni en su abuela, de la que aún lleva las dichosas cenizas en el coche, ni piensa en la niña muerta. Ni en qué necesita, si es que necesita alguna cosa. Han sido sólo unos minutos, pero es buena señal.

Al salir, el espectáculo es el que Sandino podía esperar. Cada local escupe decibelios y clientes detrás de cigarrillos y vasos de plástico. Las chicas siguen a Jesús. Santi está con Sandino, quien toca la espalda a Sofía, que está colgando la llamada del móvil. Ella también irá con ellos.

—¿Adónde vamos?

—Dicen de ir a la Leo.

—La Leo no abre por la noche.

—Pues vamos a cualquier otro por la zona.

La Leo es un diminuto bar de la Barceloneta dedicado a mayor gloria de Bambino, un cantante de copla desgarrada y arrastrada, regentado por una ex bailarina flamenca y sus hijos, insertado en ese barrio antes de cualquiera de las cien reformas posteriores, cuando era territorio de los gitanos del Somorrostro.

—¿Cómo vamos?

—Yo puedo llevar mi coche —dice Sandino—. Sofía, ¿cómo has venido tú?

—Yo, de civil.

—¿En metro?

—¡Nooo! He venido con el otro.

—Vas muy borracha para conducir.

—Voy bien.

—Ésa es la frase. Ésa es siempre la frase —apuntala Santi.

Suben juntos las escaleras, andan un centenar de metros. Santi y Sandino van en primer lugar. Detrás, las chicas y Jesús. Y, más rezagada, Sofía está gritando que ella ya ha llegado a su coche. Todos se detienen y vuelven sobre sus pasos.

—Yo ya me quedo aquí. ¿Quién se viene conmigo?

—Las chicas y yo —dice Jesús.

—¿Éste es tu coche? —pregunta Sandino.

—Sí.

—No sabía que tuvieras un SAAB.

17

Let's go crazy

—¿De qué lo conoces?

—¿A Jesús? De aquí y de allá. Vive fuera de Barna, pero cuando baja se queda unos días y parece estar en todos sitios. Es músico. ¿Conoces a Sebas? Le deja el estudio. Creo que duerme allí. He escuchado lo que graba y es flipante. Raro de cojones. Se lo paso a todos los *indies* y alucinan. Lleva catorce años grabando y regrabando esas canciones. ¿Conseguiremos desaparcar el coche? ¿Lo conseguiremos, Sandino? Dímelo, por favor, necesito saberlo.

—¿Cuántas rayas llevamos ya?

—Menos de las que serían aconsejables. ¿Te hago una?

—No. Espero que desaparque mi amiga para controlarla un poco. Pues esta mañana al músico le he conocido tratando de resucitar al hijo de una mujer en el cementerio de Les Corts.

—No jodas. ¡Qué grande es el cabrón!

Sandino mira a su conocido ante la duda de si está bromeando o no. No consigue descubrirlo, ya que el otro anda ocupado con la papela.

—¿Qué ha pasado?

La raya de coca tiene una pinta estupenda, piensa el taxista, así que opta por apartar la mirada. Le explica de modo apresurado el suceso del cementerio.

—A veces le da por rollos místicos. Se llama Jesús y a veces ejerce así como de Mesías. Un ratito, ¿eh? Tampoco da mucho el coñazo. Hoy se ha traído a esas dos tipas y ha dicho que son hermanas y que se llaman Marta y María. Para mí que no lo son. Seguro que no. No se parecen una mierda. Pero tampoco hablan mucho las hijas de puta. Sólo beben y espero que no sean como tú y se droguen. Va, una pequeñita.

—No me toques los huevos.

—Ok, ok... ¿Puedo preguntarte algo? ¿No lo echas de menos? Porque tú te metías y duro.

Niega el taxista, pero claro que lo añora, especialmente en días como éste, en que el suelo parece moverse bajo sus pies. Lo horrendo de la adicción acaba difuminándose y sólo se te queda lo dulce. La piel recuerda el doble una caricia que una herida. En esto, observa que, finalmente, el intermitente de salida del SAAB preludia su ingreso al tráfico. Le llegan recuerdos como si hubieran estado atrapados detrás de sus ojos y ahora acudieran sin freno. Saca el coche y el SAAB lo sigue. Santi esnifa la droga, guarda la papela, baja la ventanilla, escupe al espacio exterior una goma de mascar que escondía en la muela del juicio, busca y no encuentra un Lucky en algunos de sus cien bolsillos. Todo eso en apenas diez segundos.

Sandino intuye que sería mejor inmovilizar a Sofía, sacarla de la circulación lo antes posible, que tenerla conduciendo ebria transportando a su grupo de apoyo del frenopático. Quizá hasta lleve encima las pastillas de escopolamina. Eso sería muy de Sofía. Debería habérselo preguntado antes de ponerse en marcha. Llegan al barrio de la Barceloneta sin mucho incidente ni ningún encontronazo con controles de alcoholemia. Aparcan en el parking del mercado, a distancia de dos coches el uno del otro. Sandino va hacia el SAAB. Jesús habla con las chicas. Se ríen y se miran entre ellas para prolongar una risa cuyo eco resuena cruel en ese sótano.

—Oye, chica lista —dice, apoyándose en la ventanilla del conductor—, la mierda esa estará en casa, ¿no?

—Claro.

Sale la taxista. Cierra. El coche hace el conocido jueguecito de luces y sonido. Sofía presume de coche nuevo. Lo compró hará un par de meses. Kilómetro 0. Echan a andar.

—He estado pensando y creo que tienes razón. Me la quito de encima. La llevo a la poli, la tiro por el váter o lo que sea. En realidad, no pensé detenidamente qué iba a hacer. No sé, a veces me pierdo yo sola.

Sandino se alegra de ver que conserva, al menos, un poco de sensatez.

—¿No hay problema en que me quede en tu casa?

—Ningún problema.

El grupo aparece en medio de la plaza. El mercado cerrado y el bullicio de gente en la calle que aún puede ampararse en las temperaturas cálidas que el verano no se ha llevado. Están los bares de siempre o, al menos, los que han querido conservar los nombres de toda la vida. El Electricitat, Durán o Mi Casa, y los nuevos que van cambiando de dueño y nombre porque cierran o los cierran y vuelven a abrirse con el mismo camarero con peor cara o bien con fichajes de un garito a otro. Deambulan en diagonal por la plaza, turistas como en cualquier lugar de la ciudad pero más adaptados a la fauna local, gente que —según asegura ahora Sofía— ante las últimas razias en busca de apartamentos turísticos ilegales del ayuntamiento, empiezan a desarrollar tics paranoides. «Negarían hasta ser turistas», ha bromeado la taxista. Jesús se acerca a un grupo más clásico de la fauna local: el quinqui con la camiseta española de Sergio Ramos, el de la muleta por esguince eterno, un cubano desubicado y con tatuaje carcelario y, seguramente, la novia de éste, un saco de huesos con pómulos redondeados por el jaco, cuyo máximo atractivo debe de ser el permiso de residencia derivado de un matrimonio por amor. Jesús podía pedir un cigarro y fuego a cualquier otro de los grupos que en corros están en ese momento en la plaza, pero elige ése. Y consigue su objetivo. «Es el lelo que cae bien», piensa Sandino. Ya viene hacia ellos dando piruetas a lo Gene Kelly y sonriendo con el cigarrillo a punto de perder la lumbre. Tose. No sabe fumar. Se lo ofrece a Sandino, que lo rechaza, sonriendo. «Si no lo querías ¿para qué lo pides?» Trata de dar alcance a Santi y las chicas, que ya vuelven en retirada porque en la Leo la persiana está bajada.

—Ése es un crack, ¿no? —dice Sofía.

Sandino no contesta porque Jesús vuelve a estar con ellos. Hay un bareto escondido en una callejuela de ese antiguo barrio de pescadores. Se llamaba Special y servían sólo bebidas y un par de tapas. Sandino lo recuerda de cuando solía ir con una novia de instituto, Anna. En invierno, las puertas dejaban entrar todo el frío posible y Anna era, por aquellos tiempos, la friolera más bonita de su mundo. Un día, Anna volvió con su novio. Le envió una carta diciéndole que ya no eran novios. *Una carta, por el amor de Dios, ¿cuánto hace de todo?*

—La Leo chapada. ¿Vamos al Siria?

—No.

—¿A cuál?

—Será por bares.

El Electricitat es un buen lugar, si hay sitio. Uno de los camareros guarda un más que buen parecido con Robert De Niro y, si tiene la noche agradable, da espectáculo. Todos se sientan alrededor de una de las mesas: hierro y mármol. Hay quien pide tapas. A todos les parece bien. Tenedores y cervezas.

—¿Birras, ahora? Estamos acabando la noche por el principio.

Llegan las consumiciones traídas por el sustituto de De Niro, un gaditano parco en palabras. Sofía, sentada al lado de Sandino, trata de hacer con él un aparte. Santi se entretiene en descubrir cuál de las dos chicas es menos rara.

—¿Ves, Sofía? Ése se parece a De Niro, o sea que no la cagues llamándole Serpico o algo así.

—Podemos —obviando el tema, Sofía sigue a lo que le importa— también pasar de la poli. Hablar con Pelopo y ésos. Lo están buscando, ¿no es así? Se lo damos a ellos y sanseacabó.

Sandino da un primer trago a la cerveza. Está a punto de decir lo que parece lo más acertado cuando Jesús se le adelanta.

—Yo no lo haría —interviene éste.

La cara de Sandino y la petición de explicaciones a Sofía no pasan desapercibidas por Jesús, que sonríe con algo que podría ser malicia, temor o simplemente un espacio entre situaciones dentro de su cabeza.

—Nos ha escuchado antes y me lo ha preguntado en el coche.

—No jodas. No hemos hablado nada delante de él.

—Es verdad: me lo has dicho tú —indica Jesús.

—Tú cállate, por favor. Estaba nerviosa. El tipo parece tener coco. Era como hablar en voz alta. Necesitaba una segunda opinión.

—Es muy difícil saber fumar. Tienes que empezar de niño. Mejor si tu madre ya fuma.

—¿No lo ves? El tipo que te parece que tiene coco está loco.

—No digas eso. A nadie le gusta que le llamen loco.

—No me importa. En serio. Soy loco cuando quiero. Si no soy loco, ¿qué soy? Tú eres Nadie. Tampoco eres mucho.

—No me vayas de Syd Barrett, ¿vale?

—¿Por qué dices vale? Hoy en día nada vale. Vale, vale. Todo el mundo dice vale y nada vale. Tú vas diciendo vale a toda la gente. En realidad, nada vale. Cada cosa que haces es mala para alguien. Tu vale mata, hace daño a alguien.

—Esta mañana, sobrio, estabas más tranquilo: sólo querías resucitar a los muertos.

—Vale. Es así, ¿no? Vale.

Sandino se lo mira y decide cambiar el tono, las maneras.

—Mira, tío. Me da igual que estés como estés, pero no nos compliques la vida. No tengo el día.

—De acuerdo. No pasa nada. Todo bien.

—Vale.

—No vale.

Con la llegada de las tapas, la tensión parece relajarse. Sandino no tiene apetito. Jesús, Santi y Sofía, sí. Entra un tipo rumbeando. Se acerca por todas las mesas. Santi se hace el espléndido con el músico cuando llega a la suya. Luego se levanta con la chica más joven y van al baño. El dueño del bar, aleccionado y como activado por un resorte, mira hipnóticamente el televisor: Lluís Llach lleva gorro de lana y es diputado.

—Me encantan las canciones cantadas así —dice Jesús al grupo—. Porque tiene que ver con la verdad. La cosa es la que es. Te quiero. Ven. Vete. Muérete si ya no me quieres. La rumba mola. ¿Os gusta la rumba, chicas?

Nadie contesta a su pregunta, pero Sandino quiere saber más de él.

—Eres músico, ¿verdad?

166

—¿Cómo lo sabes?

—Yo también tengo poderes.

—No es verdad.

—Claro que no es verdad. Es una broma. ¿Tú no dices nunca mentiras?

—Mi psiquiatra me dice que si pudiera mentir no estaría loco.

Se liquidan las jarras de cerveza. Piden otras. Sandino deja de mirar a Jesús para que éste deje de hablar con él.

—Yo hablaría con esos idiotas, pero no se lo daría a ellos. Que te digan quién es el dueño, o los dueños, y que se lo quieres devolver a quien sea en persona.

—A cambio de...

—A cambio de nada, Sofía, hostia. A cambio de que tú salgas ilesa.

—Pero según la legislación española, si tú devuelves algo, el otro tiene la obligación de abonarte el cinco por ciento de... —Jesús interviene.

—Joder, tío. Vamos a devolver algo que no es legal, por lo que no podemos pedirles que acudan al Código Penal.

—Civil. Código Civil.

Sandino suspira. Alza la vista al techo. Intenta contar hasta diez, pero llega al tres y se levanta de la silla. Saca diez euros de la cartera y los deja sobre la mesa de mármol. Se larga del local. Al abrir la puerta, entra una ráfaga de un viento llegado desde el mar que se ha levantado hace nada. El grupo queda en silencio. Santi regresa con María del baño.

—¿Adónde va ése?

Alguien llama al camarero. Santi y una de las chicas rematan sus cervezas, ya calientes.

—Pedid lo que queráis.

El camarero toma nota y se aleja hacia la barra. Otra vez la ráfaga de viento, una sombra en los espejos y la sorpresa.

—Venga, resucita a ésta.

El camarero gaditano, desde la barra, espera que ese recipiente plantado en la mesa de mármol no sea lo que parece ser.

JUEVES

El único hombre en quien se puede confiar para poner un fin seguro a una crisis compleja es un hombre como Odiseo. El heroísmo apasionado, por glorioso que sea, trastorna la sociedad y es causa de destrucción sin sentido.

W. B. STANFORD

18

If music could talk

Las venas no se cortan a la altura de las muñecas, sino más arriba y en diagonal, te dijo Lola muy al principio de conocerla. *La promesa que te ata a algo que no quieres que esté en venta. La promesa que le hiciste a Lola. No me drogaré, Lola, y tú no volverás a probar a quitarte la vida.* Todo aquello de Lola, sus abismos, ya quedaron atrás los suficientes años como para parecer que no habían sucedido nunca. Aprendió a quererse. Él también ayudó. Se quisieron mucho, supone, pero nunca fueron uno.

Cuando le preguntaba por qué tantas veces, loca, qué pasó en su adolescencia, ella decía todo y decía nada. Era guapa y la hacían sentir fea. Era lista y la hacían sentir tonta. Era flaca y se veía gorda. Era tímida y la hacían sentir estúpida. Era distinta y se veía rara. En el fondo, una adolescencia de lo más convencional, bromeaba y no bromeaba con ella Sandino cuando era otro Sandino aunque ya la engañara, porque siempre la engañó, o así lo recuerda siempre con números decimales.

Sandino apareció por su vida cuando ya estaba lista para dejar cosas atrás, para no golpearse la cara y la boca, poder levantarse del suelo y colocar bien atrás a esa madre gélida, esos caimanes de novios oscuros de los que Sandino tampoco supo mucho nunca. Se reconocieron enseguida porque ambos eran supervivientes. Sandino arrastraba su carisma, su seducción, en el mismo lado del corazón en que se le marcaba, bajo la sonrisa, el oportunismo, la amoralidad, esa tendencia tan suya a la mentira como simple estado de ánimo. Lola fue una manta, un escudo, el reverso de la piel de un puerco espín.

Pero Lola ya no te espera y eso significa que eres libre, esta noche eres libre.

Un voto absurdo, sin sentido excepto para él y para ella.

Del Electricitat han pasado a un local ya de copas y luego a otro.

Es muy pronto para estar tan borracho, Nadie, pero lo estás; lo has conseguido. La suerte está echada. Los recuerdos, a partir de ahora, serán livianos o espinas, quién sabe. Dejan los coches en el aparcamiento y andan por el Marítim un buen rato hasta que pueden subirse a un bus y aligerar así el itinerario hasta el Paral·lel. Salen de un bar y se meten en otro y en otro.

Hay quien dice que si todos saben que acabarán en el Psycho por qué no ir ya.

Sofía quiere ir a Gràcia, al Vinilo.

Hay quien propone tratar de colarse en el Apolo.

Todos los bares son iguales si sirven alcohol.

La música la llevas dentro, Watusi.

Mira Sandino su móvil. Un frenesí en el WhatsApp, pero nada interesante. Hope Sandoval pregunta si está bien. Sandino la quiere, pero se hace el Valmont y no contesta, invirtiendo la carga de la prueba, la punzada de la mala conciencia. No hay Tanqueray, pues Bombay, que también era una canción, una mierda de canción, eso sí.

«¿Te conozco de algo?»

Puede ser.

No todo el mundo va de cara. No todo el mundo es patriota. No todo el mundo vota a la CUP. No todo el mundo te ofrecería un trabajo por muy amigo que fuera. No a todo el mundo le gusta follar. No todo el mundo rechaza la violencia. No todo el mundo es todo el mundo.

Por ahí anda el estado de la cuestión en el grupo de Sandino, con algunas nuevas incorporaciones, y entonces él piensa en Johnny Rotten y podría gritar *ever get the feeling you've been cheated?* hasta acallar todo ese ruido de fondo, incluso a una de las chicas que suelta de repente que Robin Williams se ha suicidado.

Sandino decide parar de beber de manera convulsa. Una idea algo delimitada sobre la mayor de las chicas le cruza la mente. Nada muy definido ni definitivo. Sólo un quizá. Sólo que si pudiera. Sofía le pone otro *gin-tonic* en la mano. Lo abraza. Lo besa. Le dice que es su mejor amigo. Él se quita ese cariño borrachuzo de encima a la primera oportunidad.

—Dime tu nombre o te seguiré llamando Marta o María.

—Me llamo Marta.

—¡No jodas! ¿Sí?

—Pero tranquilo que mi amiga se llama Pilar. Tú no te llamarás Nadie, ¿no?

—Sandino. Me llamo Sandino.

—Un nombre raro, ¿no?

—Piensa que fui Testigo de Jehová dieciocho años —se inventa él—. ¿Sirve eso de excusa?

—Supongo.

Suben por las viejas escaleras del Apolo. Cada dos escalones Santi se encuentra a alguien, por lo que deciden dejarlo atrás. Guardarropía. Abrigos, bolsos, las cenizas de la abuela Lucía que Santi ha tenido la genial idea de sacar del Toyota, a escondidas primero de Sandino y luego con su complicidad socarrona. En la oscuridad de la sala cree encontrarse con dos o tres caras conocidas que se disuelven en extrañas. Más bebidas. Más ir y venir al baño. La tal Pilar, ex María, ya no tiene pupilas y anda locuaz comiéndole la oreja a Santi y a alguien que una vez tocó en algún grupo que grabó un single o algo así que nadie recuerda muy bien, pero que va dando la chapa. Santi dice que va a llamar a su *dealer* para verse en el Psycho y Sofía mira a Sandino y sonríe. Da unos sorbos a su vaso, pero a la que puede se lo deja a medio beber en cualquier lado porque sabe que debería estar frenando. Apenas ha pagado ninguna consumición. La tacaña de Sofía le cubre al completo: así de desesperada está. En nada habrá sesión de DJ. El tiempo justo quizá para una copa apurada y largarse. Jesús reaparece. Trae a un nuevo prosélito.

—Este chico es judío. Los judíos van por libre: ni Mesías ni hostias.

Una pantalla enorme se instala frente a ellos. De repente, sin sonido, blanco y negro, los Beatles embutidos en sus trajes ridículos. Chicos y chicas enloquecidos. «No soy judío, soy palestino y odio a los judíos.» «Da igual eso.» «¿Cómo que da igual?» «A nosotros nos da igual. Nos la trae floja mientras no seas del Real Madrid.» «Hay muchos motivos, pero yo tengo los míos.» «No nos gusta hablar de política, señor Palestina Libre, somos una comunidad de ocio.» «Han destruido mi país. Odio a los judíos pero también odio a los árabes. Tengo dos hijos y saben hebreo e inglés y tienen pasaporte israelí para salir y entrar.» «Perdona, pero no nos interesa.» «Me gusta Obama, por ejemplo. En serio, pero por otro lado odio a los americanos.»

—Escúchame. No nos des la noche. Aire. Fuera. Odiamos lo que sea que te guste.

El tipo se larga llamándolos nazis y sionistas. Todos ríen. Sofía ha estado sembrada. Jesús sonríe, pero es obvio que le resulta complicado saber quién habla en serio, quién bromea, el uso de la ironía. Sandino lo coge por el hombro y lo fuerza a mirar la pantalla. Aun sin sonido, sabe que están tocando «I'm down».

—Déjate de rollos, tío. En serio. Eso es real. La capacidad de contagiar entusiasmo. Estos molaban y no Jesucristo. ¿Por qué no los resucitas? A los dos. A George y John. Y a Billy Preston.

—¿Por qué no me tomas en serio?

—Porque he estado esta mañana en el cementerio.

—¿Cómo se ha quedado la mujer?

—Mal. ¿Cómo quieres que se quede?

Dejan el Apolo y suben hasta el Psycho, que está a rebosar. Sandino rechaza la nueva copa, pero se pide un Redbull con cola. Pasa de largo la siguiente, la otra y la cuarta ronda, así como contempla los sucesivos viajes al baño. Alguien trae consigo a una compañera de trabajo que explica que vivió en Alemania y estuvo con un chico alemán que, mientras trabajaba ella, él estudiaba y un día lo abandonó porque no encontró en todo el puñetero día el novio el momento para pulsar el botón de apagado de la lavadora. Sofía explica anécdotas de taxista, mitad verdad, mitad inventadas. Santi ha perdido casi toda oportunidad con Pilar porque está medio grogui en la portería de al lado y a lo sumo le aguantará la papa o esperará colocarla en un taxi y seguir la fiesta más adelante. Santi vive en Les Corts y tiene un perro que se llama *Carlos* por lo de la canción de Tom Waits. No hay ningún loco ateo. No hay ningún creyente que no tenga miedo a morir. No hay ningún fan de Paul Weller que no se la mamara si él se lo ordenase. No hay nadie que se crea que fuimos a la Luna. Yo me lo creo. Tú sigues siendo Nadie. No hay nadie que haya visto nunca a Sandino comprar tabaco. No hay ningún ginecólogo que sienta placer con su mujer. No hay ninguna mujer que no ame a su padre. No hay ningún padre que no se quiera follar a su hija. No hay ningún moro que no se alegre de lo de *Charlie Hebdo*. No hay ningún hombre que piense que es mortal.

Es obvio que el cóctel de medicación y alcohol empieza a disparar la cabeza de Jesús. Sandino se pide otro Redbull. Santi propone esnifarse a la abuela Lucía en homenaje al padre de Keith Richards. Sandino, por precaución, recoge de encima de la barra las cenizas que alguien dejó allí. Quizá fuera él. La abuela Lucía ha ido de mano en mano desde que ha entrado en el bar.

Sofía le entrega el manojo de llaves cuando Sandino le dice que se va sí o sí.

—Gracias. Recuerdas dónde tienes aparcado el coche, ¿verdad? En el aparcamiento del mercado.

—Sí, sí. Segunda planta. Tendríamos que hablar de aquello.

—Mañana.

Sofía vuelve a darle un abrazo. Más besos. Empieza a darle indicaciones de entrada a la casa que Sandino ni se molesta en retener. La pequeña, la de la portería. La naranja para la cerradura de abajo.

Sandino se despide de todos menos de Marta, que le acompaña sin haberlo hablado. A medida que pasan los minutos la euforia se va diluyendo como agua sucia por un desagüe. Una congoja triste lo va empapando por dentro como un trapo mojado. Toman un taxi para ir hasta el aparcamiento de la Barceloneta. Espera estar despejado al llegar, lo suficiente como para conducir.

Apenas hablan al llegar al Paral·lel y coger allí un taxi que los lleve hasta la Barceloneta. En el Toyota, ella se sienta en los asientos traseros para eludir los controles de alcoholemia. El taxista la mira y sonríe por el retrovisor. Ella le devuelve la sonrisa y escribe algo en el móvil. Llegan a casa de Sofía, en Via Júlia. No les cuesta aparcar. Todas las puertas se abren a la primera con las llaves de Sofía. Sandino decide que su lugar para pasar la noche será el sofá, pero allí no caben los dos. Da la mano a Marta y la lleva hasta el dormitorio de Sofía. Luego decidirá cómo se organizan. La besa. Es suave, dulce hasta cuando ella le muerde los labios. Sandino le quita la blusa sin dejar de besarse. Le abre el sujetador y la atrae caliente hacia sí. Ella le ha quitado la camisa. Resigue con un dedo todos los lunares, los granos de pimienta de su torso.

—Son graciosos. Parecen una constelación.

Sandino le mete las manos bajo la falda, le retira el tanga y deja la palma de la mano contra el coño. Ella le baja los pantalones. Sandino se descalza. La chica se fija en la cicatriz del muslo del taxista.

—¿Y eso?

—Un jabalí.

—Tú no dices nunca la verdad, ¿no?

Ella, al decir eso, ve algo en el rostro de Sandino, como una sombra fugaz corriendo por una pared.

—¿Estás bien?

—Estoy bien.

—¿Seguro?

—Sí. Mañana me iré temprano. Tengo que llevar a unas niñas al cole y no les gusta llegar tarde.

Sandino la empuja contra la cama. Se pone encima de ella. «Cuanto antes empiece, antes acabará», piensa. Eso le pone aún más triste, como si, por mucho que cierre los ojos, no pudiera borrar nunca el horizonte, el recuerdo siempre de otra mujer que no es la que está besando.

19

The sound of sinners

Follar con Marta le ha quitado las pocas posibilidades de descanso que el insomnio en esta enésima noche le podría conceder. Se acordó de dejar la cama para la propietaria del piso. Marta duerme en el sofá y Sandino cierra los ojos en el sillón. Quizá haya dado una cabezada y no lo recuerde. Ahora está mirando a Marta, con curiosidad. No sabe nada de ella: no puede ni fantasear. Nunca lo ha abandonado del todo la idea de que cada mujer que desea, quiere o ama es un lugar en el que guarecerse. Un número de la suerte. Un hospital para moribundos.

Se ducha. Tiene la ropa limpia en el coche. Debería cambiarse antes de recoger a las niñas. Va hacia el dormitorio y trata de pensar en qué lugar debe de haber guardado Sofía el documento que acredite la entrega de la bolsa a la comisaría, si es que es cierto que lo hizo. No lo encuentra. Desiste. Regresa al sofá y enciende la tele sin sonido para no despertar a Marta. Una vieja película. Alguien debería rescatar a Jeanne Moreau de las aguas del Sena. Sombreros y más sombreros. Ruidos en la cerradura. No está para hablar. Apaga el televisor y finge estar dormido en el sofá.

Sofía viene acompañada por Jesús y patosamente borracha. Ambos tratan, en la medida de sus posibilidades, de no hacer ruido. Fracasan, pero Marta no parece despertarse. La taxista consigue llegar al baño. Estertores. Vomita o caga o todo a la vez. Sofía sale con el torso desnudo en dirección a su dormitorio. Se cruza con Jesús: ahora es su turno. Sandino no puede evitar verle las tetas. Grandes, separadas, buenas. Se queda en bragas y se lanza sobre su cama. Para Sandino, ver a una mujer desnuda sigue siendo una revelación. En nada, Sofía empieza a roncar. En el baño, el chorro de la ducha empieza a caer.

Esperará a ver qué punto lleva el iluminado, si se puede fiar de dejarlo consciente al lado de dos personas dormidas y con toda una casa para fisgonear, romper o robar. Son casi las siete de la mañana. Trata de despertar a Marta. Ésta reacciona, pero no está por la labor, de ponerse en marcha, así que Sandino se desentiende de ella. La chica ya es mayorcita para saber qué hacer y despertar cuando se le dice. Va a la cocina. Tomaría un café, pero hay que prepararlo y no quiere perder tanto tiempo. Abre la nevera para certificar que no le apetece comer nada, pero se forzará porque no recuerda cuándo lo hizo por última vez, al menos algo decente. Coge un poco de queso, una loncha de york reseco, pan Bimbo mantenido frío. Cuando cierra la puerta de la nevera se alegra de que Sofía sea tan predecible. Sujeto con un imán está el papel amarillo de la comisaría. Se lo guarda en el bolsillo de la camisa. Sentado en una de las sillas de la cocina, espera que salga del baño Jesús. No tarda en hacerlo.

—¿Qué tal?

—Bien, muy bien. Muy divertido. Estuvimos hasta que cerraron.

—¿Te quedas aquí?

—Sí. Luego me iré a la estación para ir hacia Arenys.

Sandino cree que puede quedarse tranquilo. No le ve prendiendo fuego al piso ni rebuscando una bolsa con dinero y pastillas, pero quién sabe. Tampoco puede predecirlo todo.

—Me voy.

Ruidos en el comedor: Marta.

—Espera. Me quedé algo tuyo. —Jesús desaparece y cuando regresa lo hace con Marta y la urna de la abuela Lucía.

—¿Hay café? —dice Marta.

—No.

—¿Me puedes acercar?

—Hice lo que pude. Ahora sé que con incinerados no funciona.

Sandino reprime alzar la voz por temor a despertar a Sofía; acercarla sería ya demasiado esfuerzo para un tipo apenas apuntalado a estas horas. Por su lado, Marta, casi vestida, sabe que Sandino ha oído su pregunta, que el silencio del taxista es negativo y vuelve al comedor en busca de su calzado para irse por sus propios medios. Jesús ha dejado la urna encima de la mesita, al lado de un cesto con un par de naranjas, un limón y un melocotón medio enmohecido. Sandino opta por no decir nada. Sólo quiere coger a su abuela y no volver a encontrarse con el pirado ese nunca más. Cuando levanta la urna nota algo que le hace destapar el recipiente.

—No sé cómo decir esto, Jesús, para que parezca menos gilipollas de lo que es, pero creo que aquí sólo hay un cuarto de mi abuela.

—¿Sí?

—¿Te pregunto dónde está el resto, o va a dar igual?

—No lo entenderías.

La mano de Sandino abofetea de un modo tan inesperado la cara de Jesús, con un ruido casi cómico, de payasos fingiendo la actuación, que ninguno de los dos sabe cómo reaccionar después.

—Pero ¿tú eres imbécil? Joder, es mi abuela. Es la madre de mi padre. ¿Qué has hecho con ella?

—No vuelvas a pegarme nunca más. ¿Lo entiendes? Tu abuela ya no está ahí. Son cenizas: ella ya se fue.

—¿Y el resto, hijo de puta? ¿Tengo que esperar que barran el Psycho para recuperarla?

Sandino coge la urna, se levanta y sale del piso. Baja a la estampida las escaleras, y en la calle va en busca del coche. Está furioso y cansado. Superado, harto, sin saber qué hacer a continuación. Entre los edificios comprueba que está amaneciendo. Los bares aún están cerrados. Ya en el Toyota, circula cruzando en verde sin apurar, tratando de tranquilizarse y casi en solitario todos los semáforos de Via Júlia hasta Aiguablava y desde la comisaría situada frente al barrio de la Trinitat vuelve a Llucmajor y enfila Virrei Amat. Quizá pueda decir a sus padres que las monjas se quedaron las cenizas, pero Josep fue taxativo: quería tener a su madre cerca. Pasa por el mercado de la Mercè, que en su casa nunca llamaron así, sino por la plaza de al lado, Virrei Amat, abierta a uno de los lados de Fabra i Puig.

Su hermano Víctor vive por allí. Podría llamarle y explicarle lo que ha pasado. En sus buenos momentos, Víctor es lúcido y resolutivo y le encantará investirse del papel de hacedor de soluciones.

De crío le encantaba acompañar a su madre a Virrei porque, piensa ahora, era el reino de las mujeres, como también lo era el comedor de su casa cuando las vecinas venían a pasar la tarde. Eran todas, en mayor o menor medida, a uno u otro lado del mostrador, mujeres ruidosas y desacomplejadas, sin miedo a lo que pensara nadie ni, especialmente, miedo a los hombres. Cariñosas, ordinarias, zalameras, gordas, flacas, feas, guapas, decididas y certeras con las palabras, que te podían atravesar como una flecha al reparar en ti y mirarte, al niño bueno que acompañaba a mamá, que le llevaba el carrito, o al sinvergüenza que se colaba en la tanda o se apoyaba donde no debía. Era el lugar y eran ellas. Era todo aquello, erótico, obsceno y abiertamente sexual para Sandino, muy lejos del luto de las viejas del vecindario, del bajar la voz, del cerrar las puertas, de las conversaciones a medio empezar y ya acabadas, de salones y dormitorios, los retazos de algo que oías en la habitación de tus padres, discusiones, quejas y ocasionalmente risas, el clac de la abuela Lucía cuando les espiaba para saber con quién y de qué hablaban por teléfono. Le encantaba cuando paraban con su madre a desayunar dentro del mercado. El divertido camarero, que permanecía con vida sólo para trabajar allí y, si acaso, ganar dinero. A Sandino le fascinaba porque se le permitía tratar de seducir a clientas, pescateras, carniceras y fruteras de un modo impune. Sandino no podía imaginar mejor trabajo que ése. Mitad del año, camarero en Virrei Amat, y la otra mitad, Leonard Cohen en la isla de Hydra, bromea para sí Sandino, ya mucho más calmado.

Es probable que el bar del mercado esté abierto. Recuerda su nombre: Dama. Sería proustiano tomarse el café allí. No le cuesta aparcar en una de las zonas azules alrededor del mismo. Se lleva consigo la urna dentro de una bolsa de La Central que ha encontrado en el maletero. No quiere más sustos con la abuela.

La puerta principal aún está cerrada pero consigue entrar por la lateral, donde ya hay gente llegando desde Mercabarna. Reconoce a las primeras de cambio aquel lugar, parecido a como lo recordaba, pequeño, aunque de crío le parecía enorme. La persiana del bar está a medio alzar. Lo regenta una mujer agitanada y su hijo, *heavy* de perilla, exhibiendo dignamente resaca o sueño. Empiezan a llegar los encargos de cafés y pastas para los dependientes, llevados por tipos con jerséis que Sandino reconoce de las tiendas donde su madre siempre compra regalos de aniversario y Reyes: rombos y bolas en las mangas, beiges, negros y marrones. El camarero pone los servilleteros de Cacaolat y ésa parece la señal de que empieza todo. Sandino se pide un café con leche sólo para que se lo sirvan en un vaso largo de cristal. Sentado a la barra, acierta a saber que sirven carne de potro y que la bacaladería sigue estando en el mismo rincón que recordaba. Tres mujeres, una de unos cuarenta y las otras podrían ser sus hijas, se balancean al son de una música que sólo ellas oyen mientras cientos de ojos muertos las miran incrédulos entre el hielo, incapaces de entender la bella crueldad de las bailarinas. Las carcajadas casi enmudecen las campanadas de la ermita de al lado, Amor de Dios. Son carcajadas de vida implacable por encima del resbalarse de pulpos y calamares sobre el hielo, goteando sangre roja, casi tan roja como la de las paradas de carne, algo más allá, y esos dedos que entran dentro de los cuerpos y sacan los órganos mientras la conversación siempre era otra, nunca eran penas o muerte sino la glorificación de tener un cuerpo y disfrutarlo y vender para comprar, dinero rápido, comer bien y tratar de que no te den lo que no quieres que te den, perejil de regalo, y todos los colores del mundo en la frutería, y ésos andan peleados, y aquéllos liados y unas *torradas* con mermelada para la Imma y un café con leche con donut para la Dolors y un caraja para el Xavier. El hijo de la dueña del Dama sirve el café con leche a Sandino y le repite el chiste que ha tratado de hacer a su madre y a un cliente, sin mucha suerte:

—¿Me da un billete de metro? No sé si tengo tan largos.

Sandino sonríe. Al menos, que sepa que él lo ha pillado. El café con leche está delicioso y eso lo pone de buen humor; el ruido del mercado, con sus cajas y sus voces, y su arrastrar de maderas y género mostrado, mitad prosa mitad verso y *Lola ya no está y qué ganas tienes de volver a ver a Llámame Nat dentro de un rato, apenas una hora, y Marta, que te la has olvidado en casa de Sofía y toda esa euforia Casanova que, a veces, te embarga.*

Llama a Víctor, que ya anda despierto. Se interna por las callejas enfrente del mercado, pasa por el bar La Columna, cerrado sin apertura prevista, y recuerdo de tardes de dados, novias, cervezas y mochila. Calle Sant Ferran, el bloque aún conserva el símbolo franquista del Ministerio de la Vivienda. Timbrazo. Espasmo eléctrico. En el ascensor se mira la pinta y ve el destrozo: todos y cada uno de sus años se le han dibujado en las facciones, en el pelo aún húmedo. Le pedirá una camisa limpia porque la bolsa con lo que sacó de su casa se ha quedado en el coche. La resaca le jode las tripas. Necesita otro café o simplemente comer algo más que esa bola de pan Bimbo y el queso de cal de Sofía. Le viene a la mente la hostia que ha dado al iluminado ese y se sonríe. Como siempre, su autocontrol: no cerró el puño, no se abalanzó sobre él. Esa prestación que tanto valoran los demás y tanto empieza a odiar él. Se recuerda hasta el culo de éxtasis y él frenándolo. Reventando de deseo y buscando un condón. Con ganas de violencia, de dejarse llevar por el impulso de golpear, herir, destrozar y reprimiéndolo todo, tornando rabia por enfado, victoria por armisticio.

Cuando llega al rellano del segundo piso, la puerta de Víctor está entreabierta. Entra y sigue por el pasillo forrado con estanterías de libros con un orden imposible de fotografía, pintura, filosofía barata, *bestseller*, autoayuda, clásicos incontestables, esoterismo y novela negra. De fondo, Beyoncé. Víctor sigue teniendo sus golpes. Sandino llega hasta el comedor. Su hermano está embutido en un pijama Cary Grant y sentado a la mesita de la cocina. Detrás de él, el cartel de *Persona* que le ha acompañado en todas las mudanzas hasta el día de hoy.

Acaba de preparar café y Sandino se derrite sobre la silla libre.

—¿Has desayunado?

—Mal y por etapas.

—¿De dónde vienes? Tienes mala pinta. —Sandino no contesta—. ¿Has visto qué mierda de tasación han hecho los del Santander? ¿La has visto o no?

Sandino niega con la cabeza mientras Víctor le sirve el café con leche y él coge una de las palmeras que aquél acaba de ofrecerle mientras le explica que ha desayunado en el Dama.

—Qué marciano eres. ¿No has dormido en casa? ¿Qué pasa? ¿Qué pasa con Lola?

—Nada.

—Tío, aún no son las ocho de la mañana y tú y yo, que podemos pasar un año y dos sin vernos, estamos en mi cocina desayunando palmeritas.

Sandino reconoce una explicación a su hermano. Quizá hasta le vaya bien.

—Creo que se ha acabado.

—¿Otra vez?

—Esta vez va en serio. Es ella. Tenemos que quedar para hablar. Supongo que esta noche.

—Y tú ¿qué vas a hacer? Seguro que pondrás el desfibrilador y arrancarás el cadáver de las garras de la muerte. De todos modos, Jose, si tienes que conseguir una sustituta, te aseguro que tienes una pinta horrible.

—Te iba a pedir una camisa. —Víctor asiente—. Pero escúchame, vengo por otra cosa.

El taxista saca la urna de la bolsa.

—Ha habido un problema. Te lo podría explicar y nos íbamos a reír un rato, pero lo cierto es que la urna casi está vacía de las cenizas de la abuela.

—Joder, Jose...

Víctor echa un vistazo dentro de la urna.

—Había pensado decir a los papas que se la han quedado las monjas. La mama me hizo ir a verlas.

—No. El papa quiere a la abuela con él y es lógico que la quiera entera.

—No sé qué hacer.

—Eres un puñetero desastre. Y menos mal que tú eres el hijo que todo lo hace bien, y yo, Don Problemas.

Víctor se levanta y abre uno de los cajones del mueble de la cocina. Saca una bolsa para congelar alimentos. Se pone al lado de su hermano y la abre. Sandino entiende que quiere que ponga las cenizas que quedan dentro de esa bolsa. Lo hace con cuidado, evitando que se derrame nada. Víctor se va de la cocina. Sandino oye puertas que se abren y cierran y ve llegar a su hermano con un saco de arena para el gato.

—Y perfumada.

Víctor deja caer la arena dentro de la urna hasta un poco más de la mitad. Sandino entiende que ha de poner ahora él las que están en la bolsita de plástico y así lo hace.

—Hemos calculado mal: aún faltan.

Víctor se deja caer sobre la silla. Su hermano piensa que lo está disfrutando y mucho.

—En fin, a grandes males...

El hermano menor de Sandino saca del bolsillo de su pijama un paquete de Winston y un mechero con el que golpea la mesita. Luego ofrece un cigarrillo a Sandino, que lo coge, y a continuación él toma otro. Empiezan a fumar. Al taxista, Víctor se le asemeja al gato de Cheshire, aunque más goloso que enigmático.

—Creo que a ella esta despedida le habría gustado.

—¿Conoces el Psycho...?

...Hear...

Sandino no sabe por qué se fue ni en qué condiciones. Sabe lo que ella le dijo. Y Verónica podía ser embustera y sincera en la misma frase, en el mismo pálpito. Uno mismo y su reflejo. Sandino sabía que ella iba a ser así. Por uno de esos laberínticos y absurdos mecanismos de lealtades masculinas, Sandino siguió yendo al bar de Héctor a pesar de que estuvo acostándose con Verónica el suficiente tiempo como para que aquél pensara que la burla estaba institucionalizada y luego, al dejar la mujer a ambos, cada uno fue para el otro el nexo con la Verónica desaparecida. «Héctor no es buena gente. De acuerdo, pero ¿eso mejora algo? ¿Dice algo bueno de mí?» Para la mujer no cabía la posibilidad de que el embarazo fuera de Héctor, y Sandino no preguntó nada: entendió que era suyo porque daba por hecha la honestidad de Vero. Lo que Sandino no sabe es si se fue sola o con el crío dentro. Según Vero, lo perdió. Abortó una semana después de decírselo al taxista. Ella era un reloj y la falta era importante. Y además eran las tetas, el nuevo desbarajuste. Se sentía responsable porque siempre la habían juzgado demasiado deprisa y ella había sido, de largo, su peor juez. Sandino siguió frecuentando el bar. Verónica era una bestia capaz de llegar hasta el final de las cosas. De no engañar, pero entregando su piloto automático por si los demás aceptaban esa versión funcional de ella. Y la solían aceptar. Héctor lo hizo. Sandino, en cierto modo, también. Héctor la había maltratado. En una de esas trifulcas, Verónica perdió un hijo y creyó —sin razón médica, sólo su propia intuición— que no podría tener más. Pero, de un modo indescifrable para Sandino, siguió con Héctor, que cambió en lo del maltrato. Entre ellos existía una dependencia que Sandino no atinaba a entender. A Verónica no le gustaba hablar de ello y Sandino tampoco quería saber. «¿Qué piensas?» «Lo que piense yo da igual. Además, pienso tonterías.» «Las mismas que yo, pero si las digo yo entrarás en pánico. ¿Sabes? Para mí quizá es la última oportunidad y además te quiero. No ha sido con uno con el que te descontrolas.» Una mañana, la mujer llamó con voz lejana, que todo había ido bien, que ya estaba. Que luego hablarían. Y lo hizo. Y se vieron. Y hablaron de aquello que no estaba como una ausencia, como algo que debía estar pero no podía estar. Dos semanas más tarde, Verónica desapareció. Primero muerta. Luego, lo de Madrid, lo de que si un novio mensajero. Y Sandino no supo más de Verónica. Al principio con alivio. Luego, con pena. A ratos, con rabia y dolor, un poso triste y perenne. Todo mezclado ahora. Como los personajes en su mente. Su padre preguntando a la abuela Lucía quién es él y Verónica respondiendo «se llama Nadie» a una niña, porque los dos estaban convencidos de que sería una niña y Verónica, al parecer, era infalible en según qué cosas.

20

Police on my back

Al taxista le quedan cinco minutos para llegar a la hora prevista. Apura el híbrido, un par de rojos y también la buena suerte para cruzar el resto en ámbar o verde, pero cuando las niñas bajan de la mano de su madre a la portería, Sandino está fuera ya del taxi, esperándolas, apoyado en éste como un padre separado de serie. Lleva una espléndida camisa color magenta y se ha rociado con el perfume más caro del baño de su hermano.

Llámame Nat no se acerca a él, sino que las crías echan a correr después de haber saludado a Julián y se meten dentro del vehículo. Llámame Nat se queda de pie junto al portero, en la entrada del edificio, sin buscar ninguna excusa para llegarse donde está Sandino, quien se siente decepcionado como un colegial. El perfecto idiota. En su cabeza se habría armado una estructura mental —escenas, diálogos, gestos— y hubiera dado por supuestas demasiadas cosas, estupideces sin ningún fundamento. Lo sabía antes y lo sabe ahora. O quizá todo es más sencillo. Se dice que hoy necesitaba que Nat le hablara. Le habría hecho sentir mejor. Simplemente eso: querer, necesitar, aliviar. Nat lo saluda, educación ante todo, con la mano. Sandino le devuelve el saludo con una inclinación de la cabeza. La mujer se da la vuelta y entra en la portería. Intercambia un par de frases con Julián y toma el ascensor hasta el piso mil quinientos treinta y siete por encima de Sandino, quien, metido en el coche, ya se ha colocado en el tráfico y se dirige hacia el Cardenal Spínola. Las niñas cuchichean entre ellas. Regina le llama por el nombre, pero el taxista no quiere contestarle. Sólo si insiste, lo hará. E insiste.

—Sandino... Señor Sandino...

—¿Qué...?

—El cuento de hoy es raro. ¿Es para Valeria o para mí?

Sandino ve por el retrovisor a Regina y a Valeria enfrascadas con el libro mortuorio. Frena sin comprobar si algún coche lo sigue y se dirige a las crías en un tono que, sólo al ver las caras de espanto de ambas, se percata de que quizá esté siendo demasiado brusco, demasiado distinto al Sandino de siempre, todo un Long John Silver al que acaban de desenmascarar. Ha de tranquilizarse.

—Hoy no he podido traeros un cuento. Mañana os traeré los de hoy y los de mañana. Eso no es un cuento, cariño. Es un libro así como de ir a misa. Dadme. Alguien se lo ha debido de dejar en el coche y luego lo reclamarán. Seguro. Y lo que tú tienes entre las manos, Valeria, es un jarrón de mi abuela. Dámelo, vida, con cuidado, que si se rompe, mi madre me mata. Muy bien.

Sandino deja ambos objetos en el asiento del copiloto y retoma el trayecto en dirección al colegio. De todos modos, con ese último sobresalto decide alterar la lista de tareas, por lo que telefonea a Ahmed, que no lo coge. Insiste en vano, pero enseguida recibe un WhatsApp del marroquí. ¿El Olimpo? Al parecer, Ahmed no recuerda, o no le importa lo más mínimo, que Sandino le dijo que prefería quedar en cualquier otro sitio en lugar de allí, pero no tiene la mente lo bastante clara para pensar una alternativa y lo deja estar.

A punto de llegar, Sandino se percata de que quizá ha estado demasiado áspero con las crías. Le da vueltas a la manera de devolverlas a la normalidad del resto de días. También —podría llegar a reconocerlo sin problemas— hay una parte de él que hoy quiere dejar las cosas así. Evitar verlas como las ve siempre y más como trabajo, mercancía que transportar, propiedad del escritor y de esa ama que va diciendo Llámame Nat de modo displicente al servicio. Es su pequeña venganza por la inmersión en esa bañera de decepción y tristeza que le ha infligido la madre de las crías. De todos modos, es Regina quien trata de resolver el mal momento, añadiendo, sin saberlo, sal a la herida:

—Ayer llamó nuestro papá.

—¿Sí? ¿Y qué os dijo?

—Que nos quería mucho. Que nos había comprado algo y que nos echaba de menos. ¿Irás a buscarlo?

—No, no puedo, cariño.

Han pasado ya unas horas y aún se nota dolido. Aún le duele Llámame Nat. *¿Por qué tan vulnerable? Eres un niño caprichoso y mimado, taxista. Todo esto es porque es la novedad, porque está fuera de tu alcance y porque —reconócelo ya— te recuerda a Verónica en algo que aún no sabes definir.*

Tipas complicadas. Seguro que la pija también lo es.

Piensa en Verónica porque está en Madrid, porque no sabe su teléfono, porque no está muerta, porque es inalcanzable. Ella dijo no y él, su amor propio, su necesidad de control, respetó su no. La tuvo un momento y se abrió la jaula. Se fue para dejarlos a todos atrás.

Piel de serpiente, caballito de mar.

La quería, la quiere, la amaba, la amó: nada de todo eso.

¿Quién sabe qué?

¿Qué hacer con las lecciones aprendidas que no sirven de nada, con las intuiciones, las fantasías, la atracción hacia lo que te anula, el triunfo de la soberbia, las moralejas de todos los cuentos?

«El amor es un producto de consumo —le decía Verónica—, pero, de todos modos, prueba a amarme. Yo siempre te querré más. Siempre.»

¿Y cómo sucede, cómo se enamora uno? Ah, la casualidad buscada.

Aprovecha este tiempo muerto que pasas en la parada para contestar a esa pregunta, ahora que no te apetece seguir con Manchette ni empezar con el de Lina Meruane o los poemas del tipo ese, polaco, que nunca recuerdas su nombre, y cuando te das por vencido, lo buscas en la portada del libro de Lumen, siempre te dices que es fácil de retener, pero lo cierto es que no te lo resulta y siempre acaba siendo el polaco ese, pobre hombre.

¿No eras escritor, tarado? Pues escribe. Venga. Lo hiciste años atrás y ahora te has empeñado en ser tú el libro y así nos va. ¡Escribe, hijo de puta!

Las fases del amor. Punto uno y dos. La hora del lobo. Acción.

Ahí, con el motor parado, alineado con el resto de coches, y de repente hay un orden de prelación y alguien aprieta la corona de espinas contra tu frente y reaccionas, y con eso y con ella, todos los saxos ululantes y las orquestas chinas y los paraguas de colores diciéndote que pongas en pie el Coliseum y dirijas todas las películas y canturrees todas las canciones pop que conozcas porque ella es para ti y tú para ella y eres James Brown en el *TAMI Show.*

Y un día se gasta la ilusión porque sólo es meterla y sacarla un determinado número de veces. Porque el alma, el reflejo, el contrincante tiene también sus orquestas chinas y de la televisión rusa, derviches enloquecidos girando como peonzas y saxos de la otra parte de la ciudad, y el cine de barrio y a Juliette Binoche vendiéndose el colchón y aspirando a la libertad, y ella es los Stones en el mismo *TAMI Show.*

Dos párrafos: descansa. Una década o más, lo que necesites para volver a ser escritor.

Todo es efímero excepto lo que no se consigue, monigote.

Saltas la valla, consigues lo que quieres y lo conviertes en ti mismo: fin del juego.

¿Dónde está el otro, el que era distinto, en el que me iba a diluir yo?

Lo que no se quema es el fantasma que te visita en sueños, el rumor dentro de la caracola, el sabor de tu primer refresco, las burbujas, el amargor de la droga buena, la parálisis de los brazos, las piernas, la imposibilidad absoluta de saber si estás bien o estás mal, la transgresión, el ser vejado, lo decepcionado, lo que no debía ser y no tendrías que haber ido y te dije que no llamaras.

El verdadero amor es un gusano. Está en esa antigua amante que se humilla suplicándote que la vuelvas a querer, que se te abre de piernas para que te la folles y le mientas sin necesidad de que tus mentiras parezcan creíbles. Ese yonqui que hará cualquier cosa por un chute es el amor. Ahí está el verdadero amor, how deep is your love*: ¿lo aceptas deforme, o no?*

Que alguien llame a una emisora para un rescate de emergencia.

Y ¿a qué viene esto, taxista?

Viene a que Llámame Nat es una versión demudada de Verónica y Verónica está lejos, Sandino. Viene a que Vero se fue y sabes por qué. Y ese irse y no llamar ni regresar ni suplicar parece contener una verdad que no es menor, que nunca conocerás: la de la gente que elige ser por un instante lo que parece ser. La de quien se toma en serio eso de decidir y no ser la mujer de Lot.

Sabes por qué se largó.

No, no lo sé: no quiero oírmelo pensar.

Por Héctor, sí, pero no sólo por él.

—¿Adónde va?

—A la calle Artesanía.

—Suba. Me viene de camino. Le abro el maletero.

Lo único cierto es que las luces de Navidad ya están dispuestas para encenderse el día que la Colau diga y en nada llegarán a la calle Artesanía y allí tenía un amigo y su padre tenía una tienda de marcos y una novia que siempre andaba malcarada y todo eso se lo engulló el tiempo. Parece que a Sandino sólo le quedan en esta ciudad sombras como las manchas que quedaron en paredes y escalones de Hiroshima después de la bomba del *Enola Gay*.

—¿Sabe por dónde es? Por Llucmajor.

Sandino ya está en otro sitio y sólo quiere poner el piloto automático y pensar en Verónica, en Lola, en por qué todo acaba sin haberle dañado de veras, sin haber apostado todo en la timba. Quiere saber de Verónica. Quiere follarse a Nat y enamorarla. Ha de llamar a Lola. Quiere el punto cero. Quiere empezar desde un lugar en el que pueda creer que son posibles los principios y las rupturas. Un lugar sin Verónicas, sin Lolas, sin Nat, sin nadie. No puede seguir con todo eso. Le está estallando por dentro. Quiere una capilla tranquila, arrodillarse, arrepentirse de todo y, ya limpio, volver a ensuciarlo todo otra vez.

Oh, Dios mío, redímeme, hazme dormir, hazme olvidarlo todo.

Aún con el pasaje dentro, llama con el manos libres a Lola, pero Lola cuelga. Unos segundos más, otro intento y Lola vuelve a colgar. Otra y otra más. Buzón de voz. Lola mintiendo detrás de su voz grabada: «Sé que estás.»

—Dele tiempo. Igual está ocupada.

La señora interviene, conciliadora, pero también inquieta por la actitud del chófer cada vez más pendiente de su teléfono que de la circulación. Afortunadamente están a punto de llegar, enfilando ya la cuesta de Artesanía.

—Déjeme a la altura del colegio.

—Es mi mujer. Nos hemos discutido.

—Hablando se entiende la gente. Ya verá como no todo es tan trágico.

El pasaje paga y se baja. Sandino también. Abre el maletero. Descarga el carro de la compra. Luego, el Toyota sube hasta llegar a Karl Marx y se detiene en una zona azul libre. Vuelve a marcar el teléfono de Lola. Espera el contestador y es el contestador el que sale a recibirlo.

—No quería decir lo que dije. Yo qué sé, no sé qué coño me pasa, qué nos está pasando desde hace tiempo. Sé que nada funciona entre nosotros pero yo te sigo queriendo, Vero... Lola.

Cuelga bruscamente.

Hija de puta.

Desde Madrid, las ondas malignas de su bruja favorita.

Mejor dejarlo todo como está. Quizá no escuche el mensaje o lo entienda mal o mejor no pensar más en ello.

Joder, joder, joder: ¿cómo puedo ser tan idiota?

Enfila hacia las Rondas para dejarse caer por el túnel de la Rovira, gritando como un loco y golpeando el volante una y otra vez. Dobla antes de llegar al túnel, dejando a la izquierda las primeras viviendas del Carmel, entre las cuales está el piso que la amiga de Cris les deja a veces, esa mujer de la que no le da la gana recordar en qué trabaja. Toma Pedrell y a la izquierda todo derecho, atravesando Font d'en Fargues y, tras unas cuantas curvas, la Casa Usher. Consigue aparcar en el vado inutilizado de unos vecinos. Antes, cuando era una calle cerrada al tráfico, era un *cul de sac* que exigía bastante pericia de los conductores y siempre había sitio para aparcar. Ya no es el caso.

Después de abrir varias puertas y subir algunas escaleras, tiene frente a él a su padre, que llora encorvado sobre una urna con cenizas de su madre, arena perfumada de gato y restos de Winston y saliva de sus hijos. El viejo llora y llora, hipando, dejando ir todo su dolor y su rabia hacia aquella mujer que le dio la vida y también llegó a amargársela. Es obvio que lo grotesco de la escena sólo lo conoce Sandino, que se duele y, en cierto modo, se asusta ante la fuerza del dolor de su padre, forzándose a recordar que nada importa, salvo la fe en que lo que no ves, está. Con eso es más que suficiente. Sin saber muy bien cómo debe abrazar a su padre, Sandino lo intenta, lo rodea como si fuera un mueble al que han de alzar hasta un camión de mudanzas.

Fina, unos metros detrás de ellos, está abrazada a sí misma, mirándolos emocionada, buscando un pañuelo con el que enjugarse nariz y ojos, quizá calibrando, ya que el director de escena no vino hoy al ensayo, cuándo debe intervenir, qué ha de hacer o decir y si ha de improvisar. Como siempre, ella sabe elegir la línea de texto correcta.

—Voy a hacer café.

Sandino aprieta el abrazo para hacerle sentir que está con él. Su abrazo es una carrera loca y a oscuras en busca del hombre al que quiso, aquel dios que sabía qué estaba bien y qué mal, que conocía los nombres de casi todos los jugadores y de los actores, que había visto todas las películas de vaqueros y romanos y de hundimientos de barcos y nazis, que cuando estaba enfermo le llevaba tebeos y recortables de Sant Antoni, que lo acompañaba al colegio cuando se le escapaba el autocar sin una queja o reproche, que le enseñó a conducir, a chutar con el empeine, que lo llevó a ver a Cruyff contra el Salamanca. El abrazo era más intenso porque el pasillo se estrechaba, la carrera enloquecía y encontraba todos esos recuerdos pero no el amor, no el sentimiento primario, no a Skywalker y Darth Vader, no a Abraham e Isaac. Sandino teme que al final no sea más que otra habitación vacía. Por eso, algo hace que el abrazo se convierta en otra cosa. Que el cinismo se apodere de los mandos y ese abrazo no le parezca más que otra escena copiada de un abrazo de telefilme de domingo por la tarde.

La madre llega con los tres duralex de café con leche. Indica el descafeinado para Josep, que se lo lleva al sofá donde se sienta, agarrado a las cenizas de la abuela Lucía. La mujer entrega el suyo a Sandino. El café que compra su madre no es café y la leche no es leche pero se lo va tomando de a poco.

—Debería irme, mama. —Sandino está pensando en Ahmed—. Te devuelvo el libro de la niña aquella.

—¿Te lo leíste?

—Por encima —miente.

Con un brazo, la mujer se coloca alrededor de Sandino. La cabeza de Fina en el pecho de su hijo.

—¡Qué bien hueles! Te quiero mucho, hijo.

—Yo también. Tengo que marcharme.

—Ve, ve: lo primero es el trabajo —dice el viejo, sentándose en el sillón con la abuela Lucía en el regazo y el Ventolín agitándose en una mano.

Fina lo acompaña hasta la puerta. Le dice que espere. De regreso de la cocina, lleva en la mano un *tupper*. Son boquerones en aceite. Sabe que a Lola le encantan. Pero Sandino no va a llevar y traer boquerones por toda la ciudad.

—¿Por qué eres así?

—¿Cómo?

—Así.

21

Midnight log

Deja pasar dos pasajes hasta que se percata de que lleva la luz verde que lo identifica como libre. No le cuesta encontrar aparcamiento cerca del Olimpo. En la barra lo espera Ahmed. Pide la consumición y, extrañamente —porque Ahmed es hombre de barra, según Sofía, y Sandino puede mostrarse de acuerdo—, el marroquí le indica que vayan a sentarse a una mesa algo alejada. El personal del bar es, en cierta manera, distinto del que suele haber cuando quedan una hora o dos antes. Hay *mossos*, dos de uniforme y dos de paisano —vaqueros, camiseta de La Roca, chaqueta sin mangas—, que es como un segundo uniforme de policía, hasta más ostentoso. El resto, lo habitual: la señora con carro de la compra frente a la máquina tragaperras, jugándose si esa noche su familia cenará merluza o sardinas. En la otra máquina, un chino percute monedas como un poseso. Sandino ya conoce al tipo. Acaba llevándose el premio, sale corriendo por si alguno se lo va a robar y al día siguiente vuelve. Dos viejos en una mesa junto a la ventana. Uno lee el periódico. El otro le habla en periodos de treinta segundos, como una vieja canción de Pixies, se oye bromear Sandino en la cabeza: «deprisa, rápido, deprisa, grito, silencio, grito». A veces no se soporta de lo ocurrente que es. El viejo habla haciendo preguntas al otro, que las contesta mediante silencio administrativo.

—¿Qué pasa?

Está intrigado con Ahmed. Más aun cuando lo poco que sabe Sandino de Ahmed es legal y aburrido. Lo considera buena gente más allá de esa lengua de escorpión que él puede entender porque también la tiene. Es trabajador hasta decir basta y no se le conocen vicios. Generoso sin inmolación, siempre responde cuando lo necesitas. Es por eso que el misterio de ese decir sin decir le tiene francamente intrigado.

—Yo lo mataba así: pim pam.

Sandino levanta la vista hacia quien habla, Héctor, a una velocidad que le parece lenta, como si se moviera con una gravedad distinta del resto de terrícolas. El insomnio prolongado, a ratos, produce eso. Héctor sigue a lo suyo —«pim pam»—, simula con los brazos un rifle contra la pantalla del televisor. También parece que el sonido por un momento se haya escondido dentro de un túnel, haya pasado a mono, pero de repente acelera, se abre, las voces vuelven al estéreo. Héctor Abarca se dirige al locutor, pero también a los policías que esperan el desayuno, sentados alrededor de una de las mesas. Las balas imaginarias impactan en el villano local de esas semanas, el tema estrella después de la enésima diada sin libertad y las pateras de refugiados sirios hundidas en el Mediterráneo. El Calvo. El Asesino de Prostitutas. Imágenes de grúas excavando en la montaña en busca de cuerpos, los cadáveres supuestamente enterrados allí por el asesino.

—Todos lo saben. Lo sabe la policía, lo saben los jueces, lo saben los periodistas y el hijo de la gran puta en libertad a la espera de juicio. —Nadie le contradice—. A ésos, cuando yo era poli, era mira para allá que yo te la endiño por aquí.

La audiencia, de acuerdo.

—Y le entierras donde la Verónica —se suma a la chanza Ahmed.

—Allí mismo —acusa la broma Héctor, divertido—, debajo de ese hotel tan bonito, el Vela. Allá. Bajo la piscina está.

Héctor ya arrastra las bromas de viejas, piensa Sandino mientras bebe un sorbo de la cerveza que ni recuerda haber pedido. No cree que sea lo mejor para cómo va teniendo la cabeza, pero cualquier cosa que decida tomar tiene burbujas, lleva alcohol o es agua.

—¿Por dónde empiezo? Es sobre Emad. Sabes que estoy preocupado hace tiempo. Ha cambiado. El otro día preguntabas por lo del grupo de rap. Lo dejó. No porque no le gustara, sino porque le han ido metiendo ideas y llenándole la cabeza con cosas que no le convienen. Que no convienen a nadie. Él no es malo. Mis padres no nos educaron para ser malos musulmanes. Y la música le hacía bien.

La música es diabólica o no es música, se dice Sandino. Ellos, los fanáticos, saben esa verdad. Jerry Lee Lewis también. La música no le ha dado la paz ni le ha hecho conformarse con lo que tiene. El demonio, por supuesto. Pero todo eso es una memez que Ahmed no se merece escuchar como respuesta a su preocupación.

—Le hemos leído algunos correos. Mi hermana Maryam y yo.

Algo que no sabía de Ahmed es que tuviera una hermana menor que él y mayor que Emad. Estudia Derecho. Es guapa, pero tiene novio. Esa última información no la entiende. Sandino se sonríe y no dice nada mientras piensa que quizá se lleve bien con Ahmed porque, por motivos distintos, ambos son muy discretos con su vida privada.

—Ha dejado a los amigos que tenía desde que eran niños. ¿Te acuerdas de aquel módulo en la España Industrial que empezó? Nada. Tenía miedo de que cayera por el lado del dinero fácil, pero no fue así. Quise que se viniera conmigo a Mercabarna, pero un primo mío le consiguió un empleo mejor. Limpiando vagones del AVE. Contrato y todo. De acuerdo. ¿Qué duró? Una semana.

El reclamo de Siria, de la guerra, de ser un héroe, de encontrar un sentido a su vida, una aventura romántica, una nueva manera de empezar, tirar los muros del geriátrico y acudir al eros y la muerte y el riesgo y las balas disparadas, la soberbia castigada, la mujer dócil, la vida renacida, fluyendo a borbotones.

—Hasta mi padre habló con él desde Tánger y nada. Él dice que sí a todo, pero luego, en la mezquita, sabemos que también dice que sí a todo. Dice que sí a todos y luego hace lo que quiere.

Ir a buscar al Che a Bolivia, vengar a los que se burlan, el sueño de la supremacía, el Dios que te elige para luchar contra los demonios.

—Está bajo mi custodia, Sandino, y no quiero que se arruine la vida. Que lo eche todo a perder. Que nos avergüence. A mis padres los destrozaría. Han luchado toda la vida para que edifiquemos algo sólido, para que vivamos en paz, tranquilos, felices. Si queríamos estudiar, estudiábamos. Las hijas y todo.

¿Y yo? ¿Qué pinto yo en tu historia, Ahmed?

—Catherine y Philippe son profesores de universidad en París. Son como unos segundos padres para Emad. Estuvieron viviendo en Marruecos y conocen a mi familia. Les he hablado de todo esto. Ellos están de acuerdo. Hay que atajar esto antes de que sea demasiado tarde. Se lo comentamos a Emad y no nos lo esperábamos, pero se mostró encantado. Tanto que nos sorprendió. Al principio dijo que era para ver a Catherine y Philippe, pero luego se vino abajo. Es un chaval, Sandino. Y dijo que aquí no sabía cómo decir no a determinada gente. Que tenía la cabeza liada.

«Otro tipo de madeja», piensa Sandino, que empieza a entender cuál es su papel en todo eso. Los *mossos* se quejan de la espera. Héctor grita a Tatiana, labores de cocina y camarera hoy. Ella contesta con un bramido. La señora de la tragaperras sale del bar oliendo a sardinas. Tampoco el chino tiene suerte hoy, pero sigue allí con estuches de monedas sobre la barra, disparando su uña sucia y larga contra limones y campanas.

—Ahmed, yo no entiendo mucho de casi nada, pero no sé si llevar a un chaval que se está radicalizando... —A Ahmed, la expresión no le gusta o quizá no le parece apropiada—. Llevarlo a Francia con todo lo que hay allí montado...

—No van a estar en París. La idea es llevarlo a la segunda residencia que tienen ellos en la Bretaña, en un pueblo de pescadores. Penmarch se llama. Es un sitio precioso. La gente de allí se lamenta de que apenas hay inmigración. Bueno, pues ya tendrán a su morito.

—Lo que no veo es para qué me necesitas. —Sandino liquida la cerveza—. El chaval está convencido. Ellos están de acuerdo...

—Quiero que lo lleves tú en el taxi.

—Pero ¿qué dices? Nadie coge ya un taxi para irse a Francia.

—Tú dijiste que habías hecho viajes...

—¿Yo? Mi padre había hecho viajes a Francia cuando los trenes eran como eran. Pero ahora es absurdo. ¿Por qué no puede ir en el TGV o en avión?

Te callas algo, Ahmed. Hay algo más, ¿verdad? Algo que no me puedes decir. Algo que apesta.

—¿O lo quieres sacar de aquí por algo que no mola, Ahmed? Eso no es muy leal, ¿no crees?

Sandino hace ademán de levantarse. El marroquí le detiene. Ambos se miran a los ojos. Nunca hasta hoy lo han hecho de esta manera. «Nunca hay tiempo para esas cosas tan importantes», piensa de repente el taxista. Lo que ve en los ojos del marroquí le hace confiar. Son amigos. Es código de barrio. Distinto barrio de distinta ciudad, pero el mismo código. No, no puede estar tratando de enmierdarle. Ha de confiar, sí.

—Si estuviera en algo peligroso, créeme que yo mismo le denuncio a la policía. No, no hay nada. Al menos, que nosotros sepamos. De lo que yo tengo miedo, de lo que la familia tiene miedo, es de lo que no sabemos. —La voz de Ahmed se rompe un instante—. Hemos pensado que si sale de España por tren o aeropuerto, los controles son más severos. Y si la policía tiene algo, van a detenerlo y entonces ya no sabemos qué puede pasar. Entraría en un agujero negro. Lo sabemos por otros casos, en ocasiones, de gente inocente. Sandino, nosotros pensamos que si sale en un taxi contigo... Te acompañaría Maryam, que es medio abogada, da muy buena impresión, tiene labia como tú y sabría a quién llamar en caso de problemas, abogados de extranjería y eso. Pero no ha de haber ningún problema. Al menos, nada que te pueda afectar. En la aduana verán un taxi. Tú serás sólo el chófer de ese taxi que transporta a Maryam y a un chaval. Es llevarles a París, todo pagado. El hotel que quieras, o te quedas a dormir con ellos y te vuelves. Eso como te vaya mejor a ti.

—Ahmed, a ver... Así de pronto, me parece una idea delirante. Te voy a decir que no. No puedo ausentarme ahora, he de arreglar, no sé, todo lo que se me está desmontando. No es buen momento.

—Vaya... ¿Y dentro de una semana? Podemos esperarnos eso, o quizá algo más. —El marroquí se mesa el cabello—. ¿Y Sofía?

He pensado en ella como segunda opción. ¿Crees que Sofía lo haría?

—No lo sé. Pero ¿no hay ninguna otra idea? ¿Acudir a la poli a que te digan si tienen algo?

—¿Y ponerlos sobre aviso? Ni de coña.

Sandino está de acuerdo: ésa es, sin duda, la peor idea de todas las posibles. Algo produce en su mente una descarga eléctrica entre dos polos a priori separados el uno del otro.

—Tu hermana vendría. ¿Eso es seguro? —Ahmed asiente—. Mira, se lo comentaré a Sofía. Si la ves, no le digas nada, que ya sabes cómo es. Se *atabala* ella sola. ¿Cuándo querríais iros?

—No hay fecha. Pero lo antes posible. Lunes, martes, pero podríamos hablarlo.

—Hablo con Sofía y te digo, pero no dejes de pensar en otra solución por si ella no puede o no quiere, ¿de acuerdo?

Ahmed dice que sí con la cabeza, consulta la hora en su móvil, se despide y se va. Sandino se acerca a la barra para pagar. La idea del marroquí le parece un poco grotesca, pero confía en el sentido común de Ahmed. No hay motivo por el que le quisiera endosar un marrón de esa magnitud. Y por otro lado, seguro que le habrán dado vueltas y vueltas y, aunque parezca una idea nefasta, quizá sea la menos arriesgada. Pensando en Sofía, no estaría nada mal, acabara como acabara la cuestión del dinero y las pastillas, desaparecer del radar de quien sea por unos días, los máximos posibles.

Héctor va hacia Sandino. El dueño del Olimpo siempre juega al mismo número: idénticas bromas, idénticas moralejas. Tampoco es distinto el campo eléctrico que se establece entre ambos: podrían estar a punto de comerse la boca o partirse el cráneo.

—Me vas a decir ya lo vuestro, ¿no?

—Algún día te lo diré para que te calles ya.

Se sonríe el ex *mosso* mientras da un meneo a la ensaladilla rusa que de tan consolidada parece hasta quejarse, y ve que Sandino ha sacado una hoja del bolsillo. La reconoce de inmediato. En el televisor, casi sin sonido, una bomba ha estallado lejos de aquí, Usain Bolt gana su carrera, Obama encanece y lluvias en Valencia. «Dos cuarenta»: cobra el dueño del Olimpo a los viejos. El que no leía viene a pagar a la barra. Cuatro monedas de cincuenta y dos de veinte. Parecen mojadas o sudadas, pero a los ojos de insomnio de Sandino son monedas brillando en el fondo de un pozo mágico.

—¿Por qué siempre tienes que estar tú en medio de historias raras?

—Te aseguro que no tengo ni idea.

Tatiana avisa de que los bocadillos de tortilla están listos. Héctor le dice que los sirva ella misma. Los polis y sus bocadillos de tortilla, esa deliciosa imagen costumbrista, piensa Sandino. A la mujer, salir del agujero y coquetear con los hombres le parecen dos ideas magníficas, así que en un instante está entre las mesas del bar.

Verónica, entre Sandino y Héctor, ha conformado un nexo tan fuerte como extraño. Una charca interior hace a Héctor distinto de la mayoría de seres capados y civilizados con los que uno se encuentra. Sigue siendo un animal salvaje y herido. Sandino no olvida lo que a Vero se le escapaba de cuando a ese hijo de puta se le iba la mano o cómo se la follaba. Y su pasado, mitad bravatas, mitad cuanto menos verosímil. Y está ese jugar al un, dos, tres, pica pared: me doy la vuelta y te quedas quieto. En el fondo, Vero como un trofeo que uno quitaba al otro hasta que ella decidió borrarse de la lid. Héctor es colérico, pero está encerrado en el bar como un dios fallido, charlatán, inflexible, rígido. Le desespera la gente como Sandino, aquí, con ese papel en las manos, con sus medias verdades. Esa naturaleza iridiscente, líquida, escurridiza, tan distinta a la suya.

—Pelopo y todos esos van dando por saco. Ella entregó a la poli todo menos unas pastillas. La idea es devolver también las pastillas. En el papel está.

«Ah, hay un plan, una idea retorcida», piensa Héctor.

—¿Y el resto?

Que Sandino nunca vaya derecho desespera a Héctor. Siempre mentiras, trampas, laberintos. Es un diletante profesional. De tal modo que ni él sabe dónde está la verdad ni qué es realmente lo fingido y disimulado. Héctor puede tratar mal a una mujer, pero sabe en todo momento cuál es su cama y su coño. Sandino

203

es un mujeriego y Héctor lo desprecia aún más por eso, como si le jodiera tanto la posibilidad de haber sido engañado como que su mujer sólo hubiera sido una más para el taxista.

—¿Qué resto?

Debería callarse. Héctor lo sabe. Debería haberlo hecho ya antes. Debería dejar de hablar. Pero nunca ha podido pararse a tiempo. Ahora ya es viejo para cambiar.

—Sandino, Sandino, que uno no nació ayer. Esa historia es muy bonita, pero faltan cosas. No me mires así. La gente no sólo se sincera en los taxis: están también las iglesias y los bares.

En la tele dicen que vuelve la Champions.

—Brevemente. Un poco para que dejemos de jugar, que seguro que los dos tenemos mejores cosas que hacer. No hay nada más seguro que un taxi para hacer pasar bolsas con dinero, drogas o con lo que sea. En las películas, los camellos van en cochazos. Esto es Barcelona. Aquí el dinero anda siempre disimulado. Ostentar es de mal gusto. Mira el puto Millet o los hijos del padre de la patria. Tú eres polaco como yo. Lo sabes perfectamente. Tu amiga, nuestra amiguita, tomó un pasaje que no era el suyo. Pasa lo que pasa y devuelve la bolsa. Okey. Hasta ahí, incluso los malos lo hubieran visto normal. Pero no. Mete la mano en esa bolsa. Y antes de que me pongas esa carita de no sé de qué me hablas, te diré que estoy hablando de dinero.

—Allí no había dinero. Me lo ha dicho.

—Te lo ha dicho.

—Sí.

—¿Y te lo crees?

—Sí.

—¿Por qué? ¿Porque tiene un par de tetas?

El chino saca premio. La música dura poco: se trata de una combinación menor pero inoportuna, a juzgar por la mirada de Héctor.

—¿Sí? Bueno, yo más no te puedo decir. Sólo que o tú me engañas ahora, o ella a ti, pero me suda la polla el orden de los... ¿cómo se...? Bueno, da igual. Yo creo que deben de dar por perdido lo que tiene la poli pero el resto lo quieren todo. Se devuelve y punto. Así es como lo veo yo, rompebragas.

¿Rompebragas? ¿Desde cuándo te permito que me hables así?
El taxista ha conseguido sacar a la fiera del itinerario del circo. Ahora ya no va a poder contenerse. Héctor mete un berrido al chino. Otro a Tatiana. Falta un tercero, el de Sandino que está allí, tramando qué replicarle, recuperar en algo la chulería, la distancia que otorga la barra. Si Verónica estuviera mirando vería qué tipo de hombre son uno y otro. Le duele eso: quisiera ser, al menos esta vez, el puño y no la boca.

—Te lo has ganado. Confesaré. Me acostaba con ella. La volvía loca. Es más, estábamos enamorados a lo bestia. Ahora ya lo sabes. No me lo preguntes más.

Héctor rompe en una carcajada algo afectada. Quizá ése sea su tercer grito. Sin embargo, la mirada a Sandino es divertida, cómplice. No le acaba de creer. No puede aceptar eso. O quizá ya ha aprendido a jugar dando vueltas y vueltas al cebo. Pero la naturaleza de Héctor no es así. Al poco le ciega la duda de la revelación. Podría explicar cualquier cosa, a borbotones, ahora, de golpe. Necesita dejar fluir la ira. No conoce límites, por eso está sirviendo cafés y trapicheando. La bestia no puede contenerse.

—Venga. Confesaré yo también. La bollera miente. Y lo sé porque tres de cada diez billetes eran para mí.

Ahora es Sandino quien sonríe, y, afectado por la escena, le levanta una peineta y sale. Ya fuera, está tan desconcertado que incluso Barcelona le parece otra ciudad, y toda su vida hasta hace media hora, la de otra persona. Todas sus Lolas, Llámame Nat, sus polvos, las cenizas de la vieja, su madre molesta por no aceptarle unos boquerones, le parecen la vida de alguien a quien apenas conoce. Alguien envidiable y feliz, ciertamente, nada comparable con quien es ahora: sogas, cadenas y anclas pesadas al cuello.

22

The equaliser

—Pasa y verás el panorama.

Sandino lo hace, echando el cuerpo por delante de Sofía, recién duchada y tuneada facialmente para poder salir a trabajar. Cuando llega Sandino al comedor, es su amiga la que, pasando por detrás de él señala con un ademán a Jesús, sentado a la mesa con la cabeza gacha, mirando y contando una y mil veces los cuadrados del mantel.

—Hace dos horas, como mínimo, que está así. Al menos desde que yo me he despertado.

La negatividad del hombre es magnética y contagia la atmósfera de la habitación. La actitud, el semblante, su posición corporal han hecho sórdida una estancia en la que, apenas unas horas antes, Marta y Sandino habían hecho el amor, en la que había él tratado de conciliar el sueño o ver televisión, posibilidades ahora impracticables. A Sandino se le ocurre decir el reproche obvio pero calla.

—Lo he intentado todo: desde buenas palabras, meterle un par de gritos o intentar echarlo por la fuerza. No ha habido nada que hacer. Es un peso muerto.

Sandino se sienta delante de Jesús y trata de que levante la cabeza. También es inútil.

—Este tío tiene que ir medicado hasta las orejas. Va de bajón, pero a saco. No un bajón normal. Pero eso hasta lo ves tú, ¿no?

Sofía no dice nada. En unos días siente que se ha convertido en el desastre más grande del planeta. Sandino no escatima comentarios, silencios o ademanes para decírselo o recordárselo. Puede entenderlo, pero piensa que podría también él esforzarse por hacer lo propio con ella y su situación.

—Tío, Jesús, venga, haz un esfuerzo. Reacciona. Dinos al menos qué tomas. ¿Has mirado si lleva recetas encima?

Sofía asiente con la cabeza.

—Pero si quieres mirarlo tú...

Eso quiere decir que no lo ha hecho.

Sandino clava la enésima mirada de reproche en Sofía. Luego se levanta para revisarlo él mismo, al tiempo que expone toda la gama imaginable del hartazgo y la prepotencia paterna.

—Estoy acabando de tender una lavadora. Ahora vuelvo.

—Espera. Llena la bañera de agua tibia. Eso funciona a veces.

Sofía obedece. Además, cuando se ducha le gusta poner el tapón y así aprovechar el agua para los pies, y a veces la deja para refrescárselos por la noche. La que haya, piensa que muy fría no debe de estar.

Lo del baño caliente funcionaba con Lola en las épocas más oscuras. Cuando necesitaba a Sandino como si éste fuera sus muletas para andar. El taxista está al lado de Jesús. En los bolsillos no tiene nada. Le susurra que ahora se va a bañar, que será agradable, que se activará. El tipo sigue sin reaccionar. Le pregunta por las medicinas. Por las recetas. Calla. Está en el agujero, en lo negro. Lo mira un momento a los ojos y ve aquello bajo las cejas y preferiría no haberlo visto. La violencia del bicho asustado. El túnel. Reconoce todo eso y también que aún le gustaría estar con aquella Lola que le necesitaba. Uno guarda lo que es como la prenda que queda en el fondo de la ropa sucia, pero no desaparece. En esas ocasiones necesita focalizar el dolor en su cuerpo para que la cabeza pare de girar como agua en un sumidero. Adrenalina y formalizar parte de un chantaje al hacer responsable al otro, a los demás, siempre fue consciente Sandino, una manera de comunicarse con el superhéroe infantil del hombre en cuestión que tenía al lado, del mismo modo en que esas lesiones

—en la cara, los brazos, los muslos— sellaban la cripta de lo privado entre ellos dos.

La bañera anda llenándose. Sofía liquida la colada en el balcón interior del domicilio. Sandino le pone la mano en el hombro, más en señal de impotencia que de otra cosa, y Jesús se duele. Es el brazo herido. Cambia el gesto por el hombro que tiene más cerca de él, esta vez en señal de una cierta ternura, algo de lo que sí sabe Sandino. Jesús parece entonces querer gimotear, pero no encuentra los raíles adecuados para encarrilar sonido o llanto. En eso le recuerda a la abuela Lucía, cuando lloraba y luego hacía que lloraba y volvía a llorar y luego ni ella sabía si era un llanto o una estrategia o algo que pudiera controlar ni, por supuesto, cuál era la causa por la que lloraba o tenía que hacerlo. La vio llorar de rabia, de enfado, de miedo, pero nunca de pena. Ahora lo sabe: aquella loca no podía sentir pena. La había agotado toda.

Deja a la abuela Lucía y concéntrate en la acción.

En un lugar del comedor, en el suelo, está la chaqueta que llevaba Jesús. En un bolsillo interior está todo lo que le dieron en el hospital relativo al brazo, pero en el papel de las recetas también salen las que ha de tomar de modo regular, cronificado. Sofía llega en ese momento. Sandino sale del piso. A dos porterías del domicilio de su amiga hay una farmacia. Le sirven lo que pide y en nada están dándoselo a Jesús.

—¿Intentamos llevarle ya a la bañera? ¿La has llenado bien?

Sofía dice que sí. A duras penas llegan al baño. Jesús casi no ayuda. La bañera está medio llena, así que Sandino abre de un golpe, enojado, el grifo al máximo. Desnudan a Jesús colocándole los pies bajo el grifo y la ducha. El cuerpo flácido, los genitales caídos, el pene ladeado y escondido consigue la primera broma de Sofía desde anoche: «Estoy por hacer una foto y enseñársela a cada uno que me pregunta por qué no me va el sexo.» Sandino no reacciona, pese a saber que debería hacerlo aunque sea por mera estrategia. Necesita la mejor disposición de la taxista y sus mejores dotes de persuasión y sentido común para que entienda rápido y bien que el tema de Héctor podrá resolverse sólo si devuelve todo, absolutamente todo, a sus propietarios. Jesús lleva tatuadas un par de pequeñas alas horribles en la espalda que le nacen en la columna. Una cara de mujer simulando tocarse el peinado en el omóplato, que bien pudiera ser su madre dibujada por alguien con poco talento, y en el antebrazo que no tiene vendado «*Just for one day*». Sandino teme que el tatuaje de la mujer no sea sino Bowie a tinta negra pergeñado por el tatuador más barato de la ciudad. Le meten en la bañera con dificultades. Jesús parece reaccionar. Tampoco le va a ir mal ese baño. Tiene restos de sangre y mierda aquí y allá y huele a mueble viejo, a hombre en derribo.

—Veamos si reacciona y puedes sacarlo de tu casa y licenciarlo a la suya.

—Te has llevado el papel de la comisaría tú, ¿no? —Sandino asiente—. ¿Has hablado con ellos?

—No —le miente por despecho casi conyugal.

—¿No?

—Me cago en la Virgen, ¿qué coño vas a hacer *tú* en toda esta gilipollez en la que te has metido solita? ¿Me das una pista?

La mujer calla y con su silencio parece disculparse.

—Hablemos en otro sitio, que yo no sé qué oye éste y qué no. Además, con el agua que le has puesto, ahogarse no se va a ahogar.

—Se irá llenando.

Salen al comedor. Sandino le pide a Sofía que se siente. Saca del bolsillo el original de la entrega en comisaría y se lo da a la taxista. Ésta, nerviosa, le ofrece un café. Sandino prefiere agua. Un vaso de agua será perfecto. Sofía se la lleva y vuelve a sentarse.

—¿Tienes aquí el dinero? —La mujer niega—. ¿Dónde está? Es igual, no quiero saberlo. Es tu puto problema.

—Sí, es mi puto problema. Ya lo sé. Sólo te pedí que me echaras una mano, nada más. Gracias por hacerlo o no hacerlo, por toda tu poca paciencia.

—¿A qué viene esto ahora?

—Sandino, yo también tengo algo de amor propio. No soy un puñetero reposapiés. Llevas dos días haciéndome sentir la farfollas más grande de la tierra y derramando compasión aquí y allá. Ya te expliqué cómo fue. Devuelvo las pastillas; el dinero, no.

—Sofía, el tema es algo, un pelín más complicado. Da igual lo que haya apuntado el *mosso* de Aiguablava. Ellos saben que había dinero y saben que lo tienes tú.

El nombre de Héctor sale a relucir. El negocio por el que Pelopo y los demás estaban tan preocupados por solucionar lo antes posible es una figura del compás que maneja el ex *mosso*.

—Tal y como lo veo yo, no hay partida. Dan por perdido lo que llevaste a la poli y, si devuelves el resto, supongo que lo olvidan. Siempre y cuando cuenten con nuestro silencio al respecto, obviamente. Aunque si los *mossos* son un poco listos, estarán tirando del hilo.

—Ya.

—Lo has comprendido todo, ¿no? No te me pongas susceptible. Yo también ando jodido, con el agravante de llevar demasiados días sin dormir, joder. Vamos, si quieres te acompaño a donde Héctor y...

—Sandino, me da igual si lo entiendes o no lo entiendes, pero no voy a devolver el dinero. Te podría dar muchas razones, pero te daré sólo dos. Una es que parte de ese dinero ya no lo tengo. Te expliqué cómo están mi hermana y los suyos. He conseguido parar el desahucio. No lo he liquidado todo, sólo los meses que debían y las costas judiciales. Ahora han de espabilarse ellos como puedan, pero si he de volver a echarles una mano, lo haré. Es un préstamo y ellos lo saben, pero al menos su hermana no es un banco.

—¿Cuánto era?

—Da igual eso. Falta la segunda razón y ésa es la importante. La segunda razón es que no quiero devolverlo. Te podría llenar la habitación de penas y humillaciones, de penurias y soledades, pero no me apetece. Tú no lo entenderías. Te aprecio, pero no lo entenderías. No te ofendas, no dejas de ser un chaval malcriado. Un niño mimado con sus grandes problemas de todas me quieren y yo no quiero a nadie. Pobre niño rico. ¿Te has parado a pensar que hay gente a la que nunca han querido de verdad?

Ni bien ni mal. Nunca. ¿Que no pueden pensar si lo que tienen es amor o necesidad o miedo porque no tienen nada y nunca tendrán nada...?

Sandino se sorprende de la virulencia del ataque de Sofía. Si tuviera un momento, si quisiera otorgárselo a sí mismo podría entenderla, pero no quiere: también él está agobiado por todos lados, con todo derrumbándose, y no anda muy sobrado de nada. Sólo hay una solución y los dos supieron siempre cuál era. Lo que no se esperaba es todo aquel arsenal macerado dentro de ella y que ahora está estallando.

—Mira, tía. No me vengas con eso. No voy a comerme tu psicoanálisis.

—Pues no te lo comas. Puedo seguir con esto sola.

—No sabes con quién estás jugando.

—Que me da igual, Sandino. Todo lo que tengo me lo he sudado y ganado yo. Nunca me han regalado nada. Me he tomado esto como una señal de Dios, como diría el *sonao* de la bañera. Nadie ha querido estar conmigo y yo ya no quiero estar con nadie, pero no quiero acabar siendo la vieja de los gatos, sin nada, en la puta calle...

—Voy a coger esa puerta y me voy a ir y no quiero saber absolutamente nunca más nada de ti ni de toda tu mierda, pero, no sé, por una especie de justicia narrativa vas a escucharme. Estás loca, totalmente loca...

—Últimamente, sólo ves locos.

—Escúchame. Que yo sepa, sólo que yo sepa, tienes en propiedad dos coches y, con éste, cuatro pisos de los que, sin contar éste, cobras un alquiler.

—¿Y? La vida da muchas vueltas y...

—Nada, Sofía, voy a meter la polla en algún sitio y a ver si se me quitan los, según tú, problemas de identidad que llevo encima, así que vete a tomar por culo tú y tu dinero y toda esta historia, pero que sepas que te estás jugando más que la visita del cobrador del frac.

—¿Qué me van a hacer? ¿Pegarme? ¿Matarme?

Sandino ya no dice nada más. Emprende el camino hacia la salida. Reprime lo que podría decirle, la furia que siente, porque sabe que no sería más que una pérdida de tiempo. Ambos han tomado una decisión. Ese tema se finiquita aquí y ahora. Para Sandino, Sofía queda enterrada en el comedor de su domicilio.

Puerta. Calle. Fin.

23

The call up

La morosa pereza del trayecto sin pasaje del taxi lo transporta a un estadio agradable de su insomnio. En cierto modo, Sandino podría reconocer que las cosas se han ido colocando en algún sitio. Tiene ahora casi una tolerada sensación de retorno a algo parecido a una normalidad. De tal modo que su cerebro le gasta una mala jugada al casi hacerle pensar en ir o no a comer a casa, si recogerse pronto sin decidir dónde o alargar la tarde hasta la noche sin aventurar un porqué que no sea escapar, dejarse manejar por el insomnio. Se acuerda de Lola, pero incluso eso le parece, de repente, reconducible. Ella sólo quiere hablar y Sandino sabe hablar y hablar, convencer, persuadir, darle la vuelta a las cosas hasta que una sea la contraria y ésta la primera. Casi no entiende el pánico a afrontar esa conversación que le ha desesperado todos esos días. Pero desconfía. Sabe que el insomnio otorga, a ratos, lucidez, como recuerda los espasmos de la cocaína, ese llenar el agujero hasta anestesiar el vacío, las preguntas, un dolor extraño. Resolver las preguntas con una parte del cerebro, aprovechando que el resto ha declinado la oferta de debate.

«Si vuelves a casa, que sea para afrontar la situación. Si no, no vuelvas.»

Ella puede saber cosas. O peor aún: a ella esas cosas pueden ya no importarle. Quizá le ha molestado ya el error en el mensaje dejado en el contestador o... Las preguntas no son las correctas, taxista, y las respuestas todas falsas, la partida anda amañada desde buen principio. La fe en sí mismo —a veces rota, a veces indestructible— le hacía creer que podía hacer posible lo imposible. Pero esa misma fe, que no dejaba de significar creer en lo que no es o no está, demuestra su propia debilidad. En esos momentos, lo ve con toda claridad.

Sandino, ¿no estás ya agotado de convencer? ¿De ser tú quien transmite la enfermedad? Hacer creer, hacer ver, como en un perverso ejercicio de ilusionismo, que es quien no es, quien los demás quieren que sea y esta chica seccionada en dos mitades y aquí la paloma y usted estaba pensando en el dos de picas.

Convencer de que no estaba allí, que no pudo coger el teléfono a tiempo, que se olvidó, que no pensó, que no sabía.

¿No estás cansado de mirarte al espejo antes de acostarte y no ver sino ojeras y miedo, mucho miedo, mucho miedo doméstico?

Miedo a todo. Miedo a ser descubierto. A no serlo. Miedo a no ser perdonado. A serlo. Miedo a morir sin que nadie sepa quién eres. Miedo a perder cualquier cosa, al nunca más, a cambiar algo, a que todo siga igual. ¿Qué hacer con todo ese miedo?

La flecha fallará las veces que quieras, Sandino, pero la herida, no.

Diez días, el elefante muerto, esa imagen otra vez.

Y es que hay algo en la discusión con Sofía que le ha dolido y enojado más que el modo y la resolución de ésta, y es que aquella tipa, aquella persona tan infeliz, asaeteada por la soledad y el fracaso, sus paranoias, excesos y carencias, se acerca mucho a quien es. Con todas sus contradicciones. Con su ridícula operatividad. La misma que es capaz de albergar a un loco en su casa o afrontar ante los demás que no le interesa follar o que vive acumulando propiedades, deudas y ahorros ante el pánico de verse sola y en la calle. Y todo eso, toda esa vida precaria, pobre y fea, le parece en ese momento a Sandino más hermosa, más cierta que la suya, llena de abundancia y confusión, de partidas ganadas, escaleras, puertas y carne, porque Sofía, llegado un momento, elige. Ha ido eligiendo quizá porque no tenía alternativas, es posible que ése sea todo su mérito. Y hace un momento lo ha vuelto a hacer. Ha elegido sacarle a él del asunto. Ha elegido quedarse con el dinero. Ha elegido asumir las consecuencias. Ha elegido subirse a lomos de su miedo y seguir cabalgando hacia el precipicio. Todo lo contrario de lo que hace él: correr paralelo a ese precipicio, fingiendo que no lo hay, que con él las cosas son distintas, que es inmortal, que él sabe algo que los demás ignoran. Aunque quizá los otros no sean ni siquiera inocentes. Puede que más culpables que él.

Quizá Lola sabe más de él de lo que cree y no le importa.

Quizá Lola lo engaña con otros hombres.

Quizá lo ha hecho desde siempre.

Quizá ahora anda enamorada o, simplemente, ha descubierto que ya no lo necesita. Que puede dominar su miedo, subirse a él, abrir la boca y comérselo entero.

A la altura de Doctor Letamendi sube al taxi alguien que le pide si conoce una capilla, una iglesia pequeña y tranquila donde ir a rezar, del mismo modo que dentro de unas horas le pedirán un club donde las chicas entren en el precio de las copas. O esas tres amigas que cuando la primera de ellas se baja y el resto sigue a otra dirección dicen aquello de «ahora podemos hablar»; el corbata que desde su móvil anuncia a su esposa que sigue en Valencia o el hombre que consuela a una mujer por una pérdida, por una enfermedad, por algo que Sandino no quiere escuchar, la cara conocida que le molesta si la reconoces o le molesta que no lo hagas, el músico pelirrojo que al escuchar a Nick Curran en el taxi le dice que tocó con él y que ese fin de semana él y su combo tocan en el Jamboree y «¿por qué no te vienes?». Y la señora que tiene el dinero justo y el que le dice que si puede bajar el volumen de la música, que le duele la cabeza, y quien llega de fuera y pregunta qué tal en el Berlín *catalanufo* de 1932 y el que le pregunta si votará a los que aman a este país, a los de siempre, a los que ya no robarán más.

—¿Está usted casado? ¿No? Bien hecho.

Cuando Sandino se queda solo, ya son más de las tres de la tarde. Ha sido una buena mañana, con mucho trabajo. Las niñas, Ahmed, Sofía y Héctor parecen cosas que le sucedieron hace años. Es posible que incluso a otra persona.

Pasa por Fórum y decide quedarse en la parada. Una chica negra cruza el paso de peatones. Una vez estuvo enrollado con una chica negra que ahora vive en la otra parte del país. La busca en el móvil. Su WhatsApp le dice que se conectó hace un mes. Quizá murió o cambió de número. Quizá le bloqueó, una buena forma de olvido.

Le entra un mensaje. Hay una foto. Mireia. Se ha hecho una foto de las tetas. Detrás se ve una lavadora, el cierre metálico del balcón. Mireia pregunta «¿Quedamos?» y él dice «¿Cuándo?» y ella contesta «Hoy. En una hora donde siempre». Y él dice «Claro» y ella pregunta «¿Me deseas?» y él responde «No», a lo que ella le dice «Cabrón».

Y luego Sandino ve un mensaje de hace días. Inés. Hace meses que no se ven. Es una de esas personas que le ponen y le quitan la escalera bajo los pies. Le desespera, a ratos le divierte. En el fondo la desprecia, la compadece, la desea. Ella se queja de su silencio. Sandino pregunta «¿Quedamos?» y ella dice «¿Cuándo?» y él contesta «A las nueve donde siempre» y ella dice «Bueno. Pero me gustaría hablar», y él odia esa dignidad, esa concesión a un bovarismo innecesario. «Hablamos después de hacerlo, si quieres» y ella a eso ya no responde.

«Mejor», se dice el taxista.

Tienes dos citas en donde antes no tenías nada ni querías tener nada: ¿por qué?

Ahora lo desconvocarías todo, ahora ya no quieres. Ahora irías a esa capilla, a esa iglesia pequeña y tranquila donde rezar unas oraciones que ya ni recuerdas más allá del primer verso.

Enfermo, inmortal, adicto: meterte todo lo que el cuerpo resista hasta ser un muerto en vida. Ésa es tu manera de autolesionarte. De hacerte daño en lo más íntimo: la inocencia, la piel, la iglesia vacía.

Las venas no se cortan a la altura de las muñecas sino más abajo y en diagonal, a la altura de la polla, del corazón.

24

Washington bullets

Se sobresalta cuando el timbrazo del teléfono le despierta. Al principio, no reconoce la habitación ni el lugar. Del baño aparece Verónica, recién duchada pero con el cabello seco, vestida, aún descalza. Sandino se ha quedado traspuesto el tiempo de su ducha. Al desconcierto, al teléfono, le sobresalta la presencia de Verónica, que no es más que Inés. No es la primera vez que le pasa. Va a rachas. Como si dependiera de que ella quisiera ser recordada, revelada, confundida en otras caras, en alguna manera de andar por la calle, en esa cola de caballo. Hay rachas en que cree verla por todas partes. Últimamente está en una de esas rachas.

Llaman de recepción del hotel Regàs. Las horas abonadas han sido superadas. Deberán pagar suplemento. Sandino está dispuesto a pagar si consigue enlazar el sueño.

—Diles media hora, una hora.

Inés tapa el auricular con la mano para decirle que ella no puede quedarse más. Son casi las once y su marido sale a esa hora del trabajo. Ha de llegar a casa antes que él.

—Dilo de todas maneras. Necesito dormir un poco.

Así lo hace. Le conceden lo que queda hasta completar una hora extra. Un zapato, otro, un beso en la boca. Se despiden. «Ojalá que para siempre», piensa con impune crueldad Sandino. La mujer sale. Oye sus pasos en el pasillo, bajando las escaleras. Trata Sandino de cerrar los ojos, pero se le inundan por dentro de recuerdos. De Inés, de Mireia, sus cuerpos mezclados, la rutina de su placer en una forma tan escabrosa de hacerse hoy daño que se sorprende que ellas no lo notaran. La piel morena de Mireia, sus pechos, ese olor suyo, fuerte, tan característico, su necesidad de sentirse deseada, la boca grande, el dejarse ir, pero también su egoísmo, su afectada manera de fingir pasión, necesidad en contraste con la despreocupación al salir de Le Petit Paris, y luego, el cuerpo pálido y dejado de Inés, sus piernas fuertes y cortas, su pelo estirado, su perfume, su dolor buscado, la honra a salvo, la necesidad de analizar sus orgasmos, su después qué, su en qué estás pensando, los celos pasados, presentes y futuros, el regalo que ha comprado a su marido antes de la cita en el hotel Regàs, en el otro extremo de la ciudad. En nada se olvidará de todo. De sus olores, del deseo, de esos instantes en que no fue nada ni nadie. También de ésta y de aquella habitación, concesiones a películas románticas idiotas, noches soñadas por estúpidos, box de hospital o cámara indiscreta detrás del espejo, sólo así podría entenderse esa imagen en movimiento de unos troncos quemándose en una chimenea. Treinta y siete segundos Moebius empalmados unos a otros en el televisor. Una grabación ridícula, absurda, risible que alguien encontrará maravillosa al simular un polvo sobre la alfombra, al lado del hogar en la casa de la playa. Un líquido se mueve en un artefacto bajo una luz verde que se torna morada, verde otra vez. Sandino sabe apagar todas las luces de la habitación menos ésa. Debería levantarse y desenchufar el Solaris, pero se resiste porque le gustaría aprovechar esos treinta, cuarenta, cincuenta minutos de más. En eso vuelve a sonar el teléfono. Al parecer, se ha quedado dormido o lo están engañando con las horas. Qué más da. A la ducha. Le duele el pene. Tiene un arañazo en un hombro y se siente como un lastimero perro mojado y enfermo. Se viste. Pulsa la tecla correcta y le dicen que puede salir. En recepción abona la hora extra y sale de la prisión del placer por horas.

Le sienta bien el aire fresco de la noche. Baja la ventanilla y hasta cree oler el mar en la brisa que llega desde el puerto. Transeúntes arriba y abajo, sombras, todo gente envidiable porque Sandino les imagina una vida más tranquila, un eje distinto del de su polla sobre el que girar la noria del día a día. Hombres y mujeres que acuden casi corriendo a sus respectivos hogares como previendo un habitual bombardeo nocturno. Perros, niños e IKEA. Cenas, amigos y carne descongelándose en la nevera. Ropa de color, vidrio reciclado y alguien que confía en ti entre las sábanas de tu misma cama, años y años en una especie de acto contra natura. En la intemperie, ojos clavados en el suelo. En la soledad, casas con fantasma, con ecos, con huecos de gatos conocidos en el sofá del comedor y todas las *sitcoms* del mundo para hacerte sentir esperanzado, joven y divertido.

Uno siempre quiere lo que no tiene y no es lo que parece. Todo eso lo sabe Sandino, pero en este momento no le sirve. No tiene fuerza para la lucidez o el cinismo. Porque sabe que está fuera y fuera hace frío.

A escasos metros de donde tiene el Toyota aparcado se da cuenta de que uno, no, los dos retrovisores están destrozados, cristal y cuello. Es el único vehículo de toda la fila que ha sido dañado. Mala suerte o un aviso. Instintivamente, mira a un lado y a otro y no ve a nadie que pudiera parecerle sospechoso. No sabe quién, pero sí por qué. Se sube al auto y se pone en circulación. Se acerca a cada taxi con el que se encuentra, pero ninguno es de los que busca. Se deja caer por el Renaissance, en Consell de Cent con Llúria, pero la parada está vacía.

Debería avisar a Sofía, pero no lo hará.

Decide aparcar ese incidente y noquearse con el trabajo mientras piensa dónde dormir esa noche. Quizá pueda hablar con Víctor o con su madre, pero se decanta por reservar una habitación en un Ibis o un Fórmula 1 y no tener que dar explicaciones innecesarias.

El insomnio empieza a ser un problema para la vista, con las luces ya encendidas, las de la propia ciudad, las de sus máquinas en movimiento y las de Navidad, cuyo encendido se ha decidido adelantar más de dos meses por deseo de los comercios. Colores, latigazos de luz, faros y semáforos le lastiman los ojos, le indican que los reflejos, ya de por sí cansados de tantas horas acumuladas, no pueden contar con su visión, porque circula en piloto automático.

Puede pasar cualquier cosa.

Atropellar, colisionar.

Debería parar.

Debería dormir.

Debería volver a casa.

Sin pensarlo más, apaga la luz verde y toma Valencia hasta Cartagena, bordea el hospital de Sant Pau hasta ronda del Guinardó y de allí a su domicilio. Baja los pisos del aparcamiento y deja el coche en su plaza. Sólo eso casi le hace ya feliz.

No sabe qué le dirá a Lola.

No sabe cómo lo recibirá.

No sabe nada de nada, pero está ahí.

Sólo que no quiere estar en la calle, dando vueltas sin sentido, de aquí para allá, no quiere encontrarse a Sebas y los demás en ese estado, no quiere sentir el cuerpo como una máquina de follar sin tacto ni olfato, sin sabor ni alma, una res marcada, un púgil noqueado.

Quiere volver a su casa con su mujer, su mundo, su playa, su país, sus ruidos y sus libros, sus canciones, sus costumbres, su comida y sus medicinas.

Quiere gritar, como en los juegos de crío: ¡casa!

Quiere parar, rendirse, caer y oír cómo le caen encima las paletadas de tierra, muerto o dormido, hoy eso ya no importa.

Ya en la portería, recoge el correo —bancos, óptica, ofertas de electrónica— y sube en el ascensor hasta el rellano de su piso. No llama al timbre: abre. Da una voz, pero nadie contesta. Hay una luz encendida. En el pasillo distingue que es la de la cocina. Vuelve a llamar a Lola, pero nadie contesta. Habitación por habitación, Sandino certifica que su mujer no está en casa. Se ha debido de dejar la luz encendida por descuido. Quizá le hayan cambiado el turno y salga a medianoche o esté cenando con amigos. Quizá tampoco ésta sea ya del todo su casa y duerma fuera.

Saca algo de la nevera. Restos de una tortilla de patatas del súper y un par de peras. Se sienta a la mesa de la cocina, que es el lugar determinado por Lola para ese tipo de cenas. Por eso mismo, Sandino infringe la ley de Lola, se levanta y va hasta el sofá para tumbarse, ver la televisión y cenar allí mismo. Una modalidad de cena en un escenario que Lola no aprobaría. Antes de sentarse echa un vistazo a las estanterías y no ve ninguna razia digna de mención. Sigue siendo su casa.

Enciende el televisor. Se lleva a la boca un trozo de tortilla. Debería haberla calentado. Le sigue doliendo la polla, joder. Enciende el móvil. Quejas de Inés por lo que antes hacían después de follar —escribirse— y ahora no. Sin noticias de Sofía, y Lola lleva sin conectarse desde hace cuatro horas. Un par de mensajes de voz. Uno, breve, de su madre. En el otro mensaje, nadie habla. Es muy largo. Demasiado. Apropiado para una paranoia. Mejor desconectar.

Decide esperar a que Lola regrese. Dormirá en casa. Deja a medias la cena: se le ha quitado el hambre sin motivo aparente.

Los gritos de unos americanos obesos desde la televisión lo despiertan. No recuerda en qué momento se quedó dormido, pero la casa sigue sin Lola. Se ducha, se cambia de muda. Al volver, en la televisión dos tipas con cara de muertas se lo están montando en un sofá.

Esa casa ya no puede ser ni su casa ni la de Lola. Debería quemarla.

El Toyota le resulta más acogedor. Su pelo húmedo se despeina por el aire que entra a ráfagas por la ventanilla.

La noche es otra mentira, pero no importa.

VIERNES

Nunca vivirás como la gente corriente.
Nunca harás lo que hace la gente corriente.
Nunca fracasarás como la gente corriente.
Nunca verás tu vida echarse a perder.
Y bailar y beber y follar
porque no hay otra cosa que hacer.

JARVIS COCKER

25

Broadway

Es buena señal que se haya quedado dormido en el Regàs y ahora en el sofá de su casa. La mala señal es que ha salido a empujones de ambos sueños. Ha dejado su casa porque no quería encontrarse de esa manera con Lola. No podía estar ahí a hurtadillas para quedarse como si todo fuera como siempre. Pero también había otra razón. Quizá no fuera seguro ni para Lola ni para él que estuviera quieto en su casita, en un mismo sitio hasta que Sofía entrara en razón o Héctor supiera que él ya había hecho todo lo que podía hacer. Su intuición le indicaba que debía estar en movimiento. De aquí para allá. Como un puñetero taxi.

Apenas son las dos de la madrugada. Hasta que abra el Olimpo no sabe dónde localizar a Héctor. En el interior del aparcamiento, ha tratado, al menos, de enderezar los retrovisores. El del asiento del copiloto ha sido imposible. El otro ha conseguido enderezarlo aunque por debajo de la línea de visión e inmóvil, más un complemento de un coche de juguete que algo que le vaya a facilitar la conducción, pero menos es nada.

Hoy sabe que si le ofrecieran una raya la aceptaría.

A la mierda las promesas: se meterá una, dos, cien y no dormirá jamás y ya sabrá que no ha de preocuparse por el insomnio.

Localiza a Santi, que anda por Gràcia, yendo al Vinilo, ubicado en una de las callejuelas adyacentes del mercado de la Abacería, muy cerca del Banco Expropiado, donde hubo una batalla campal hace unos meses entre okupas, amigos del desorden y fuerzas de un orden que decidió no seguir pagando el alquiler del local sin calibrar las consecuencias. Sandino ha conseguido aparcar milagrosamente en una de las callejuelas que mueren en Torrent de l'Olla. Pasa al lado del Banco. Hay gente haciendo guardia. Un grupo de una docena de chavales. También gente de más edad. Consignas anarquistas, *estelades*, pintadas, viejos trozos de canciones libertarias. A Sandino le recuerda tanto un campamento de refugiados como un mero tenderete improvisado y siempre con el aroma a *foc de camp* salesiano. Su mirada se cruza con la de una mujer y ésta le ofrece café enseñándole la cafetera. ¿Por qué no? Uno de los chavales que por allí andan, gitano, probablemente perteneciente a la comunidad gitana de la plaça del Poble Romaní, empieza a tocar una guitarra española. Le sirven el café. Sin azúcar. Cosas que pasan por la noche. Al rato, ya está en el Vinilo. Santi no ha llegado. Pero tenía el presentimiento de encontrarse a Jesús y así es. Sandino se pide un *gin-tonic* en la barra y se acerca a él. Tiene mejor aspecto, aunque anda algo esquivo. Sin embargo, le pide un cigarro.

—Pero si tú no fumas.

—Quiero aprender. Es muy difícil porque has de hacer muchas cosas al mismo tiempo.

Jesús le hace reír.

—¿Lo quieres de verdad? —Sandino lo saca del paquete y se lo introduce en la boca—. Ve probando. Sin estar encendido. Uno puede hacer muchas cosas al mismo tiempo si no piensa que las hace.

Jesús parece que ya no recuerda por qué debe estar enojado con Sandino, pero no quiere dejar de aparentar estarlo. Al taxista le tienta preguntar por Sofía, pero prefiere no precipitarse. Lo había dejado en una bañera de agua tibia y ahora está ahí, acodado en una barra de bar, con un cigarrillo por prender. Es evidente que la cosa ha mejorado y mucho.

—Me dijo Santi que eres músico, que tocas la guitarra. ¿Puedes hacerlo con el brazo así?

—Tendré que hacerlo.

—¿Para cuánto tienes?

—No sé. Lo pone en el papel. Pero me curaré antes.

—¿Qué tipo de música haces?

—No sé: la mía.

—¿Ves? Estás hablando con el cigarrillo en la boca. Hay gente que no sabe hacer eso. Tú, sí. Cuando no piensas, salen las cosas.

—Dar vida a los muertos no es más difícil que fumar. Hay gente a la que entierran antes de tiempo. Parecen muertos y los encierran en esos nichos horribles, pero en realidad es entonces cuando se mueren. Despiertan, se asfixian y se mueren. Hay muchos vivos que han sido muertos o lo son y no lo saben. Los médicos, las enfermeras, los políticos lo saben, pero callan porque sobra gente en el mundo.

—Creía que no querías hablar de lo del cementerio.

—Ya, pero me lo pasas desde tu cabeza a la mía y eso que sé que no es bueno estar siempre pensando en lo mismo.

—Distraigámonos de nuestras obsesiones. Ésa es la primera lección.

—*Lesson one.*

Sandino saca el mechero y finge que le da lumbre. Jesús sigue la chanza, que hace que se le dispare la alarma a uno de los camareros. Luego, después de percatarse de la tomadura de pelo, sigue a lo suyo, con el portátil, la lista de *spotify* y todas esas copas pendientes que no le apetece servir.

—Sofía me ha traído hasta aquí. Quiere que me quede unos días más. No sé si podré. Tengo cosas que hacer.

—Me parece una buena idea que te quedes. Así me la cuidas.

Santi entra por la puerta.

—Vaya, vaya: ha vuelto el Hombre. Y dispuesto a matar el ansia.

Los tres salen. Santi enciende los tres cigarros. Jesús tose. Entrega el suyo a Sandino, que se ve, por un momento, con uno entre los labios y el otro tijereteado entre los dedos. Jesús entra en el bar. Al rato, sale. Entra. Sale. Vuelve a entrar. De repente, se muestra abiertamente incómodo. Sandino supone que es la presencia de un nuevo elemento. No para quieto, apoyándose en una y otra pierna. Santi le habla, pero él no contesta. Sandino se pregunta si no habrá combinado la medicación con otras sustancias. El tipo trata de hacer todo como lo haría si no estuviera loco —salgo, fumo, me relaciono, entro, vuelvo a salir—, pero lo está, piensa el taxista, y a ratos lo ve y no lo ve. Es una máquina con algo desajustado y por ese algo todo el resto tiembla al menor cambio de rasante o al primer vaivén.

A Sandino, hablar con Jesús de Sofía le ha hecho replantearse que igual ha sido demasiado duro y ofensivo con ella. Reconoce ese rasgo de intransigencia y crueldad en él hacia las personas débiles, las que nunca aciertan con la cerradura ni al primer ni al segundo intento. Ahora piensa que querría ayudarla. Buscar alguna alternativa con o sin Héctor. Saber de quién es el dinero, pactar algo a la baja. Todo eso se le va ocurriendo a borbotones, como le suele pasar, pensamientos lúcidos pisándoles los talones a tonterías, deseos heroicos oscureciéndose en cosas factibles.

Keep calm, Sandino, *keep calm.*

—Santi, igual tu amiguito lo sabe. Eso de la burundanga. ¿Quién la mueve y por dónde?

—¿Y ese interés?

—¿Sabes la chica que me acompañaba la otra noche? Dejaron una bolsa con esa mierda en su taxi y ella lo llevó a la policía. Se ve que hay una mafia que utiliza taxis para hacer el intercambio. Coges un taxi, te lleva, te dejas la bolsa y el taxi sabe adónde ha de ir o igual tiene el siguiente cliente fijado, eso no lo sé. —En realidad, Sandino está dando muchas cosas por supuestas, pero todas posibles, de tal modo que ya las afirma, apostaría sobre ellas, *¿qué importa eso si afianza la narración, ex escritor?*—. Sí, flipante. Ella no era el taxi correcto. Fue un error y ahora tiene un buen cristo.

—No sabía que eran taxis. Jordi, mi *dealer*, me dijo que había como un servicio de coches de lujo llevando esas pastillas, pero me pareció demasiado peli de sudacas a lo «Montana, el mundo es tuyo, bang bang bang». Lo de los taxis es genial, ¿no? Lo de las limusinas no me encajaba porque la burundanga no es algo que mole, a menos que te la tomes como un juego de orgía. Yo creo, y esto es una opinión muy personal —a Sandino siempre le divierte cuando Santi se pone serio, es como mirarle por un agujero, en su otra vida de conductor de Ambulancias Pacheco—, que la burundanga tiene los días contados porque está unida a la comisión de delitos. También me dijo que la mayoría de conductores eran paquistaníes que apenas sabían hablar español. Un taxi, mil paquis conduciéndolos, *you know.* Eso mola. Los pobres igual ni saben lo que llevan. Ruta Talibán, tío.

Fin de la conversación seria: vamos a ocio y publicidad.

Bromas, chistes crueles, anuncios y noticias sobre discos, libros, drogas, series, conciertos, noticias, más drogas y andanzas de amigos comunes que consumen o no las drogas ya publicitadas. Sandino escucha. A veces interviene para no alarmar a su interlocutor. La melancolía acaba encontrándole siempre, a intervalos cada vez más breves, cinco, diez, quince minutos, pero es mucho mejor disimular, mantenerlo en secreto. Santi habla y habla. El taxista se da tiempo para encontrar un sitio en el que acomodarse y quedarse quieto. Verse desde fuera y tratar de alcanzar algo de solemnidad en esa representación de dos hombres fumando a las puertas del bar, esperando a quien les traerá los tiros que se dispararán entre ceja y ceja. El mismo Santi recibe un mensaje en el móvil y aprovecha la información obtenida para regresar a la programación adulta:

—Viene ya mismito el Jordi. No sé si alegrarme, tío. Por un lado sí, hace tiempo que no te veo alegre, joder, alegre de alegría. Pero por otro, eso de la promesa molaba. No sé, eras un poco como un caballero de los del rey Arturo.

—Perfectamente puedes prometer tonterías.

Jesús reaparece por la puerta del Vinilo. El taxista decide cambiar de rumbo y opta con bromear con el recién llegado:

—¿Y tú qué tal? ¿Cómo llevamos lo de resucitar a John y George?

Jesús no entiende la broma ni recuerda de dónde viene este retal de conversación. Tiene la sensación de que se burla de él, de que aquellos tipos pueden leer todo lo que piensa y decirlo, exponerlo ante todos antes de que él decida si quiere que se sepa o no. Como si te arrancaran la toalla al salir del baño una y otra y otra vez. Sandino se percata del azoramiento de Jesús.

—Oye, que es broma, ¿eh? No te me enfades también tú.

—El problema es que no hay educación.

—Es verdad —sentencia con sorna Santi.

—Es verdad, es verdad, es verdad... Todo es verdad todo el rato. No puede ser verdad y verdad y verdad todo el rato. Tú, Sandino, siempre das la razón a todo el mundo menos a quien la tiene. A ése se la quitas. No tendrías que haberle roto los espejos ni haberle rayado el coche. Eso no es de caballero; es de cobarde, pura maldad.

—Para, para, para. ¿De quién hablas? ¿Eso le ha pasado a Sofía?

Santi recibe un mensaje. Al parecer hay escuchas y ha habido detenciones. Le esperan en un coche. Darán una vuelta por la manzana. El *dealer* no se arriesga a bajar y pasarlo en la calle.

—Ahora vuelvo.

Sandino se queda solo y no vuelve dentro detrás de Jesús con la excusa de rematar el pitillo. Apoyado contra la pared de enfrente del local, una pequeña puerta amparada por una cristalera forrada con publicidad de conciertos, programaciones, performances, fiestas gays y demás eventos imprescindibles de la noche barcelonesa.

Cero casualidad ya lo de los destrozos en ambos taxis. Juegan fuerte esos hijos de puta. No pararán hasta que les devuelvan lo suyo.

¿Cómo ha acabado metido en esto?

No lo sabe.

Trata de pensar qué hacer, en qué lugar detener sus pensamientos y edificar algo, pero no lo consigue. Nada, nada, absolutamente nada fuera y dentro.

Nada, absoluta nada.

La misma nada que siente cuando piensa en sus amantes chupándosela a sus respectivos novios y maridos, repitiendo las mismas palabras de fidelidad y amor que le dicen a él.

Nada, absolutamente nada.

Me llamo Nadie y siento Nada.

...You...

No es momento para epifanías, taxista, pero a la vista de todo
este desastre, cajones fuera de su sitio, el colchón de la cama
levantado, rajado como si los hijos de puta viviesen aún en el siglo XIX y la gente guardase monedas dentro de los colchones y los
presos huyesen de sus mazmorras atando sábanas a las sábanas.
A la vista del destrozo sin sentido —el televisor, los platos, las estanterías, el espejo del baño dentro de la bañera, hecho añicos—,
te da por pensar que en realidad sólo somos la acumulación de
objetos y más objetos, sin más sentido que el mero hecho de acu-
mular cosas, de seguir comprando y comprando, pero que nada
es de tal valor que no se pueda volver a comprar. Acabas atado a
las cosas que compraste, para sentirte acompañado. Seguro que
Sofía tiene otra idea al respecto porque anda fuera de sí, de un
lado a otro, enumerando las cosas rotas, las cosas que faltan y
que luego encuentra, el valor de todo, lo que se gastará en reinte-
grar aquel mundo hacia un reflejo de lo que fue, la ruina de ese
asalto, todo ello unido a maldiciones, alusiones a divinidades en
términos no muy ortodoxos e insultos a los matones de mierda,
al pobre Jesús, que anda con las manos en la cabeza todo el rato,
como si se las hubieran pegado con cola a su pelo revuelto. Él no
sabía. Él no quería. Ellos dijeron. Ellos parecían. No se llevaron
nada. Porque ella nunca tenía dinero en casa, más allá de diez
euros en la entrada, estrategia que un cliente le aconsejó para
los yonquis que entran en casas y necesitan dinero rápido y ya.

Sandino está convencido de que el cliente diría una cifra más alta que diez euros, porque no se puede imaginar a un drogadicto que se tome la molestia de reventar una puerta, allanar una morada, ver un billete de diez euros, darse por satisfecho y salir a comprar con ese billete uno o dos kilos de heroína. Sofía comprueba que la puerta abre y cierra con total normalidad. Hablan de llamar a los *mossos* por lo del seguro, pero a Sandino, sin saber muy bien por qué, no le parece una buena idea. Sofía se dirige a la puerta.

—Por el amor de Dios, ¿adónde vas ahora?

—¿Adónde voy? ¿Adónde crees que puedo ir...?

26

Lose this skin

El Tip Top, el Stalker y el Medusa son clubes enclavados entre Barcelona y L'Hospitalet de Llobregat, en un polígono donde hace ochenta años hubo manufacturas de textil e impresión. Entre los dos primeros clubes hay cincuenta metros de distancia, mientras que el Medusa está a media docena de calles, casi avenidas por su amplitud, pues tenían que servir para transporte de mercancías. En línea recta, iluminada, se llega a la ciudad de L'Hospitalet.

Clubes o discotecas. Sandino no sabría decir muy bien qué son. El Tip Top parece un cadáver de local tejano, el Stalker un búnker que guardase el corazón batiente de una ballena y el Medusa se dibuja a lo lejos como un inmenso pastel de bodas donde merengue, bachata y personal latino entran y salen armando bulla, ya en plena zona industrial, rodeados de descampados los tres, en el que la música, las peleas, los gritos, las botellas rotas, los polvos contra el muro y las amenazas de amor eterno o de muerte no molestan a unos vecinos que nunca existieron.

Sandino no sabe del todo qué hace allí. El *dealer* de Santi le ha dicho a éste que ésa es la zona fuerte de ese tipo de pastillas. No la única, pero sí de las más fuertes. Sandino enlazó eso con algo de información sobre por dónde se mueven el Bólido, Pelopo y todos aquellos. Sabe que frecuentan esa zona y, casi con toda seguridad, esos locales, porque todos los viernes van a cenar a un gallego que hay detrás del Centro Comercial y Cultural La Farga y luego juegan a cartas, se ponen hasta el culo de rayas y se van de putas, dejándose caer hasta la zona de las universidades y las inmediaciones del Camp Nou si quieren burlarse de los nabos escondidos de los travestis. Si han decidido meterla en caliente, esa zona sigue siendo ideal, como han fanfarroneado más de una vez. Hay locales para entrar a tipas que parecen putas, que se mueven como putas y cobran como putas, gestionando puta y cliente el protocolo de que ni una es puta ni el otro putero. El Medusa igual es uno de esos locales. En las calles adyacentes, avenidas desiertas en el lado oscuro entre las dos ciudades, hay algunos vehículos aparcados y dos, tres, cuatro taxis. Ninguno es de quien Sandino esperaba.

Sandino duda.

¿Qué esperas conseguir?

Está esperando la estrella de Belén para saber a qué portal entrar, a quién preguntar no sabe muy bien qué.

Perdone, señor, ¿es usted quien trafica con esto? Pues resulta que quisiéramos arreglar todo este lío así, sin intermediarios, porque me acostaba con la mujer del intermediario y eso, si repasamos la Historia de la Humanidad, nunca facilitó las cosas. Según el Código Penal o el Código Civil, si te encuentras algo tienes derecho a un tanto por ciento. Aquí, mi amigo abogado, Jesús de Nazaret, se lo explicará mejor.

Plas, plas, plas.

Vete a casa, taxista. Es probable que lo que lo haya llevado hasta ese lugar hayan sido las tres clenchas que se ha metido entre el piso de Santi y otro local al que fueron después del Vinilo. Todo bien. Todo divertido. Poco a poco fue notando, detrás de sus párpados, cómo se levantaban todas y cada una de las empalizadas con las que se sostenían las carpas del circo de tres pistas. Ha hablado y escuchado. Ha frotado aquí y allá en sus encías el mismo amargor que ahora gotea dentro de su garganta.

Cuánto le apetecían esas clenchas.

Cuánto creía no necesitarlas y las necesitaba.

Cuánto duele haber incumplido una promesa.

No por Lola, sino por sí mismo, por ser débil, por volver al principio.

Una promesa cumplida es uno de esos sitios que te hacen distinto y no una urna transparente desde la que te pueden ver los demás, noche y día, desde cualquier lugar de la Tierra. El resto del mundo quiere que incumplas las promesas, que te parezcas a todos los demás. No cesan una y otra vez de intentarlo y conseguirlo.

Lo que nadie podrá echarle en cara es que, merced a la cocaína, en la siguiente hora no tratara de arreglar la escena musical, mandara a tomar por saco a España, a Guardiola y a Bobby Fischer, que tirara al suelo una y otra vez su consumición, fumando tanto que hubo que comprar otro paquete, y entrara a una chica acompañada, una cantante grande, guapa, rubia y norteamericana que se llamaba Tori o Sparks o ambas cosas. También hizo cosas meritorias como bailar o grabar en el móvil de Jesús su número por si pasaba algo con Sofía en un intento de quedar bien, o es posible que su narcisismo hiciera que hasta la opinión de un tarado como ése le importara. Qué más da, ¿no? Luego fue frenando. Dijo que no a la cuarta y a la quinta y quizá a la sexta y decidió largarse a ver los aviones tumbado en la arena de la playa de El Prat. Intentó convencer a Tori o Sparks o ambas cosas a la vez y su novio lo empujó y «eh, que no pasa nada, que mi amigo está bebido» y no era verdad, no del todo, porque la chica le gustaba y era simpática y en el Vinilo pusieron «Madison Avenue» y Jesús la llegó a cantar y le enseñó el tatuaje de Bowie —sí, era Bowie la mujer tatuada— y al final me voy, no te vayas, me voy, no te vayas y trató de escribir algo a Hope, porque quería que ella lo acogiera entre sus brazos como si fuera la Virgen María en una iglesia, y a Inés para que le dijera que lo amaba, y a Cris para que se la comiera como sólo hacía ella, pero no atinó en nada o no quiso enfrentarse a que nadie estuviera detrás de esos números en el móvil. Y también pensó pero ya no vio a Verónica y fantaseó con vivir solo y follárselo todo o enamorarse y vivir al lado de Frankie, cepillándose los dientes, y ser Johnny en ese domingo en el alféizar de la ventana, y al final se largó solo, siempre lo hacía antes, desaparecía sin despedirse, como si la noche se lo tragara, y llegó al coche y consiguió coger Escorial y el campo del Europa y enlazar con las Rondas e iba hacia la playa, a tirarse en la arena húmeda y ver pasar los aviones con gente en la tripa que se va de Barcelona para siempre y no como él, que está atado a esta puta ciudad, pero de repente vio la salida de L'Hospitalet y decidió ir a ver esos locales donde se vende la droga que encontró Sofía, decidió verse como un detective dentro de una película, como Travis husmeando alrededor de Harvey Keitel. Sandino se llevaba bien con la vida si se dejaba narrar, pero eso les pasa a muchos, Santi, ¿no? Ya de crío estabas loco, chaval, nunca hubo ni la más pajolera posibilidad, ni en diez mil veces que escuches *Sandinista!*, será mejor que *London calling*. Espera y verás, Santi: aún el tiempo me dará la razón.

Se decide por el Tip Top porque no tiene portero. Hay negocio: gente que estaría encantada de tener un taxi libre ahora o dentro de unas horas. Por mucho que lo ha intentado, al final se da cuenta de que es casi imposible no acabar siendo lo que haces, *y tú ya piensas y actúas como un chófer, te guste o no*. En el Tip Top suena lo que en el canal de vídeos televisivo les da la gana programar. Está decorado por alguien que recordaba haber estado en un bar vaquero que le pareció muy divertido. Ese alguien debía de estar borracho y al día siguiente recordaba retazos de lo que vio: el dibujo de los baños, las luces detrás de la barra y poco más. Del resto se encargaron los que suministraban las cervezas, la ginebra y el bourbon. Era amplio, pero había poca gente. Fuera había más, fumando, riéndose las gracias.

Se dirige a la barra. La gente que hay en esa misma barra mira al espejo para verle. Es el típico local donde los que ya están no piensan ofrecerte ni una conversación estúpida o banal. Se sienten fuertes e imponentes sólo porque llegaron antes. Hay más gente sola que en parejas o grupos. Sandino tiene la sensación de que allí sólo hay cuerpos, que las almas deben de estar fuera, fumando.

No están los taxistas que le gustaría ver, ni distingue a ninguno del ramo. Hay uno que tanto podría ser poli como taxista, pero no le suena lo suficiente como para entrarle.

¿Qué haces ahí?

Vete a casa, vete a ver los aviones, vete a ningún sitio.

No.

Estar ahí igual le hace sentir algo.

Igual alguien le rompe un hueso o le clava una navaja o prende fuego al local y él no se moverá para salir.

No hay remordimiento ni rabia. Tampoco arrepentimiento: sólo cansancio. Dejarse morir para no tener que decidir nada.

Nada, Nadie, Nada de Nadie, Nada de Nada.

Estar aquí para sentirse un cuerpo, el casco hueco de un transatlántico.

En toda su vida no ha hecho nada que no supiera que podía hacer. Nunca corrió ningún riesgo. Nunca se entregó por completo a nada ni a nadie. Siempre con un ojo en el interruptor que le permitiera apagar la luz y escapar. Siempre una mentira que hiciera más dulce la verdad. Todas las carreras amañadas. Todos los saltos con red. Todas las mujeres a la vez. Todos los amigos, los mejores amigos. Todo a la vez. Todo eterno, todo sin muerte, o sea sin vida.

Pero ahora ya no tiene a Lola y le han roto los dos retrovisores, y Sofía corre peligro y un loco hace música y Sandino cree ser un cobarde, y Héctor no espera que se atreva a ir más por el bar y un amigo moro le pide que salve a su hermano y ha releído tantas veces el cuento del nadador, Burt Lancaster, y la historia de la gitana y el trapero de papel, hace un rato otra vez, y su abuela se ha muerto y está enamorado de una mujer que hoy no le ha saludado y Hope es maravillosa, y Vero, ahora lo ve claro, se fue con un hijo suyo dentro y lo sabía y no fue tras ella y ahora todo depende de él, de aprenderse quizá una oración y enfrentarse al miedo.

El miedo con rayas de tigre.

Ése.

Quiere ganar o perder algo.

Si no están en el Tip Top, estarán en el Stalker y si no en el Medusa, se dice Sandino, convencido de que es un arma letal, una supernova imprevisible, Harper, investigador privado. Se dirige hacia el Stalker, pero el portero le indica que el aforo está completo. Deberá esperar que vaya saliendo gente. Queda el Medusa y empieza a llover.

En unos instantes la tormenta es de suficiente entidad como para que corra hacia el Toyota y aun así llegue empapado.

Da al contacto, pero no puede salir porque hay un taxi recién detenido a su izquierda. No hay problema: en breve se pondrá en marcha: no pasa nada, pero la estrella de Belén le ilumina para que reconozca el perfil del taxista, el número de licencia, la matrícula.

Pelopo se detiene cinco vehículos delante del Prius de Sandino. Éste sale de su aparcamiento.

Pelopo hace las maniobras necesarias para aparcar correctamente y lo hace de vídeo de autoescuela. Luego detiene el vehículo, pone el freno de mano, abre la portezuela y no sabrá nunca si el objetivo de Sandino era matarle o sólo arrancar la portezuela de cuajo. De preguntárselo a Sandino, su respuesta quizá no le satisfaría. Sólo quería darle un susto de muerte. Pasar deprisa a su lado, quizá una rayada en la carrocería. Lo que no se esperaba Sandino es que la portezuela se abriera en el preciso momento en que el Toyota pasa a demasiada velocidad. Que dicha portezuela saliera disparada por el asfalto, saltando como un balón y esperando que —«porfavorporfavorporfavor»— no impactara contra nadie.

Por fortuna, eso no ha sucedido.

Frena. Da marcha atrás violentamente. Pelopo echa a correr y se refugia entre los coches aparcados. Sandino para el vehículo: una vez hecho, aunque fuera involuntariamente, quiere que sepa que ha sido él. Que no haya la más mínima duda. Quiere toda la venganza tanto como todo el castigo, el riesgo, el dolor. Luego, da gas y supera los siguientes semáforos en ámbar y el último en rojo. Cuando va a hacer lo mismo con el siguiente, bajo una lluvia ya torrencial, gira en el último momento a la derecha y frena de una manera tan violenta para no atropellar a unos peatones que el automóvil salta sobre dos ruedas y casi hace un trompo.

Se trata de dos mujeres y un hombre muy borracho, casi inconsciente. Dan por bueno el susto y se suben al vehículo. Sandino, temblando, no acierta a decirles que no coge pasajeros. Le indican la dirección, en Barcelona, Hospital Militar, dice una de las chicas mirando el DNI en la cartera del hombre que llevan casi a rastras, balbuceando.

—De todos modos, cuando encuentre un cajero de la Caixa pare. Si no, no podremos pagarle —dice una de las mujeres, guapa y maqueada, enmascarada de mujer fatal—. Si es que el número es el del móvil. No te duermas, chingón.

El tipo balbucea, sonríe.

Sandino circula con premura. Es obvio que irán tras él. Trata de buscar calles de ciudad y, bajo la lluvia, las luces rojas, azules, verdes, se le vienen encima como ramas encantadas de un bosque de neón, un escenario totalmente irreal. Diez minutos después se detiene en un semáforo y se toca la cara para certificar que no está dentro de un sueño líquido de adrenalina y *farlopa*.

—¿Qué le ha pasado con los espejos? No puede circular así. Parece un perro con las orejas gachas —dice la chica que hasta ahora estaba callada—. Además, delante tiene un golpazo, ¿lo sabe?

Sandino va a contestar, pero antes la busca por el espejo retrovisor y ya no le responde. Vero otra vez.

—¿Pasa algo? —dice la chica al notar la mirada insistente del taxista.

—No, nada.

—Mira, Lili, allá, un cajero.

El taxista avanza unos metros y se detiene en el cajero. La tal Lili se baja del auto y va hacia el cajero. Al parecer hay suerte. Es obvio que están desplumando al cliente. Que le sacarán lo máximo de los cajeros y luego subirán a su casa y harán lo mismo. El putero está más que borracho. *Lo buscabas y lo has encontrado, Sandino. ¿Y ahora qué?*

—Cuando lleguemos al domicilio, no bajes bandera. Se quedan ellos, pero a mí me devuelves al Medusa, ¿de acuerdo?

27

Charlie don't surf

Volver al lugar donde no deberías estar siempre es una buena estrategia, concluye un Sandino a quien la droga le presta un pensamiento rápido y luminoso, pero también le hace atolondrarse y, quizá sin darse cuenta, tropezarse con las palabras, por lo que decide no hablar mucho y ensaya dos veces, tres, antes de abrir, vocalizar y decir:

—¿Trabajas en el Medusa?

—Sí, llevo la contabilidad.

Sandino capta el mensaje: te pago para que me lleves, así que me llevas y punto.

De acuerdo.

En cualquier momento de tus últimos años o días ni le hubieras preguntado nada más, pero hoy es hoy. Estás locuaz, tienes miedo, pero es un miedo diferente porque el dolor puede venir desde el exterior, no lo tienes metido dentro como una úlcera.

—¿Era burundanga?

—¿Qué coño dices?

Es probable que la chica piense que quizá sea policía y que debería bajarse de inmediato. Pero afuera está diluviando y no se ven, entre las pantallas de agua torrencial, más luces verdes que las que llevan encima. Exhibe, además de pragmatismo, entre veinticinco y casi treinta años, rubia falsa en su cabellera corta pero conservando las cejas morenas, labios dibujados con pulso firme pero pintados de cualquier manera y un gesto, ese gesto, o quizá no, quizá como otras veces, se lo haya parecido. Va vestida con unos shorts, una camiseta negra y estrecha que reza «*70's Best*», sobre la que lleva una cazadorita verde loro, que diría Fina.

—El tipo ese iba drogado, ¿no?

—¿Qué te pasa a ti? Limítate a lo tuyo y ya está. El tipo ese estaba borracho. Nos pidió que le acompañáramos. En realidad, somos como las hermanitas de la caridad. Además, ¿qué mierda pasa? Ese tío acude en busca de carne fresca sin importarle quién ni cómo ni por qué está esa tía que podía ser su hija muerta de ganas de estar con él. Lo que beban y les pase me da igual. Tú atiende a conducir, que antes casi nos atropellas.

Tiene razón, pero de hecho ahora conduce tan despacio que él mismo podría adelantarse y así se alecciona a acelerar, *por la Virgen*. Lo hace a destiempo. Salva un ámbar. Al siguiente semáforo se detiene correctamente. Pero no puede ni quiere seguir callado.

—El taxi también tiene derecho de admisión, ¿sabes? Quiero decir que te llevo porque quiero.

—Mira tú qué bien.

—Trátame con respeto. Sólo eso. Si yo te he ofendido, lo siento, pero tú trátame con respeto. No soy un patán.

La chica no dice nada.

—Te estoy llevando porque eres tú, porque me recuerdas a alguien.

—Ahora viene cuando me asusto. O cuando me dices que eres Batman, ¿a que sí?

El taxista aprecia su sentido del humor. La tormenta está amainando, al menos la violencia eléctrica y sonora, no tanto la intensidad del agua que cae. Pasan Les Corts, dejando atrás el Camp Nou, Barcelona, y atraviesan en línea recta como un tren lento pero decidido por la mitad L'Hospitalet: Collblanc hacia plaza Española, Torrassa. Sandino decide cambiar de registro.

—Me llamo Sandino. ¿Y tú?

Silencio.

—¿Y tú?

La chica suspira pero contesta:

—Helena.

—¿Con hache o sin hache?

—Como tú quieras.

—Con hache.

—Pues con hache. ¿Se llamaba Helena con hache quien te recuerdo?

—No, Verónica. Con uve.

Sandino sube el volumen de la música. La chica dice algo, pero el taxista no la oye.

—¿Qué dices?

—Aunque no sea de tu incumbencia, no tengo nada que ver con lo de Lili y ese cliente. Llovía y me ha pedido que le acompañara.

—Si era por preguntar. Tengo una amiga metida en líos por culpa de esa mierda. ¿Así que contable?

—Sí.

—Yo voy a módulos: soy autónomo.

Por primera vez la chica ríe.

—¿Que me lo dices, para probarme? No, no soy puta. Lamento tu decepción, pero no soy la puta yonqui enamorada del macarra que trabaja en su discoteca. ¿Lo pillas? Tampoco soy la que espera que llegue el casado, lo ceba a copas y se hace el *bisnes* mientras él le asegura que su mujer está loca, que se está divorciando de ella. Esta noche es la noche de los no clichés.

Ahora el que calla es Sandino, hasta que alguien dentro de él, pero al mismo tiempo alejado de sí mismo, le abre la boca:

—En nada llegamos. Perdona. Te he dado la brasa. Hoy estoy un poco así, ya sabes. Quería hablar.

—No pasa nada. Todos tenemos días así. Pero que conste que tú sí que eres un cliché: taxista solitario y algo raro.

—No soy un solitario. Tengo casa y mujer, pero no puedo volver. Y estoy aquí dando vueltas, buscándome problemas para no pensar.

—Vete a casa. Los tíos siempre acabáis por encontrar las llaves y las excusas.

Sandino pasa dos calles por encima de donde está el Tip Top y el Stalker para bajar por una de las perpendiculares.

—¿Sabes que *stalker* es «guía» en ruso?

—No, no lo sabía. —Hace rato que Helena ha decidido dejarse llevar por su afán de aventura ante un desconocido.

—Una vez vi una película. Se llamaba así. Por eso lo sé.

—¿Estaba bien la película?

—A mí me gustó mucho en su momento. Si la viera ahora, no sé... Te dejaré en la puerta: aún llueve.

—Bien. ¿Cuánto te debo?

—Nada. He cobrado siendo un bocazas.

—No seas tonto: cóbrame. No pago yo.

—Te hago un ticket, pero no te cobro.

—Entonces, te invito a una copa.

—¿Con burundanga?

—Por supuesto.

Sandino acepta. Quiere seguir hablando con Helena pero sobre todo no quiere quedarse solo y empezar a enfrentarse a cualquiera de las ideas que se le irían ocurriendo. La chica baja del coche y se pone a cubierto, bajo un toldo en donde lo esperará. El taxi circula unos metros, baja por la siguiente calle y aparca unos cincuenta metros más allá del cruce. Sandino echa a correr hacia la entrada del club. No quiere hacerla esperar. No quiere tentar a la posibilidad de que se haya repensado la invitación. El portero les cede el paso por un lateral de la entrada principal. El pasillo está flanqueado por imágenes de la cabeza sesgada de la *Medusa* de Caravaggio. Cada una en una posición distinta. Al final del pasillo, una sala grande y más convencional: dos barras y una pista para bailar en medio de la cual hay una cabeza enorme con el pelo encrespado de serpientes. Música caribeña. La mayoría de los clientes son latinos en esa parte del local. Al fondo, entre cortinas de terciopelo verde, queda una pequeña tarima a modo de escenario para karaoke. Sandino sigue a Helena hasta una zona más tranquila, más de club y menos de disco, en la que es más elevada la media de edad y suena algo que en pastilla podía ser un Valium, piensa el taxista. Tipos trajeados, productos del país con señoritas eslavas y sudamericanas más jóvenes, locuaces e igual de mentirosas que ellos. El putiferio.

Sandino no deja de mirar el trasero respingón de Helena. Tiene un tatuaje en la parte posterior de una pierna, una frase en chino. Como si la chica hubiera notado que la observa, se quita la prenda verde que no llega ni a ser cazadora y exhibe un brazo completamente tatuado con colores vivos, recién hechos: una virgen, una montaña nevada, unos dados. El taxista cree que se lo está mostrando para decirle que es una tipa dura. Te pago una copa. No soy una puta. A veces cobro. Follo a quien quiero y, ok, a veces quizá cobro, ¿y qué? Ése, intuye Sandino, puede ser su discurso. Tampoco está seguro. No es su mundo. Nunca lo ha sido y la chica le desconcierta. Llegan a una tercera barra. La tipa que sirve las copas la saluda: «¿Qué tal, Helenita?» ¿Qué van a tomar? Otro *gin-tonic*. ¿Bulldog? Bulldog. Que se joda Johnny 99.

¿Te la vas a tirar?

No, no voy a hacerlo. No voy ni a intentarlo.

¿Por qué?

Hay algo muy erótico en ella y algo que le atrae que no se quiere conceder, no quiere ser ese tipo de tío que paga ni el que se escuda tras una coartada, en el fondo, moralista y romántica. Demasiadas cosas, demasiado juntas. Demasiado sueño y, ahora, demasiada droga, y, de repente, hambre, un hambre voraz, doliente de no sabe muy bien qué.

¿Cómo has llegado hasta aquí, Sandino?

La noche y sus túneles.

Helena se ausenta. Él aprovecha para echar un vistazo a ese apartado tan igual a otros sitios, tan idéntico a tantos vistos en representaciones que se suponen de la realidad. Artificio, representación. Cuando aún quería ser escritor siempre trató de buscar que lo escrito bebiera de la realidad y no de la representación de ésta, pero ahora se halla buscando el hilo de la ficción en ese laberinto porque ¿qué será lo siguiente? ¿Pedirle que se tiña el pelo? ¿Qué suban a un campanario o se pierdan en limusina por Mulholland Drive?

De todos modos, es agradable todo en ese momento: la chica le gusta y las luces son rojas y cambian a morado, verde, naranja y la música son los Nouvelle Vague de los aviones y las bebidas se alargan en vasos de tubo de azul eléctrico. Chicas van y vienen.

No parecen ser algo barato, pero sí que son algo que, si lo pagas, puedes tener.

Helena vuelve. Sonríe. Él le devuelve la sonrisa. No hablan.

—Tan locuaz antes y ahora...

—Estoy asustado. Las mujeres me dais miedo.

—Vaya...

—No cambia nada. Soy muy competitivo. Siempre quiero ganarlas antes de que me ganen a mí.

—¿Eso es tuyo o sale en la peli rusa?

Sandino se ríe, bebe, le clava los ojos: ella no los baja. Al final, es el taxista quien retira la mirada.

—¿A quién me parezco?

—¿Por qué dices eso?

—Por lo de antes. Te llevo porque me recuerdas a alguien —imita burlonamente a Sandino—. Prefiero pensar que me parezco a alguien de quien te enamoraste perdidamente, y no a alguien que te deba dinero.

—No, me he prometido, mientras estabas empolvándote la nariz, que no iba a ser un cliché de novela negra. Espera, seré otro cliché. No soy poli, pero quiero información.

—Vete a la mierda.

—¿Si quisiera acostarme contigo tendría que pagar?

—No me voy a ir a la cama contigo.

—¿Y eso?

—Porque no quiero, no me gustas y no necesito dinero. ¿Ésa es la información que buscabas?

—Lo acepto, pero entonces debo soltarte el rollo de detective.

—Tampoco es necesario.

—¿Tu jefe se encarga de meter la mierda esa de antes?

En ese momento, Sandino repara en que está tomando una bebida en ese mismo local donde circula aquella mierda, con esa mujer en la que confía por motivos absurdos. Recuerda las imágenes de la camarera sirviéndole la consumición y lo chequea todo. Nada sospechoso y él no se siente peor que cuando entró. Helena parece leerle la mente, pero se divierte con ese temor y sonríe un segundo para borrar la presunción de que anda coqueteando con Sandino.

—El jefe es un honorable anciano socio del Espanyol, que regenta locales y cien pisos. Un señor de familia decente. Igual hasta va a misa.

—Pero aquí...

—Aquí nada. Se alquilan habitaciones. A algunas chicas, no a todas. Yo tengo mi casa. ¿En serio que me ves puta? ¿Voy vestida de puta? ¿En serio? —La chica da un giro sobre sí misma.

—Por favor: no hagas eso. —Helena se detiene. Pega un sorbo. Escucha—. Te explico. Tengo una amiga. La amiga tiene un problema. Fue a la poli con el problema, pero los malos no la creen. O no del todo. O sea que tu jefe o quien gestione este local social en su nombre, gente decente y lista, debería saber que no es muy buena idea que haya burundanga por aquí, porque es cuestión de días que salgáis en el telediario.

Helena se queda pensativa.

—La gente chunga es la del Stalker. Quien lo mete aquí es porque se lo dan allí. No son los camareros. Algunas chicas la meten. Lili, por ejemplo, por mucho que lo niegue. Algunas, no todas, ¿eh? Las que deben estar hartas de que las pongan a cuatro patas o porque tienen críos a su cargo en casa y les va bien un plus. También habrá algún camata, no te digo que no, pero eso no lo he visto yo.

—¿Cómo se llama el que lleva el Stalker?

—¿Sabes? Creo que no me creo que no seas poli y ya he hablado de más.

—No lo soy, pero si no me lo dices, *cap problema*. A medida que se me pasa el globo me doy cuenta de que esto es absurdo. Y además no es mi problema.

—Es el de tu amiga.

—Sí.

—Para no ser tu problema sabes demasiadas cosas.

—Lo sé porque me las dijo un tipo que tiene un bar. Él también está metido. Se lleva un porcentaje. Un hijo de la gran puta. Un ex *mosso*.

—Bueno, creo que ya he pagado la carrera bajo la lluvia, ¿no?

—De cada cien personas a las que engaño, a una le digo la verdad. Te ha tocado a ti. No sé por qué, pero para mí es importante que tú me creas.

—Te creo. De verdad. No eres poli. Sólo un buen amigo de tu amiga. Es eso, ¿no?

—Avisa a tu jefe. Ponte una medalla de No Trabajadora del Mes.

A Helena la imagen le hace gracia.

—Vale. Dame datos. ¿Quién te dijo eso, el tipo del bar, el hijo de puta?

—Se llama Héctor. El bar es el Olimpo, cerca del Arco de Triunfo. Me acostaba con su mujer y ella nos dejó a los dos. Me odia por ambas cosas, supongo.

—Suena a culebrón... —contesta la chica, con el piloto automático.

—Es igual, te estoy rayando.

—La pobre Blancanieves y los dos enanitos. Ahora creo que eres un psicópata. Te calé desde el principio. Un psicópata romántico de esos que te siguen toda tu vida por todo el mundo porque en el instituto le dijiste que no.

—Casi la clavas. Debería marcharme.

Besos. Una última mirada. Sandino alarga el brazo y le acaricia una mejilla con el dorso de la mano. Helena se lo permite. Él va a decir algo, pero lo reprime.

—No sé quién trajina con esa mierda en el Stalker y se la presta a algunas de las chicas, pero quien controla allí es Quim. El soldadito especial. Pero si vas con esta mierda creerán que eres policía y si dices que he sido yo, me tocarán las narices. Piensa en todo eso. Y no vayas hoy, que sólo viene los domingos. Por cierto, por si eres un desagradecido y te vas de la lengua, no te conozco y hasta duda que mi nombre sea Helena. No doy ni mi nombre ni mi teléfono a los extraños.

—Okey, okey, okey.

Sandino se va con todo eso en la cabeza. Todos motes, nombres secretos, mentiras y misterios. El plan que no existe y la idea de que está otra vez del lado de Sofía. Y es que, sea por el motivo que sea, eso está pasando. Igual no es amistad, pero el resultado acaba siendo el mismo: está bailando por ella aunque ella no lo sepa.

28

Mensforth Hill

Las primeras luces y la mala posición en el coche lo despiertan. Ha dormido tres, cuatro horas. Intenta volver a agarrarse a alguno de los jirones del duermevela aun cuando sabe que ya es inútil. No llegó a tenderse en la arena de la playa de Gavà porque seguía húmeda y además, de tanto en tanto, la lluvia se resistía a marcharse. Se quedó dentro del taxi, escuchando viejas canciones, recurriendo a antiguos conjuros, aunque le costaba más al genio sacarlos de la lámpara. Todas las canciones, las suyas, las que le habían construido abollado como era, todas ellas habían sido escuchadas y escuchadas hasta quedar degolladas y desangradas en cientos de altares antes de ése sin que acudiera nadie. Anoche casi nada sirvió.

Cuando abría los ojos, cuando el silencio acallaba las canciones —pequeñas, débiles, mentiras de críos— estaban allí las olas con su espuma y sus ganas de tragarse enteros hombres, barcos y Atlántidas, y la tormenta y los recuerdos y aquellos tipos cantando y hasta el más frágil de sus recuerdos eran náufragos. Nombres, chispazos, retales sin ancla. La sensación para Sandino es que su vida ya está exhausta, que sólo le queda fundir en negro y marcharse. Que ya está. Que no hay salida. Sólo girar y girar con los pies cada vez más hundidos en el barro. Y en eso que le vino a la mente el viaje a Francia y decidió que no lo haría Sofía, sino él. Y en ese momento, como un crío fue montando el mecano de sus fantasías y se imaginó abriendo una libreta a primero de curso y todo limpio, vacío, blanco, todo por escribirse con buena letra, aunque el sentido común le fue preguntando de qué iba a vivir, en dónde y por qué, y lo que esperaban de él su madre y su padre, y ese itinerario de nombres que jalonaban la ciudad como un vía crucis de puertas, habitaciones, voces en interfonos, caricias, mentiras, despedidas, cafés, niños de otros, gemidos, amenazas, remordimientos, alcohol, excusas, ternura, intenso egoísmo, fe y mezquindad. Todo eso tan liviano que pesa tanto, los apegos. Se nota caer: no puede más con la cruz. No sabía Sandino anoche, y no lo sabe ahora, que está mirando el futuro como el primer mono que, según Ahmed, Alá eligió para enderezar la espalda «y el mono vio ante sí el horizonte y se puso melancólico y ahí empezó el desastre, amigo Sandino». Pero cuánto bien te hace esta idea de largarse, desaparecer, introducirte en la tormenta precisamente porque no sabes nadar, y la vida te duele hoy porque no has sabido conseguir que tenga forma y sepa a la vez a deseo y desengaño, hambre y hartura, todo al mismo tiempo, todo sin sentido.

Escribe a Ahmed. Lo hará él. La semana que viene. Ya avisará Sandino cuando se organice con lo de las niñas y demás. «Ok», contesta el marroquí, y añade un emoticono idiota.

Quizá pueda aprender francés en tres días y reunir un montón de euros para comprarse una cafetería en el barrio judío de París y resistir cuando los nazis traten de llegar otra vez a la Madeleine y hacer volar todos los puentes y ser un Belmondo con final feliz.

Quizá pueda abandonar a todos y a todo en las próximas cuarenta y ocho horas, por ejemplo.

Se lo dice, pero sabe que no podrá.

Le resultaría más sencillo matar a sus padres, matar a Lola, matar a Hope, matar a Cristina, quemar este taxi como vio quemarse el SAAB o lo soñó o vete saber qué fue aquello.

Es como si resultara más fácil exterminar al mundo que decepcionarlo.

Necesita un café.

Eso sí que es más que evidente.

Un café y una estaca de madera a la altura de la entrepierna.

Le valdrá con un café en el primer sitio que le sirvan en cualquiera de los mil negocios traspasados a chinos pobres que han de pagar el préstamo a chinos ricos que los poderes públicos dicen que no existen porque no son enterrados en territorio Schengen. Quizá regrese al mismo en que ayer le sirvieron la peor hamburguesa con queso del mundo a eso de las tres y media de la madrugada.

Sale del coche y se despereza bostezando frente al mar gris y bravo. Un avión inicia el aterrizaje sobre su cabeza. Camina unos pasos en dirección a uno de los chiringuitos desiertos a la espera del verano. Una larga meada. Oye ruidos. No puede ser nadie, se dice. Sólo fantasmas de surf y *doo wop*. Se sorprende *pavloveando* al canturrear «Help me, Rhonda».

A media mañana, el trabajo le lleva de aquí para allá como percutido por un taco de billar hasta que una pareja de ancianos lo cogen para ir a una revisión en el hospital de Sant Pau, con esa pinta de hermosa tarta modernista, y luego deja que el coche encuentre una zona azul casi en la puerta del hotel Avalon y, sí, tienen una habitación libre y sube Sandino con la bolsa de la ropa y entra en la 303 y cierra tras de sí, pone a cargar el móvil, suelta los intestinos, se ducha y se tira sobre la cama como hacen los falsos culpables fugitivos en las películas que veía con Lola cuando ambos eran jóvenes y el mundo disimulaba lo de ser viejo. Se queda dormido y es la propia Lola quien lo despierta.

Es su teléfono. Su voz. Esa manera suya de arrastrar las palabras.

—¿Puedes hablar? —Sandino pone el altavoz apoyado en la almohada y asiente—. Se te oye mal. ¿Dónde estás?

—Me has despertado. He dormido un poco por fin. Estoy en un hotel.

—¿Por qué no te quedaste?

Sandino piensa la respuesta. Si la supo, ya no la recuerda.

—No lo sé. Me agobié. —Se da la vuelta: su voz sale más potente, se estrella contra el techo de aquella habitación impersonal—. No estabas y no sabía si ibas a volver o si quería que volvieras. No visualizaba la escena.

—Ya.

—Tuve un accidente.

El hombre reconoce el automatismo. Lo sabe seguro, ganador. Ella pregunta qué se hizo. Cervicales. Brazo. Pecho contra el volante. Penitencia y absolución. Pero se fuerza a recordar que ya es innecesario. Ahora sólo tiene que aprender francés. Ser Benjamin Biolay. Sólo eso. No quiere seguir mintiendo el resto de su vida.

—No, yo estoy bien. Me rompieron expresamente los retrovisores, pero yo no estaba dentro. ¿Sabes? Esta mañana recogí a una tipa...

—Jose...

—...que la habían dado por desahuciada de un cáncer y al final acabó ella matando el cáncer. Me recuerda lo tuyo. De otra manera.

—Jose, para. Por favor. Ya está.

Pasan los segundos dentro de un silencio que ninguno de los dos sabe cómo ni para qué romper.

—¿Hay otro? Dime eso. ¿Me dejas porque te has enamorado? Supongo que quiero escuchar eso, entenderlo, morderlo, tragarlo.

—No voy a contestarte eso por teléfono. No voy a hacerte el juego de toda la vida.

—Esta noche hablamos. Te lo prometo. Sólo quiero saber. Di: ¿hay otro?

—Me debes algo mejor, ¿no crees?

Sandino no contesta. Lola lo conoce lo suficiente como para saber que no ha de dejarle palabras a las que agarrarse. Con el silencio, el taxista piensa, se desmonta, se vuelve a montar y se vuelve a pensar.

—Me paso.

—Hoy salgo tarde. Llego a eso de las once.

—Ya estaré allí. Descanso un poco en el hotel, que lo tengo pagado y voy para allá, ¿vale?

—Sí.

—¿Voy para arreglarlo, Lola? ¿Me oyes?

Las rayas del tigre pasan silenciosas al lado de Sandino. Lo reconoce. Lo sabe. ¿Por qué mierda acaba de decir lo que ya ha dicho? ¿Por qué persiste en gritar al barco para que repare en él, lo alce y rescate: mantas y café caliente, mama.

—¿Lola? Vamos a intentarlo, ¿verdad?

—Los dos estamos agotados de intentarlo. Es tiempo de otra cosa. Quédate con cualquiera de tus otras historias. No quiero saber nada. Ya no. No te he estado espiando. Lo pensé pero era humillante. Lo único que necesito es saber que cuando llegue, estarás y nos miraremos y nos hablaremos a la cara. Esto ya no va de si hay otro o no. ¿Estarás?

—Estaré.

Cuelga. Pone el televisor de la habitación del hotel, dispuesto a ver cualquier cosa.

Las otras historias: ¿qué otras historias?

Sí, claro, tienes otras historias, pero ¿cuáles? Ni él lo sabe.

Ya está aquí: el final, el principio, todo.

La derrota sin segundos fuera, sin explicaciones, sin resurrección.

Aún es un buen espectáculo, pero sigues sin sentir nada, ¿no es así? No, ya no es así. Son instantes de pánico, de vértigo, de salir corriendo hacia cualquier cama.

Son las cuatro de la tarde.

Tranquilízate, imbécil.

Quizá coma antes. O trabaje un poco para no pensar, para que no se le hagan largas todas esas horas encerrado en una vivienda que ya es una despedida. De hecho, aún está decidiendo qué hacer. No abandona la habitación, sino que sale del hotel prevenido por si ha de volver, si lo de Lola duele demasiado como para no poder compartir techo esta noche. Se acerca a un bar de comida rápida, pero cuando está sentado se arrepiente de la elección. Pide una tapa de ensaladilla rusa, una Coca-Cola y algo recién cocinado. Un bistec con patatas que, ha de reconocer, no está mal. Al salir lo conducen a la Verneda —«¿Sabe usted dónde está el Bingo Verneda? A esa altura de la avenida Guipúzcoa»—, luego lleva a unos turistas al centro cultural de la ciudad: el museo del Barça. Deambula aquí y allá, alerta para no encontrarse a los que seguro que lo estarán buscando. Se le ocurre que lo mejor sería salirse de la circulación. Es peligroso circular. Pero un nihilismo infantil le dice que ojalá lo encuentren. Ojalá la violencia le permita salir de su cabeza, tomar decisiones, hablar con Lola. En eso que entra una llamada. Entre balbuceos, Sandino consigue saber que es Jesús, que está en casa de Sofía y que hay problemas. El taxista quita la señal de libre y se encamina hacia Via Júlia.

El ascensor está ocupado. Sube por las escaleras y desde el primer piso ya oye los gritos de rabia de Sofía. Cuando entra, la mujer se extraña de verlo. Luego la expresión es de disgusto, pero no dice nada. Sandino se mete en el piso y ajusta la puerta detrás de él. El destrozo es total. Buscaban lo que no encontraron. Eso y la voluntad de romper y asustar. Todo está ahí. También Jesús, inmóvil, con las manos en la cabeza como una ánfora clavada en el mar.

Sandino pregunta si han llamado a los *mossos* y Sofía dice que aún no. Al rato, ambos coinciden en que igual no sería una buena idea hacerlo. Podrían llegar a conclusiones equivocadas. Sofía, de repente, da la conversación por terminada; la mujer coge la cartera y se dirige a la puerta.

—¿Adónde voy? ¿Adónde crees que voy? A trabajar. ¿Sabes cuánto me va a costar arreglar todo esto? ¿Volver a comprar las cuatro cosas que tenía?

No espera respuesta. Sandino renuncia a iniciar otra discusión que, de hecho, sería la misma. Con un portazo, saben que Sofía se ha marchado. Jesús rebusca en la bolsa de plástico en la que lleva las medicinas. Le habla, pero él no contesta: se limita a dirigir el mentón hacia él y mirarle. Está muy asustado. No puede quedarse ahí. Sandino no está seguro de que ese pobre tipo sepa volver a casa. Se lo pregunta. Las veces necesarias para que Jesús le conteste afirmativamente. Da más o menos su dirección. Vive en Arenys de Mar. Torre Arenys. Encima de la discoteca 1800. Sandino le acompaña en el taxi hasta el apeadero de passeig de Gràcia. Paga su billete y le oye decir antes de desaparecer tras el torno:

—Podía intentar resucitarme a mí mismo. ¿Te resucito también a ti?

Horas más tarde, el taxista no aparca en su plaza sino, por pura paranoia, algunas calles más allá de su domicilio. Busca las llaves en el coche y no las encuentra. Vuelve al hotel y en la bolsa tampoco están. Cuando salió la otra noche de su casa las debió de dejar dentro de su domicilio, o quizá en casa de Sofía. Quién sabe. Decide llegar después de Lola así que, hasta ese momento, irá perdiendo el tiempo. Son cerca de las siete de la tarde. Puede ir al cine. Puede quedarse en la habitación del hotel. Puede seguir trabajando. Puede seguir siendo invisible para todos aquellos que le piden que les lleve a cualquier lado y hacen como si no existiera, como si aquello que manipula el volante no fuera sino un miembro cosificado del propio vehículo.

Ha escuchado cómo follaban a su espalda. Cómo la mamaban. Cómo se corrían. Cómo se cambiaban de ropa, de nombre y de vida. Cómo mentían, cómo traicionaban, lloraban o gritaban, cómo despedían a alguien, cómo ejecutaban una orden de desahucio, cómo atemorizaban y amenazaban, cómo suplicaban, cómo pedían perdón o perdonaban, cómo insultaban o, simplemente, estaban callados mirando por la ventanilla. Cientos de representaciones detrás de él. Eso no ha servido más que para hacerle inmune a su propia representación.

Le viene a la memoria Helena, la puta que se hizo pasar por contable, y piensa que ahora pagaría para follársela. Que en este momento follar por deseo, amor, venganza o hastío le parece inmensamente más humillante que pagar a alguien para metérsela, para que finja que le gusta o que no le importa o que ahora ella es el taxista y su cuerpo el taxi que te recoge en un sitio y te lleva a otro, y luego pagas y te olvidas de taxi y de taxista.

29

Junkie slip

—Van y vienen a través de las vías del tren, pero el tren no les asusta, puedes creerme. Como dicen ellas: el tren avisa, los hombres, no. Mataron a la Niñata. Mataron a la colombiana, a Anita. Trataron de estrangular a la Evarista. Nadie sabe nada de la Mónica. Los hombres que se acercan a la ladera de la montaña, en la avenida Mare de Déu del Port, son lo peor y saben que a quien encuentran son mujeres que aceptarán cualquier cosa. De todos modos lo de la Niñata, lo de la Evarista, lo de la Mónica y algunas otras es obra de un solo hombre, el Calvo. Eso lo saben ellas. Lo sabe la policía. Lo saben las muertas y las dadas por muertas, como la Evarista. Lo sabe la juez, pero adujo falta de pruebas para lo de la Mónica y lo de la Ana. El Calvo, Daniel, loco de atar, violento, con su tienda de campaña en la propia ladera hasta hace nada, cuando lo metieron en la cárcel, y desde hace un mes en la calle. Bueno, voy a ser justa. La juez no puede hacer nada. La ley exige pruebas y sin cuerpo es difícil. Está la doctrina del Nani, pero no se atreve. Por el momento. Todo eso, como siempre, está ahí. Esa montaña no deja de ser una vergüenza, pero esta ciudad hace muy bien lo de no ver lo que no quiere ver. ¿Hace mucho que eres taxista?

—Poco. Pero mi padre ya era taxista y mis abuelos también.

—Una saga. Sandino te llamas, ¿no? ¿Y qué? ¿Te gusta esto de ser taxista?

—No lo sé. A veces pienso que me gusta el taxi, pero no verme como taxista.

—Si te sirve de consuelo, tampoco yo sé aún después de mil años si me gusta o no ser periodista. Ni pensarme como periodista ni la mayoría de mis compañeros me gustan.

Sandino recogió a esa mujer grande y segura de sí, de su cuerpo, de su manera de moverse con él. La está llevando a la redacción de *La Vanguardia*, en Diagonal casi tocando Francesc Macià. La escuchó hablar por el móvil y supo que era quien había hecho los reportajes sobre el asesino de la montaña de Montjuïc.

—En realidad, me encanta eso, cuando la gente habla sin tapujos, porque quiere justicia, dejar de ser los miserables. Entonces mola ser periodista. Como la Constança, la portuguesa que ejerce de puta allí. ¿Has ido viendo las entrevistas? Es todo un personaje. Me quedo aquí. Una vez tuve un novio rico, muy rico. Y cuando llevábamos un tiempo me propuso algo que tampoco vamos a recordar, vamos. Pero recuerdo que, quédate con el cambio, bueno, que sé que no puedes aparcar por aquí, me dijo que un tío que paga cinco euros como están pagando los que van allí, que el otro día un camionero se presentó enseñando un par de cigarrillos a cambio de que se la mamaran: ¿te lo puedes creer? Me decía aquel novio que un tío que hace eso, que humilla pagando un euro, tres a alguien, y ese alguien acepta y la tiene de rodillas, lo que le pone es la humillación, vejarlas, sentirse poderoso. Lo de la mamada es lo de menos. ¿Tienes una tarjeta con tu teléfono? ¿Puedo llamarte mañana?

Sandino niega tener tarjeta, pero le facilita el número de teléfono. Ella lo memoriza en su aparato. Mañana ha de volver para el último reportaje con la Constança, ya de noche, y seguirá sin moto. Perfecto.

—Cuento contigo.

Cuando la deja, el taxista sigue por el lateral hasta Muntaner y una pareja lo detiene. Se suben. Dan una dirección que conoce. También a la pareja, aunque no los haya visto nunca antes. Sandino ha sido él y ha sido ella. Él se llama Max y ella... Él no dice su nombre en ningún momento. Van a encerrarse en una de las habitaciones de Le Petit Paris. Ella parece nerviosa, pero luego Sandino se percata de que no son nervios sino enfado, probablemente hartazgo. Max se mueve inquieto en su asiento. Sandino reconoce el lenguaje no verbal de la mujer y sabe que ella ya no quiere ir o verle, pero no sabe cómo hacerlo, cómo escapar de la telaraña. Está paralizada porque aún no sabe en qué momento cambió la luz, su historia de pasión se convirtió en un hacer funcionar el lavaplatos. Probablemente Max quiere ir y al mismo tiempo estar ya de vuelta. «Nunca sé qué quieres, nunca sé qué estás pensando», parece leerse en su cabeza, piensa el taxista. Max habla luego de su mujer sin decir su nombre. Eso molesta a su acompañante.

—¿Por qué quieres que la traiga aquí entre nosotros? —pregunta Max.

—Porque existe. Porque es real. Di su nombre, dilo cuando hables de ella. Di «Merche me espera para cenar, por eso podemos follar una hora y nada más». Di eso. Quizá así me sentiré mejor.

Él no lo hace. No dice el nombre. No dice Merche. En ningún momento. Se lo calla. Bajan del coche.

Se queda cerca del *meublé* y atiende las llamadas que le han ido haciendo, vaciando el contestador.

—¿Cuándo vendrás a vernos? Nos tienes que explicar lo de las monjas y eso. ¿Podrás llevarme al médico el lunes por la mañana? Lo tengo a las diez.

—Dejaré a las niñas y te pasaré a buscar.

—No sé qué hacer. Parece que me odie. Sólo tiene diez años. ¿Qué he hecho mal? ¿Cuándo nos vemos? Ya sé que estás muy liado, pero un momento tendrás. El martes estaré sola. No, es igual, no he dicho nada. Siempre soy yo. Si puedes el martes, me dices. Yo ya no te diré nada.

—Voy a estar en Francia. Cuando vuelva te llamo. Te lo prometo. De verdad.

· · ·

—Al final no me dieron el trabajo. Ya no sé qué hacer. Tú ¿qué tal?

—Yo, bien. Como siempre: bien.

—Dime que me quieres como me querías antes.

—Te quiero como te quería antes.

Sandino dentro del taxi, zona de carga y descarga, enfrente de Le Petit Paris, lanzando una y otra vez por el móvil la pelota fuera del campo con el único objetivo de ganar tiempo, otra mano de cartas para seguir en la partida.

Son algo más de las diez de la noche. Piensa que debería ir regresando a casa y esperar en la puerta a Lola. Piensa que quizá debiera decirle que se ha dejado las llaves, pero no soportaría en estos momentos su detestable sensación de superioridad. Pone en contacto el motor híbrido y entonces la ve. Saliendo del hotel de alquiler de habitaciones. Es ella. No hay duda. Sale sola. Tiene esa pinta de hippy noble que va de Anita Pallenberg a Kate Moss. Vestido suelto, escote pegado al cuerpo, una chupa de cuero negro estrecha, falda larga aparentemente económica con un corte de vestido disimuladamente muy caro. Todo premeditadamente casual. Unos metros detrás de ella sale un hombre abriendo los brazos, disculpándose o pidiendo explicaciones. Ella mira a un lado y otro buscando taxi. Sandino desaparca y va hacia la mujer. Ella hace el gesto de subir cuando su amante la coge del brazo. Ella se le encara con frialdad, controlando la situación. Es obvio que él ha cometido un error fatal. O que ella ha esperado la oportunidad de que lo cometiera. O lo ha fingido. O se ha sentido profundamente ofendida. Es lo mismo: la vajilla se ha roto allí dentro. Sandino no escucha lo que le dice, pero el hombre —treinta años, bronceado, atractivo, con gafas de montura roja, vestido de una manera cara e informal, delgado, pelo muy corto— sabe que no ha de insistir, que sólo conseguirá empeorarlo todo. Presiente que algo de dignidad en ese momento quizá le permita volver a quedar con esa mujer que le gusta tanto, a la que quizá ame. Volver a tenerla el tiempo justo para empezar a olvidarla.

La puerta se cierra con un golpe violento que hace que la mujer pida disculpas al taxista.

—No te preocupes, Nat.

La mujer no puede disimular la sorpresa y la contrariedad que el azar le ha servido. Nunca se había encontrado en esta situación: ser descubierta por el testigo y no por el detective ni por el cliente que le paga. Repasa mentalmente los últimos minutos antes de entrar en el taxi de Sandino y renuncia a pensar que éste no lo ha visto todo y que, por tanto, no lo sabe todo. Tras unos segundos, Llámame Nat se recompone. Va a mostrar su sentido pragmático cuando es Sandino quien se adelanta:

—¿Estás bien?

—Un poco descolocada, ahora, la verdad.

—No te preocupes. No pasa nada —le dice el taxista mientras baja por calle Lleida en dirección al Paral·lel para buscar una arteria que les lleve a BCN-Johannesburgo.

Pasa casi un minuto hasta que él decide tomar la iniciativa.

—¿Tienes hambre?

—No tengo muchas ganas, Sandino. En serio. Quizá otro día.

—No habrá otro día. Se ha abierto una brecha en el terremoto. Tomamos una cerveza y ya está. Yo tampoco puedo quedarme mucho.

La mujer lo mira a los ojos por el retrovisor. Sandino repara en que ha impregnado el taxi del perfume de piscina llena de globos.

—Supongo que si me niego utilizarás el chantaje puro y duro.

—No me empujes a hacerlo —contesta Sandino bromeando con el tono de la voz.

—Vale. Una cerveza me irá bien. Quizá hasta dos. Al fin y al cabo, tengo canguro pagado varias horas más.

Sandino cambia de ruta a passeig Colón, rotonda, sube por Via Laietana, rotonda, y deja el taxi en el aparcamiento de debajo de la catedral. Caminan juntos. «Hacemos buena pareja», piensa Sandino. Lo cierto es que ella parece sentirse cómoda. El taxista está nervioso y contento. Su vida anterior ha sido borrada: se siente como un insecto que sólo vivirá unas horas. Pocas. Y esa fatalidad, paradójicamente, le inocula una alegre sensación de vivir de un modo urgente.

—Perdona, yo siempre hago buena pareja con cualquiera.

—Buena pareja tipo la Dama y el Vagabundo.

—Doctor Jekyll y mister Hyde.

—Simon y Garfunkel.

Los pasos de ambos resuenan en la plaza de la Catedral, aún bastante frecuentada, con gente llenando terrazas y restaurantes, agotando los últimos minutos de boutiques que deberían haber cerrado ya. Suben las escaleras y toman el pasaje a la derecha, donde suena un argentino y su tango, que se mezcla con la voz potente de un tenor escondido tras la siguiente esquina de aquel tramo del Gótico, probablemente a la altura de Sant Domènec del Call, pero, antes de llegar, Sandino coge de la mano a Natalia y la introduce por el pasaje del Palau Episcopal en dirección a Sant Felip Neri. De una manera quizá un tanto ingenua, el taxista pretendía mostrar a la princesa un rincón de la Barcelona que nunca pisa gente como ella. Se equivoca. Ella compra jabones artesanos en ese local y un aniversario de bodas se hospedó con su marido todo un fin de semana en ese hotel de lujo ubicado en la misma plaza. Llámame Nat dice lo primero, pero se calla lo segundo. Sandino se deja inundar por la tentación de besarla a la altura de la fuente, con los ojos cerrados pensando que al abrirlos se le clavarán como metralla de bomba de las paredes de la iglesia. Pero no se atreve. No quiere perder nada de lo que siente en esos momentos. Esa noche, ese momento de la noche cuando no existe más que esa borrachera de estar en el único sitio donde quieres estar con una persona a la que apenas conoces y que es expectativa, certeza, intuición, y tú te sientes su ángel guardián, su perdición, su *stalker*, claro. Su manera de buscar problemas al otro, de moverle el mundo de sitio, de hacerle creer que hay otra manera, que si lo deseas, cuando vuelvas a donde vuelvas, aquello no será ya más ni un refugio ni un paraíso sino, en el mejor de los casos y a partir de ahora, sólo un escondite.

En el barrio judío, cerca de la sinagoga pequeña, se detienen en un bar que es poco más que un pasillo profundo. En la puerta, un viejo hace silbar a un canario de plástico; el camarero, moreno, asiático, gato nocturno, sonríe ante la pareja. Todo el mundo ama a los amantes. Ni queriendo engañaría a nadie: el ladrón es él y ella, el botín. Sus ropas la delatan. Cómo se mueve, cómo habla, la risa cuando la suelta. Suben al piso de arriba. Piden dos cervezas. Luego, otras dos.

—Tú también estás casado, ¿no?

—No, ya no.

Ella no sigue por ahí. Su mirada está en otro sitio. También reconoce esa noche como otras anteriores. La noche embriagada de las posibilidades. La noche de las carreteras negras, abiertas por un coche con música maravillosa y el olor a estíos que parecían abrirse como conchas. La noche de los besos nuevos. La noche de recuperar aquella que creías que eras, la que no hacía componendas, la que deseaba y amaba, amaba y denostaba cuando dejaba de amar. La noche de cuando no tenías dos niñas y un canguro a horas y un marido que habrá llamado a tu móvil apagado y volverá a hacerlo y hacerlo, adicto a un control enfermizo y alcoholizado que él niega ejercer.

Sandino bromea, pero ella no le está escuchando. El viejo sigue con el trino. Una gorda ha entrado y combate a florete con el moreno antes de meterse en la cocina. No hay música en el local y si la hay, el volumen es inaudible. Tampoco hay televisor. Un bar estrecho. El escondite más estrecho del mundo. Llámame Nat no le ha escuchado porque estaba decidiendo si dice o no lo que siente en esos momentos. Momentos confusos si tienes en cuenta que ha saltado de la cama de un hombre al que amó y deseó, al que probablemente aún quiere y desea, pero que nada de eso le parece comparable al aquí y el ahora de esta mentira con otro hombre al que le gusta gustar.

—Ya no me acordaba de lo agradable que es tontear con alguien que te gusta.

Sandino acerca su cara a la de Llámame Nat, que no la retira y abre una risa. Sandino la apaga con un beso. Luego otro. Y otro.

—Besas corto.

—¿Qué?

—Sí, besas bien, pero besas corto. ¿No te lo han dicho nunca? —Sandino niega, riéndose ahora él—. ¿Qué pasó? ¿Algún trauma con un beso largo de la adolescencia? A mí puedes contármelo.

—Yo beso normal.

—Besas corto. No pasa nada. Bien, pero corto. Yo beso largo.

—¿Otra cerveza aquí o vamos a otro lado?

—¿No tenías que estar en otro sitio?

—¿Qué hora es?

SÁBADO

La noche en que íbamos a grabar «Fixing a hole» se presentó un tío en mi casa diciendo que era Jesús. Así que me lo llevé a la sesión. Pensé que era inofensivo. Presenté a Jesús a los chicos, que se mostraron muy razonables. Pero eso fue todo. Nunca más volvimos a saber nada de Jesús.

PAUL McCARTNEY, *Playboy*, 1984

30

Kingston advice

Las paredes del Jamboree están empapadas de una humedad caliente. Sandino abre los ojos y ve a un par de metros de él a Natalia bailando mientras el saxofonista pelirrojo y los Mambo Jambo hacen que el local parezca a punto de venirse abajo.
Es ella. Ella le salvará.
Si no es para caer, si no es para saber que no deberías, si no es para ninguna de esas cosas que te enseñaron que debías evitar romper o perder. Si el precio es no saber, no prever, pensar que igual mañana no es otro día. Si uno no puede, llegado el caso, ser inmortal. Si uno no puede retar a la mala suerte, a la costumbre, a las leyes de los hombres. Si no es para eso. Si no sirviera para hacer nada más. Si alguien, un duende travieso, no hubiera escondido las llaves vete a saber dónde. Si no hubieras sido objeto de la venganza de un dios enfurecido. Si las cosas fueran distintas y tú, otro, y todos te dejaran tranquilo y pudieras jugar y, en la oscuridad, antes de las primeras luces del amanecer, te dejaran devolver todos los objetos a su sitio como si de noche nunca pasara nada trascendental: sólo tú cambiando por dentro, haciéndote daño, yendo a ningún lado.
Alguien tiene un número en un billete de lotería y ese número es el afortunado.
Alguien tiene cuarenta años y se le revienta un bucle dentro de la cabeza y se le anega el cráneo y muere.

Alguien se enamora y es correspondido. A la primera mirada, al segundo vaso y al segundo beso, como reza el poema.

Alguien cruza en verde y lo atropella un coche.

Alguien se apoda Ringo, es mal batería y es un Beatle.

Alguien anda sobre las aguas y no se ahoga.

Alguien juega con el tambor de la ruleta rusa y tampoco es Al Pacino, Sofía.

Qué locura.

Qué estruendoso es estar vivo.

Qué hermoso dejar atrás los barcos en llamas y regresar a Cleopatra.

La una de la madrugada: todo perdido, taxista.

La una de la madrugada: todo roto, Sandino.

La una de la madrugada: todo por hacerse a partir de ahora.

Esta noche, te has matado en Lola: no valdrán ni mentiras ni excusas. Tampoco las quieres esgrimir ya.

Se separa el taxista de la pared. Recoge la bebida del estante metálico adosado a esa misma pared y se la lleva a los labios. Se acerca a la mujer y la coge por detrás. Ella, instintivamente, hace un barrido con la mirada por si hubiera alguien conocido, algún testigo que viera lo que no debe y tuvieran que balearlo y esconderlo en el maletero del taxi para enterrarlo más tarde en cal viva. No, no hay nadie. Así que se deja abrazar. Tampoco es que ella sepa muy bien qué está haciendo. Es una situación absolutamente demencial. Estar ahí con el chófer que lleva a sus hijas al colegio, a su marido al aeropuerto. Salir esta noche con el objetivo establecido de una bigamia encallecida y acabar en un garito de la plaça Reial con un tipo al que ahora, alcohol mediante, reconoce que se sentía atraída de una manera indolente y fantasiosa. ¿Qué puede hacer? ¿Arreglaría algo irse a casa? ¿Quiere parar esto, lo que sea esto? ¿O quizá debería no dejarse abrazar como ahora la abraza? Es embriagador sentirse viva otra vez. Quedarse ciega, saberlo y que no te importe.

Es el último tema. Acaban las copas. Ella dice que deberían volver. Él insiste en una última, en alargar algo más aquel momento. Salen del Jamboree y en la misma plaza se sientan al lado de una estufa en la terraza del Glaciar. Comparten un *gin-tonic*.

Sandino sopesa cómo decirle que vayan a su habitación en el Avalon, cómo convencerla de que va a follarse a dos amantes esta misma noche. Natalia lo sospecha, le mira y sonríe y, al hacerlo, contrae la cara con el mismo gesto que al sonreír hace Valeria. El taxista se lo dice. Ella le responde que ya se lo dicen, la cría tiene gestos suyos. Luego, un silencio no esperado. El primero de la noche, un tanto incómodo. Sandino no puede permitir que vaya más allá esa tensión muda.

—Esto es lo que me engancha de la vida. Nada sucede y, de repente, sucede todo.

—También hemos visto muchas películas.

—¿En las que yo soy el chófer negro, y tú, la señora blanca?

Pretende ser una broma, pero suena bronco, cualquier cosa menos amable o graciosa.

—No sé, creo que no has estado muy acertado.

—No, no lo he estado. Olvídalo, por favor. En realidad, no pienso lo que acabo de decir.

—¿Seguro? Siempre he creído que la gente que, por lo que sea, goza de una posición mejor que otra, tiene mayor capacidad de entender a ésta que al revés.

—Quizá la cuestión sea ese «por lo que sea».

—Vengo de donde vengo. No puedo obviarlo. Tampoco tengo que pedir disculpas. No tengo héroes ni canciones ni películas que me digan lo épico y maravilloso que es no tener nada, ser honrado y triunfar.

—Nat, igual tendríamos que estar hablando de otra cosa.

—Tendríamos que estar cada uno en su casa. Creo que debería irme ya.

La mujer hace ademán de levantarse de la silla, pero Sandino la coge por el brazo y le muestra la copa, aún por beber: Nat se siente mareada y vuelve a sentarse. «Estoy bebida», se sincera con ella misma.

—Venga, empecemos por el principio. ¿Quién eres tú?

—Eso es el final.

—Joder, Nat, me gustas mucho. Me gustas desde el primer momento en que te vi.

La mujer da un sorbo al combinado. Sin dejar de mirar a Sandino, saca un cigarrillo del paquete que éste ha dejado sobre la mesa. Lo enciende. A lo lejos, alguien grita. Pelea de borrachos. Dentro del Glaciar, un tipo enorme con voz cristalina hace versiones de canciones de Stevie Wonder. El escote de Llámame Nat es sugerente, lo ha sido toda la noche, pero ahora parece imantar la mirada de Sandino.

—No digas nada si no quieres.

—No sé qué decir. Me halaga, claro.

—Más que suficiente.

—Pero nos lo acabamos y nos vamos, ¿vale? Ha estado genial. En serio. Si hubiera redactado yo el argumento, al menos habría controlado algo el vodevil previo, pero ha sido una noche maravillosa y lo ha sido gracias a ti.

—¿Es serio aquello?

—No has podido evitar preguntarlo, ¿eh?

—Ni sé si me importa.

—¿Para qué quieres saber? ¿Que si es serio? Lo fue. Ya está. No hay más. Somos animalillos. Tratamos de ser felices como podemos. Hoy he visto que no tenía sentido. Su novia está embarazada y no me importó, pero fue todo sucio, no sé, ¿por qué preguntas nada?

Nat da un buen trago al *gin-tonic*. Se levanta del asiento. Él la sigue. Al poco, toman Ferrán hacia plaza Sant Jaume. En ese momento, Natalia desliza su mano entre la de Sandino, que se gira y le sonríe. Es como si hubiera decidido no pensar en nada, sino hacer lo que le apetece, sin más. Andar, de noche, por esas callejuelas, con un hombre que le gusta, al que no le ata más que el querer estar ahí y ahora.

—No sé si la conoces, pero hay una canción de los Smiths que habla de este momento.

—*To die by your side is such a heavenly way to die...* —canturrea.

—¡Eh!

—¿Qué te crees tú?

—Me gustaría besarte ahora mismo antes de que nos arrolle el camión de dos toneladas.

Él no espera que ella le conteste. Alarga el beso. Llámame Nat se da cuenta y se ríe. Se abrazan. Sandino anda unos pasos sin dejar su abrazo, gira la esquina y la empuja contra una de las paredes del callejón que lleva a la pequeña sinagoga.

—No quiero dejarte marchar.

Pasa sus manos por debajo de la blusa de color imposible de la mujer, recorre su piel con los dedos, pero se detiene porque ella no quiere seguir. Lo evidencia un cambio en la disposición en la que su cuerpo halla cobijo debajo del cuerpo del taxista. Pero él sigue besándola. A eso sí que se muestra receptiva. Se separan del muro. Ella le vuelve a coger de la mano y se dirigen hacia la plaza en cuyo sótano está aparcado el taxi.

—Besos cortos que quieren parecer largos.

—Quédate conmigo.

—No puedo. Ya es tarde. La canguro es la hija de una amiga mía y me sabe mal. Además, entiéndeme, estoy hecha un lío.

—De acuerdo.

Apenas hablan a partir de ese momento, pero siguen cogidos de la mano. Ambos sienten que la noche ha sido especial, una suerte de regalo que Sandino quiere que continúe otras veces, de más maneras posibles. La mujer es un enigma para él y también está seguro de que lo es para sí misma. Está convencido de que le ha gustado estar con él. Besarlo. Desearlo. Y le ha gustado sobremanera que haya entendido el final de esa noche. Sandino lo sabe.

En el coche, Natalia sube el volumen de lo que está escuchando.

La mujer presta atención mirando el reproductor. Luego, mira por la ventana. Sandino conduce. En un momento dado, Llámame Nat deja una mano sobre el muslo del taxista. Éste pone encima la suya. Siente el calor. Ojalá la muerte congelara el tiempo. La ciudad se convierte en un río que, pese a los intentos del taxista de ralentizar su cauce, les lleva a la casa de la mujer. BCN-Johannesburgo de noche parece menos contemporizador, como si el barrio zombi se hubiera cansado de disimular mientras dura la luz del sol y ahora emergiera cruel y despiadado para todos los que no tienen llave para entrar en sus domicilios.

—No sé, sé que es una locura, pero quiero volver a verte. Piénsalo. Los dos somos mayorcitos y hemos estado en muchas guerras. En el fondo, cuando pasa, se sabe, ¿no?

—Y ha pasado. Esta noche ha pasado, ¿verdad? Tú ya lo sabes. Tú ya estás completamente seguro.

—No es justo que te pongas cínica. ¿Acaso tú no lo piensas?

—Pienso que no quiero escucharte. No voy a besarte aquí. Ni corto ni largo.

Él le besa la mano. Ella le sonríe. Abre la puerta para bajarse.

—Dime una cosa. Si no estuviera él. Si hubieras salido esta noche y hubieras encontrado a un tipo y hubieras estado como hemos estado tú y yo, ¿qué pensarías?

—Pensaría que era mi noche de suerte.

—¿Te quedarías conmigo?

—Me quedaría contigo. Te iría a buscar mañana al trabajo. Saldríamos mañana y pasado y el otro. Pensaría que se ha abierto algo, pero...

—Sin peros.

—Sin peros, entonces. Buenas noches, Beso Corto.

—Hasta el lunes, Beso Largo.

—Exacto: hasta el lunes.

31

The street parade

Sandino procurará no pensar. Ni en Lola ni en nadie. Apagar ese teléfono y apagar el mundo. Se liberará de todo y de todos. Que Lola tire todas sus cosas. Todo a la pira. Dejar con vida un trozo de Sandino es dejar con vida una célula cancerígena. No sabrá nada de sus padres, de sus enfermedades, de su muerte. De Lola. De la mitad de su propiedad del piso, aquellos maravillosos catorce números de la cuenta de Alí Babá. Sus discos, amuletos, libros, cajones llenos de recuerdos, fotografías. Ningún disco duro de memoria. Amnesia. Eclipse solar. Nada de Sofía. Nada de Hope. Nada de la noche. Nada de Barcelona. Nada de drogas. Nada de nada. Cero.

Llegará a Francia, a París o quizá hasta Penmarch. Alquilará un apartamento en ese pueblecito. Pagará a alguien para que coja el taxi y se lo devuelva a Víctor. Con las monedas que le sobren bajará al bar del puerto y llamará a Nat, Natalia o Llámame Nat, como la llame en ese momento. Ella se reirá. Mentirá diciéndole que no esperaba su llamada, porque lo cierto es que sí la esperaba. Ella ha estado pensando en él. Aquí o allá le asaltaba su recuerdo. Creía que había huido. Las niñas lo añoran. Ella también.

La llamará y le dirá: «Vente a París, vente a Penmarch, esté donde diablos esté Penmarch.»

Vente, Nat. Tráete a las niñas. Aprenderán francés.

Oui, monsieur.

Que le follen al escritor.

Seguro que sacará mejores libros si le abandona, si pierde lo que quería, si deja de fantasear con el dolor y lo siente de verdad, en medio del pecho.

Vente, Nat.

Soy un hombre nuevo.

Te juraré lealtad y fidelidad.

Sólo estarás tú en mi vida: no me dejes solo ni un minuto. Estate pegada a mí. No me dejes en paz. No me dejes espacio para moverme. Quiero que veas lo que yo veo y comas lo que yo como. Que duermas a mi lado, aperruñada, que me des tu sexo a todas horas, que pienses en mí, que te dejes proteger sólo por mí.

Quiero olvidar todas las canciones que he escuchado antes y escucharlas de nuevo contigo, ver con tus ojos otra vez todo.

Quiero dejar de ser cien en uno.

Quiero ser uno en dos.

Piensa en todo esto mientras paga un par de noches más en el Avalon. Piensa en todo esto diciéndose que sólo ha sido una noche con Natalia, una noche sin cama. Que no sabe nada de ella ni de él ni de ninguno de ellos dos juntos. Escucha esa voz interior que le previene sobre todo lo que Sandino ya sabe y sobre lo que no necesita que le prevengan. En su pensamiento parece escuchar la lucidez pero, de repente, llegan unos hampones en un coche negro y largo como una pena y agarran esa vocecita interior y sensata y la llevan a un espigón, le meten algodón en la boca hasta que no se le entiende lo que dice y esperan que muera o entre en razón dejando que hable por él el delirio, el entusiasmo, la ceguera, nada ha de salvarse del incendio y que viva el amor. Luego, los hampones lo tiran al mar con los pies metidos en cemento fresco pero es inútil: el entusiasmo flota.

Se desnuda, llena un vaso de agua del grifo y se toma un par de comprimidos, esos que a veces lo derrumban y otras lo desesperan y le hacen salir a la calle otra vez. Luego se tumba en la cama, cierra los ojos y trata de dormir. Durante unas horas, a tramos, lo consigue, porque sueña, y al despertar se acuerda y antes de las ocho ya desiste de mucho más, pero se fuerza a seguir en la cama, tumbado, descansando.

Los sábados por la mañana, el horario del Olimpo es una incógnita. Sandino llega pasadas las diez y media y la persiana está a medio subir. Decide esperar de pie al otro lado de la calle apoyado en una valla de madera de un parterre vecinal. Pasa un perro con su dueño detrás. Pasan un par de morenos. Por la otra acera llega Tatiana, se agacha y se cuela dentro.

El taxista cruza y hace lo mismo. Héctor está sentado en una de las mesas, hojeando un periódico deportivo. Antes de percatarse de la presencia de Sandino ha llegado a la última página y aparta el periódico de un manotazo. Un vaso largo de vidrio humeante de café aparece a la vista de Sandino, que le da santo y seña. El propietario gira la cabeza, sonriendo complacido.

—Hombre, qué sorpresa. ¿Hoy por fin vienes a confesar en tu nombre y en el de ella? Me parece bien.

Sandino se sienta en una de las sillas que rodean la misma mesa de Héctor.

—Ya confesé.

—No me pareciste convincente.

—Las historias de amor nunca son muy convincentes, ¿no te parece?

—Tú sabrás. Que sepas que ella no te delató. En el último momento antes de enterrarla viva, seguía calladita.

—Héctor, eres un capullo. Y la broma no hacía gracia ni la primera vez que la explicaste.

—Vaya, yo creía que sí...

—¿Me invitas a un café?

—No.

Tatiana asoma desde la cocina, avisada por las voces. Viendo la escena, deshace el gesto curioso y los pasos.

—Vamos a detener esta gilipollez, ¿no te parece?

—Sinceramente, no sé de qué hablas.

—Ayer por la tarde me encontré rotos los dos espejos. A Sofía le entraron en casa y se la destrozaron.

—¿En serio? Yo pondría denuncia. Si no sabes, la bollera me parece que eso lo hace muy bien. Pero si quiere cobrar del seguro, tiene que poner todo, absolutamente todo lo que le han robado. Que no se olvide de nada, que eso de olvidarse lo hace también muy bien.

—Héctor, ella no tiene nada. Estás buscando algo que, de existir, tienen otros.

—Por cierto, me han dicho que ayer fue el día mundial del vandalismo. ¿Sabes a quién le arrancaron la puerta de cuajo y casi se lo llevan por delante?

Sandino calla.

—Héctor, podemos estar así toda la mañana. A ver quién de los dos es más ingenioso.

—A ingenioso no puedo jugar contigo. Tú siempre lo serás mucho más. Yo apenas sé mentir ni jugando a cartas. Tú eres otra cosa. Tú eres más listo y yo tengo más huevos. Así fue el reparto. —Héctor se levanta del asiento. Ha dado buena cuenta del café hirviendo. Se despereza. El cuerpo fuerte y achaparrado de Héctor impone algo a Sandino: sus manazas, esa fuerza apenas reprimida—. Pero tienes razón, no vamos a estar toda la mañana pasándonos el chicle. Yo ya te dije todo lo que tenía que decirte. Sabes el problema y sabes la solución.

—¿Cómo quieres que te demuestre lo que no ha pasado?

—Déjalo para tu mujercita o mujercitas: Yo. No. Te. Creo. Nadie te cree. ¿Cuánto te has llevado? Venga, dime.

—Ésa es otra. Encima que no tengo la más puta responsabilidad, vais a por mí.

—Esto es muy interesante. Mucho. Lástima que no tengamos público.

Sandino nota como el tono ha variado, pero no sabe en qué variación Goldberg se encuentra. Desea levantarse también de la silla, pero es obvio que Héctor lo entendería como un movimiento de confrontación. Sandino sabe que tiene las de perder con Héctor. Que están solos, obviando a una Tatiana invisible. En su local. Con la persiana a medio subir. En realidad, ¿qué esperabas, idiota? ¿Convencerle? ¿O salvarte tú y que diera por perdida a Sofía con su tacañería? No lo sabe. No se imaginaba así la escena, la actitud de Héctor. No había preparado nada más que una verborrea que no sirve de nada y una posible amenaza con lo de la visita al Stalker.

—El señor Sandino viene aquí con el único objetivo de salvar el culo. Pedir como aquel otro mierda le pidió a ETA: si quieres matar, mata a españoles, pero no mates a los míos.

—No te equivoques. No he venido por eso. He venido a avisarte.

Es el momento de levantarse. Previamente, el taxista ha echado la silla hacia atrás para evitar estar tan cerca de Héctor, que ante un más que previsible ataque de éste no tendría el mínimo espacio para moverse. Así que lo hace: se levanta.

—¿Avisarme? ¿De qué mierda has de avisarme tú a mí?

Héctor agarra de la camisa al taxista y lo atrae hacia sí, con violencia. Sandino intenta empujarle, pero no lo consigue. En cambio, es Héctor el que lo hace, tirando en el empuje la silla que tenía detrás Sandino y haciéndole caer al suelo. Trata de levantarse pero antes de que lo consiga tiene al dueño del bar encima de él.

—¿De qué has de avisarme? Ya te salvé el culo una vez. No lo haré otra. Creí que la puta esa estaba contigo, pero me dije que no podías ser tan retorcido. Seguiste viniendo al bar. Eso era demasiado rebuscado para mí, pero ya veo que no para ti. Perfectamente el hijo de perra que se la follaba podías ser tú. Mírate, qué asco me das. Al menos la bollera asume lo que hace. ¿A qué vienes? ¿A pedirnos que te dejemos fuera? A que hagamos el mongolo y olvidemos lo que sabemos. ¿Vienes a avisarme? ¿De qué? ¿De qué coño has de avisarme tú?

Tatiana aparece por la cocina y grita. Héctor se vuelve y Sandino aprovecha para empujarle con el objetivo de lanzarlo al suelo y poderse levantar él. No llega a caerse Héctor, pero sí a soltarle, y Sandino ya está de pie. Tatiana entra en la cocina llamando a alguien. El taxista echa a correr hacia la puerta. Héctor lo zancadillea y lo devuelve al suelo. Le asesta una patada en el costado y cierra de golpe la persiana. Otra patada y otra y otra en las partes que Sandino va dejando desprotegidas. Trata de esconderse tras las mesas, pero ambos saben que Héctor podrá darle alcance cuando y donde quiera. No tiene más opción que hacerle más daño del que ha podido hacerle hasta ahora. Y eso es una opción que no hará sino enfurecer aún más a la bestia.

Debería gritar, pero no le sale el grito. Chillar, armar mucho ruido para alertar a vecinos, transeúntes, a quien sea que llame a la policía. Sandino asume los golpes, el dolor, pero si nadie lo para, Héctor puede matarle. Acabar bajo el Vela. De repente, la mentira ya no lo es tanto. Ese tío que busca agarrarlo de una pierna, evitar que siga huyendo por el suelo, entre las mesas, ha sido policía, ha sido entrenado, sabe dar y cómo hacerlo. Sí, debería gritar, pero abre la boca y lo que sale es nada. El ruido ha de llegar desde otro sitio. Quizá no pueda gritar, pero sí romper, destrozar. Con todo, debería levantarse lo antes posible del suelo. Sandino tiene una sensación extraña, como de verse desde fuera.

Pero está dentro. Dentro de la cueva de un hombre fuera de sí. Dentro de una cueva con la puerta metálica cerrada, sin otra salida, a menos que la cocina tenga la suya propia por la parte trasera del establecimiento. Es sólo una posibilidad. Sólo eso. Quizá no exista esa puerta o esté cerrada o tapiada o dé a un callejón ciego.

Sandino se endereza con una silla cogida por una de sus patas. No grita. No pregunta. Sólo la agita en el aire hasta que consigue impactarla contra el costado de su oponente que, a pesar de esperarlo, no ha podido esquivar el golpe. El taxista aprovecha el momento y se lanza con la cabeza baja hacia Héctor, impactando en la cara de éste, que queda mal sintonizado el tiempo suficiente como para que Sandino pueda llegar hasta la entrada y trate de levantar la persiana. Lo empieza a hacer, pero una patada en medio de la espalda le aplasta contra aquélla. La ira de Héctor le golpea con los puños en la cara, una cara que Sandino trata de proteger con las manos, mientras grita o cree que grita o alguien grita pero el ex *mosso* sabe que nadie le oirá, que nadie llegará a tiempo, pero ni él sabe qué quiere hacer, cuándo debe pararse, hasta dónde ha de llegar.

No, no me matará. Es un problema para él matarme. Sólo quiere hacerme daño. Noquearme. Dejarme sin sentido.

Sandino decide dejarse caer inconsciente de un momento a otro. Si creyera que tiene la más mínima posibilidad de salir de allí, de poder reventar la cabeza a ese hijo de puta. Si pudiera sacárselo de encima lo imprescindible para ir hasta la cocina y comprobar si existe otra salida por allí. Pero todo parece inalcanzable.

Está abrazado a Héctor para que los golpes de éste en el hígado y el pecho tengan el mínimo recorrido, que no tomen impulso. Le quema la cara, el plexo y una pierna, la rodilla especialmente, una pierna que siente de madera. Empuja hacia atrás al propietario del Olimpo, cierra el puño y lo estampa contra su cara con más intención que fuerza y corre hacia detrás de la barra en dirección a la cocina. En ese momento topa de forma sorpresiva con Tatiana. La coge Sandino, le pasa el brazo por el cuello y trata de localizar un cuchillo, algo cortante. No lo encuentra. Agarra una botella de vodka y la esgrime ante la cara de la rusa.

—¡Vale ya, hijo de puta! ¿Lo entiendes...? ¡Para ya o le rajo la cara a tu amiga! Me vas a dejar salir, ¿vale? Así que mantente a distancia.

Sandino oye que alguien está golpeando la puerta metálica. Preguntan por Héctor. Eso no es para nada una buena noticia. Anda hacia atrás con el cuerpo de la mujer, temblando, pegado a él. Están ya en la cocina. Ve que hay una puerta al fondo de aquel agujero y que la puerta está abierta. No va a hacer de supervillano y meter el discurso de media hora sobre el arma nuclear que destruirá la Tierra si aprieta el botón rojo. Se va a largar cagando leches y punto.

—Has visto muchas pelis, idiota.

Héctor está a apenas un metro de él. Parado. Sonriendo. Tiene una herida en la ceja y la ropa rasgada. Él no tiene ni idea de cómo está. Sólo nota que le quema el labio, un lado de la cara, la rodilla. Que le flaquean las piernas y por eso no sabe si le responderán si echa a correr.

—¿Qué vas a hacer tú a Tatiana? ¿Qué vas a hacerle?

La única que no sabe que Sandino no podría dañar a Tatiana es ella. Pero tenerla es algo. Un escudo, al menos. Sigue la marcha atrás y Héctor, tranquilo, tras ellos. Sandino sabe que un par de pasos más y ha de empujar a la cocinera contra su jefe y echar a correr hacia la puerta trasera, salir al exterior y rezar para que haya pista libre hacia donde tiene aparcado el Prius. Ha de ser ahora. Ha de ser ya. Pero Sandino apura un último paso atrás y otro, uno más.

—¿Qué le vas a hacer a esta pobre chica, cobarde...? ¿Acaso vas a hacerle esto...?

Héctor despliega su brazo contra la cara de Tatiana. No es un puñetazo duro, pero sí lo suficiente como para que la mujer quede conmocionada, se le conviertan las piernas en gelatina y Sandino no pueda evitar que se le escurra hasta el suelo. En ese momento, las piernas sí que le responden a él. Alcanza la puerta, sale y a un lado ve un pasaje estrecho que supone llegará hasta la calle principal. Hay una furgoneta sin chófer parada en la entrada. Mueve sus piernas hacia allí cuando Sebas, que aparece de la nada, le asesta una patada en un tobillo, haciéndole caer. Llega Héctor y ambos empiezan a golpear a un Sandino que trata de protegerse todas y cada una de las partes de su cuerpo.

Teme quedar paralítico, quedar deformado, ciego, muerto.

Debería fingirse inconsciente para que pararan.

Es difícil fingirlo y que el cuerpo no trate de protegerse de forma instintiva.

Es difícil fingir ser un saco de arena que absorbe los golpes.

Sólo tiene esa posibilidad, pero no puede activarla.

Los golpes caen, su resistencia mengua, la fuerza se le va.

Morirse como una manera de pactar un fin, de dejar de sufrir.

Ya se cansarán. Ya me moriré.

No pueden matarme porque entonces no tendrán el dinero.

Pueden matarte porque TÚ no tienes el dinero, porque eso acojonaría a Sofía. Así que pueden hacerlo. Pueden matarte.

Lola. Lola. Lola.

Nat.

Valeria y Beatriz.

Vero.

Mama.

Lola.

Vero.

...Clash!

Has cortado en dos la ciudad como un cuchillo caliente sobre una barra de mantequilla. Has dudado mucho si venir o no. Ella te ha dicho que podías, que bajaras, que quería que vinieras. Tú, de hecho, ya estabas de camino pero no se lo has dicho. Quizá después se lo digas. Podrías llegar antes, pero no quieres correr porque quieres saborear la lentitud como una única cucharada de algo exquisito. Apenas hay tráfico a esas horas de la madrugada. Dejas que los semáforos se tomen su tiempo hasta el verde. Das una vuelta, dos y aparcas en un chaflán de Wellington. La música, como siempre, está demasiado alta. Te percatas cuando estás aparcando y, a pesar de tener los cristales bajados, la gente se gira hacia tu coche. Eres un hortera, Sandino. Eres un chaval de barriada. Eres el último de una saga de matahambres y poco más. Quitas el contacto y alguien golpea suavemente el cristal del copiloto. Una prostituta negra, de poco más de veinte años, entrada en carnes, pechos y caderas exuberantes, cara lunar, llama tu atención. Le dices que no te interesa con un gesto y una sonrisa. Cuando sales del coche vuelves a sonreír y tratas, sin motivo, de disculparte: «Es que ya llego a casa.» De camino hacia la portería te preguntas si intentando disculparte no la habrás herido, no le habrás hecho sentir que tú tenías una casa, un hogar, y ella estaba, a las tres de la madrugada, deambulando por la calle, lejos de cualquier lugar que pudiera llamar hogar.

32

Version city

Le duele tanto todo que no puede dejar de ser consciente de que no está muerto. Menea el cuello, dolorido, y apenas tiene la mínima percepción de sí mismo; prueba a mover brazos, piernas, sentirlas, enderezarse en el asiento del que sí, lo reconoce, es su taxi. Va descalzo. Ni zapatos ni calcetines. Pero uno de sus pies está dentro de una bolsa vacía de Doritos. Sandino supone que debe de tratarse de una rúbrica, pero desconoce cuál de aquellos hijos de puta es su autor.

Consigue sentarse en el asiento posterior al del conductor. Apenas puede abrir un ojo, pero el otro está mucho mejor. La ropa, un desastre. Un costado le quema. La rodilla, joder, la rodilla mucho, también la mano. No tiene ni idea de dónde está. Es un descampado y el sol está alto. Poco a poco cree situarse. Por los edificios de alrededor y el ruido de las Rondas determina que está detrás de las pistas Meiland, en el Vall d'Hebron, en el puñetero sitio donde vive gente en coches abandonados y vienen desgraciados a pincharse. Pero debido a la hora que es no hay apenas movimiento por ahí. Aun con todo, su taxi en medio de aquella nada aporta un toque surrealista al escenario. Abre la puerta empujado por las arcadas que el estómago le envía. Da unos pasos por el suelo de tierra, se dobla, vomita. Echa lo poco que le quedaba dentro, con hilillos de baba, bilis, sangre.

Está vivo, pero perfectamente podría estar muerto.

Se endereza.

Tiene que largarse.

Vuelve al coche. Todo un detalle que las llaves estén en el contacto. No tiene más opción que conducir descalzo, como si volviera de la playa. Cuando el coche busca la salida, la bolsa de Doritos se alza detrás de él, entre una nube de arena, como si se tratara de uno de esos perros o abuelos que algunos abandonan en gasolineras y hospitales.

Trata de establecer prioridades y la primera es acudir a un hospital. El del Vall d'Hebron le queda algo más cerca que el de Sant Pau pero hay demasiadas curvas y subidas y bajadas una vez aparque, y hacerlo directamente en el aparcamiento subterráneo es mucho peor, dado que sus plazas son muy estrechas y con varias rampas. No está para muchas virguerías, así que necesita líneas rectas para aparcar en paralelo. Se deja caer por el túnel de la Rovira, gira hacia ronda del Guinardó, baja por Periodistes y aparca en una zona azul que no piensa pagar. En Urgencias le dan prioridad. Le han atracado. Le han pegado. Es taxista. Saca como puede la cartera del bolsillo y se da cuenta de que uno de sus dedos es un guiñapo. La tarjeta de la Seguridad Social. Lo que no tiene es ni un euro. Se han empezado a cobrar. Han dejado un papel escrito. Un «faltan 25.000 más».

Veinticinco mil, Sofía, joder.

Horas más tarde, consigue llegar por sus propios medios al Avalon. El ayuntamiento no ha pasado por alto su estancia en precario en una de sus zonas. Tiene dos dedos de la mano izquierda rotos, hematomas por todo el cuerpo, puntos en ceja y labios, un buen golpe en la rodilla derecha y dos costillas luxadas. Le han recomendado unas gotas para el ojo inflamado, un collarín que no va a llevar y un montón de antiinflamatorios, antibióticos y demás.

No mencionó que había perdido el conocimiento. Tampoco nada de los golpes recibidos en la cabeza. Si ha sobrevivido a esas horas en el descampado quiere creer que el peligro ya ha desaparecido. Son casi las cuatro de la tarde cuando se ha tomado de todo y se deja caer sobre la cama de la 303.

Cierra los ojos y trata de dormirse.

Un movimiento brusco lo despierta horas más tarde, dejándolo en el umbral de reenganchar el sueño, pero una llamada se lo impide. No descuelga, pero el teléfono vuelve a dispararse. Es un número que no conoce.

—¡Taxista! Soy yo, Maika, la periodista. Cuento contigo, ¿no? Hemos quedado en quince minutos. Lo tienes claro, ¿eh? ¿Oye?

—Sí, perdona pero...

Quiere decirle que se busque otro taxi. Él no está en condiciones, pero ella parece estar llevando tres conversaciones a la vez.

—Hemos quedado con Constança a y media. Nos dará tiempo, ¿verdad? No es una cita en un bar. Es allá, donde están ellas. Hemos de llegar puntuales, porque además tengo malas sensaciones. Bueno, chorradas, pero dime si no puedes estar a la hora para escribirle. Es su *saturday night fever*, ya me entiendes. No me falles.

El taxista vuelve a intentar hacerse oír, pero la periodista da por hecho el servicio porque ni queriendo podría escuchar algo —hay demasiado ruido a su alrededor— y está viendo en la pantalla que el taxista está al otro lado, que no es un contestador. Cuelga ella al mismo tiempo que él, que ha decidido bloquear ese número. Si insiste lo hará luego. Dos, tres minutos y no consigue quedarse dormido. Se levanta, va hasta el baño, se echa agua en la cara y se mira en el espejo. Mal, muy mal aspecto. No le iría mal un baño, pero si se lo da ocasionaría un retraso aún más grande para la periodista de sucesos de *La Vanguardia*. Pero se lo dará. Si reacciona, irá. Si no, no. Reconoce perfectamente el sentimiento de culpabilidad para con una desconocida. ¿Cómo consiguen atar su lealtad a las primeras de cambio? No poder decepcionar nunca ni a gente que no le importa. A gente como aquella periodista, como esa puta portuguesa.

Escribe un SMS a la periodista diciéndole que no acudirá.

Hay más taxis en el mundo, en Barcelona al menos.

Barcelona está llena de ellos, amarillos y negros, como abejorros.

Si no lee el SMS, ante la tardanza, la periodista levantará la mano y detendrá a otro taxista y nunca más se acordará de él.

No me falles, le había dicho.

Vete a tomar por culo, no me falles.

Va llenando la bañera de agua caliente. Coge todos los sobres de jabón y gel y los pone bajo el chorro a máxima potencia. Cierra la puerta del baño. Se tumba en el sofá y enciende el televisor. La periodista sigue llamando. La primera de las llamadas no ha sido atendida por Sandino. La segunda ya sí y lo hace colgando. Bloquea el número. Fin. Déjame en paz, ésa no es mi guerra. En el televisor no hay nada que consiga interesarle. Es como si su cerebro no le permitiera engañarse, confundirse con cosas ajenas a él mismo. El cuerpo magullado. Le duele cada respiración y de nuevo se le enciende la rabia. No es justo. No es justo nada de todo eso. Le jode no haber conseguido plantar cara a ese hijo de puta. Dejarse hacer todo esto. Que le hayan hecho caer cuando corría huyendo. ¿Cómo ha podido ser tan idiota? Se mira en los ojos de Pelopo y los demás, en sus conversaciones ahora, con Sebas de héroe, y se siente un mierda, un trozo de nada. Sólo es un hombre huyendo con una bolsa de Doritos cubriendo un pie descalzo.

Ha de hacer algo, pensar alguna cosa, quitarse esa sensación de haber perdido más que una pelea, más que de haber sido apalizado. Está cansado de rehuir el impacto, de ser el maestro de la finta, de llegar siempre puntual a la cita, pero no acudir nunca a ningún lado.

¿Qué ha conseguido hasta ahora?

Nada.

Ir de mal en peor.

Todo se le desmorona. De hecho, ésa es la buena noticia. Que el mundo se va cayendo a trozos a su alrededor. Que nadie va a salir vivo de ese edificio. Al menos, él no.

Piensa en la periodista. Igual hubiera sido una buena idea acudir a la cita. Al fin y al cabo, era de sucesos. Igual conocía al encargado del Stalker o podría orientarle con la policía. Consulta el móvil. Demasiado tarde ya. Entonces, repara en Rebeca. También es periodista. Hace tiempo que no la ve. Busca en el móvil su número. Contestador. Deja mensaje. Cuando consigue levantarse para ir al baño, suena el teléfono. Es ella. Empieza metiéndose con él, con su eterno «mañana te llamo y pasan tres meses». Sandino le sigue la broma. No le explica mucho. Lo de la pelea. Que está en el Avalon. En la 303. Ella, en media hora, se pasa. ¿Le trae algo de la farmacia? No, no hace falta.

—Dejaré la puerta entornada. Me voy a dar un baño.

Deja el móvil al lado de los grifos, se desviste y se mete en el agua que, a pesar de estar a demasiada temperatura aún, sabe que le hará bien. El cuerpo se le enrojece, el corazón genera espasmos, pero ya está dentro. Toma precauciones para que no se caiga el teléfono, aunque no hay nada que le apeteciera más que verlo hundirse en el agua para siempre.

¿Por qué no lo hace?

¿Por qué, si todas las malas noticias se cuelan por ese agujero?

No lo hace por ella.

Por si llama.

Porque está seguro de que Nat, Natalia, Llámame Nat, llamará.

Como un adolescente. Enamorado del misterio, de lo que no se dice. De una sola noche que resulta ser más que suficiente. Del desespero de saltar sin paracaídas mientras recrea todas las palabras dichas, los movimientos de aquel baile en las tripas negras de Barcelona.

«Tú eres de volar con piedras atadas a los tobillos y yo soy de abismo, de dejarme caer, de quedarme allí, de que me dejen en paz. ¿Dónde nos vamos a encontrar, Sandino?»

En la piel o en ningún sitio.

Un polvo, una aventura o una navaja que te abre en canal.

No hay palabras, idiota, ¿es que no lo ves? No hay palabras para nada.

El cuerpo de Sandino ya se ha adaptado a la temperatura del agua. Es agradable. Se relaja. Cierra los ojos. No llega a dormirse, pero se queda traspuesto. Un ruido lo devuelve a la conciencia. Alguien ha entrado en la habitación. Por un momento tiene miedo. ¿Cómo ha podido ser tan confiado dejando esa puerta sin cerrar? ¿Cómo pudo...? La voz de Rebeca le tranquiliza. Ahí la tiene. Su cabeza, al menos. Ese pelo negro cayendo a ambos lados de su cara alargada, esa risa, ese chute eléctrico que contagia al resto de su cuerpo, manos y piernas rápidas y resueltas tanto a correr como a abrazar.

—¿Qué te ha pasado, muchacho? Tienes una pinta fatal.

—Sólo estás viendo los brazos y la cabeza.

—¿Y esos dedos? ¿Los tienes dislocados?

—No quieras ni saberlo. ¿Te importa si hablamos así? Aún está calentito.

—No, pero espera...

Rebeca corre la cortina de la bañera.

—Llevo todo el día y ya no podía más.

El ruido contra la loza funciona a modo de paréntesis.

—Qué sonido más romántico.

—Podría no hacer ruido. Sé las dos modalidades. Pero no me da la gana de ir de fina contigo, porque eres un capullo, ¿lo sabes?

Rebeca se sube el pantalón negro y descorre la cortina. Se sienta con la tapa ya bajada en el inodoro.

—No me digas que soy la única persona de la ciudad que puede venir a curarte las heridas.

—No o sí. Da igual. Es por otra cosa. Estoy metido en un lío que no era mi lío. Ahora es obvio que ya lo es. Y he pensado en que podrías ayudarme. ¿Sigues trabajando en sucesos en *El Periódico*?

—Más o menos. Hago tribunales y tertulias por la radio.

Sandino le explica por encima la situación. Qué es lo que quiere de ella. Sus ojos se posan, como siempre que la ve, en una palabra tatuada en un brazo: *redbones*. Todas las veces que le ha preguntado por el significado ella ha rehusado contestarle.

—Conozco a ese Quim. Lo he entrevistado. Hubo una muerte en la puerta de la discoteca hará un par de años y hablamos pero se acordará. Podría contactar con él, pero ¿crees que es lo mejor? Si él sabe que hay una periodista de sucesos sobre el tema de la burundanga y los taxis y toda esa mierda, no le molará estar por ahí en medio.

—Debe de saberlo ya. Mi amiga, Sofía, entregó la droga a los *mossos*.

—Estará sobre aviso. Mucho peor. Es que no te pillo: ¿para qué quieres hablar con él?

—El tipo del bar y los hijos de puta de los taxistas que te he comentado. Los que destrozaron la casa de mi colega y esto —se exhibe, girando a un lado y otro la cara ante la periodista— nos presionan y presionan.

—Lógico. ¿Y por qué no les devolvéis la pasta?

—No hay pasta. No la hubo nunca. Piensa eso, ¿vale? Sea o no verdad, ésa es la carta que tengo para ir por el siete y medio. Si consiguiera convencer a la gente del Stalker de que ese dinero suyo no lo tenemos. Que lo tiene la policía, por ejemplo, y se lo han quedado. Es bastante probable, ¿no? Si pudiera convencerles de eso y de que pararan el acoso de los perros de presa...

—No lo veo, Sandino. No me lo creo ni yo.

—Te he dicho que es la verdad. No has de verlo. Piénsalo como que es la verdad. He de probarlo. Si falla, iré a la poli o lo puedes sacar tú a la luz y nos jodemos todos a la vez.

—Necesitaría pruebas. Esto es periodismo, no Twitter. ¿Por qué dejaste de escribir con lo bien que se te dan los argumentos absurdos?

Sandino no le sigue la broma. En realidad, a medida que él ha ido verbalizando su idea, ésta le parecía cada vez menos consistente. Sin embargo, hay algo en todo ello, un tiro sobre la bocina, que lo persuade instintivamente para intentarlo. Hace el gesto de levantarse. Rebeca se incorpora. Está completamente enjabonado. Le devuelve a la posición de sentado. Ella coge el teléfono de la ducha y le moja el pelo. Luego busca el sobre de champú y se lo extiende por el cuero cabelludo. Ambos guardan silencio. Nunca han sido amantes. Los dos se preguntan ahora por qué. Nunca hubo tiempo. Siempre aquí, allá, nunca al final. Sandino se dice que casi prefiere esto, ahora. Esta ternura. Esta situación de camaradas en hospital de guerra. Pero ninguno de los dos está acostumbrado a esa intimidad. Es agradable sentir el agua tibia corriendo por su cabeza, cayéndole por la cara, los dedos de la mujer entre sus cabellos, las heridas escondidas, escociendo. Sandino se deja hacer. Rebeca huele bien. Los ojos de él siguen cerrados mientras la mujer le aclara el pelo. Dentro de la cabeza del hombre, ese placer que la prisa ha destruido, la judía en la fuente del oasis, el descanso después del agotamiento, la piel, la compasiva mano que limpia y sana al acabar el día. Rebeca cierra el grifo. El taxista se endereza. Descubre que le avergüenza que lo vea desnudo. Sale de la bañera, apoyándose en la periodista. Se ciñe a la cintura una toalla. Se desplazan hacia el dormitorio.

—No sé, haz lo que quieras. Ve a hablar con él. En apariencia, el tipo no es un energúmeno. Conmigo no lo fue, al menos. Hay gente que te diría todo lo contrario. Yo lo que tampoco veo es que si accede a hablar contigo, te ayude que me menciones. Y no sé si es de convencerse o no. Todo es una incógnita porque básicamente ese tipo es una incógnita.

Sandino no contesta.

Lola decía algo parecido de él.

Lola, Lola, Lola.

Parece que haga siglos de todo.

La paliza podría ser una excusa perfecta para conseguir engañar a su mujer de por qué no acudió a casa a la hora que habían dicho.

Ella le escucharía, le vería, le cuidaría en su casa.

Con sus cosas.

Añora su hogar, su patria, el sitio donde se siente seguro, protegido de los demás y de sí mismo cuando se da demasiado a los demás.

Podría hacerlo. Una mentira más, ¿qué más da?

Pero lo cierto es que no quiere jugar esa mentira ganadora. Ha cerrado una puerta, ¿no? Aunque quizá no la correcta, lo importante es haberla cerrado. Ahora debe atreverse a tirar al mar la llave. Debe creer más en huir que en regresar. Quizá por vez primera. Llegar a otro sitio, ha ido pensando de camino a la cama, en la que se tumba entre dolores. Le pide a Rebeca que se ponga a su lado. Ella se descalza y obedece. Sandino se endereza colocándose detrás la almohada. La periodista hace lo mismo con la suya.

—Lo peor es la rodilla, hostia puta.

—¿Qué? ¿Miramos la Sexta?

—No, hablemos.

—Hablemos.

—No sabemos casi nada el uno del otro.

—Entonces, ¿de qué podemos hablar? Va, háblame de música. Me encantaba cuando me hablabas de música, las cintas que grababas a mi hermana en el instituto.

—Como quieras. A ver... vale, te... Mira. Te hablo de uno de mis discos favoritos. De mis cien favoritos. Es de Paul Simon. El primero que grabó en solitario. Había sacado uno con Garfunkel y no habían tenido éxito. El tío estuvo tocando en Inglaterra y grabó una serie de canciones. Con un solo micro. Guitarra y voz. Hay canciones preciosas. Luego las buscamos. En la portada...

—¿Cómo se llama el disco? —lo corta Rebeca, echando mano de su iPhone.

—No busques nada. Aún no. Déjame explicártelo antes. *Please*. Bueno, el disco tiene versiones de canciones que luego grabará con Garfunkel, pero aquí todo es sencillo. Guitarra, voz. Ya sabes. Pero en la portada, la portada es, no sé, personifica un tipo de amor infantil, ingenuo, ese que andas buscando luego. Y que cada cosa que coges la manchas con tus manos llenas de mierda, de experiencia, de sabelotodo. Es inevitable, supongo. Simon tenía una novia, Kathy. La de la canción. Le dedicó varias. En la portada salen los dos. Están el uno frente al otro. Sentados sobre adoquines. Al lado de un lago, parece. Es de noche. Ella no está maquillada. Es invierno. Es guapa. Guapa normal. Igual ni era guapa, no sé. Lleva un jersey de cuello alto. No, en forma de pico. Bueno, eso también da igual. No se miran a la cara. Los dos tienen en las manos unos muñequitos tipo Disney. No hay más. Es eso. Es todo. Es ese momento. Cuando estás. Cuando lo tienes todo. Cuando no piensas que puede haber nada mejor que estar allí y con esa otra persona. Ese momento en que eres niño, ellos lo son, poco más que niños. Él le regala canciones. Ella le regala la sangre de esas canciones.

—Sé lo que quieres decir —contesta Rebeca mirando a la pared de enfrente—. Es una locura. No eres tú y eres más tú que nunca, ¿verdad? Los romanos recomendaban reposo y prostitución al enamorarse, para el primer amor especialmente. Pero me noto ya el borderío: es momento de ponerse cínica. ¿Sabes qué pienso cuando me lamento de que ese tío no es lo que esperaba o me hacen daño o soy yo la que se aburre? Pienso en toda la gente a la que en toda su vida no dirán jamás que la aman. Por favor, ayúdame, necesito cinismo ya mismo. Urgente. La mayoría de gente no tiene la suerte de que el amor les joda la vida ni una sola vez.

—No tengo ganas de cinismo, Rebeca, estoy muy jodido.

—Ya veo. Creo que me he recuperado un poco. Es necesario. ¿Preparado para el napalm?

Sandino asiente con la cabeza mientras en el baño suena el móvil. Nadie va a buscarlo. Enmudece. Vuelve a sonar. Sandino le dice a Rebeca que no lo vaya a buscar, pero ella no le hace caso: «deformación profesional». Ya de vuelta pregunta:

—*Senyor* Adrià. ¿Descuelgo?

DOMINGO

El mundo después de que el gato haya saltado.

JANET MALCOLM

33

Living in fame

Ni uno ni otro hablan en el viaje de regreso a casa. Sofía mira por su ventanilla y Sandino está pendiente del tráfico. La mujer lleva en sus manos el sobre con los resultados de las pruebas. Lleva vendado con un apósito el cuello, otro aparatoso en la mejilla y el cabello por detrás cortado a dentelladas. Sólo fue un cuchillo o unas tijeras. La taxista no lo pudo ver muy bien. Volvía con un cliente del aeropuerto. Cuando lo dejó en su hotel, un pasajero que se bajaba de un vehículo plateado, quizá un Focus, se subió a su taxi. Era su último viaje. Estaba cansada. Llevaba demasiadas horas trabajando. Pero no sospechó del tipo aquel que se puso literalmente detrás de ella, que vestía de modo informal pero discreto, del que no podía recordar nada que le llamara la atención, quizá un algo en su entonación que lo hacía extranjero, pero sin determinar con seguridad ni tan siquiera el continente de procedencia. Estuvo a punto de no cogerlo, pero, en lo que Sofía interpretó como buena suerte, aquel hombre iba en dirección a su barrio. Cuando estaban llegando al final quiso cambiar de ruta, se desviaron hacia la Trinitat, hacia la zona del instituto Sant Josep Oriol. Entonces sucedió. La navaja o las tijeras. El dinero. El aviso. El corte en la mejilla. El trapo en la boca. El roce del metal en el cuello. El meterle la mano por dentro de la camisa hasta colarse por debajo del sujetador. El pellizco. El brazo alrededor de su cuello mientras el filo de las tijeras, juraría que eran unas tijeras afiladísimas aunque no recuerda dos piezas de metal sino sólo una, lo que fuera, alrededor de uno de sus pezones, la herida, el querer gritar. El pelo, cortarle el pelo, eso fue lo peor por lo aterrador. Sangre cayendo desde la mejilla. El tipo emitiendo el mismo mensaje, entre amenazas, quería más, quería todo, quería el resto. ¿Dijo eso? No lo sabe, no lo recuerda. Cree que sí, pero no está segura. Un golpe duro en la cara, otro en la cabeza. Miedo. Bloqueada. El tiempo justo para que el tipo aquel saliera del coche y la sacara. Y notó que le había cortado en el cuello y no recordaba en qué momento. Se llevó el taxi, la dejó en las inmediaciones desiertas del Sant Josep Oriol y ella, tapándose el cuello, sangrando, de rodillas viendo y queriendo que se marchara, y luego, tambaleante, hacia los edificios de casas como enjambres donde alguien la vio llegar y llamó a una ambulancia: luces azules, rojas, voces amables, eficaces.

La pregunta está entre ellos pero ninguno de los dos se decide a expresarla. A ratos, cree que las casualidades no existen y a ratos, que por supuesto existen. En el mismo laberinto se encuentra Sandino, pero habiendo llegado desde la certeza de que nada de aquello puede ser casual. Conduce absorto, como en estado de trance. Se fuerza a romperlo. Pregunta cómo está.

—¿Tengo peor o mejor aspecto que tú?

Ninguno de los dos tiene ganas de bromear, o las pierden en cuanto alzan un poco el vuelo. «Obstinarse en lo imposible no es heroico sino estúpido», recuerda haber leído Sandino. Y todo por un dinero que tampoco es tanto. Pero ellos son la excusa para una demostración de fuerza, de autoridad, que el azar hizo girar de signo cuando a aquel tipo se le reventaron las varices en el coche de Sofía. Sandino no olvida que todo aquello lo ha empeorado el avispero Verónica. ¿Por qué ha estallado ahora y no antes? ¿Por qué? Lo desconoce, pero cree estar seguro de que Héctor puede permitirse no conformarse con la devolución del dinero y la paliza dada a quien fuera el amante de su mujer. Una sospecha que ya no es tal. Quizá su cólera sea destruirle, sacarlo de la ciudad, enterrarlo bajo el Vela. Se le ocurre algo, embrionaria pero luminosamente.

—¿Podrías andar? ¿Te ves con corazón de andar un poco?

—Sí, supongo que sí. ¿Por qué?

—Igual vamos a tu casa en bus o metro, no sé.

—¿Y eso?

—Ir en nuestros taxis es ir con un cartel que pone «dame de hostias cuando quieras». Vamos a ponérselo algo más difícil.

—Igual ha sido casualidad. Lo del atraco es algo muy rebuscado. ¿Cómo podían saber dónde estaba? El dinero, de acuerdo, pero ¿llevarse el taxi?

—Ese coche puede haber estado siguiéndote a la espera de su oportunidad. Además, ¿el tipo no te ha dicho que quería el resto?

—Ya no estoy segura de nada. Creo que sí, pero no lo sé. Igual se refería a otra cosa, no sé.

Sandino ha cambiado de ruta. Dejan atrás plaza España y están ya en la autovía de Castelldefels. Le pregunta si le molesta que ponga música y ella dice que prefiere que no. Pero las noticias sí que le gusta escucharlas. Busca Sofía una emisora. Detiene el dial en una cualquiera.

Un banco se vende, otro se compra.

Se hunden pateras.

Hay fútbol esta noche.

Ha desaparecido otra prostituta.

Sandino apaga la emisora.

No, eso ya no. No.

—¿Cómo pudo enterarse el *senyor* Adrià?

—Por la emisora o la policía, no sé. Los taxistas nos movilizamos mucho en este tipo de historias. Una noche vi una persecución en jauría a unos niñatos que habían pegado a uno.

—¿Han venido los *mossos*?

—No, pero no tardarán en tocarme las narices. Supongo que el hospital ha de abrir un protocolo y dar parte. En realidad, ya da igual, ¿no?

—Sí.

Un mutismo algo fatalista, aparentemente el mismo, se instala en el ánimo de los dos. Sofía parece derrotada y él, furioso en su humillación, asaeteado por un sentimiento aún difuso de justicia y venganza.

—Tengo miedo, Sandino. Por primera vez en mi vida tengo realmente miedo. Mi casa, mi coche, mi vida.

—Es lógico: yo estaría acojonado.

—Devolveré el dinero. Pondré lo que falta de la hipoteca de mi hermana y que me dejen en paz.

—¿Estás segura?

—Sí, joder. Esa gente va en serio. Mañana voy al banco y se lo damos a Héctor.

—A Héctor le vamos a dar una mierda. Si lo devolvemos, se lo damos a sus verdaderos propietarios.

—Haz lo que quieras.

—¿Lo que quiera? Yo no quiero devolverlo. Ahora ya no.

—No me vengas ahora con eso. Lo devolvemos.

—De acuerdo. ¿Lo tienes todo en el banco? —Ella asiente con la cabeza—. ¿Puedes marcar un número en mi móvil? Ahmed. Llámale.

El marroquí no pone ningún problema en que dejen el taxi en uno de los garajes de Mercabarna. Su jefe ni se enterará. Les da indicaciones para encontrarse. Sandino se pierde en un par de calles, pero finalmente la silueta de Ahmed se recorta al fondo de un callejón. A su lado, está Emad. Le está echando una mano estos últimos días.

Ahmed los ve bajar del coche y sólo entonces Sandino se percata del aspecto lamentable de ambos. El marroquí cree que ha sido en un mismo accidente y ni Sofía ni Sandino tienen ganas de ir con demasiadas explicaciones. Dejan el Toyota al lado de una furgoneta en un aparcamiento cubierto. Dos plazas desiertas y otra furgoneta más grande que la anterior, todas con la publicidad de la empresa de congelados para la que trabaja Ahmed. Emad se muestra simpático. Recuerda al chaval que era, más allá de que su indumentaria no es la americanizada que llevaba en la adolescencia, sino la tradicional. Sofía se baja del vehículo antes de entrar en el aparcamiento y Emad se pone a hablar con ella. Ahmed ocupa el asiento de la mujer en el taxi.

—Un par de días para que me recupere. No te preocupes. Podré conducir. Sólo son golpes. Es por seguridad. Nada más. ¿Salimos el martes a primera hora? Dejo a las niñas y nos vamos. Las llevaré con el SAAB de Sofía. No creo que a ella le importe. El martes a eso de las nueve y media salimos desde aquí, ¿te parece?

—¿Seguro? No hay prisa. Ya lo has visto: hasta parece el de antes.

—No, el martes está bien. Arreglo cuatro cosas y nos vamos.

—Se lo diré a mi hermana.

Cuando salen al exterior, Sandino se dirige hacia Emad y se saludan encajándose las manos del modo que hacían antes —aunque Sandino se queje aparatosamente—, casi bromeando. En árabe, Ahmed le indica cuándo y desde dónde saldrán hacia París. Emad asiente con la cabeza y sonríe. Ahmed hace un aparte con Sandino.

—Hay una cosa de la que me enteré el otro día. Escuché una conversación por el móvil de Héctor. Hablaban de Verónica. Como si la hubieran localizado. Algo así. Al menos ya sabemos que no está muerta.

—No podía estarlo. ¿Sabes? Últimamente la estaba viendo por todas partes. El puto insomnio te hace ver lo que quieres ver.

—Si quieres no me lo expliques, pero ¿qué os ha pasado? ¿Ha sido la gente del Olimpo?

—No, no, pero, Ahmed, ya hablamos otro día.

Sandino pregunta dónde queda un medio de transporte con el que dirigirse a Barcelona. Cualquiera menos un taxi, por supuesto, se oye decir. Hay autobús y metro, pero si se esperan un cuarto de hora, un compañero acaba turno y les dejará donde le digan. Así lo hacen. Para sorpresa de Sofía, no se dirigen a casa de ésta sino al Avalon.

—Te dejo y voy yo a tu casa. Cojo lo que necesites. Pero es más seguro el hotel. Así descansas tranquila. Yo puedo ir a casa de mis padres o de Lola. Sigue siendo mi casa. Lo que necesitaré para desplazarme es el SAAB. ¿Dónde tienes las llaves?

—En el recibidor. Hay un cuenco con todas las llaves.

Deja a Sofía en la habitación, y busca la parada de Hospital de Sant Pau para enlazar con la línea 4 en Maragall y acercarse al barrio de Sofía. Bajar las escaleras y desplazarse de forma subterránea le concede a Sandino una sensación de seguridad desconocida desde hace días. Se siente protegido en ese otro orden de circulación reglado, que no depende de él ni del resultado de factores ajenos y aleatorios. Enseguida llega el metro. Monta en uno de los vagones. Decide no sentarse. Se agarra a una barra, cierra los ojos y apoya la frente contra su superficie fría. Le encantaría pararlo todo. Disfruta del anonimato que siente ahora, en ese vagón, rodeado por desconocidos, gente que ni lo ve. Un tipo que vende mecheros y pañuelos para no robar se tambalea a su alrededor. Aquí y allá, gente mirando su teléfono, leyendo o callada. Una mujer rebusca en el bolso y da unas monedas. Es la única.

Saca también él su teléfono del bolsillo. Mensajes, llamadas, correos.

Sin noticias de Lola.

Sin noticias de Llámame Nat.

Busca una canción en Youtube.

Una de sus favoritas. Jeff Buckley: «Everybody here wants you.» La chica asiática espera en un aeropuerto a Jeff, que no llega. No lo hará porque se ahogó en el Misisipi, se perdió en sus aguas, muchacha. Bañarse vestido, bañarse con botas, aunque sea sobrio. La chica no lo sabe. Nosotros sí. Ella cree verlo en cualquiera. La espera es dolorosa. El mundo es obsceno y cruel cuando uno está metido en una burbuja y no queda oxígeno y nadie te avisa.

Le envía la canción a Llámame Nat.

Le envía la canción a Lola.

Le envía la canción a Rebeca.

Le envía a Hope otra distinta, la que canta ella con los hermanos Reid.

Luego, bloquea todas esas conversaciones. Las desbloquea. Pone modo avión. Apaga. Enciende. Desactiva el modo avión. Vuelve a conectarlo cuando se baja en el andén de Maragall. Todo como poner una bala y sacarla y volver a ponerla en el tambor de una pistola con la que jugar a la ruleta rusa los próximos minutos de aburrimiento. Cualquier cosa con tal de seguir siendo muchos y ninguno a la vez.

Transborda. Plaza Llucmajor. La portería de la casa de Sofía. Parece que haga siglos que salió de allí y sólo han sido horas. Sube al ascensor y al salir ve una silueta sentada en las escaleras.

—¿Qué haces aquí?

34

Silicone on sapphire

—No te puedes quedar aquí —le espeta Sandino a Jesús mientras mastica.

—¿Por qué? —contesta Jesús al tiempo que introduce en su boca un buen número de macarrones ensartados con un tenedor.

Sandino está a punto de contestarle, pero no lo hace. Si Jesús tiene derecho a su locura, él tiene derecho a que se le respete la inteligencia y, a su criterio, eso implica no malgastar su tiempo y energías explicando cosas evidentes.

—¿Puedo ver a Sofía?

—Puedes verla. Pero está en una habitación individual de hotel. Quiero decir que tú eres del tipo nervioso y vas a parecer un animal enjaulado. No vayas para agobiarla. Además, una cosa. —Sandino se echa atrás en la silla, en la cocina de la taxista, donde ha improvisado una comida de plato único para dos—. ¿A qué viene tanto amor y tanta dedicación? Acabamos de conocerte. Acabas de conocernos. Que no te pille el rollo obsesivo y luego no podamos arrancarte ni con agua caliente.

—No te preocupes. Yo tengo mi casa y mi vida.

—¿Y por qué no estás ahora en tu casa y en tu vida?

—Porque trabajo aquí. He venido a trabajar.

—Trabajas.

—Estoy grabando un disco.

—Ya. Es verdad.

—Sí.

—¿Cómo lo grabas? —el taxista decide mostrar algo de interés.

—Solo. Hay gente que me ayuda con los teclados y la caja de ritmos, pero luego acabo regrabándolo yo todo. ¿Hay postre?

—Hay manzanas en la cesta y algún yogur debe de haber en la nevera.

Jesús se levanta y coge una manzana de la cesta. Abre la nevera y también saca un yogur.

—¿El yogur es para mí?

—No. ¿Quieres uno?

—No, es igual.

—¿Te duele la mano?

—Me molesta. El cuerpo, la rodilla sobre todo, en cuanto remite el efecto de los antiinflamatorios. ¿Tu brazo ya está bien?

—Casi. Me quité yo el vendaje. Me curé solo.

—Ah, claro. Si puedes resucitar a alguien pudiste curarte el brazo. Y no me burlo, señor susceptible. Bueno, sí, un poco.

—Simplemente puedo hacerlo. Lo hago. Siento que puedo y lo hago.

—Con mi abuela no pudiste.

—Con cenizas no puedo. Ahora lo sé.

—¿Y George y John? ¿Y Billy Preston?

—Ése ya está vivo, pero cuando uno vuelve a la vida no es el mismo. Necesita adaptarse. Los otros dos son lo mismo que tu abuela. Los incineraron.

—Vaya... Así que Billy Preston ya está vivo.

—Mira.

Jesús acerca su silla a la de Sandino. Pone la palma de su mano sobre el muslo del taxista. Éste finge no hacerle caso y va liquidando macarrones. De pronto, nota calor en la zona de la pierna sobre la que tiene depositada la mano aquel hombre. Éste arquea las cejas y exhibe una mueca de suficiencia a Sandino. Sabe que lo está notando. El taxista retira la pierna.

—Quema, ¿eh?

—Calorcito. Igual es sugestión.

—¿Por qué te niegas a creer? Seguro que hay cosas en las que depositas tu fe y no son ciertas.

—Sí, seguro, pero no es lo mismo confiar en alguien o creer que te has enamorado, que creer que has resucitado a Billy Preston.

—Dame la mano. La de los dedos rotos.

—Déjame en paz, tío.

—Dámelos.

Sandino se levanta y va hacia la cesta, donde aún queda una Golden. La coloca bajo el grifo y le pega un mordisco. Mira la manzana y en el borde de la mordedura hay rastros de la sangre de sus encías.

—Tienes miedo de que te cure.

—¿Dónde te dejo?

—¿Tú vas a ir a ver a Sofía?

—No lo sé. Si quieres te llevo y te arreglas con ella.

—¿Cómo vas a llevarme, si no tenemos taxi? ¿Está lejos? ¿Está más lejos que el Vinilo?

—No tenemos taxi, pero tenemos el SAAB.

Da un par de mordiscos más a la manzana y tira el resto a la basura que está en el armario, bajo el fregadero. Recoge los platos y realiza la misma operación. Jesús le sigue esperando sentado a la mesa. Sandino acaba por claudicar y se sienta. Localiza un cenicero y enciende un cigarrillo. Ofrece uno a Jesús, pero enseguida recuerda que el pirado no fuma porque no sabe, y no sabe porque considera que es muy difícil fumar y seguir respirando. Jesús le coge la mano herida. Cubre con la suya los dedos entablillados. Sandino da una calada.

—Y todo aquello del Mesías. Eso lo dice la gente, no tú, ¿verdad?

—Me llamo Jesús. Mi madre, María, y su madre, Ana.

—Eso sólo demuestra que tu madre fue a un colegio de monjas.

—Los evangelios apócrifos. Los del Mar Muerto. Esos que la Iglesia quiere ocultar hablan de episodios de la niñez de Jesús que me pasaron a mí. Pero no sé si soy el Elegido. Sólo sé que hay cosas que he de hacer.

—¿Como qué?

—Las oigo cuando debo hacerlas. Como lo de curarte los dedos.

—Siempre me ha intrigado la gente que cree. Quiero decir que me interesa, que me cae bien. No tengo prejuicios con Dios.

—Yo no creo en el dios de la comunidad.

—Por supuesto: tienes uno para ti.

—Todos tenemos uno, pero no a todos habla.

—Una temporada me acostaba con una chica que después de correrse, se lo agradecía a Dios.

—¿Por qué todas tus historias son de cama?

—Cada uno elige las iglesias a las que va a rezar, ¿no?

Jesús deja los dedos de Sandino. Lo exhorta a comprobar la mejora. El taxista la nota. Duda que estén curados, pero sí que la presión y el calor que emanaron de la mano de Jesús le han aliviado el dolor. Parece que hasta podría doblarlos.

—¿Me quito las vendas?

—Como quieras.

—Mejor luego. ¿Vamos tirando?

—Sí. Voy al lavabo.

Los ruidos de la cisterna y del grifo del lavabo ponen banda sonora a la comprobación de Sandino de que sus dedos le responden mejor. Se resiste a quitarse las vendas porque se resiste a verse en la obligación de reconocer a ese tipo parte de lo que sostiene. Pero lo cierto es que puede incluso doblarlos.

Dejan el piso. Atienden a las acciones de apagar luces y cerrar puerta. Llevan consigo la bolsa de la basura, que licencian en el primer contenedor con el que se encuentran. El SAAB está en un aparcamiento a escasas calles del domicilio de Sofía. Sandino lo recuerda porque ese lugar lo ocupaba antes el taxi que ahora vete a saber dónde estará. Es un aparcamiento de seis plazas del que salir cuesta una serie de maniobras que le recuerdan que, a excepción de los dedos, el resto del cuerpo sigue muy dolorido. Jesús trastea con la música mientras ya están en circulación.

—¿Qué vas a hacer?

—¿Qué voy a hacer con qué?

—Con todo esto. Con quien te pegó, con quien destrozó los espejos, con quien quiso matar a Sofía.

—Hoy iré a hablar con quien creo que lleva el cotarro. A quien se le debe la pasta.

—¿Para devolvérsela?

—Sí.

—¿Y ya está?

—Sí, ya está. ¿Qué quieres hacer?

—No sé. ¿Y el del bar?

—El del bar se estará quietecito.

—¿Seguro?

—Sí.

—¿Y no te dan ganas de vengarte? ¿De hacerle daño?

—Claro, pero no soy idiota. Suelo embarcarme en guerras que puedo ganar. No me dejo dar hostias porque sí.

—Hay que ir también a las guerras que sabes que has de perder.

—Eso es una estupidez, joder.

—No, no lo es.

—A uno que ambos conocemos lo crucificaron por eso mismo.

—Al final ganó.

—Una mierda. Se murió y del resto se encargaron los trovadores y los fanáticos.

—Es tu opinión.

—No es mi opinión. Es la verdad.

Sandino reconoce que en esa vehemencia tiene mucho peso que su interlocutor le haya dicho lo que él se decía pero no quería escuchar: Héctor, su victoria, la humillación, las risas a sus espaldas, el dinero retornado. Todo por nada.

—Siempre ganan los que no tenían que ganar. Elvis era de Duluth, los Beatles de Liverpool. Paletos, huérfanos, pobres.

—De Tupelo. Elvis era de Tupelo. De Duluth es Dylan.

—Otro. Bob Dylan. Jesús de Nazaret. La guerra de Troya no la gana Aquiles ni Áyax ni Moisés. La gana Ulises.

—¿Moisés en Troya?

—Pues uno parecido. Moisés seguro que tampoco tenía que ganar.

—Ok. Te pongo ejemplos de lo contrario. Hitler. Steven Spielberg.

—Al Pacino.

—¿Al Pacino? ¿Qué coño pinta aquí Al Pacino?

—Porque se me ha ocurrido cómo podemos hacer para que Sofía no se confunda. Le diremos que piense que todas las películas que ella cree que ha hecho Al Pacino las ha hecho el otro. ¿Qué te parece? ¿Adónde me llevas?

—Brillante. Vamos a Gràcia. Te dejo cerca del Vinilo.

—Bien. ¿Querrías ver el estudio?

—No sé. Tendría que descansar un poco. Quiero tener la cabeza serena cuando vaya a hablar con esa gente.

—En el estudio hay un sofá. Yo duermo allí las noches que pierdo el tren. Luego podemos ir juntos a hablar con ellos.

—Prefiero ir solo.

—Solo, solo, solo. Todo siempre solo.

—Sí, todo siempre solo.

Lo cierto es que Sandino no sabe muy bien qué hacer hasta que llegue la noche. Su habitación está ocupada por Sofía. Y el resto de posibilidades conllevan tener que dar demasiadas explicaciones sobre su aspecto, el coche que ahora lleva y demás.

Andan por las callejuelas hacia el territorio de los gitanos, y en una portería, casi tocando a plaça del Diamant, un primer piso apenas iluminado, Jesús encuentra las llaves que le permiten entrar por ese pasillo atestado de libros y cuadros por colgar. El pasillo da a dos habitaciones. Una de ellas tiene la puerta abierta y, por el trípode contra la pared y la placa para los reflejos, parece ser el lugar donde un fotógrafo trabaja. La que está cerrada da paso a una estancia acolchada e insonorizada que tiene tanto de local de ensayo como de estudio.

Y, efectivamente, hay un sofá.

—Ponte cómodo.

Sandino obedece y se repantinga en ese sofá que nadie ha limpiado desde que llegó a la habitación. Pide que le ponga algo de lo que haya grabado. Jesús le dice que espere. De un cajón saca un cigarro de hachís que enciende, da un par de caladas y se lo pasa al taxista. En medio del humo, Sandino se oye decir lo que llevaba rato queriendo escuchar:

—Lo de Héctor he de pensarlo. Tienes razón: esto no puede quedar así.

—Yo creo que no.

De repente, suena una música rara, tocada por instrumentos que, a ratos, se le antojan guitarras o teclados o ninguna de las dos cosas. Llega la voz de Jesús tras una cortina de música hermosa. Una voz lenta, arrastrada, melódica. Algo bello naciendo de esa cabecita loca. La maravillosa historia de siempre.

—Obama. Era un estudiante brillante de Harvard. Nació para ganar.

—Sandino, Obama es negro. Y además se llama Bin Laden. Lo tenía todo en contra.

—Joder, tío, no se llama Bin Laden —contesta, riéndose—. Se llama Osama, cabrón. Bin Laden...

—Lo que sea.

—Lo que sea, sí.

—Así que quieres acompañarme esta noche.

—Sí.

—¿Tienes madera de héroe...?

—Devuélveme el cigarro, Sandino, que parece que no me entero, pero me entero.

35

Version pardner

La escena está a oscuras. El sonido y la imagen casi al mismo tiempo. La cabeza de una cerilla frota contra la superficie adecuada de su caja. La llama abre un círculo a su alrededor. Esa idea es hermosa, Sandino. La música que suena en aquella emisora también lo es. Jesús ha salido a mear fuera del SAAB. Se ha escondido para hacerlo. Ha empezado a andar. Están dos, cuatro calles por debajo del Stalker. Algo colocados, algo bebidos.

—Sandino... Sandino, oye, Sandino... Sandino.

Todo el rato, de pronto, un estadillo de Sandinos en boca de ese puto tarado hasta que ha salido a mear.

—Te diría una cosa si supieras guardarme el secreto.

—Dímela.

—Me has de guardar el secreto.

—Ok.

—Júramelo.

—Te lo juro.

—No te creo. No te lo digo.

—Pues no me lo digas.

—¿En quién piensas antes de dormir?

—¿Ése era el secreto?

—Eso no es un secreto. Es una pregunta. *Una curiositat.* Una inquietud.

—Vete a tomar por culo.

—¿En quién piensas antes de dormir?

—Muérete.

—Me voy a mear.

—Voy a entrar solo. No te espero si tardas.

Sin embargo, está tardando y lo está esperando. *¿En quién piensas antes de dormir, taxista?* ¿Por qué le habrá preguntado precisamente eso? ¿Por qué? No piensa en nadie. En todas. En fieras feroces y coches en llamas. Pero no consigue retener la cámara, devolver esa pierna a su dueña, ese polvo a su protagonista, ese olor a nadie ni ese pelo, ese ronroneo, ese irse al baño, ese mecerse contra la ventana, ese gritar, esa risa, esas tetas, ese rapado, ese nombre, esos besos, el mordisco en el pecho, las sábanas manchadas, la caricia, el dulce lameteo, el hartazgo, el deseo, la ansiedad, la melancolía, el latido aquel, ¿de quién era?

Acaba la canción y Sandino sale del SAAB. Va a dejarlo allí aparcado. Cierra. Echa a andar. Lleva unos treinta metros y trata de recuperar cuál era el argumento válido para aparcar lejos del Stalker. Sólo va a hablar y decirles que mañana tendrán el dinero. Que mantengan a Héctor lejos de ellos. Que se olviden de Sofía y de él. Que, de saberlo, les digan dónde está el taxi de su amiga. No debería ni haber fumado ni haber bebido tanto. Claudica y regresa al coche. Esperará un poco más e irá con el tarado. Antes de llegar al SAAB ya distingue la silueta de Jesús apoyada contra el coche. «¿Dónde estabas?» Sandino no contesta. Como cuando se enojaba con Lola. Igual. Jesús, su nueva pareja: de mal en peor. Entra en el coche. También el otro.

—¿Cómo vas?

—Bien.

—¿Quieres ir mejor?

Jesús saca una papela. Empieza a deshacer la piedra de cocaína con su tarjeta sanitaria, lo que le parece a Sandino una metáfora de algo que no consigue determinar. No sabe si pegarse el tiro o no. Debería estar despierto. Debería poder hablar con convicción. Pensar rápido. No trastabillarse cuando deba argumentar.

—¿A ti ya te va bien con todo lo que te metes?

—Sí, sí, voy compensando. Además acabo de tomarme la de la tensión. Soy hipertenso. ¿Lo sabías?

—Debe de ser de lo poco que no me has explicado esta tarde.

—¿Quieres, o no?

—Cuando acabe todo esto no quiero volver a verte en mi vida. ¿Lo sabes? En mi vida.

—Prepara tú el rulo.

Sandino obedece. Esnifa primero Jesús y luego él. Pone el coche en marcha: ha decidido acercarlo al Stalker por los mismos motivos por los que había decidido lo contrario unos minutos antes.

—¿Sabes? Yo he tocado en muchos discos pero luego nunca me ponen en los créditos para no tener que pagarme.

—Eso dicen todos los músicos que no se comen un colín. No digo que no te crea, ¿eh? Una pregunta: ¿de qué vives?

—Tengo una pensión. Mi padre murió y también nos dejó dinero a mi madre y a mí. Con el nuevo disco ganaré dinero. Seguro. Mi padre era rico.

—¿Cómo se va a llamar el disco?

—Sandino...

—¿Así vas a llamarlo?

—¿El qué?

—El disco. Tu disco.

—No. No te lo digo porque lo irías comentando por ahí.

—Dímelo, joder.

—No.

—No diré nada.

—¿Me lo prometes?

—Sí.

—Si lo oigo por ahí sabré que has sido tú y te mataré.

—Si se llama *Pet sounds* no vale, ¿eh?

—*Demasiadas amas de casa.*

—¿Se llama así?

—Sí.

—Es genial. Me gusta. Lo compraré.

—¿Cuántos?

—Uno, dos.

—Oh, Sandino...

—¿Qué?

—Sandino.

—¿Qué?

—Tendríamos que tener una pistola y matarlos a todos.

—¿A quiénes?

—A todos. A éstos, a los del bar.

—Decidido. Bájate del coche. No me acompañas.

Sandino detiene el SAAB a escasos metros del Stalker, pero Jesús no se apea. Vuelve a ponerlo en marcha y aparca pasada otra calle más. Por precaución, deja espacio suficiente para poder salir sin maniobrar en exceso. La cocaína puede hacer pensar cosas sensatas como ésa.

—Quédate en el coche. No tardaré. No quiero que vengas conmigo y empieces a decir tonterías.

—No las diré.

—Las dirás. Todas las que se te ocurran.

—Te lo prometo. Quiero ir. Además, si van a hacerte algo, siempre se lo pensarán más al tratar con dos personas en lugar de con una. Y yo tengo más fuerza de la que parece.

Sandino calla unos segundos. Mira a Jesús, que hace ademán de exponer más argumentos de los ya dichos para convencer al taxista. Éste le indica por gestos que no hable. Que si habla no le acompañará.

—Ven, pero una sola mamonada, una broma, alguna cosa de pirado y te parto la cabeza. ¿De acuerdo? —Jesús asiente—. Hablo en serio. Nos lo jugamos todo. Hemos de parecer gente sensata que tiene algo que ofrecer, no dos tontos muy tontos. ¿Lo entiendes?

Jesús no dice nada y se apea. Sandino lo sigue. Cruzan la calle, pagan la entrada y se internan en el Stalker. La música es distinta, quizá el público también, o quizá sólo sean materia aplastada por la resaca el bajón del domingo. Todo impecable, casi demasiado. Se acercan a la barra. Canjean los tickets por sendas colas. Jesús protesta. La Coca-Cola lo altera. Sandino cree que bromea, pero no lo hace. Pregunta por Quim a una de las chicas de la barra.

—Creo que se ha ido ya.

—¿Puedes comprobarlo?

—No. Estoy sola en la barra, ¿no lo ves?

—Perdona.

—Pregunta a los de la entrada.

Sandino se dirige hacia allí. Detrás le sigue Jesús. En la puerta están los de seguridad, el chaval de las entradas y una cuarta persona, charlando, pero con clara intención de marcharse. Sandino, sin saber muy bien por qué, intuye que ése es Quim. Al llegar a su altura, se lo pregunta directamente.

—Depende.

—Hola, me llamo Sandino. Soy taxista.

—Yo soy Jesús. Amigo suyo.

—Muy bien. Un taxista y un amigo. ¿Algo más que debamos saber?

—Rebeca Salgado nos dijo que podríamos hablar con él.

—¿De qué queréis hablar con Quim?

—Es privado.

El tipo calla. Sandino lo examina. No llega a los cincuenta, pero su piel está salpicada de manchas y rojeces. Larguirucho, pero de brazos musculados bajo un polo negro de Lacoste, pelo ralo, pendiente, ojos muy juntos y una línea rosada en donde debería haber estado un labio. El hombre hace un gesto a uno de los de seguridad para que lo acompañe. A continuación, les indica a Sandino y Jesús que también lo hagan. Echan a andar por un pasillo oscuro donde la música del club suena amortiguada, como dentro de un submarino. Suben a un primer piso. Luego a un segundo. Puertas y puertas y nadie en el recinto. Sandino trata de no mirar a Jesús, que va diciendo cosas en voz casi inaudible; es hasta posible que esté rezando. Una última puerta da paso a un despacho amplio y amueblado a ramalazos de mal y peor gusto. El tipo se sienta detrás de la mesa. Sandino hace el ademán de acomodarse en una de las sillas que quedaban en el otro lado, pero antes de que pueda sentarse, le hacen un gesto para que se detenga. El de seguridad habla por primera vez hasta ese momento:

—Móviles.

Se los entregan. El tipo es diestro en sacar las baterías. Sandino no protesta. Jesús tampoco. Sólo se ríe un poco. Quizá por nervios o porque tiene la impresión de que está dentro de una escena de ficción, una película donde todo el mundo —hasta él— sabe lo que va a pasar, muertos incluidos. Luego, el mismo tipo les revisa, levantándoles la camisa, quitándoles la chaqueta. Una vez comprobado que no llevan nada que pueda grabar lo que van a hablar, el hombre que Sandino ya sabe que es Quim los invita a sentarse.

—Rebeca, Rebequita Salgado. La recuerdo. Hizo un reportaje cuando mataron a aquel chaval. Podrías haber buscado mejor padrina, porque la verdad es que no nos dejó especialmente bien.

—Es amiga mía. Le dije que quería verte. Doy por supuesto que eres Quim.

—Para lo que vayas a decirme, digamos que sí. Sabino, ¿no?

—Sandino.

—Sandino.

—Y Jesús.

—Sólo un portavoz, por favor. Y tienes dos minutos.

—Alguien se dejó algo en el taxi de una amiga mía.

—¿Un paraguas?

—Sí, un paraguas.

—¿Qué dices, Sandino...? Eran drogas, dinero.

—Calla. Por favor, Jesús.

—No me gusta eso. Nosotros no nos hemos dejado nada de esas cosas. Id a la policía. Creo que no tenemos nada que ver con eso ni con vosotros.

—Espera.

—¿Y Rebeca os dijo que nosotros teníamos algo que ver con esa mierda? Que se vaya con cuidado con lo que quiere publicar.

—Escúchame. Rebeca no nos dijo eso.

—¿Quién fue?

—Prefiero no decirlo.

—Largaos de este local. De inmediato.

El de seguridad da un paso en dirección a Sandino y Jesús.

—Me lo dijo una de las chicas del Medusa. Me dijo que vosotros sois los que introducís parte de lo que se dejaron en el taxi de mi amiga.

—Pues os informaron mal. No hacemos cosas ilegales.

—Queríamos arreglarlo. Parar esto.

—Por curiosidad: ¿cómo se llama esa chica?

—Helena.

—¿Helena? Ninguna de las chicas que están en el Medusa se llama Helena. Y las conocemos a todas. ¿Te suena alguna Helena, Lito?

A Lito no le suena ninguna Helena.

—Te engañaron. Te engañaron en todo.

—Puede.

—Aire, entonces.

—Se llama Helena. Entramos en el Medusa y en la barra la llamaron Helena.

—No. Sus chicas trabajan también aquí. Cuando acaban contrato aquí van allí. Tenemos la misma asesoría y sigue sin haber ninguna Helena. Acompáñalos, Lito.

Jesús y Sandino se levantan. El cerebro del primero trata de colarse por alguna rendija. No ha funcionado lo de la periodista ni lo de la tal Helena, aunque...

—Espera, espera. Yo supuse que era una de las chicas. No sé, por las circunstancias en que se subieron al taxi, pero ella me dijo que llevaba la contabilidad del Medusa. No la creí, pero quizá puede ser.

Quim se queda en silencio.

—¿Me estás diciendo que la contable del Medusa te dijo que nosotros metíamos historias raras en su club?

—No, me has entendido mal o me he explicado yo mal. Ella me dijo que el encargado, el responsable absoluto, eras tú. Quien me dijo que la gente del Stalker metía droga en el Medusa a través de las chicas fue otra persona. Un tal Héctor, Héctor Abarca. Lleva un bar que se llama Olimpo, cerca de Arco de Triunfo, en Barcelona.

—No te has explicado mal. Me has cambiado la versión. Ahora mismo, ante mis ojos, en plan trilero. ¿En qué versión está la bolita de la verdad? Eres muy malo. En serio. Un chapuzas.

—Fue el tío del bar. He intentado colarte lo de la chica por miedo. Ese Abarca es peligroso. No quería más problemas con él. Ella sólo me dijo que cualquier cosa que pasara en el Stalker la sabrías tú. Que el jefe confiaba en ti a ciegas. Tu nombre me sonó porque Abarca ya me lo había mencionado. Estoy casi seguro de eso. Por eso supe que estaba en el camino correcto para hablar con quien podía decidir y entender.

Quim, adulado, trastea con su móvil. Marca un número. Se coloca el teléfono en la oreja.

—¿Helena? Soy yo. ¿Estás por el Medusa? ¿Sí? Genial. ¿Puedes pasarte por aquí? Sí, es importante.

36

Career opportunities

—Sandino, Sandino, oye, Sandino.

—¿Qué?

—Este tío es un capullo...

—Cállate.

Quim cuelga después de su segunda llamada. El taxista sospecha que quizá haya telefoneado a Héctor, pero no tiene forma de saberlo porque no ha contactado sino con un contestador. Decirle que ha sido éste quien ha señalado al Stalker y a él como la persona que dirige el tema de la droga, de las de ahora y probablemente de las anteriores hornadas de pastillas, ha sido lo suficiente buena jugada para mantenerlos en aquella habitación unos minutos más. En el fondo, un farol que se vendrá abajo en cuanto hable con Héctor. Sandino sabe que ha de llenar esa habitación, toda esa escena de palabras, de una dramaturgia que le permita protegerse de lo que pueda decir Helena al llegar o Héctor si devuelve esa llamada.

—¿Esperamos a alguien o hablamos?

—Esperamos mejor a la contable. Está buena. De acuerdo. Pero no para incitar a beber a la clientela. Bueno, las chicas del Stalker no son de ésas. Igual cuando pasan al Medusa mutan y se convierten en otra cosa. No sé, tampoco ése es negocio nuestro, ¿verdad, Lito? Nosotros nos limitamos al terreno del ocio. Pagamos nuestros impuestos y tenemos todos los permisos que necesitamos y los que se inventan unos y otros. Los ayuntamientos, la Generalitat, la Virgen Santa.

—Si quieres la esperamos, pero no sé si tú querrás que haya otra persona más que sepa de qué estamos hablando. Igual tú no eres la persona adecuada, pero el tal Héctor te ha señalado. Cuando te explique la situación quizá puedas indicarme con quién he de hablar. Nosotros sólo queremos que esto acabe. La persona, la taxista que se encontró con el marrón en su taxi, está en el hospital...

—Espera, espera, taxista...

—...después de que hayan intentado atracarla. Se le han llevado el taxi. Es de locos. No sabemos cómo parar esto. Necesitamos que alguien lo pare: ¿puedes hacerlo tú?

—Metiéndome en lo que no me importa —empieza a decir Quim, quien se muestra más que complacido en esa situación. Complacido e intrigado—. Parece que hay alguien que quiere recuperar lo que ha perdido, ¿no? Bastaría con devolverlo. ¿No te parece?

—Sí.

—¿Entonces?

Sandino mira a los ojos de aquel tipo. Unos ojos pequeños e intensos, hábiles en descubrir quién miente, quién tiene miedo, quién va a atacarte. No puede fallar ahora. Ha de resultar fiable. Ha de mostrar la única versión sensata de aquella locura. Le preocupa tanto eso como que Jesús lo eche todo por tierra, pero eso es algo que, a priori, no puede evitar. No puede girarse y pedirle que se calle, guiñarle el ojo, retorcerle los dedos si se entromete. Sólo ir rápido y confiar en ser claro para Quim y embrollado para Jesús.

—La persona que subió al coche murió dejando en el taxi una bolsa de deporte. Una bolsa de deporte en la que llevaba pastillas, drogas y dinero. Mi amiga fue a devolverlo a la policía. Supongo que eso lo sabes.

—¿Por qué debería saberlo?

Sandino sigue hablando sin perderle la mirada en ningún momento.

—No lo devolvió todo. Pero fue a la poli, con lo que es de imaginar que todo este asunto esté en trámite de intervención policial. Eso tampoco te afecta. Puede que mi amiga se equivocara. No en acudir a los *mossos,* sino en querer ser más lista que nadie. Se quedó unas pastillas, pocas, y el dinero. Creyó que era un regalo del cielo.

—Del cielo.

—Le apretaron las tuercas hasta que nos enteramos de que quienes la buscaban era la gente de Héctor, el del bar. Que su taxi paró a quien no debía y que el dinero era en parte de él. Ella acude a mí. Yo la convenzo de que lo devuelva. Hablamos con Héctor. Nos habla de ti. Habla de que el setenta por ciento de ese dinero es tuyo.

—El setenta... ¿El setenta de cuánto?

—Ni lo sé. Ese dinero estaba en una bolsa. Sólo sé la cantidad que me dijeron Héctor y mi amiga.

—¿Te dio mi nombre ese tal Héctor?

—Sí, ya te lo he dicho.

—Me lo repites. No eres el rey de la coherencia, Sabinismo Sabínez, así que tómate como una buena señal que te pida que me repitas las cosas.

—Quim —continúa el taxista— también fue el nombre que me facilitó la contable, pero ella sólo me lo dio cuando yo le pregunté con quién tenía que hablar del Stalker. El nombre me encajó, por lo que casi seguro que también era el nombre que me había dado Héctor. Él me dijo que gestionabas todo eso desde el Stalker y que era la gente de aquí la que introducía las pastillas, la burundanga, a través de las chicas en el Medusa y otros locales.

—Burundanga... ¿Qué es eso? ¿Tú sabes qué es eso, Lito? Algo como el ballenato o la lambada, parece, ¿no? Quizá sea una posición sexual. De ésas a las que les cambian el nombre y tú la has practicado toda la vida y no sabías que tuviera un nombre tan sofisticado. De cuatro patas y con la lefa chorreando en la cara. Bukkake. Tócate los huevos. Burun... ¿qué? Tienes una historia así como muy buena, Sabinismo Sabínez. ¿Y tú? El amigo. ¿Tú que sabes de todo eso?

Sandino se vuelve hacia Jesús tratando de ser lo más expresivo posible para que Jesús entienda que se ha de mostrar menos loco de lo que está y no agrave la precariedad de todo aquello. En ese preciso momento, llaman con un golpe a la puerta. Sandino lee la duda en la cara de Quim. La duda entre escuchar a Helena y cotejar mentiras y contradicciones, o el placer de tener a ese grupo de cristianos a la espera de que la fiera les salte encima y les devore la cara de un mordisco. Y la duda de conocer antes la versión de Jesús, claro.

—¿Empiezo...?

—Por mí no hay ningún problema en que oiga lo que tengo que decir.

Sandino lee el «¿Y yo sí?» en la cara de Quim, que con la cabeza indica al tipo de seguridad, el tal Lito, que abra la puerta y deje entrar a Helena. Ésta, nada más hacerlo y ver cómo gira la cabeza hacia ella Sandino, entiende todo, suelta un taco y articula una pose de hartazgo y chulería que el taxista traduce como cualquier cosa menos una buena señal.

—¿Qué quieres? Me estaba yendo. Me has pillado de casualidad.

—Sólo será un momento. Os conocéis, ¿no?

—Del otro día. Es taxista. Acompañó a una de las chicas con un cliente borracho. Como llovía, yo fui con ellos.

—Quim. —Sandino se dirige a él de modo directo. Es arriesgado, pero sabe que ha de ser él quien conduzca la narración. Ha de contar con que Helena se adapte a su versión. Contar al menos con eso. La *farlopa* le envalentona—. Mira, tú eres el tipo duro, y nosotros, no. Nosotros, yo al menos sólo soy un taxista que ha de currar diez, doce horas para llegar a final de mes. No estamos jugando a nada. Es más, esta mierda ni es mía. Es de una colega. Una colega de los dos. Mira con quién vengo. Con un ángel de la guarda que más parece que haya venido con mi madre. No llevo nada. No quiero nada. Sólo que pare esto. Ya acabo con la historia. Hablamos con Héctor Abarca. Un tipo que ha sido poli. Un tipo que sabemos que no sólo sirve cafés en su bar. Y él nos explica la situación. Yo convenzo a mi amiga de que no puede tratar eso como si se hubiera encontrado una bolsa de la compra en el suelo. Y devolvemos el dinero. Todo. Y las pastillas. Y se lo devolvemos a quien conocemos. A quien dice que es el que debía recibir esa bolsa. Que es él quien arreglará la cosa con Quim, con la gente del Stalker. Eso seguro. Ese nombre se te queda. Es «guía» en ruso. Eso lo recuerdo. Por una peli. —Sandino nota que ya está al borde de una locuacidad peligrosa—. Da igual. Si él no nos lo dice, nosotros ni idea. Y le entregamos todo: la droga, el dinero, el que fuera, que yo no quise ni saber cuánto era. De acuerdo, no le pedimos recibo. Nos fuimos de ese bar tranquilos —Sandino se percata de que Helena está al tanto de ese giro y de que Jesús empieza a inquietarse, a llamarlo por el nombre, a hacerle ver que se está equivocando al explicar la historia—, pensando que todo se acababa ahí, pero no fue así. Era más retorcido. No iba a perder la oportunidad...

—Calla un rato, hostia puta. ¿Tú qué sabes de esta aventurita, Helena?

—Poco o nada.

—¿Dijiste tú mi nombre?

—Me preguntó con quién podía hablar del Stalker. Le dije que tú eres el que mandaba aquí. Que no eras el jefe, pero sí el que lo gestionaba todo.

—¿Y de lo demás?

Sandino intenta intervenir, pero Quim le manda callar en lo que parece el latigazo de un domador en el aire.

—Algo sé. No de lo que me haya podido decir éste. No dijo nada de dinero ni de drogas. En ese caso, yo no te hubiera mencionado. En un momento determinado dijo cosas que me interesaron y presté atención. Sólo eso.

—¿Qué cosas?

—Quim, a ver si nos entendemos. A mí no puedes encerrarme aquí y someterme a un careo con estos tipos. He venido por educación y por atención al cliente, que se dice. Me preguntaron quién organizaba todo en el Stalker y les dije que tú. El nombre no les sorprendió. O al menos no me lo pareció a mí. Punto. Que luego haya habido cosas en lo que explicó que me interesaran más o menos ya es algo privado.

—Perdona.

—¿Puedo irme?

—Espera un momento, Helena. Por favor.

Es Sandino quien se lo pide. La chica obedece, pero sabe que lo que sea ha de ser breve y que puede estropearlo todo, absolutamente todo.

—Hemos venido para aclarar las cosas. Lo que dice Helena es tal como fue. No salió a relucir nada más que mi pregunta y esa respuesta. El problema fue que, a pesar de que lo devolvimos todo, ellos siguieron y siguieron.

—Eso ya lo has dicho, joder. ¿Cuántas rayas llevas?

—Una —contesta Jesús—, pero generosa.

Sandino opta por seguir como si no hubiera existido ninguna interrupción.

—Me atacaron a mí. Atacaron a mi amiga. También le entraron en casa, pero eso lo entiendo porque aún no habíamos devuelto el dinero. Eso la convenció más que mis buenas palabras. —Sandino sabe lo que necesita una mentira de algunas verdades, de una parte de asunción de culpa—. Pero lo otro no. Le han robado el taxi. Ellos actúan como si aún tuviéramos el dinero. Saben que nadie nos creerá. Que no podemos ir a la policía ni explicárselo a nadie. Machacándonos convencerán a la gente del Stalker, a quien sea si no sois vosotros, de que ese dinero ellos aún no lo han recuperado. Pero no es así. Héctor lo tiene. Te juro que lo tiene.

Sandino oye musitar detrás de él a Jesús.

Reza o lo que quieras, pero no intervengas, por favor, sigue así: calladito.

—Si yo fuera al que se le debe ese dinero, cosa que no soy, pero, vamos, ya que me estás haciendo perder tiempo, al menos un poco de *mind games,* ¿no? Si yo fuera ése, ¿por qué debería creerte? Tendría al tal Héctor, que quieras o no es alguien de los tuyos, en quien confiar, que dice que aún tenéis lo que os llevasteis. Y vosotros, que lo habéis devuelto y que no lo tenéis. ¿Por qué debería creeros a vosotros...?

—Porque nosotros no somos gente de acción. No nos dedicamos a jugarnos la cárcel ni la piel. Somos gente normal. Somos nadie.

—Él se llama Nadie. A mí me lo dijo.

—...

—¿Tú crees que arriesgaríamos la vida por una bolsa con dinero? ¿No es más sencillo que Héctor aproveche la coyuntura para quedárselo todo...? Más aún cuando Héctor y yo tenemos un contencioso de cuernos desde hace tiempo. Para él ha sido matar dos pájaros de un tiro. Quedarse con el dinero y joderme la cara a palos.

—Es una suerte no ser ese tú. Pero si fuera quien no soy me parece que no te creería.

—¿Por qué?

—Porque quien no soy seguro que ha trabajado con ese tal Héctor antes. Por ejemplo, de cuando era poli. Fabulo, ¿eh? Y nunca le ha hecho una pirula.

—O eso cree.

—Y nunca le ha hecho una pirula. Repito. Que se han visto en ocasiones en las cuales podría haberle jodido más y más dinero y no lo ha hecho. ¿Por qué ahora?

En ese momento, la voz de Helena suena potente, casi metalizada, consciente de su importancia. A Sandino se le ocurre que la chica podría estar saboreando incluso el momento. No sabe si lo tenía pensado de antemano o ha sido su narración, la voluntad de eximirla y dejarla fuera. O quizá haya algo más.

—Algo muy básico, Quim. Porque este tío, el taxista, se acostaba con su mujer. Porque la dejó preñada. Porque su mujer se largó. Y de pronto, el otro vio claramente eso. Lo que venía sospechando era cierto. Igual hasta se lo dijo ella en una llamada telefónica, por ejemplo, cuando la localizó y la amenazó una vez más. Y el tal Héctor tuvo el dinero y también la venganza.

—¿Y tú cómo sabes eso, niña?

—Conozco a Héctor de oídas. No lo he visto en mi vida. Miento. Una vez lo vi, de lejos. También a éste. Lo que explica de los cuernos es cierto.

—Te repito la pregunta: ¿cómo...?

—La mujer es mi hermana. Pero no me hagas más preguntas sobre eso, Quim.

Sandino se vuelve hacia Helena buscando una mirada que ella evita. Ahora entiende el parecido, la actitud, todo un poco. También la intervención. El comportamiento de Héctor, el soplo de Ahmed.

—Joder con el culebrón.

—Me encaja con Héctor. Totalmente.

—Pero tú ahora eres parte.

—¿Yo? No te equivoques. Llamé a mi hermana y pregunté. El taxista no me dijo nada. Héctor no es un santo al que reza mi hermana cada noche. Huyó de él. También de éste. No de sus palizas. Éste no pega. Pero también escapó de éste. Cada uno a su manera, la estaban ahogando. Me importa una mierda lo que le pase a uno o a otro. Pero si me preguntas mi opinión: creo que harías bien en alejarte de Héctor. Es un hijo de puta. Era un corrupto siendo poli. Esa gente no cambia. Un cobarde que pega a una mujer es lo que es. Y si la poli sabe lo de la mierda esa de la burundanga, no es buena compañía. Pero déjame al margen, Quim, por favor. ¿Me lo prometes? Sé que eres hombre de palabra. Prométemelo. Ni una palabra de esto a nadie. Mi hermana me mataría.

—Te lo prometo.

—No sé nada de cómo ha ido la historia del taxista y su amiga y todo eso. No tengo ni idea. Me tomé una copa con él porque no sabíamos nada del hijo de puta de Héctor y eso era algo que podría explicar a mi hermana. Durante el trayecto en taxi le llamaron. Aparecía el apellido ese, Abarca. Luego, ya en el Medusa, él llamó a alguien. No sé si a quien le había llamado. Sólo sé que discutieron y éste sólo hacía que decir que qué más querían, que ya lo habían devuelto todo. Puede que no fuera de este tema, pero por aquella noche yo ya había cerrado el cupo de casualidades. No me cabían más.

—La has llamado tú, no yo —puntualiza Sandino.

Quim lo sabe. Claro que lo sabe. Abre uno de los cajones mientras Sandino reprime preguntas para Helena. Preguntas que quiere hacerle en cuanto salgan de allí. Quim ha sacado un folio en blanco. Hace cuatro trozos y deja dos en el lado contrario de la mesa. Luego saca un bolígrafo.

—Date la vuelta —le dice a Sandino, que obedece—. Helena, ven aquí y escríbeme el nombre de tu hermana.

Helena escribe el nombre de Verónica, igual que hace Sandino cuando le toca el turno. Los comprueba. No parece querer decir nada más.

—Sólo queremos que nos dejen en paz. Poder trabajar y que todo sea como antes. Y saber dónde está el taxi de mi amiga.

—No tengo ni idea de qué me hablas, Sabinismo Sabínez, pero a veces la gente deja aparcado el coche en un sitio, luego se despista, no lo encuentra y resulta que el coche no se ha movido del sitio donde solía aparcarlo.

Todos saben que es el momento de irse. Les devuelven los móviles con la batería desgajada del aparato. Ya en el pasillo, Sandino trata de llamar la atención de la hermana de Verónica, pero ella no lo estima oportuno. Lito los deja fuera. El grupo se reúne. Jesús trastea con su teléfono, alza la cabeza cada cierto tiempo y sonríe, pero tampoco entiende mucho lo que acaba de suceder allí dentro aunque sabe que ha ido bien. Sandino la coge del brazo y Helena se gira. Está temblando. Sandino le ofrece un cigarro. Ella lo acepta.

—Gracias. —Asiente con la cabeza.

Sandino da lumbre a los dos cigarros.

—¿Te acerco al Medusa?

—Mejor voy andando. No me pidas el teléfono porque no te lo voy a dar.

—¿Está bien?

—Está bien. La siguió buscando, la encontró y ella estaba asustada, sin saber qué hacer. Eso ha acabado siendo tu buena suerte a la vez.

Caladas. Dos, tres. Sandino las alargaría horas, pero Helena las cierra ya.

—A ver qué pasa ahora. Espero no haberme metido en un lío, joder. Héctor le arreaba. ¿Tú ya lo sabías? ¿Y no hiciste nada? No, no me lo digas. Cuanto menos sepa, mejor. Espero que los del Stalker le toquen lo suficiente la cara y los cojones. Quim es rencoroso y tiene código.

—Oye, ¿le podrías decir que...?

—Taxista, no le diré nada, ¿vale? Uno se va para no mirar atrás. Si no, no tiene sentido irse.

Son los últimos segundos. Nunca más volverán a verse. Ambos lo saben.

—¿Fue niña?

—Fue niña y tiene tus putas pecas.

37

Shepherds delight

Sentados en uno de los bancos del otro lado de la calle, el taxista mira el bloque de pisos donde duerme Lola. Ha refrescado. Debería pasar un día a buscar ropa de abrigo. Un día que no esté su mujer. Pasan coches que aceleran veinte, treinta metros para frenar en seco al llegar al stop. Cruzan ante ellos transeúntes que regresan a sus casas, con el domingo ya a punto de llegar a su minuto cero. Los perros sacan a pasear a sus amos. Van siempre a los mismos sitios. Se mean y se cagan en los mismos trozos de acera. Una pareja sudamericana viene gritando desde Virgen de Montserrat. Quién sabe si discuten o se están divirtiendo. Si hablarse así es una broma o es hacerse daño. Probablemente, después de tanto tiempo, ni ellos lo saben. Cada uno de nosotros pierde el manual de instrucciones pasados los años, piensa Sandino.

—¿Ésta es tu casa? —pregunta Jesús, que se ha acercado a Sandino desde el SAAB aparcado a unos metros de allí, dejando caer el cuerpo a su lado.

—Es mi casa. Era mi casa.

—Ahora es de tu mujer.

—Ahora es de mi mujer.

—¿Por qué no subes con tu mujer?

—Ya no puedo.

—¿Ya no la quieres?

—La quiero, pero la engaño.

—¿Por qué?

—No lo sé.

—¿Por qué no subes, la sigues queriendo y no la engañas?

—Porque en todo ese trayecto hay algo que no sé hacer y no sé qué es. Aún no lo sé.

—¿Es mucho mejor estar en un banco enfrente mirando el edificio de tu casa?

—¿Tú nunca has tenido una mujer, una casa a la que no has podido volver aunque quisieras hacerlo? Sólo es necesario ser otro, no parecerlo. Creer que puedes ser normal sólo porque los demás te ven normal. Si lo consigues puedes volver pero no es fácil.

—Estuve casado. Hace mucho tiempo. Pero es difícil estar con alguien como yo y a mí me pasaba igual con ella. Me gusta estar solo. Hacer las cosas a mi manera. Ella estaba por mi dinero. Me dedicaba a restaurar muebles en casa. Trabajaba en la mesa del comedor de casa. Eso la ponía frenética. Yo trataba de no ensuciar. Barría cuando acababa, pero era igual: me odiaba. Todo lo que me quiso, me odió.

—Jesús, ebanista. ¿Qué hacías? ¿Cruces?

—El dinero era de mi padre. —Jesús no pilla la broma—. Pero yo no tenía nada. No me creía y estaba lo de la madera. Ensuciaba y eso la ponía muy nerviosa. Mi madre me controla el dinero. ¿Vamos a ver si Sofía necesita algo?

—Luego. Quiero hacer algo antes.

Sandino se levanta. Jesús lo sigue. Ambos se dirigen hacia el coche.

—Volverás a casa. Los hombres como tú siempre vuelven.

—¿Qué tipo de hombre soy yo?

—De los melancólicos. Por eso volverás.

—No, no volveré. Esta vez me han echado. Es la primera vez que siento que tengo un contorno, que no inundo o me inundan. Es distinto.

—Es lo mismo. Es como salir y entrar. En el fondo, es lo mismo.

—¿Sabes? Tengo una hija. Eso sí. No sé ni cómo se llama, pero la tengo. Sólo tengo un hijo y no lo tengo. Pero un hijo, una hija aunque no sepas dónde está también es una casa, un hogar, ¿no crees?

—Yo tendré hijos. Muchos. Pero de mujeres extranjeras. Las mujeres españolas no me gustan para tener hijos.

Vuelven al coche. Recorren la ruta con parsimonia. Al taxista le tranquiliza el mantra delirante de su compañero.

—La mayor parte de las mujeres de aquí son estériles. No pueden tener hijos. Uno como mucho. ¿Sabes cómo lo hacen?

—No, Sandino no lo sabe—. Con los aviones. Cada avión que ves llegar o irse tiene mezclado combustible y un gas que cae sobre la población. Cambia el clima y, al respirarlo, genera esterilidad.

—A mí me gusta ponerme debajo de los aviones. Verlos tumbado en la arena de la playa.

—Pues ya sabes. Está comprobado. Métete en internet. Hay una asociación, una Plataforma Ciudadana por la Esperanza que lo denuncia. Tienen sus propios medios de información. Sus escuelas. Míralos, la ciudad está llena de zombis que no pueden tener hijos.

—Tú no tienes hijos. ¿Cómo sabes que no eres ya estéril?

—No me escuchas. Sólo afecta a las mujeres. A las españolas. En Francia hay otra legislación sobre los aviones que sobrevuelan ciudades.

—¿Sabes?

—¿Qué?

—No te voy a echar de menos ni una mierda.

—Plataforma. Ciudadana. Por. La. Esperanza. ¿Por qué has dicho lo de las cruces antes?

—¿Qué cruces? Yo no he dicho nada de cruces.

—Sí lo has dicho. Cuando te he explicado que trabajaba de ebanista en casa.

—No me acuerdo de qué he dicho —le empieza a vacilar Sandino.

—Por algo lo habrás dicho, ¿no? ¿No?

—Supongo. Si lo recuerdo, te lo digo. Sería una broma. No sé.

Durante el resto del trayecto ninguno de los dos habla. Al fondo del passeig de Sant Joan ya se dibuja el Arco de Triunfo. Como era de suponer, el Olimpo está cerrado. Sandino no esperaba otra cosa. Su fantasía consistía en que Héctor se encontrara en su interior. Solo y confiado. Contando las monedas de la recaudación como en un viejo cuadro holandés. Detiene el coche enfrente de la puerta principal, donde las sillas metálicas de la terraza se encuentran apiladas y encadenadas. No distingue luces. Pide a Jesús que no salga del coche y lo mantenga en marcha. Se adentra por el callejón que lleva a la cocina. Hay coches aparcados en batería. Es como un patio interior, casi secreto excepto para vecinos que ven una oportunidad para aparcar. Se acerca a la puerta de la cocina del bar, pero como era de prever está cerrada. También la ventana lo está y asegurada con un grueso batiente de madera. Regresa y se sube al SAAB. Un espasmo de dolor le recuerda que su rodilla aún está inflamada.

—No hay nadie, ¿verdad? ¿Qué hora es? Esperamos hasta que venga. Dormimos aquí y mañana le pegamos un buen susto.

Sandino no contesta. Se pone el cinturón de seguridad y vuelve a la calzada. Endereza el vehículo y sube el repecho del bordillo que da a lo que es la terraza del Olimpo. Comprueba que Jesús tiene puesto también su cinturón.

Hay muchas maneras de destruir a un hombre además de matarlo. Quitarle lo que más quiere. Héctor quería a Verónica y a su bar. En cierto modo, Sandino, accidentalmente, lo privó de Verónica. Sólo le queda el bar, así que baja el pie sobre el pedal y acelera para acabar de quitarle lo único que conserva.

Acelera gradualmente hasta impactar contra la estructura metálica, primero de la terraza, arrastrando las sillas encadenadas. Acelera para no calar el coche más cuando va a impactar contra el edificio, cuando el SAAB, como un bicho curioso, decide saber qué hay dentro de ese bar, en esas mesas, en esa barra, en esas sillas, cristales, ruidos, televisiones, botellas, vasos y alguna que otra columna que cede contra su envite. Los acelerones imprimen violencia a una acción que hasta ese momento parecía reversible —pones marcha atrás y ya está—, pero todo sigue pareciendo fácil, sencillo, como deslizarse sobre hielo, un coche que apenas controlas, que ya ha destrozado el salón y que se queda quieto mientras empieza a sonar la alarma. Una alarma que avisará a la policía, a los vecinos. Una alarma de qué demonios está pasando en los cielos de Dresde.

Sandino no tenía previsto nada de eso. Sólo fue con deseos de hacer daño. De dejar su marca. De matarlo si lo veía y nadie los veía. No, no habría sido capaz, pero ¿quién sabe? De hacerle daño, sí, claro, todo el que hubiera podido. De hablarle de Verónica, seguro. De su hija. De reventarle las piernas con el coche. Pero ahora se encuentra parado en medio de una sala, con un coche en marcha, manchado de cal y una alarma chismosa taladrándole los oídos. Debería ir marcha atrás. Debería pulsar la tecla y hacer que nada de esto hubiera pasado. El plan inteligente había funcionado, ¿para qué dejarse llevar por las vísceras, por la ceguera, por el arrebato de un dios idiota?

Marcha atrás.

El SAAB se queda encajonado. Detrás ha aparecido una columna que no conseguirá derribar. Lo único que pueden hacer es bajarse y echar a correr. Pero éste no es un coche robado. Es el coche de Sofía. Han de salir de allí con el automóvil como sea. Deberá ser hacia delante, entonces. Sandino pone el coche en punto muerto. Trata de recuperar un control que, sin darse cuenta, ha perdido con la idea de huir. No pueden huir. No puede estar huyendo siempre. No puede echar siempre marcha atrás. No puede conseguir que todo pase y no pase al mismo tiempo. Da gas. Acelera de repente. Por fortuna, la barra del bar, contra la que impacta, es sólo de madera. Ahora sí, entra la marcha atrás, deslizándose los neumáticos, quemándolos, un penetrante olor a caucho quemado y esa maldita alarma sonando cada vez más aguda.

El coche se ha quedado trabado. Sandino se baja y trata de quitar la mesa metalizada que impide el movimiento del auto. Jesús decide ponerse al volante mientras trata de tranquilizar con gestos de control absoluto al taxista al que no le queda más remedio que confiar. Sandino empuja el vehículo a pesar de que, enseguida, su cuerpo le recuerda lo dolorido que anda. Es igual: tendrá que romperse si es preciso, pero debe conseguirlo. Ya tendrá tiempo de recomponerse el resto de su vida, porque esto es ahora o nunca.

Uno, dos y.

Uno, dos y.

Uno, dos y... ¡tres!

El coche brinca como un caballo. En ese momento, Sandino, bajo una lluvia de cal, trozos de cemento, madera y cristal, teme fuera de toda lógica que, al retirar el SAAB, el edificio entero vaya a venirse abajo. Jesús consigue maniobrar con el coche y enderezarlo hacia uno de los callejones peatonales que llevarán a Ausiàs March. La alarma ha armado tal revuelo que los *mossos* deben de estar al llegar. Además, no muy lejos de allí, en la estació del Nord, está la urbana. Serán tres, cuatro minutos a lo sumo. Queda poco, muy poco. Lluís Companys a toda pastilla, con el parc de la Ciutadella a un lado y sin apenas tráfico. Algunos tramos en contradirección. Jesús mira hacia atrás volviéndose, porque el retrovisor está colgando, con su cuello irremediablemente roto.

—Tranquilo, tranquilo. Nadie nos sigue. En el primer semáforo que esté en rojo, nos cambiamos y conduzco yo.

Jesús no contesta.

¿Qué has hecho, joder, Sandino, qué coño has hecho?

No lo sé, no lo sé, no lo sé.

No podía dejar así las cosas.

No podía ganar esto sólo siendo astuto.

No podía ganar esto sólo con mentiras.

¿Qué vas a...?

No lo sé, no lo sé, ¡no lo sé!

Ya en Gran Vía, Jesús tuerce a mano derecha. Empalman dos, tres semáforos en verde. Todo parece ir bien hasta que, casi por intuición, Sandino mira por una de las calles que suben y ve un coche de policía con las luces encendidas que, al verlos pasar, dispara la sirena. Jesús también la oye y acelera. Sortea los pocos coches que, a esa hora aún dominical, quieren dejar Barcelona. Toma la Meridiana y engulle semáforos verdes, verdes, ámbar, rojos. La policía hace lo propio. A la altura de Fabra i Puig, el rojo es ya peligroso, pero Jesús no va a parar a pesar de los ruegos de Sandino, que es consciente de estar huyendo de algo que es mucho mejor que un accidente de tráfico a la velocidad a la que ya va el SAAB. Sube un camión con un largo tráiler en dirección a Virrei Amat. El SAAB parece que va a embestirlo, pero, en el último momento, el camión vira con brusquedad, deslizándose por la calzada. El SAAB impacta contra uno de los vehículos que estaban detenidos a la espera del cambio de color del semáforo. Ese coche no estaba bien frenado y se ve girando sobre su eje. Jesús y Sandino siguen por Meridiana en dirección Mataró con las pitadas de los automóviles que suben, pero para el coche de la policía las piezas están peor dispuestas —el camión con tráiler, el vehículo girando como una peonza— y ha de reducir, parar, sortear. Perderán unos segundos, un minuto, quizá algo más.

—Sal de aquí. Tírate por el lateral. Baja por ahí, hacia Santa Coloma.

—Pero ¿cómo...?

—¡Ahí, ahí, joder!

El SAAB consigue llegar a la rampa merced a un volantazo de Jesús en el último momento. Sandino tiene la esperanza de que la policía crea que seguirán la opción más sensata: tratar de ganar algunas de las vías que los sacarían de la ciudad. Por eso bajan hacia Santa Coloma de Gramenet. El latido del corazón casi le está reventando los oídos. Trata de recuperar la calma. Sandino sólo quiere que el coche se detenga para poder tomar él el volante. Pero el SAAB no se para. Ni cuando no puede hacerlo, ni cuando debería hacerlo. Avenida Alameda, al lado del río Besós.

No les siguen. Un semáforo en rojo. El SAAB se detiene. Jesús y Sandino jadean, sin mirarse. La alarma del Olimpo aún resuena dentro de sus cabezas.

—¿Sabes? Hace días soñé con un SAAB en llamas. Creía que iba a pasar ahora.

—¿Quieres que lo queme?

—No, no, apárcalo bien y ya está. Como si lo hubieran robado.

—Bájate, Sandino, ya me encargo yo.

—No seas idiota.

—Bájate, por favor. Haz caso a alguien alguna vez. Esto no es uno de tus «vale».

—¿Qué vas a hacer?

—¿Quieres que lo queme?

—No.

—Sí quieres, pero no sabes por qué.

Sandino sabe que no le hará cambiar de idea. Que lo quemará. El semáforo ha cambiado a verde, pero ellos han permanecido parados, rebasados por otros coches que tocan el claxon.

—Bájate, hazme caso.

—Vete a la mierda.

El taxista se baja del coche dando un portazo. Se inclina sobre su ventanilla y mira a Jesús. No sabe qué pensar. No tiene ni la más mínima idea de qué demonios pretende hacer ese pirado.

—Prométeme que no te harás daño.

—Te lo prometo.

Sandino sonríe. Casi parece notar una cámara grabando la escena que él va a hacer cinematográfica.

—*Shirueto ya kage ga kakumei o miteiru. Mo tengoku no giu no kaidan wa nai. Shut up!*

—*Shut up!* Bowie mola, ¿eh?

—Sí, sí que mola —resume Sandino enderezándose, y golpea la parte baja de la ventanilla, sabedor de que acaban de despedirse quién sabe si para siempre. El SAAB ronronea con el ámbar de un semáforo y lo cruza en rojo.

Sandino está convencido de que acabará quemado a orillas del río Llobregat. Lo soñó, lo imaginó, todo esto fue ya vivido.

Shut up!

LUNES

Ragazza 1: ehy, corri, ehy!
Marcello: non capisco, non si sente... non sento, non si sente...
Ragazza 2: Marcello, vieni!
Marcello: vengo.

FEDERICO FELLINI
La dolce vita, 1960

38

EPIC E3X 37037

Su abuela era una cocinera nefasta. No tenía cariño para nadie. No le sobraba ni para espolvorearlo sobre un plato de arroz o de espaguetis. Sus guisos eran ahogados en tomate frito. No sabe muy bien Sandino a qué viene eso mientras se dirige a casa de Hope. Ha llamado. Ella le ha dicho: «Sí.» «Es el fin de los tiempos, rizos. Déjame quedarme esta noche.» *Si tú no te quieres, quién va a quererte.* Eso le decía la vieja. Tomate. Tomate sobre la sopa, sobre los huevos fritos. Tomate en la pasta, tomate en el arroz hervido, tomate en las manos, en el delantal, en la comisura de los labios, en la punta de la nariz. *Si tú no te quieres.* Aférrate a los tuyos, a tus hijos como una maldición. No te vayas de casa aunque quieran que lo hagas. Da igual que no nos queramos, somos familia y ponemos tomate a todo. *Quién va a quererte.* Sus padres morirán juntos. Su abuela mató a su abuelo antes que separarse de él. Todos los vecinos de su infancia permanecían juntos a pesar de insultarse, criticarse, pegarse, humillarse y engañarse. Pero luego se desayunaba a las ocho, se comía a las dos y se cenaba a las nueve. *Si tú no te quieres.* Tomate en el café, en las judías verdes con patatas. *¿Quién, dime quién va a quererte?* Tomate en los garbanzos, en las lentejas, sobre las peras en almíbar, el melocotón, el yogur. Tomate caliente vertido sobre todos los segundos, todos los minutos de todos los días de una vida en común: *eso es una familia, Joselito, recuérdalo siempre.*

¿Tanto te quisiste, abuela?

¿Tanto para compensar que no supieras querer a nadie, que nadie pudiera quererte?

Qué importa ahora.

Ya no estás.

Sólo en las taras y en los miedos de los tuyos.

En el gen diabólico de la inmolación, del dolor autoinfligido.

Sólo estás en latas y más latas, miles de ellas, de tomate frito.

Tomate barato.

Tomate y mentir al mundo y del mundo a todas horas.

Sandino saborea con lentitud dejarse caer hacia el centro de la ciudad, no tan lejos del bar de Héctor. Le encantaría pasar por allí, pero sabe que por prudencia no debe acercarse. Casi agujerean el edificio. *Dios mío, que las columnas aguanten y que ese hijo de puta no tenga seguro,* se oye decir, *dios mío, ayúdame un poco más, a mi lado estaba tu Único Hijo, el de la madera en la mesa del comedor, el que no sabe fumar, el que resucitó a Billy Preston.*

Ha tenido suerte de poder contactar con Ahmed y circular ya con el Toyota. Hace unos minutos, ha escrito con un cierto desespero a Llámame Nat, necesitado de agarrarse a algo. «Tengo ganas de verte.» Ella ha tardado en contestar. Le ha enviado un «Mañana». Le ha enviado minutos más tarde un beso.

Deseabas estar con Hope. Deseabas que fuera ella la que te viese hoy. Ninguna otra. Quedarte a dormir a su lado. Oír su ronroneo. Das una vuelta, dos y aparcas en un chaflán de Wellington. Pulsas el timbre de su casa y, con un chasquido, la puerta se abre. En el rellano de su piso, está entornada la otra puerta. Reconoces el juego. Música suave, arrastrada, pisadas de oso sobre la nieve. Velas en el comedor. Creías que estaba en el dormitorio pero está desnuda, boca abajo sobre la alfombra. Te quitas la cazadora, los zapatos, los calcetines, la camisa, la camiseta, los calzoncillos. Te lo quitas todo y te arrodillas entre sus piernas. Te duele la rodilla y estiras esas piernas. Besas las nalgas de Hope, entre sus muslos, la oyes suspirar hasta que el dolor de la otra rodilla te hace moverte y lamerle la espalda, morderle la nuca: haces que note tu polla caliente sobre su culo. Te quedas quieto sobre ella.

—Lento, suavito, poco a poco.

Sandino tampoco tiene prisa. Vuelve a ponerse de rodillas, mete la cabeza entre sus piernas, besa el coño de Hope. Lo lame, lo acaricia con esos dedos aún agarrotados a pesar del milagro de Jesús. La excita y luego se pone a su lado, boca arriba, mirando el techo.

—Tengo las rodillas hechas polvo, joder.

Hope se ríe. Él la besa por encima de la superficie rugosa de la alfombra, a la luz de las velas. Hay vino allí, sobre la mesa. Y dos copas, pero demasiado lejos para tan poca sed. El beso sabe a Hope. Algún día dejará de besarla. Algún día dejarán de hacer estas cosas porque algún día no las necesitarán. Así de simple. Pero habrán valido la pena las veces en que las necesitaron.

—Tenía ganas de verte. No sabía si tú también.

—Ya. Todo el día andaba contigo en la cabeza. Has llamado. ¿Para qué torturarse? Vienes y te vas. Ya lo sé. Además, Cepillo de Dientes se fue.

—¿Estás bien?

—Sí.

—Me han pasado muchas cosas, Hope. Ya te las explicaré, pero esta vez voy a seguir adelante. A donde sea.

—Escríbeme al llegar.

—No pienso dejarte atrás. A ti, no.

Se besan. Él se reincorpora para apoyar su espalda contra el reposapiés del sofá. Se clava a los ojos de la mujer entre los rizos. La luz de las velas le ilumina la cara. La mira y parece que nunca antes la había mirado. Sus ojos, en los que se refleja la llama, sus rasgos infantiles, su nariz y su boca. Hope se sienta encima de él. Follar queda pendiente. Para después o para nunca.

—Olvídate de mí cuando llegues a donde sea. Prométemelo.

Otro beso. Ella alarga el brazo hasta donde ha colocado los preservativos. Rasga uno con los dientes, se echa hacia atrás y se lo coloca a Sandino. Luego se sube sobre él. Empiezan a moverse. Sandino le chupa y muerde los pezones. Le acaricia la espalda. Ella le muerde el hombro. Él le dice que esta vez no se detenga y no lo hace. Muerde y muerde hasta que Sandino se retuerce de dolor. Ninguno de los dos se ha corrido, pero quedan abrazados.

Se mecen el uno contra el otro. Él esconde la cara en un lugar de su cuerpo entre el hombro y el pecho. Pasan los segundos hasta convertirse en minutos.

—Déjate querer, erizo.

Siguen en esa posición hasta que se vuelven a mirar como nunca antes. Como si nunca hubieran dispuesto del tiempo suficiente como para mirarse, verse, distinguirse del resto. La polla de Sandino está flácida y va abandonando el preservativo dentro de Hope. Cambian de posición. No dicen nada. Ambos mirando el techo. Mazzy Star. Sandino introduce los dedos en Hope. Está húmeda. Dentro, los dobla y se agarra en una repisa ósea que sólo tiene ella. Hope respira, gime, grita, se va. Luego, coge el miembro de Sandino y empieza a tocarlo, a subir y bajar su piel, a acariciar el glande.

—Siempre me han dicho que soy muy escandalosa. Tú nunca me lo has dicho.

—Te han dicho.

—Sí.

—Tus otros novios.

—Sí.

—¿Qué otros novios?

Sandino grita ronco. Se deja ir eyaculando en la mano de Hope. Una buena despedida, piensa. Recuerda a Verónica de repente, meterse en ella, volver a un lugar del que lo desterraron, aquella ventana de hotel, abierta, su cabeza fuera y él sosteniéndola mientras hacían el amor. Piensa en Lola, anticipa a Nat y se ve despertando a su lado. Pero de pronto, la mente se le va a otro sitio, a un lugar distinto. Hope lo nota.

—¿Dónde estás? ¿Qué piensas?

—Es una idea muy loca.

—Dila. ¿Quieres vino?

Hope, sin esperar que Sandino conteste, se levanta y va hacia donde están las copas y el vino, y regresa con aquéllas. Le alcanza una a Sandino.

—Cuando he aparcado el coche me ha entrado una prostituta negra. Una chica joven. No era muy guapa.

—Sí, la conozco. Siempre está en esa esquina.

—Se me ha ocurrido una estupidez.

—¿Subirla...?

—Sí, no sé...

Hope se ríe entre trago y trago de vino. Es aventurera y Sandino lo sabe.

—Hacer un trío con alguien que te importa es especial. La tía fliparía.

—No lo pensamos mucho: ¿sí o no?

—No sé...

—Va, ¿sí o no? Y no lo hablamos más.

—Vale, pero te la llevas tú cuando te vayas.

—De acuerdo.

Sandino se viste deprisa y corriendo. Coge la chaqueta y antes de salir echa la vista atrás para ver qué actitud tiene Hope. Ésta, desnuda sobre la alfombra, con las piernas cruzadas, mirada divertida y algo irresponsable que la hace tan especial. El taxista sale del piso y baja las escaleras hasta la calle. Va hacia donde aparcó el taxi. No sabe cómo va a plantearlo. No sabe qué le dirá. No la harán sentir mal. La invitarán a una copa. A lo que sea. En la esquina de Wellington no está. Da una vuelta al chaflán. Mira a través de las verjas el parque de la estación del Norte. Decide esperar apoyado en el taxi. Saca un cigarrillo y lo prende.

«Ya llego a casa», le había dicho hacía nada. Como si ésa fuera su casa. No pensó qué decía, por eso no fue una mentira. Había hecho el amor con Hope, en terreno amigo, en el hogar que no se sostiene con muros ni cimientos. Cuando vea a la negra le dirá: «¿Quieres subir conmigo a casa? ¿Quieres subir a estar conmigo y con mi mujer?»

Pasan los minutos. La puta no llega. La idea ya no parece tan buena. Puede visualizar el vino caliente en la botella, la música en el estéreo y Hope apagando las velas y yéndose a la cama, con la certeza de que Sandino no volverá a subir. Quizá nunca más.

39

FSLN I

Cuando llegó a la habitación, Sofía no estaba. Algo que era previsible. La llamó y andaba por su casa, tratando de arreglar un poco todo aquello. Hablaron por teléfono. Le preguntó por Jesús. Sandino no le explicó nada, sino que le dijo que se había ido al estudio, a rematar su disco. Estaba seguro de que volvería a dar señales de vida. Pareció convencerla. Todo estaba bien. Todo mejoraría. Seguro.

—Eres un bicho muy terco.

—Nunca pensé que me dejaras en la estacada.

—¿Por qué no?

—Tú no eres así.

Luego Sandino se duchó y se puso ropa limpia. Una camiseta negra con los MC5 en letras rojas, el vaquero negro y la cazadora tejana. Iba a ver a Llámame Nat. Quizá no hablaran apenas, pero quería aprovechar todos y cada uno de los minutos en que coincidieran y causarle buena impresión. Llegó con tiempo. Salió del coche y se puso a esperar. Le tentó un cigarrillo, pero a las crías no les gustaba que oliese a tabaco y podía soportar torturarse un poco. Había pasado por un quiosco y comprado sendos cómics japoneses que no entendía mucho, pero que el tipo le había asegurado que se los pedían siempre los chavales y eran para crías de las edades de Regina y Valeria. Llevaba los cómics en la mano para que las niñas los viesen desde lejos y se dispuso a esperar.

Así está ahora.

Esperando.

A las niñas, a su madre, al futuro, tenga éste el aspecto que tenga.

La próxima vez que la bese en los labios no estará engañando a nadie.

La próxima cita será cuando ella pueda. Se quedará el tiempo que ella pueda disponer. Decidirá ella si mantener el engaño o no.

Y cuando deje de ser Nat será otra. Vivir las cosas, exprimirlas, acabarlas, perderlas, esperar y tener las siguientes. Nada de acumularlas. Nada de evitar el dolor de la intemperie a base de confundirse, de no importar a alguien lo suficiente, importando a muchas lo mínimo imprescindible.

Se comprará un móvil, un nuevo número con un solo teléfono memorizado.

El de Nat.

Bueno, dos.

El de casa de sus padres.

Por si le necesitan. Por si se mueren. Por si enloquecen ya del todo. Definitivamente.

Después de dejar a las niñas en el Cardenal Spínola ha de acercar a su madre al ambulatorio de la calle Tajo.

En unos días estará en París.

Llamará a Nat desde allí.

Le dirá: «Vente. Invéntate cualquier cosa y vente. Unos días y ya está. Si quieres, después desaparezco, pero dame rango de cosa que permanece, que al levantarte sigue ahí a tu lado. Ven a París conmigo aunque sigas en Barcelona el resto de tu vida.»

Un cigarro. Uno rápido. Los nervios se lo exigen. Lo coge del paquete, pero no le da tiempo a encenderlo porque ya ve abrirse la puerta de su portería. Guarda el Lucky. Sale con las niñas el portero y las despide. Unos pasos detrás de él viene Nat. Está espectacular. No lleva chaqueta y por la mañana ya anda refrescando. Regina echa a correr y luego lo hace Valeria. La pequeña se le abraza a la altura de las piernas. Sandino no puede evitar reírse ante tanto cariño. Entrega uno de los cómics a la mayor y el otro a la pequeña, que anda triste o quizá, una vez más, enfurruñada. Llega su madre, con una blusa azul marino, vaqueros, una medalla con un caballito de mar colgando del cuello. Sandino levanta la vista. Ella parece retirarla.

—Meteos en el coche, que hace frío —les dice.

—Es verdad. Venga, adentro.

Las crías obedecen.

—Tú y tus tebeos.

—Éstos son japoneses. No los entiendo ni yo. Se empiezan a leer por el final, mira.

Nat sonríe. Sandino la supone avergonzada. Él también anda nervioso. Ha imaginado mil conversaciones, mil ocurrencias divertidas, pero ahora parece que le hayan robado todas las palabras de la boca.

—¿Cómo estás?

—Bien, bien... Estoy bien. —Levanta la cabeza. Le brillan los ojos. Le gusta verse deseada, tontear con él, supone el taxista.

—No te agobies, ¿vale?

—No, no me agobio.

—No te me has ido de la cabeza ni un momento desde...

—Sandino, he hablado con Carlos. Nos vamos a organizar mejor. A partir de ahora, entre él y yo llevaremos a las crías.

Al hombre se le retira toda la sangre de la cara, de la cabeza, nota desplomarse algo dentro de él, una catedral entera sobre sus cimientos, y no sabe con qué disimular, de qué y con qué armas defenderse.

—Pero... pero...

—He querido que las niñas se despidan hoy de ti. No ha sido fácil. Se han encariñado mucho contigo. Has sido genial con ellas.

—No lo entiendo.

—No hay nada que entender. No hay nada raro, créeme. Carlos estará más por aquí. Sólo es eso.

—Ya.

—Te hemos abonado el mes entero.

El taxista busca la mirada a la mujer, que ha sacado un sobre doblado del bolsillo anterior del pantalón y lo tiene ahora en una mano, sin decidirse a entregarlo. Sus veinte monedas de plata. Por muchos años que lo lleven haciendo, nunca es fácil despedir al servicio. Nunca es fácil decir a una cría que no es tu hija y que ha de volver a vivir con su verdadera madre en el Barrio Chino. Es bastante probable que esa cría enloquezca y diga que la embarazó Geppetto o que esa pelota de tenis se la dio personalmente Manuel Santana. Echar al chófer debería ser, se mire por donde se mire, mucho más sencillo.

—¿Qué estás haciendo?

—Pagarte.

—Pagarme.

Tantas cosas que decir. Tantas cosas con las que herirla. Tantas maneras de tratar de hacer inolvidable ese asesinato moral, político, sentimental. Sandino tiene tantas. Lo sabe. Pero también sabe que no tiene ninguna. Cualquiera de esas maneras las tendrá preparadas Llámame Nat. Las sabrá Llámame Nat. Alguien que no puede permitirse un chófer que sabe demasiado de ella. Que se ha tomado demasiadas libertades. Que le escribe mensajes. Que ha creído que... vete a saber qué demonios debe de haberse creído ese taxista. Ese taxista extraño y atractivo, infantil, mujeriego, nocturno, gatuno. Vete a saber.

Llámame Nat conoce todas esas maneras, cualquier arma que vaya a herirla ella va a saber contrarrestarla.

Casi cualquiera.

Sandino sabe que no ha de decir nada. No ha de insultarla ni reprocharle nada. No ha de mostrarse enfadado. Ni ofendido.

Nada.

Esa nada de las chachas embarazadas saliendo de las casas señoriales al punto del alba, o las cocineras o los jardineros acusados de haber robado dinero o cucharas, relojes o simplemente comida. La misma nada de los que han ido a la guerra a morir por banderas que nunca fueron suyas. Los que han sido acusados de haber matado al hermano bueno, al pastor, al pacífico, al rico, al que piensa en todos y nunca se deja llevar por la ira.

Esa nada de los sin nada, de los Nadie.

Por todo ello, Sandino sabe que no ha de decir nada: ella ya sabe todo lo que pudiera decirle él. Sabe Sandino que ha de girarse y callar. Girarse y despreciarla. Girarse y dejar que siempre recuerde que él tuvo más dignidad que ella. Esas cosas que en las historias siempre quedan bien y en el día a día oscureces y luego olvidas porque no importa.

Él sabe eso.

Sabe lo de Áyax en el infierno.

Sabe lo de la corona de espinas.

Sabe qué ha de hacer: darse la vuelta, no decir nada, entrar en ese coche, ponerlo en marcha y ser engullido por la ciudad.

Lo sabe, pero.

Lo sabe, sí, claro.

Lo sabe, pero.

Sandino se coloca frente a Nat, quien levanta la cabeza y le sostiene la mirada. Ella espera la última frase. El desafío. La venganza del amor.

Frente a frente.

Ella, orgullosa, espera lo que va a decirle o pedirle.

Quizá un beso.

No sabe si lo aceptará con las niñas dentro del coche, probablemente mirándolos.

Frente a frente.

¿Qué tal algo tan tierra baldía como «nunca me olvidarás»?

Pero Sandino no hace eso.

No dice nada ni pide nada.

Se limita a escupir. A la cara. Sólo eso.

Un escupitajo.

Ella cierra los ojos.

Le escupe en la puta cara ese hijo de perra.

Se queda inmóvil cuando ve cómo ese cabrón de mierda se mete sin apenas correr en su taxi y se lleva a sus dos hijas a una velocidad que no es la apropiada ni la adecuada ni la usual.

¿Qué hacer ahora?

Esperar.

Limpiarse con el dorso de la mano y esperar.

Subir al piso y esperar.

¿Hablar con Carlos, o esperar?

Esperar.

. . .

—Dame tu móvil, cariño.

—¿Mi móvil?

—Sí, tu móvil. Dámelo, Valeria. He de llamar a mi madre para llevarla al hospital y el mío se ha quedado sin batería. ¿O quieres llamarla tú mientras yo conduzco?

La niña duda.

—Valeria, joder, llama tú. Va... 9...3...4...

—Espera, espera... —La cría se ha decidido a sacar su móvil infantil, convencida por las explicaciones del taxista.

—Señor Sandino, ¿le ha dicho mamá que, a partir de mañana, ya no nos llevará?

—Sí, sí, no pasa nada, bicho. Ya os iré a ver de vez en cuando.

A Regina se le resbalan un par de lágrimas por las mejillas.

—No llores, cariño, por favor.

—Ya está —dice Valeria.

Sandino da los números del teléfono de su casa. La niña los teclea. Se pone el teléfono en la oreja hasta que oye la voz de una mujer. Hace el ademán de pasarle el aparato a Sandino, pero éste lo rehúye. Le dice lo que tiene que decir y ella lo hace.

—Hola, me llamo Valeria. Llamo de parte del señor Sandino... de Jose, sí, que ahora irá a buscarla para llevarla al médico. Que no se ponga nerviosa. Que lo espere.

Luego cuelga. En un semáforo se detienen y Sandino se vuelve hacia las menores. Su expresión es distinta a la de cualquier otro día.

—Toma, te doy mi móvil. Tú, dame el tuyo. ¿Vale? Por si llama alguien, ¿vale? Nunca te has fiado de mí, ¿eh, Valeria? Es sólo un favor. Por si he de llamar. Luego los intercambiamos otra vez.

La niña no entiende, pero obedece. El móvil de Sandino tiene la pantalla encendida aunque el taxista lo ha puesto en modo avión. El de la niña es silenciado por él en cuanto lo tiene en su poder. Se lo guarda en el bolsillo de la cazadora.

Trata de ocultar su furia. Trata de dejar de decirse que ha sido un estúpido por ni tan siquiera haber previsto ese desenlace. Ese clásico y rutinario eliminar al testigo. Liquidar al que sabe algo a la primera ocasión.

Qué sumamente idiota fui.

Llámame Nat.

Era una de las chicas que estaban alrededor de la piscina de globos: ¿cómo no darse cuenta?

Llámame Nat era «Don't you (forget about me)», era «Miss you», era cualquier *ever get the feeling you've been cheated? Good night.*

Llega a la calle de casa de sus padres y hace sonar el claxon. Su madre baja y se sube al coche. Da un beso a Sandino. Lo nota tenso, distinto. Se ponen en marcha.

—¿A qué vas al médico?

—A buscar recetas y pedir hora para el papa. ¿Sabes que igual ya tenemos comprador de la casa? Un señor alemán a través de la inmobiliaria, muy majo. Tiene dos hijos pequeños.

—Hola.

—¡Hola! Pero ¿qué tenemos por aquí? ¿Quiénes son estas nenas tan monas...?

—Yo soy Regina y ésta es mi hermana Valeria.

—¿Las llevamos al cole ahora?

—No.

—¿Y eso?

40

Every little bit hurts

—¿Qué hacemos aquí, Jose?

—Estamos en la playa.

—Eso ya lo sé. Pero estas niñas ¿no deberían estar en el colegio?

—Y tú en el médico y yo trabajando.

—¿Qué ha pasado? ¿Qué te pasa?

—Nada. Luego volvemos.

La mar está picada. Gris como el cielo, coronado por el blanco de las olas. Las crías, más allá de las reticencias y los lloros durante el viaje, que la presencia de Fina ha conseguido mantener en una intensidad discreta, están ahora bien, jugando en la orilla. Es obvio que tener a la vieja ha hecho que las niñas no se asustaran más de lo que deben de estar por la actitud del hombre en quien confiaban, por no ir al colegio, por no tener el móvil encima. Un móvil de la cría mayor que si Sandino pusiera en marcha —como el suyo, claro— vomitaría un montón de llamadas desesperadas de Nat que, nada más enterarse de que las niñas no han entrado a su hora en el Cardenal Spínola, se habrá puesto histérica. Habrá llamado a la policía. Cualquier cosa de esas que se hacen de un modo lógico y normal cuando el chófer no entrega el paquete en destino si ese paquete son dos hijas.

Las niñas parecen haberse olvidado del incidente y andan ahora jugando a orillas del mar. Hay un par de barcas de pescadores trajinando con las redes. Regina va corriendo hacia ellos.

Sandino y Fina están sentados en la arena. La mujer sobre una toalla que su hijo guarda siempre en el maletero.

—¿Nos podemos mojar los pies?

—Quitaos los calcetines y los zapatos. Y sólo hasta las rodillas.

—¿Habéis hecho la digestión?

—Mama, joder... Regina, ven, rápido, ven.

La niña obedece. Sandino se tira de espaldas. La arena está fría, húmeda. Coge a la cría y se la pone encima, la espalda de Regina contra el pecho de Sandino: los dos mirando los cielos. El taxista siente los latidos del cuerpo de Regina contra el suyo como si alguien estuviera golpeando la pared de al lado. La panza de un avión cruza el cielo por encima de ellos. El estruendo del mar es engullido por el de los reactores de la máquina.

—¡Qué chulo!

—¿Te gusta?

—Sí.

—Piensa que es como si lanzáramos un edificio entero y alguien lo recogiera con suavidad a miles de kilómetros. Un edificio lleno de personas, de ropa, de objetos. Y nadie se hace daño. Nadie.

—A veces, los aviones se caen y se muere la gente.

—Eso son tonterías. Cosas inventadas. No tengas miedo de ir en avión, ¿vale? ¿Me lo prometes? No tengas nunca miedo de nada porque nunca pasa nada realmente malo. Ve a muchos sitios. Conoce a gente muy distinta. Olvida. No te encariñes con nadie.

La niña asiente. Se endereza. Sandino nota la mirada reprobadora de su madre al lado. Está preocupada por Valeria, que está entretenida con los pescadores. Regina echa a correr hacia allá. Se detiene al llegar. Luego, se mete en el agua, ya sin los calcetines y zapatos que ha dejado al lado de Sandino y su madre. No la pierden de vista hasta que se coloca detrás de unas barcas.

—Deberíamos volver. Su madre estará preocupada.

—Que la jodan a su madre.

—¿Qué te ha hecho esa mujer? Siempre estás igual, hijo. Siempre estás así.

—¿Cómo?

—Enfadado con todo y con todos.

—No es verdad.

—Tienes todo lo que puedes necesitar. Tienes una familia. Tienes una mujer que te quiere. Unos padres que te viven y te adoran. Trabajo. Dinero para tus cosas. Tienes a tu hermano. Tienes amigos. Salud.

—Sí, tengo todo, mama. No te preocupes. Todo es genial. Todo es de puta madre. Tú también, ¿no? Tú también lo tienes todo.

—Yo no me quejo.

—Lo tengo todo y no quiero nada más. Pero no siento nada. ¿Sabes de lo que hablo?

—No, no lo sé. No todo es divertirse. Estar siempre bien.

—Sólo quiero marcharme, escaparme.

—¿Escaparte de quién?

—De todo. De las cosas que he hecho bien y de las que he hecho mal. De lo que he comprado, de todo lo que me han vendido.

—No te entiendo mucho. Soy una vieja con artrosis en las rodillas. Uno es lo bueno que deja. La gente que cuando te mueras estará a tu lado.

—No quiero eso. No quiero muerte. Quiero vida. Quiero ahora.

—¿Ves a las niñas?

—Están con los pescadores.

Fina se levanta.

—Veo a la alta, pero a la canija no.

—Está allí —dice Sandino, aunque lo cierto es que no lo sabe, pero le molesta el estado de alerta perpetuo, el ponerse siempre en lo peor, la llamada eterna a la tragedia de su madre y que él ha heredado y contra la que lucha para siempre perder en la contienda.

Es por eso que se levanta. Cree distinguirla en la orilla. No hay mucha gente a esa hora en la playa de Gavà. Sólo puede ser ella.

—A veces, por la noche, o de madrugada, vengo solo aquí y me tumbo y veo cómo pasan los aviones.

—¿Y no coges frío?

—No.

—¿Y qué te dice Lola?

—Lola no dice nada. No le gusta, pero no hago nada malo. Además, ahora ya no estamos juntos, Lola y yo.

—Me lo imaginaba. Deberíais haber tenido un hijo. Lo acabaréis arreglando.

—No, esta vez, no. Tú vendes la casa y yo dejo a Lola. Está bien. Al menos los dos hacemos algo de una vez.

—Deberíamos volver.

La mujer se dirige hacia donde está Valeria con los pescadores. Sandino recoge los zapatos y los calcetines de Regina, la toalla y va detrás de la mujer. Fina anda deprisa porque está preocupada por la pequeña. No se ha fiado de Sandino cuando ha dicho que la tenía localizada. Hace bien porque Sandino se ha equivocado. Esa mancha de color no es Regina.

El viento se encrespa de repente. Fina coge de la mano a Valeria y le pregunta por Regina. Ella no sabe dónde está. Los pescadores tampoco. A mano derecha queda el chiringuito desierto, y a mano izquierda, toda una explanada. Sandino decide bordear la orilla en esa dirección. No hay rastro de Regina dentro del agua, pero tampoco en la orilla, por la arena. Fina y Valeria empiezan a gritar su nombre, pero el bramar de las olas rompiendo apenas permite que se las oiga. El taxista empieza a perder la calma, a maldecir esa idea ahora tan estúpida de herir a Nat y, de paso, despedirse a su manera de las crías.

¿Dónde estás, Regina? ¿Dónde, joder, dónde?

Los pies se le hunden en la arena y mientras corre empieza a musitar trozos de una oración, pidiéndole a quien sea que no pague sus pecados, sus faltas, en la cabeza de una cría que no ha hecho más que quererle y hacer sus deberes y portarse bien en su coche y abrazarse a sus piernas y llorar porque mañana Sandino ya no estará en la puerta de su casa o de su colegio con un cuento de princesas o dragones o superhéroes japoneses. De vez en cuando mira hacia atrás por si su madre hubiera dado con ella, pero no es así. Levanta el brazo hacia Fina, se gira y cae porque la arena se ha abierto en dos, ya que hay un hilo de agua residual que llega desde el interior de las instalaciones que quedan al otro lado de la carretera hasta el agua del mar. Cae rodando. Pierde uno de los zapatitos de Regina. Vuelve por él. Atraviesa el riachuelo y cuando está a punto de encaramarse a la nueva duna cree ver una sombra, una figura en las instalaciones de otro de los chiringuitos que están cerrados a esas alturas del mes de octubre. Una figura menuda, quizá un niño. A su lado está un perro, un perro blanco y un hombre que lo acompaña. Un hombre vestido con chaqueta, traje y corbata. O eso cree Sandino, que echa a correr notando el corazón reventándole en el pecho. A medida que se acerca, la figura menuda se parece y no se parece a Regina. El taxista dice su nombre, pero el ruido del mar no deja que ni el hombre ni la niña le oigan.

Trastabilla, cae, se endereza.

La niña le mira.

No es Regina.

No, no lo es pero ha de serlo, ha de ser Regina.

Diez, veinte, treinta pasos y Sandino ve que el hombre y la niña se vuelven hacia él y le dicen algo, pero no los oye, no puede hacerlo. La cría le sonríe. Quizá le ha reconocido. El perro echa a correr en su dirección como si también le hubiera reconocido.

Sandino se deja caer. El perro, al llegar a su altura, le lame las manos. La niña va hacia él. El señor, sin apenas parecer acercarse, va llegando hasta el taxista.

Estuvo entreteniéndola.

Regina se equivocó de dirección. Suele pasar. Se distraen, se desorientan al salir del agua.

Fina y los pescadores estuvieron a punto de llamar a la policía.

No lo hicieron.

Vuelve, vuelven ya.

La madre de Sandino está sentada con las crías en el asiento trasero. Tiene los pies descalzos de la pequeña entre las manos, dándoles calor. Nadie dice nada. Sandino ha tenido la tentación de abrir el móvil y tranquilizar a Nat, pero no lo ha hecho. Se siente bloqueado. Se siente el mayor imbécil de la tierra. Pone música. Le parece ridícula. Ésa y cualquier otra. La apaga.

Entran en Barcelona por las Rondas. Lesseps. En nada, plaza Castilla.

—Jose, déjanos por aquí. Igual no es buena idea que nos lleves hasta la puerta. Ya las llevo yo y me invento cualquier cosa. Que me has tenido que llevar antes a urgencias o cualquier cosa. Me ayudáis vosotras, ¿no? Nada de decir lo de la playa. ¿Vale? ¿De acuerdo? Hemos estado en el hospital. ¿Os acordaréis?

—Sí —contesta Regina.

—Sí —dice Valeria.

Sin una razón lógica, Sandino confía en que ni una ni otra dirán qué ha pasado, pero sabe que sólo quiere creerlo.

—Mama... Lo siento.

—No pasa nada. Tú querías hacer algo divertido con las crías y ha salido mal. Pero estamos todos bien, ¿no? No te preocupes, yo lo arreglo.

—Gracias.

—¿Cuándo vendrás a comer?

—Pronto.

Sandino ve perderse a las tres entre los semáforos que rodean la rotonda mientras él sabe que estaría bien permanecer ilocalizable hasta que salga para Francia.

Coge el móvil para escribir a Ahmed cuando se percata de que el móvil que lleva encima es el de una cría de nueve años y que el suyo se lo dio a esa misma cría, que, eso sí, ha dejado en el asiento trasero su tebeo japonés y el de su hermana.

41

Stop the world

Sandino se despereza al lado del Toyota. Está anocheciendo en la última gasolinera antes de la frontera. Ha repostado y ahora espera que Emad y su hermana salgan de la cafetería. El frío le hace estremecer.

El incidente, primero con Nat y luego lo de la playa, le hizo decidir con buen tino que, si a ellos les iba bien, podrían adelantar el viaje hacia París. No hubo problema al respecto. Estuvo escondido unas horas en la 303 del Avalon. Descansando a ratos. Pagó su cuenta en efectivo y a eso de las siete ya estaban dejando Barcelona. Salían de la ciudad en uno de los momentos del día en que menos la detestaba, silenciosa, pero empezando a despertar. Cuando aún no es consciente de si es importante o bonita o la visitan millones, transatlánticos, móviles, litros de cerveza. La imagina como una de esas mujeres que, cuando Sandino abría los ojos, respiraban a su lado, despeinadas, somnolientas, ajenas a su belleza, su alegría, el dolor y el placer que saben percutir en cuanto empiezan a ser conscientes de su identidad. El Toyota era una navaja, el filo sobre el que escapaban de una ciudad y su horizonte sobre el Mediterráneo, de Barcelona siempre vencida, ensimismada, malquerida, a toda velocidad por la Meridiana, abriendo en canal barrios feos, buscando las autopistas hacia Girona, Francia, lejos, muy lejos.

Procura no pensar en todo lo que ha ocurrido los días anteriores. Ni sacar conclusiones mientras apura un Redbull helado que, a falta de Monster, ha comprado en la propia gasolinera. Tiene cien motivos para estar hundido y confundido, pero una rara euforia ante lo imprevisto le mantiene en algo parecido al buen humor.

No deja nada atrás porque no le queda nada.

Ni un matrimonio, ni una casa, ni dinero, ni amigos, ni amor.

Lo fue perdiendo a ráfagas, a espasmos en esos ¿cuántos?, ¿cinco, seis, siete días?

Tiene una hija a la que, de momento, no puede ver.

Una hija con sus mismas pecas.

Tendrá dinero cuando sus padres vendan la casa y quieran repartir algo, vivos o muertos, siempre que su hermano no lo haya defenestrado antes.

Un montón de sexo, amor y cuitas de afecto pendientes en camas y picaportes, puertas y sábanas y cocinas y hoteles por horas y nada y todo. Ese montón de sexo, amor y cuitas de afecto que perdió cuando perdió su móvil. Cuando se lo cambió a una cría y no se acordó de deshacer el canje.

Deudas que no piensa pagar.

Todo pendiente.

Da un trago a la lata, la liquida, eructa y busca ese móvil. Lo pone en funcionamiento. Pocos números en la agenda. Sandino memoriza sólo uno, el de su madre. Luego, lanza el móvil a una papelera. Echa un vistazo dentro y allá se queda, entre un bocadillo de jamón en dulce a medio comer, latas, la carita de Selena Gómez protegiendo de los golpes el móvil de Valeria.

Regresa al coche. Busca papel y bolígrafo y apunta el número de teléfono que acaba de memorizar. Ve llegar a los hermanos de Ahmed. Ella es guapa, menuda, y empezó el trayecto parlanchina. Luego se moderó y hasta pegó una cabezadita. Es educada y viste a la manera occidental, si exceptuamos el pañuelo. Emad ha estado simpático. Casi el Emad que Sandino recordaba. Le han pagado por adelantado. No se lo ha rechazado porque necesitará dinero para vivir en París.

Ya nadie se reunirá con él en París.

Tampoco le esperará Lola a la vuelta.

Vértigo, miedo, tigre, libertad.

Sin teléfonos no es nada, ahora sí que es Nadie.

Sólo el número de Nat que acaba de anotar y los que recuerda, pocos, el teléfono de sus padres y, extrañamente, el del bar de Héctor.

Bromea diciéndose que le llamará para ver cómo anda el negocio de la hostelería.

¿Siempre supo lo de Verónica y él, o se lo dijo ella? Y si es así, ¿por qué lo hizo?

¿Estuvo esperando su momento o todo fue casual y, de repente, lo vio claro?

¿Por qué Nat no le dio ninguna oportunidad?

¿Por el mismo motivo por el cual él no ha dado ninguna oportunidad a casi nadie?

Se enamorará en París, tendrá niños franceses, se casarán con las hijas de Benjamin Biolay, harán películas en blanco y negro, cualquiera de esas cosas que suceden en Francia.

¿Quién querrá enamorarse de un taxista español pobre con la cara y el cuello y el pecho lleno de pecas?

¿Cuánto tardará en volver a conectar los viejos cables a la vieja maquinaria?

No, eso no pasará.

No, no lo hará.

La vida, él se ha permitido dar un paso adelante, dejar todo y probar a saltar solo, sin red, sin moralejas, sin miedo, sin dinero, sin refranes ni techos.

Lo va a hacer.

Lo hará.

No, no podrá hacerlo.

Él no.

Ha de intentarlo, al menos.

Se meten todos en el coche. Emad a su lado. Ella, atrás. La mujer no habla apenas, como si se hubiera consumido su locuacidad. A veces juguetea con el móvil. Ha llamado ya un par de veces a su novio, un abogado, con el que habla en catalán. En una de las llamadas han discutido; en la siguiente, han hecho las paces.

Emad anda rebuscando entre las carátulas de cedés. Parece estar harto de todas estas treinta y pico canciones del *Sandinista!*

Sandino lo entiende. Si lo que busca es algo de rap, lo tiene muy mal. Coge uno de los cedés. Lo mira y remira y sonríe cuando el auto ya está en marcha, reincorporados a la autopista.

—¿Te gusta éste? ¿Quieres que lo pongamos?

—Si quieres. No sé quiénes son.

—Lo digo porque como sonreías...

—Es por el título. Me hace gracia. Unos amigos míos van a actuar dentro de poco allí.

—¿En el Bataclan?

—Sí.

Dentro de un cuarto de hora cruzarán la frontera. De momento no cambian el cedé por Lou, Cale, Nico y el resto de fantasmas y siguen sonando los Clash. Un día de éstos lo hará. Un día de éstos, un día del mes de mayo, de cielos azules, cuando tenga mucho dinero contratará un avión de esos de propulsión a chorro y dibujará entre las nubes, a la altura del barrio del Guinardó, *Sandinista!* para que sepan de su lealtad aún inquebrantable, inútil, absurda y hermosa. Que lo vean todos. Que lo vea Nat y le queme lo no vivido con él.